THE NEXT ACCIDENT
by Lisa Gardner
translation by Ritsu Maeno

THE NEXT ACCIDENT
by Lisa Gardner
translation by Ritsu Maeno

誰も知らない恋人

リサ・ガードナー

前野 律［訳］

ヴィレッジブックス

誰も知らない恋人

THE
NEXT
ACCIDENT

おもな登場人物

レイニー(ロレイン)・コナー	私立探偵
ピアース・クインシー	FBI主任特別捜査官
マンディ(アマンダ)	クインシーの長女
キンバリー	クインシーの次女
ベシー(エリザベス)	クインシーの元妻
トリスタン・シャンドリング	ベシーの恋人
チャド・エヴェレット	FBI捜査官主監。クインシーの上司
グレンダ・ロドマン	FBI特別捜査官
アルバート・モンゴメリー	FBI特別捜査官
ヴィンス・アミティ	ヴァージニア州警察の巡査
フィル・ドビアーズ	ヴァージニアの私立探偵
ルーク・ヘイズ	ベイカーズヴィル保安官事務所の巡査
マーカス・アンドリューズ	ニューヨーク大学の犯罪学教授
メアリー・オールセン	マンディの親友

第一段階

プロローグ

ヴァージニア

男の唇が女の首筋を軽く愛撫した。彼女は彼のささやくような、じらすような口づけが好きだった。女は顔をのけぞらせた。クックッと笑う自分の声が聞こえた。男が彼女の耳たぶをくわえると、しのび笑いがうめき声に変わった。

ああ、彼に触られると素敵。

男の指が女の豊かな髪をかきあげ、彼女のうなじを這《は》い、むきだしの肩まですべり降りた。

「きれいなマンディ」彼はささやいた。「セクシー、セクシー、マンディ」

女はまたクスッと笑った。笑い声をたてたあと、唇に塩からいものを感じた――わたし、泣いてたんだわ。男はベッドの上で彼女をうつぶせにした。彼女は逆らわなかった。

彼は両手を彼女の背骨に添って這わせ、腰のところでとめた。

「ここの曲線が好きなんだ」男はつぶやいて、彼女の腰のくびれた部分を指でなでた。「シャンパンをすするには完璧だ。胸や尻が好きな男もいるけど。僕がそそられるのはこの部分だね。僕のものにしていいかい、マンディ？　ねえ、ここを僕にくれる？」

ええ、と言ったかもしれない。ただうめいただけかもしれない。彼女にはもう何もわからなかった。シャンパンが一本ベッドの上で空《から》になった。さらにボトルが半分空《あ》いた。口の中に禁断の香りが広がったが、彼女は大丈夫よと自分に言い聞かせた。たかがシャンパンじゃないの。今日はお祝いだもの。彼は新しい仕事、すごーく大きな仕事を見つけたの。そう、ここから遠いところでね。でも、きっと週末には会えるわ、手紙や長距離電話もくれるかもしれない……

二人は祝っていた。二人は嘆いていた。これはお別れのセックス。いずれにしても、シャンパン・セックスなら断酒会の人たちも見逃してくれるはず。

男は泡立つボトルの中身を彼女の肩にかけた。キラキラ光るひんやりした液体が、彼女の首筋を伝って流れ落ち、白いサテンのシーツの上に水たまりを作った。彼女は憑《つ》かれたようにそれをすすった。

「いい子だ」彼がささやいた。「僕のかわいい、セクシーな子……体を開いて、ベイビー、僕を入れさせて」

彼女は両脚を開いた。背中がのけぞり、神経が下へ、下へ、下へ、両脚のあいだへ、弓なりになった背中の起点へと集中していく。この痛みをやわらげられるのは、彼だけ。わたしを救えるのは、彼だけ。

わたしを満たして。わたしを満足させて。

「きれいなマンディ。セクシー、セクシー、マンディ」

「お・おねがい……」

男は彼女を突きあげた。彼女の腰がヒクッと動く。背骨が溶けてしまいそう。彼女は完全に男のなすがままになった。

わたしを満たして。わたしを満足させて。

頬は塩からい。舌はシャンパンの味がする。なぜ涙がとまらないの？　彼女はシーツに首をのばして、シャンパンをすすった。吐きそうなほど部屋が回り始めた。

突然ベッドが消えた。気がつくと外にいた。道路に。服を着ているし、頬は乾いている。シャンパンは消えたけれど、喉《のど》はからからだ。六カ月、お酒を断っていた。でもいまは、もっと飲みたくてたまらない。まだ栓を開けていないシャンパンが一本残ってるわ。運転の道すがら飲ませてと彼に頼めるかもしれない。帰り道のためのボトル。

行かないで……

「大丈夫かい？　ベイビー」

「大丈夫」彼女はつぶやいた。

「君は運転すべきじゃないかもしれない。泊まったほうがいいかも……」

「大丈夫よ」彼女はまたつぶやいた。泊まることはできない。それは二人ともわかっていた。美しいことは、かならずいつか終わる。ここでしがみついても、嫌がられるだけ。

だが、彼はためらっていた。深々とした心配げな瞳で彼女を見つめていた。目尻にはしわが刻まれている。初めて彼に出会ったとき、マンディはそれを素敵だと思った。目を細めて、彼女を調べあげるようにじっと真剣に見つめたかと思うと、つぎの瞬間には、ただ君を見ているのがしあわせなだけだよと言いたげに、にっこり笑いかける彼が好きだった。

マンディはそんなふうに笑いかける男に出会ったことがなかった。わたしを特別な人だと思わせてくれる笑顔。

ああ、お願い、行かないで……

そして。三本目のシャンパン。まるまる残ってるわ。後生だからあと一本。帰り道のために。

恋人が両手で彼女の顔をはさむ。親指で彼女の頬をなでる。「マンディ……」彼がやさしくささやく。「君の腰のくぼみ……」

マンディはもう返事ができない。涙で喉がつまっている。

「待って、ベイビー」彼が不意に言う。「いいことがある」

運転しなくちゃ。道はせまく蛇のように曲がりくねっているし、真っ暗闇だから神経を集中させないといけない。頭は猛烈に速く回転するのに、体がついていかない。彼は助手席にいる。ぶじに帰りつくのを見届けたいと言った。そのあと僕はタクシーで戻るからと。わたしのほうがタクシーで帰るべきだったんじゃないかしら。運転できる状態じゃないかもしれない。彼がついてきたなら、なぜわたしじゃなく、彼が運転しないの？

　そんな思いが頭をよぎったが、とりとめもなくまた消えてしまった。

「速度を落として」彼が注意した。「ここらあたりの道は気をつけないと」

　彼女はうなずき、額にしわを寄せ、集中しようと必死になった。ハンドルの手ざわりが変だわ。するする回っちゃう。ブレーキを踏むつもりで、アクセルを踏んでしまった。ＳＵＶ（四輪駆動のスポーツタイプの多目的車）の車体ががくんと前につんのめった。

「ごめんなさい」マンディは口の中でつぶやいた。世界がまた回り始めた。気分がわるい。吐くか、気を失うかしちゃいそう。その両方かしら。目を開けているのがつらい……

　道路がまた襲いかかってきた。車ががたがた揺れる。

　シートベルト。シートベルトをしなくちゃ。ごそごそ探ると留め金が手に当たった。ベルトはぐにゃりとのびている。そうだ、壊れてたんだっけ。修理しないと。いつか。今日にでも。五月にでも。星が消えていく。空が明るくなってきた。じきにお日さまが顔をだすわ。子供のころ、『アニー』の曲をよく歌ったっけ。「あした、あした、あしたはいつもやってくる――」

「速度を落とすんだ」男が助手席からまた声をかけた。「この先に急な曲がり角がある」

　マンディはぼんやり男の顔を見た。彼の目が妙に光っている。興奮している。なぜかしら。

「愛してるわ」自分の声が聞こえた。

「わかってるよ」彼はそう答えて、そっと彼女のほうに手をのばした。彼の手がハンドルを握った。「かわいい、セクシーなマンディ。君は二度と立ち直れないだろうね」

マンディはうなずいた。涙が堰《せき》を切ったように頬を伝った。彼女が頼りなげにすすり泣き、フォードのエクスプローラが道からはみだし始めると、男の目がきらりと光った。

「僕は最高だからな」彼は容赦なく続けた。「僕がいなくなったら、マンディ、君はおしまいだ」

「ええ、わかってる」

「君の父親は君を捨てた。僕もこれから同じことをする。週末のデートもなくなり、電話もかからなくなる。そしたら君はひとりだ。マンディ、くる夜もくる夜も、そのまたつぎの夜も、ずっと君はたったひとりになるんだ」

マンディはさらに激しくすすり泣いた。頬は塩からく、唇はシャンパンの味がする。ひとりぼっち。真っ暗な底知れない穴。ひとり、ひとり、たったひとり。

「現実を見るんだ、マンディ」彼はやさしく言った。「君には男を引き止められない。君はただの酔っぱらいだ。ったく、僕と別れるってときに、君は三本目のシャンパンのことしか考えてない。そうだろ、ちがうか？　え、ちがうのか？」

マンディは首を横に振ろうとした。だが、結局はぼんやりとうなずくだけだった。

「マンディ」彼がささやいた。「速度をあげな」

「パパはなぜわたしの誕生日に家に帰らなかったの？　パパに会いたい！」

「かわいい、セクシーなマンディ」

わたしを満たして。わたしを満足させて。

ひとりぼっち……

「君は傷ついた、マンディ。君が傷ついたのはわかってるさ。僕が楽にしてあげるよ、ベイビー。速度をあげな」

頬が塩からい。唇はシャンパンの味がする。足はアクセルペダルの上だ……

「あとひと息アクセルを踏み込めば、もうひとりじゃなくなるよ。僕がいなくても淋しくなくなる」

足……道路のカーブが間近に迫った。ひとりぼっち。ああ、もう疲れた。

「いいから、マンディ。速度をあげろよ」

彼女は力いっぱい踏み込んだ。

最後の瞬間に、彼女は気づいた。田舎道の狭い路肩に男がひとり。犬と散歩中のその男は、朝のこんなに早い時間に走る車を見て驚き、しかもその車が自分のほうに向かってくるのに仰天した。

避けるのよ！　避けるの！　マンディことアマンダ・ジェーン・クインシーは、狂ったようにハンドルを回した……

だが、ハンドルはびくとも動かなかった。恋人がハンドルに手をかけ、しっかり押さえつけていたのだ。

時間の動きが止まった。マンディはわけがわからず、愛《いと》しい人の顔を見つめた。彼の後ろの窓の向こうに、闇が見えた。彼の分厚くたくましい胸に、しっかりとシートベルトがかかっているのが見えた。そして彼の声が聞こえた。「バイバイ、かわいいマンディ。地獄であんたのおやじに会ったら、俺からよろしくって、かならず伝えてくれよ」

エクスプローラは男をはねた。ガツン、バシン。途切れた悲鳴。車がさらに突っ込む。大丈夫、まだ体は傷ついてない、手足はつながっている、と考えたとき、闇の中から電柱がぬっと姿を現した。

マンディは悲鳴をあげる間もなかった。エクスプローラは時速五五キロで太い木の柱に衝突した。フロントバンパーがぐいと下がり、車の後尾が上がった。シートベルトをしていないマンディの体は、運転席から跳ね上がり、頭蓋骨《ずがいこつ》がフロントガラスの頑丈な金属枠に叩きつけられた。

助手席の男はそんな目には遇わなかった。エクスプローラの鼻面《はなづら》がぐしゃりと潰《つぶ》れたとき、シートベルトが彼の胸を押さえて後ろに引き戻した。彼の首がぐいっと前に引っ張られた。内臓が胸まで跳び上がり、一瞬息ができなかった。大きく息をあえがせ、目をしばたたくと、一瞬後には衝撃が消え、ＳＵＶが動きを止めた。彼の気持ちも落ちついた。彼は無傷だった。

男は素手でシートベルトをはずした。彼は予習をすませており、指紋については心配していなかった。時間についても不安はなかった。朝もまだ早い明け方の田舎道だ。誰かが通りかかるまで、あと十分か二十分か三十分はかかるだろう。

男はきれいでセクシーなマンディのようすを調べた。まだかすかに脈はあるが、頭部はこなごなに砕けている。体が最後の抵抗を続けても、脳は元に戻るまい。

計画してから一年半だ。彼は満足した。アマンダ・ジェーン・クインシーは、恋人に捨てられ、恐怖に襲われながら、わけもわからず、死んだのだ。

俺とピアース・クインシーはまだおあいこじゃない、と男は思った。これは手始めだ。

1

十五カ月後
オレゴン、ポートランド

月曜の午後。レイニーこと私立探偵ロレイン・コナーは、書類が山と積まれたデスクの前で背中をまるめ、古くて賢いノートパソコンにいくつか数字を打ち込み、スクリーンに映しだされた結果に渋い顔をした。もう一度数字を入れ直したが、結果のみじめさは変わらず、彼女は険悪な目つきで画面をにらみつけた。だが、会計ソフトのクイックンがはじきだした収支は、そんな視線にもたじろがなかった。

腹のたつファイル、と彼女は舌打ちした。腹のたつ収支、腹のたつ暑さ。そして腹のたつ扇風機。先週買ったばかりだというのに、頭を二度強く叩かないと回ってくれない。彼女は椅子から立ち上がって扇風機をバンバンと叩き、ようやく弱々しい風を部屋に送り込んだ。

まったく、この暑さには殺されちゃうわ。

月曜の午後三時。外では太陽が照りつけ、気温がぐんぐん上がり、オレゴン州ポートランドの七月の記録をまたもや更新しそうな気配だった。原則として、ポートランドは東海岸のようなけたはずれの暑さも、南部のような湿気もないはずの町だった。けれどここ数年、気候は原則を無視しがちになった。レイニーはだいぶ前にTシャツを白のタンクトップに切り換えた。そのタンクトップが肌にべったりはりつき、デスクの上のいつも肘《ひじ》をつく部分には、汗のしみが点々と残っている。これ以上暑くなったら、パソコンをシャワー室に運び込むしかない。

レイニーのロフトは空調つきだったが、「緊縮財政」のおりから、広いワンルームの部屋を冷すには古風な手段——窓を開け、小さな卓上型扇風機を回す——に頼らざるをえなかった。あいにく、気温の上昇は手に負えない難題だった。八階の部屋は、魔法のように冷えてはくれず、しかもスモッグがほかの十倍も多いのだ。

緊縮財政には、都合のわるい日だった。どの通りにもたいていアイスコーヒーのスタンドがあり、どんな小さなカフェでもグルメなアイスクリームを売り物にしている、ポートランドのおしゃれなパール区では、なおさらそれがこたえた。気取った隣人たちは、いまごろおそらくスターバックスで、冷房の恩恵を十分に受けながら、アイス・チャイにするかノンファット・モカ・ラテにするか、迷っている最中だろう。

レイニーはそうはいかなかった。生まれ変わったロレイン・コナーは、おしゃれな人たちの住むおしゃれなマンションで、コインランドリーにお金を使うのと、十五年乗っているポンコツ車のキャブレターを買い換えるのと、どっちを優先させるべきか考えあぐねていた。新しい顧客に会うとき、清潔な服装で好印象を与えるのはだいじなことだ。けれど、せっかく仕事が入っても、かんじんの足がなければどうしようもない。しけてる、しけてる。

レイニーはクイックン・ファイルでもう一度数字を見直した。想像力皆無のファイルは、前と同じ真っ赤な数字を吐き出した。彼女はため息をついた。レイニーはオレゴン州の私立探偵資格試験に合格し、免許を受け取ったばかりだった。これで探偵として弁護士のために働けるようになった。言ってみれば、ペリー・メイスン（E・S・ガードナーの推理小説の主人公）にとってのポール・ドレイク、といった役柄だ。だが、いいことばかりではなかった。二年間有効の免許代として、七百ドル支払わされた。そして苦情から身を守る五千ドルの一般保障契約のために、百ドル。さらに、仕事上のミスや手抜かりにたいする百万ドルの保険（これもまた保身用の基礎がため費用）への支払いが、八百ドル。かくしてコナー探偵事務所は動き始めた――ただし、千六百ドルが消えて、レイニーの気分は追いつめられていた。

「でも、何か食べたいのよ」彼女はパソコンに訴えた。だが、会計ソフトは思いやりなど示さなかった。

ブザーが鳴った。レイニーは立ち上がって髪をかきあげ、いぶかしげに二度まばたきをした。今日は客がくる予定はない。居間をのぞき込んだ。防犯カメラに接続しているテレビ画面に、建物の入口が映し出されている。髪に白いものがまじる身だしなみのいい男が、表のドアの前にじっと立っている。彼はもう一度ブザーを押し、カメラを見上げた。レイニーはぎくりとした。息がとまった。心臓もとまったかもしれない。彼だわ。思いもかけない相手。彼女の中ですべてが逆流した。

カットしたての髪をもう一度かきあげた。このヘアスタイルはまだ顔に馴染《なじ》んでいないし、熱気のせいで汚れた皿洗い用のタワシのようにぼさぼさ。それにこのタンクトップ――着古しで汗まみれ。端が切りっぱなしのデニムのショートパンツはすりきれていて、とてもまともなプロには見えない。今日は書類仕事だけだから、ドレスアップの必要はないと思っていた。ああ、今朝デオドラントを体に吹きつけておけばよかった。この暑さでは、どんな匂いがしているかわかったものじゃない。

主任特別捜査官ピアース・クインシーは、防犯カメラを見上げたままだった。ぼやけた黒白の映像からも、レイニーには深いブルーの瞳の鋭い光が見てとれた。

ようやく動悸がおさまったとき、レイニーは喉に手をやってクインシーを眺めた。会うのはほとんど八カ月ぶり。六カ月前からは電話の連絡もとだえていた。

目尻のしわは相変わらず。額に刻まれた深いしわも相変わらず。死を相手にしすぎた男の、引き締まった細身の体。そんな部分を好きになるんじゃなかった。前と同じばりっとしたスーツ。前と同じ読み取りにくい表情。主特捜《スプスパグ》クインシーみたいな人はほかにいない。

彼はまたブザーを押した。立ち去ろうとはしない。いったんこうと決めたら、クインシーはまず手を引かない。でもわたしとの関係は例外……

　レイニーは顔をしかめて首を振った。そんなふうには考えたくない。わたしたちは努力した。でも、だめだった。馬鹿なことが起きてしまった。クインシーがいま何を考えているにせよ、ここに来たのは個人的な問題じゃないはず。彼女は電子ロックを解除して、入口のドアを開けた。

　彼は八階まで上がって、レイニーのドアをノックした。デオドラントを吹きつける時間はあったが、髪はどうしようもなかった。彼女はドアを開け、片手を腰にあててバランスをとり、「ハイ」と言った。

「やあ、レイニー」

　彼女は黙っていた。レイニーにとって嬉しいことに、沈黙を破ったのはクインシーのほうだった。

「事件でもあって出かけてるのかと思ったよ」彼は言った。

「そうね、善人だって働きづめってわけじゃないのよ」

　クインシーは眉を上げた。「それは知らなかったな」その乾いた声の響きに、レイニーは懐かしさがこみあげた。

　思わず微笑むと、彼女はドアをもう少し広く開けてクインシーを中に招じ入れた。

　彼はすぐには口を開かず、レイニーのロフトをさりげなく歩き回った。だが、レイニーの目はごまかせなかった。ちょうど四カ月前に貯金をほぼ全額使いはたしたこのロフトがどんな印象を与えるか、彼女にはわかっていた。倉庫を改造した高さ三・三メートルの天井。キッチンカウンターと八本の巨大な支柱以外ほとんど何もない、広々した明るいレイアウト。その柱に区切られたキッチン、ベッドルーム、居間、書斎という四つのすっきりした空間。壁面にはすべて一九二五年製の、格子のついた巨大なガラス窓がはまっている。

このロフトの前の持主だった女性が、エントランスの部分に赤レンガを配し、居住空間を田舎風の赤みがかった灰色と黄褐色で塗り直していた。そのおかげでレイニーがそれまで雑誌で見たことはあっても、自分のものになるとはとても思えなかった、シックで上品な雰囲気が漂っていた。ロフトのために破産寸前にはなったが、ここをひと目見たとたん、ほかは考えられなくなった。ファッショナブルで、高級感があり、美しかった。そして生まれ変わったロレイン・コナーがここに住めば、そんな人間になれそうな気がした。

「素敵だね」クインシーがようやく言った。

レイニーは彼の顔を探るように見つめた。お世辞ではなさそう。彼女は返事のかわりにウウと唸《うな》った。

「君がスポンジ・ペインティングをやるとは知らなかった」クインシーが言った。

「わたしじゃないわ。元の持主が塗ったの」

「そうか、その人は腕がいいね。ヘアスタイルを変えたの?」

「切った髪を売って、このロフトを買ったのよ、もちろん」

「相変わらず冴えてるね。整理が得意そうじゃないのは、デスクを見ればわかる。でも、冴えてる」

「なぜ来たの？」

クインシーはぐっとつまり、苦笑いを浮かべた。「ずばりと切り込むのも相変わらずだな」

「あなたのほうは、相変わらず質問をはぐらかすのがうまいわ」

「おみごと《トゥシェ》」

レイニーは眉を上げ、答えになってないわと伝えた。そしてデスクの端にぽんとお尻を乗せ、クインシーの性格を十分心得た彼女は、何も言わずに待った。

主任特別捜査官ピアース・クインシーは、ＦＢＩの犯罪心理捜査官《プロファイラー》としてこの道に入った。その部署が犯罪捜査支援課と呼ばれていたころのことで、彼は切れ者中の切れ者として知られた。六年前、けたはずれに残虐な事件を扱ったあと、彼は行動科学班に移って将来の殺人事件にそなえる研究をし、クアンティコで後輩の指導にもあたっていた。レイニーが彼と出会ったのはほぼ一年前。彼女の故郷、オレゴン州ベイカーズヴィルで大量殺人事件が古風な町を震撼させ、クインシーの注目を引いたときだった。捜査責任者としてレイニーは彼を事件現場に案内し、会ってから一時間で早くも彼に強い印象を受けた。幼い少女たちの死体のあった場所を示す白い輪郭線を見ても、彼はまったく動じなかった。

そのころのレイニーには彼のような冷静さはなかった。彼女がそれを身につけたのは、捜査を進めるうちに事態がますます悪化し、みずからも背筋の凍る思いをさせられてからだった。最初、クインシーは彼女の仕事仲間だったが、しだいに心の支えになり、事件が解決するころには、それ以上の存在になり始めていた。

その後レイニーは保安官事務所での職をうしなった。そして地方検事が十五年前の殺人事件がらみで彼女をある男の殺害容疑で起訴し、レイニーは裁判が開かれるまで四カ月待たされた。ところが八カ月前、なんの予告も説明もなしに、起訴は取り下げられた。それで終わりだった。

レイニーの弁護士は、この突然のなりゆきには、誰かが介入したにちがいないと言った。影響力の強い誰かが。レイニーは一度も口に出さなかったが、その人物をクインシーにちがいないと考えた。そのことは二人を近づけるどころか、それまで以上に屈折した距離を広げた。

彼は主任特別捜査官ピアース・クインシー。ジム・ベケットを追いつめた男、ヘンリー・ホーキンズを探り当てた男、ジミー・ホッファ（労働運動指導者。公金横領と買収で有罪。一九七一年に出所後失踪。）の行方をおそらく察知している男だ。

わたしはただのロレイン・コナー。まだまだ修業不足の、かけだしにすぎない。

クインシーが言った。「君に仕事を頼みたいんだ」

レイニーはフンと鼻を鳴らしかけた。「え？　ＦＢＩも役に立たなくなったの？」

彼は口ごもった。「これは……個人的なことだから」

「捜査局はあなたの命でしょ、クインシー。あなたにとっては何だって、個人的な問題じゃないの」

「いや、これは特別なんだ。水を一杯もらえるかな」

レイニーは眉をしかめた。クインシーが個人的な問題を抱えてるなんて。知りたくてうずうずした。

彼女はキッチンに行って二つのグラスに水をそそいで氷をたっぷり入れ、居間に戻ってきた。クインシーは詰物をしたブルーの縞《しま》模様のソファに座っていた。古い色褪《あ》せたソファは、ベイカーズヴィルで暮らした名残《なごり》の品のひとつだった。その町で彼女は小さな農場風の家に住んでいた。裏のテラスはそびえ立つ松の木に囲まれ、哀しげなフクロウの鳴き声が聞こえたものだ。サイレンの音も、真夜中のパーティーのざわめきも聞こえなかった。過去の記憶が押し寄せる終わりのない夜が続くだけだった――酔っぱらいの母親、レイニーに手をあげた母親。首のなくなった母親。

レイニーが新しく始めた暮らしは、それほどわるいものでもなかった。

クインシーは一気に水を飲みくだした。そして上着をとると、ていねいにソファの腕にかけた。白いワイシャツに、ショルダー型のホルスターが黒々と目立った。

「僕の娘を――先月の月曜に埋葬した」

「まあ、クインシー、それはお気の毒に」レイニーはとっさにそう言って、こぶしを握りしめた。彼に触れたりするような、馬鹿な真似をしないために。彼女はアマンダが自動車事故を起こした話を知っていた。去年の四月に、クインシーの二十三歳になる長女がヴァージニアで電柱に車をぶつけ、脳に致命的な損傷を負い、顔を目茶苦茶につぶされたのだ。病院に運ばれた彼女はただちに生命維持装置につながれたが、それもただ移植用に臓器を生かし続けている、というだけにすぎなかった。あいにくクインシーの別れた妻ベシーは、人工的な延命を生きているあかしと信じ込み、生命維持装置をはずすのを拒《こば》み続けた。クインシーはベシーといさかった。やがてクインシーは看護をあきらめて仕事に戻り、別れた妻との溝はそれまで以上に深まった。

「ベシーがやっと許可したのね」レイニーが言った。

クインシーはうなずいた。「わからないものだ……僕の中では、アマンダは一年以上前から死んでたんだが。これほどつらいとは、思わなかった」

「じつの娘ですもの。つらくないほうが、不思議だわ」

「レイニー……」クインシーはなにか言いかけた。以前の親しい感情がふと甦《よみがえ》ったのだろうか。だが、それも一瞬のことだった。彼は首を振った。「君に仕事を依頼したい」

「なぜ？」

「娘の事故について調べてほしい。たしかに事故だったと証明してもらいたいんだ」レイニーは驚きのあまり口もきけなかった。クインシーは彼女の気持ちを読み取って、きっぱり言った。「ちょっと気になることがあってね。それを調べてくれないか」

「アマンダは酔ってたんでしょう？」レイニーにはまだよく呑み込めなかった。「酔っぱらい運転で男性ひとりと犬をはね、電柱にぶつかった。それだけのことじゃないの？」

「彼女は酔ってた。病院の検査で、血液中のアルコール濃度が、法的規制の二倍あったことが確認された。だけど、なぜそんなに酒を飲んだのか、気になるんだ。葬式で何人か彼女の友だちに会った。メアリー・オールセンもそのひとりだが、アマンダは水曜の夜はたいていメアリーの家でトランプをやり、ダイエットコークを飲んでいたと言う。僕はアマンダとはずっと話してなかった。君は……僕が彼女とそれほど親密じゃなかったのを、知ってるだろう。だけど、アマンダは事故の前は六カ月間断酒会に入って、いい成績をあげていた。友人たちも彼女を誇りに思っていたんだ」

レイニーはふと眉をひそめた。「トランプをしているあいだに何か起きたの？　彼女がカッとなってバーまで車を飛ばしたとか？」

「メアリー・オールセンの話じゃ、そんなことはなかった。それにアマンダが出ていったのは夜中の二時半近くだ。その時間にバーは開いてない」

「ひとりで？」

「そう、ひとりだった」

「家に戻ってお酒を飲んだ」

「そしてまた車に乗って出かけたのかい？　どこへ？」

レイニーは下唇を噛んだ。「そうね。じゃあ、車の中にお酒を隠してて、友だちの家から出たとたんに飲み始めた」

「彼女の車からもアパートからも、酒瓶はまったく発見されなかった。おまけに酒屋はすべて閉まってたから、その晩酒を買うことはできなかったはずだ」

「友だちの家に行く前にお酒を買い、家に戻る途中で空き瓶を捨てた。つまり、証拠を消すために」

「アマンダは自分のアパートから二四キロの地点で事故を起こしたんだ。メアリー・オールセンの家にも自分の住まいにも、直接つながらない裏道でね」

「つまり、あてもなくドライブしてた……」

「酔っぱらって、朝の五時半に。酒を仕入れた形跡もないのに」クインシーが補足した。

「レイニー、僕は心配なんだ」

レイニーはすぐには答えなかった。頭の中で事実を反芻《はんすう》し、断片をつなぎ合わせようとした。「メアリーの家を出たあと、べつの誰かのところに行った可能性もあるわね」

「それはありうる。メアリーの話では、アマンダは数カ月前に男と知り合ったらしい。アマンダの友だちは誰も彼に会っていないが、とても感じがよく、頼りになる男のようだった。僕の娘……アマンダはメアリーに、恋をしたみたいだと言ったそうだ」

「あなたは、その男に会ったことはないの？」

「ないね」

レイニーはひょいと首を傾けた。「お葬式のときはどう？　きっとその人も来たでしょう」

「いや、葬式には来なかった。誰も彼の名前や連絡先を知らないんだ」

レイニーはクインシーをじっと見つめた。「それだけ気のきく人だったら、あなたのことは知ってたはずよ。アマンダはお父さんのことを話したでしょうし、あなたの名前はいろんな事件で報道されてたし……」

「それは考えなかったな」

「でも、その謎の好男子は姿を現さなかった」

「うん」

レイニーはずばりと言った。「あなたは事故だったと思ってないんでしょ。謎の好男子のしわざだと考えてるのね。その男があなたのかわいい娘に酒を飲ませ、帰り道で運転させたと」

「男が何をしたのか、僕にはわからない」クインシーは静かに応じた。「だが、とにかくアマンダは朝の二時半から五時半までのあいだに酒を飲み、それが命取りになった。彼女は悩んでいた。彼女には飲酒癖があった……そう、僕はその男に話を聞きたい」

「クインシー、ごまかしてもだめ。あなたの裏にあるのは、悲嘆の五段階のうちのひとつよ。知ってるでしょ——否認状態（現実を認めることを体が拒否する状態）だわ」

レイニーは穏やかに話そうと思いつつ、つい露骨な言葉を口にしてしまった。クインシーはたちまち嫌な顔をした。彼の唇は固く結ばれ、目に暗い光が宿り、体がこわばった。ふだんのクインシーは学者風で、なにごともパズルを解くように分析し解決した。だが、彼は狩人《ハンター》にもなれた。レイニーは彼のその面も知っていた。以前——二人ですごした最後の夜に——彼女はクインシーの胸に残る傷痕をなでたことがあった。

「僕は娘の最後の夜に何があったか知りたい」クインシーは強い調子で言った。「僕のかわりに君にそれを探ってもらいたい。代金は払う。この件を引き受けてくれるのか、くれないのか」

「やめてよ」レイニーはだしぬけに立ち上がった。部屋の中を腹だたしげにぐるぐる歩き回り、吐き出すように言った。「わかってるでしょ。わたしはあなたに手を貸さないし、あなたからお金なんか受け取らない」

「これは依頼だ、レイニー。ただの依頼だよ。それに君は僕に何の借りもない」

「ふざけないで！　またわたしにパン屑《くず》でも恵むつもりね。あなたはＦＢＩ捜査官よ。犯罪研究所にだって相談できるし、わたしなんかより百倍も人脈をもってるじゃないの」

「その全員が、なぜ僕が問い合わせるのか知りたがるだろう。全員が僕の私生活に首を突っ込み、僕の疑いの裏に何があるのか探ろうとするだろう。彼らはお行儀がいいから、僕が〝否認状態〟にあるとは言わないだろうがね」

「わたしはただ――」

「僕が否認状態なのはわかってる！　僕はなんといっても彼女の父親なんだ。もちろん、僕は否認状態さ。だけど、捜査の経験もつんでいる。君と同じようにね。そして何かきな臭いものを感じるんだ。僕の目を真っ直ぐに見て、何も匂わないと言えるかい？」

レイニーは口をつぐみ、反抗的に彼の目を見返した。そして後悔した。彼は歯を食いしばり、両手にこぶしを握りしめていた。彼女はそんなときの彼が好きだった。プロらしく冷静なピアース・クインシーは、ほかの人たちにあげる。わたしがほしいのはいま目の前にいる男。少なくともそれはわたしのもの。

「検事にわたしの起訴を取り下げるように頼んだ？」彼女は尋ねた。

「え？」

「検事にわたしの起訴を取り下げるように頼んだの？」

「いいや」彼はわけがわからないと言いたげに首を振った。「レイニー、君に裁判を受けたほうがいい、それが過去を忘れる一番の道だって勧めたのは僕だよ。その僕がお節介《せっかい》を焼くわけがないじゃないか」

「よかった。あなたの依頼を引き受けるわ」

「え？」

「あなたの依頼を引き受ける、って言ったのよ。一日四百ドル、経費はべつよ。それからわたしはヴァージニアについても、自動車事故の調査方法についても、まるっきり知らない。あとになって、わたしのことを経験不足だなんて文句をつけないでね。あらかじめ言っておくけど、わたしは未熟者よ。それでも一日四百ドルはいただくわ」

「やっと君らしくなってきた」

「わたし、呑み込みは早いの。おたがいに、それはわかってるでしょ」彼女は自分でも思いがけず高飛車《たかびしや》な言い方をした。クインシーはふっと顔をほころばせ、口をつぐんだ。

「決まりだね」彼は明るく言った。上着をとるとポケットから封筒を引っ張りだして、ガラスのコーヒーテーブルの上に置いた。「中に事故の報告書が入ってる。担当官の名前も載っているよ。手始めに彼に連絡をとってみるといい」

「あきれた、クインシー、よく自分で読んだりできるわね」

「僕の娘なんだよ、レイニー。僕にしてやれることは、これくらいしかない。じゃ、出かけようか。僕がおごるよ」

「おごるって、何を?」

「夕食さ。ここはくそ暑いね、レイニー。店に行くなら何か上にはおったほうがいい」

「よけいなお世話。わたしはタンクトップで出かけるわ。あなたのおごりなら、オーバの店に行きましょう」

2

ポートランド、パール区

夜の町に繰り出すと、たちまち以前の感触が戻った。クインシーは張り切って彼女を豪華なレストランに案内した。料理は上等だった。南国風のエビのセビーチェ（酢漬けの前菜）、珍しいキハダマグロ、つぶしたシログルミのエンチラーダ（衣で巻いた薄焼き）。クインシーは名高いマリオンベリーのダイキリを、凍らせたマティーニグラスで二杯飲んだ。レイニーは水だけにした。オーバのような店では、バドライトを注文する——が、飲まない——といういつもの習慣を実行するのは気が引けた。

二人は黙り込んだ。そして大いに喋《しゃべ》った。ほんとに、彼にまた会えてよかった。

「探偵業はうまくいってる？」デザートの途中で、あたりさわりのない話に飽き、気持ちが落ちついたころ、クインシーが尋ねた。

「ええ。免許が下りたところよ。五二一番、それがわたし」

「個人相手の仕事？」

「それもあるわ。でも、何人か弁護士と知り合いになって――免許をとるように勧めてくれたのも、その人たちよ。今後は彼らと一緒の仕事が増えるわ――証人の背後関係を調べたり、犯罪現場を再検討したり、警察の報告書を分析したり。まだデスクワークが多いけど、それで夫や妻の浮気がつきとめられるってわけ」

「面白そうだね」

レイニーは笑った。「退屈よ！　インターネットでオレゴン州の司法情報ネットワークをのぞいて時間をつぶしているの。気分のいい日には、オレゴン州警察のサイトにアクセスして、犯罪記録を調べたりもするわ。頭の体操にはなるけど、アドレナリンがどっと流れだすってことはないわね」

「僕も報告書はずいぶん読むよ」クインシーはやんわりかばうように言った。

「でもあなたはあちこちに飛んで、いろんな人と話ができる。血痕がまだ新しいうちに現場に行けるわ」

「それがそんなに懐かしいのかい、レイニー？」

レイニーは彼と視線を合わせないようにして返事を避けた。バドライトのボトルがほしかった。彼女は話題を変えた。「キンバリーはどうしてるの？」

「知らないね」

レイニーは眉を上げた。「あなたのお気に入りのお嬢さんだと思ったけど」

クインシーは渋い顔をした。「抑えて、レイニー、抑えて」

「わたしは素直に言ったまでよ」

「キンバリーには時間が必要なんだ。姉の事故で誰よりもショックを受けたのがあの子だ。彼女は怒ってる。まだ立ち直れていないと思う」

「怒ってるのは、アマンダにたいして？　それともあなたとベシーにたいして？」

「正直に言って、僕にはわからない」

レイニーはうなずいた。「わたし、ずっと弟か妹がほしいと思ってた。遺伝子が同じ者同士って、特別にちがいないわ。一緒に遊んだり、喧嘩したりできる相手。同じ両親をもって、ママって最低って言い合えたり、おたがいの考えがすっかりわかったりする相手。でも、アマンダはそれほどキンバリーの力にはなれなかったみたいね。アマンダは家族の頭痛の種だったんでしょう？」

「あの子は反抗的で、何かと問題を起こした」クインシーは言った。

「でも、キンバリーは模範的な子で、生まれつき人づきあいが上手だったのね」

「ベシーは嫌がるだろうけど、キンバリーはきっと優秀な捜査官になるよ」

「まだ犯罪学を勉強中？」

「学士の資格は社会学でとった。いまは犯罪学の修士課程に補欠で入ろうとしている」クインシーの額から一瞬しわが消えた。次女を誇りに思っていることが、表情に表われていた。

「ベイカーズヴィルはその後どう？」しばらくして彼が尋ねた。

「順調よ。あんな事件があったにしては、とてもうまくいってるわ」

「シェップとサンディーは？」

「まだ一緒よ」レイニーはわからないものねと言いたげに、首を振った。「シェップはセーラムの警備会社で働いてるし、サンディーは少年法の改正を訴える活動をしてるわ」

「えらいね。で、ルーク・ヘイズは？」

「優秀な新保安官。少なくとも、彼自身の話ではね。わたしも、四、五カ月前に行ったんだけど。町はしっかり守られてるわ」

「君がもう一度あそこを訪ねたとは驚きだね」

「ルークがわたしに用事があって」

クインシーは興味津々で彼女を見つめた。レイニーはあきらめて肩をすくめ、隠すのをやめた。「わたしの母親がらみで、彼は問い合わせを受けたの」

「君の母親がらみで？」クインシーは不意をつかれた。レイニーの母親は十五年前に散弾銃で頭を吹き飛ばされて死んだ。ベイカーズヴィルの町にはレイニーが引き金を引いたと考える人が多かった。脳味噌の切れ端を髪からしたたらせた姿を見れば、そう思いたくもなる。

「わたしの母親を探しに男があの町にやって来たのよ。ルークはわたしにも教えておいたほうがいいと考えたの」

「こんなに年数がたってるのに、なんでまた」

レイニーは顔をしかめた。たしかに気分のいい話ではない。「その男は刑務所から出所したばかりだった。加重殺人罪で三十年勤めあげて出てきたのよ。そう、わたしの母は男を引っかけるのが得意だったから」

「そして、男をとりこにするすべも心得てたようだね」クインシーがまぜ返した。「三十年たっても忘れさせなかったんだから」

「ルークは男に事実を話したわ。そして事件との関わりを調べて、何もないのを確かめた。そのあとわたしに話したってわけ」

クインシーはけげんな顔をした。何か言いたげだったが、結局は口をつぐんだ。

ウェイターが勘定書きをもってきた。クインシーが支払いをすませた。そして以前と同じように、レイニーは気にとめないふりをした。

その晩はそこで終わりにしたほうが、賢明だったろう。クインシーはふらりとやってきて、レイニーに彼女が喉から手がでるほどほしがっていた仕事を与え、彼女を町に連れ出した。レイニーは形勢が有利なうちに身を引くべきだった。だが時間はまだ七時。気温もようやく下がり始めた。そして彼女の気分はまだヒリヒリと高揚していた。

レイニーは彼にパール区を案内した。あの豪華なアンティークの店を見て。店の前にはごていねいにポルシェが違法駐車してるわ。こっちにはコーヒー屋、あっちには画廊、あそこには風変わりな手作り家具のショールーム。彼女は倉庫を改造した建物が並ぶ場所にクインシーを連れて行った。入口はクリームイエローと暖かなレンガ色に塗り替えられ、外観はさりげないが五十万ドルのマンションと贅沢なペントハウスに変わっている。どの家の前にも小さな四角い庭があり、住人が座って涼んでいる。きれいに舗装された通りでは、J・クルーの服に身を包んだカップルが、血統書つきの黒いラブラドール・レトリーバーを散歩させている。

この場所を見て。そしてわたしを見て。ベイカーズヴィルの田舎娘にしては、わるくないでしょ。

けれど、自分の切りっぱなしのショートパンツと、薄汚れたタンクトップに目をやったとたん、高揚感が一度に消えた。ああ、きれいなものがいっぱい詰まったこの世界がほしい。きれいなものがいっぱい詰まったこの世界が憎たらしい。わたしは三十二歳だというのに、いまだに自分がどういう人間で、何を望んでいるのかわからない。それが腹だたしい。というよりそんな自分に腹がたつ。

レイニーは不意に方向を変えて、丘のほうへと歩き始めた。戸惑いながらも、クインシーはそのあとについて行った。

トゥシェは昔ながらの店だった。廃屋《はいおく》になった倉庫を住まいにするのは、貧乏な大学生くらいという時代からそこにあった。そしてSUV族がほら穴のようなロフトに飽きて、緑の多い田舎に逃げたあとも、ずっとそこにあった。建物の一階はレストランで、わるくなかった。二階はプールバーで、さらによかった。

レイニーはバーの入口で運転免許証と札束を渡した。そして引き換えにビリヤード玉のラックとキューを二本、バドライトのボトルを二本受け取った。クインシーは眉を上げ、上着を脱いだ。五、六人のバイク族に二十人ほどの大学生がたむろする薄暗い部屋の中で、スーツ姿は彼ひとりだった。クインシーはいまや陸《おか》にあがった魚同然で、自分でもそれがわかっていた。

「エイトボール」レイニーが言った。「変則玉は失点とみなされるわ。最初に八番を打ったら、それで終わりよ」

「やり方はわかってるさ」彼は無表情に言った。

「だといいけど」彼女は玉をラックから出し、彼にキューを渡してブレークをうながした。

クインシーは台の上でキューを転がして台のゆがみを確かめた。それが彼女にとっては意外でもあり、嬉しくもあった。

「わるくない」彼はつぶやいた。

「ここには、腕こきが集まるの。さあ、時間稼ぎはやめてブレークしてよ」

クインシーはうまかった。それは予想できたことだった。つきあい始めてこのかた、レイニーはまだ彼の弱点を見たことがなかった。それは彼女を苛立たせると同時に、惹《ひ》きつけた。レイニーはパール区で暮らしてもう四カ月になるが、くつろげる場所はトゥシェくらいだ。台はすりへり、絨毯《じゅうたん》はすりきれ、バーカウンターは傷だらけ。ぼろぼろなところは、わたしそっくり。

クインシーはブレークで玉を二個打ち、シックスボールを突いたところで失敗した。バーテンダーのレナードはしばらく眺めていたが、そっけなく肩をすくめて行ってしまった。トゥシェには達人がかなり集まるから、もっとましな場面を見慣れているのだ。

レイニーが自信たっぷりに交代した。気分がよかった。アドレナリンが流れだし、耳の奥で小気味いい音をたてている。口元がほころんだ。自分でもそれがわかった。クインシーの瞳が燃えあがった。その視線を自分のむきだしの腕に感じながら、彼女は台の上にかがみ込んだ。クインシーはワイシャツの襟元をはだけ、袖をまくりあげていた。両手はチョークで汚れ、頬にも青い粉がついている。

二人のあいだに険《けわ》しい空気が流れた。レイニーはその感触が好きだった。

「コーナーポケットへ」彼女が宣言して、いよいよゲームは始まった。

三時間がすぎた。クインシーは最初のゲームをとった。レイニーが粋《いき》がって八番玉の上を飛び越えるように突き玉を打とうとして、失敗したのだ。彼はつぎのゲームでも勝った。彼女はむきになってトリプルバンクショットを試み、またもやしくじった。そのあと三回目、四回目、五回目と、たて続けにレイニーが勝った。失敗したショットをみごと成功させ、慎重なばかりでもうまくいかないとクインシーに思い知らせた。

「まだあきらめないつもり？」レイニーが言った。

「本番はこれからだよ、レイニー、これからだ」

彼女は満足げににやっと笑うと、台に戻った。六回目のゲームでは、クインシーが見違えるような力勝負に出て、彼女の意表をついた。それまで爪を隠していたのだ。勝負はますます面白くなった。

六回目はクインシーがとった。そして二人は七回目のゲームに入った。

「ずいぶん修業をつんでるようだね」彼がフォーボールを突く途中で言った。声は穏やかだったが、眉には汗が光り、突き方を決めるまで最初より時間がかかるようになった。

「わたし、ここが好きなの」

「ああ、いい店だ」彼もうなずいた。「だけど、ほんものを味わうには、シカゴに行かないとね」

クインシーはエイトボールに失敗した。レイニーは彼の手からキューを奪い取った。

「シカゴなんかくそ食らえだわ」彼女はそう言って、フェルト張りの台からきれいに玉を片づけた。

「これからどうする?」クインシーが尋ねた。息をあえがせていた。彼女も同じだった。部屋の温度は上がっていた。時間は遅かった。彼の問いかけにひそむ意味に気づかないほど、彼女はうぶではなかった。レイニーは古びた粗末な部屋の中を見回した。そして街灯が魅惑的にまたたく部屋の外に目をやった。自分の分不相応な美しいロフトを思った。そしてベイカーズヴィルにある懐かしい五〇年代風のわが家と、背の高い松の木立に思いをめぐらした。

彼女はクインシーを見上げ、そして……

「そろそろ家に帰るわ」と言った。

「そうだね」

「明日は朝から大仕事があるの」

「レイニー……」

「以前と変わってないわね。おたがいに少しはごまかせるけど、結局は前と同じだわ」

「変わったかどうかはべつとして、レイニー、そもそも何がいけないのか僕にはわからない」

「その話はやめましょう」

「いや、やめない！　あの最後の晩のことは、わかってる。僕がへまをやったんだ。でも、もう一度やり直したかった。それなのに君は、僕が町に行っても忙しいと言って会ってくれないし、そのうち電話に返事もしてくれなくなった。聞いてくれ、君がどんな思いをしたかはわかってるんだ、レイニー。生易《なまやさ》しいことじゃなかったのも――」

「また始まったわね。同情が」

「理解は同情とちがう！」

「背中合わせよ！」

クインシーは目を閉じた。彼が十まで数え、彼女の首をしめたくなる衝動を抑えているのが、彼女にはわかった。皮肉だわ。肉体的な暴力を振るわれたほうが、わたしにはわかりやすいって、おたがいにわかっているのに。

「君がいないと淋しい」しばらくして彼は静かに言った。「八カ月もたつのに、まだ君が恋しいんだ。そう、ここに来て君に仕事を頼んだのも、なによりそのためかも――」

「わかってる！」

「レイニー、僕はいつまでも恋しがってばかりはいたくない」

その言葉が宙に浮かんだ。レイニーは意味がわからないふりはしなかった。彼女はまたベイカーズヴィルを思い、自分が育った家を、その裏の広いテラスを、みごとに繁る松の木々を思った。十五年前のあの日、そして十五年前のあの夜。クインシーもきっと同じことを考えていにちがいない。彼は以前、事実を吐き出せば君は自由になれると言った。

「そろそろ家に帰らないと」彼女はもう一度言った。

彼も前と同じ言葉を繰り返した。「そうだね」

レイニーはひとりで歩いて家に帰った。穴ぐらのようなロフトの明かりを、ひとりでつけた。冷たいシャワーを浴び、歯を磨き、ひとりでベッドにもぐり込んだ。

そしてつらい夢を見た。

彼女はアフリカの砂漠にいた。野生の世界を紹介するテレビ番組で見たことがある風景だった。夢の中で、彼女はなかばこれはテレビだと思い、なかば現実に自分の前で起きていることだと思った。

砂漠の荒野。恐ろしい旱魃《かんばつ》。病気で弱った母親象が赤ん坊を産み落とす。羊水にまみれた子象が、よろよろと立ち上がる。母親象は深いため息をつき、息絶える。レイニーのいる場所はそこから離れすぎていて助けられない。「逃げるのよ、ちびちゃん、逃げなさい」と叫んでいる自分の声が聞こえる。だが、自分が何を恐れているのかわからない。

生後一時間の赤ん坊象は、母親によりかかり、亡骸《なきがら》から乳を吸おうとする。やがてあきらめて、ふらふらと歩き出す。

レイニーは砂漠の中でそのあとを追う。景色は熱気でかげろうのようにゆらぎ、乾ききった地面は足元でひび割れている。孤児になった子象は食べ物を求め、身寄りを求めて哀しげに啼《な》く。そして木々が頭《こうべ》を垂れる茂みで、太い幹《みき》に体をこすりつける。

「象の赤ん坊は、木の幹を母親の脚と間違えています」姿の見えないナレーターの声が聞こえる。「木の幹に体をこすりつけて、自分はここにいるよと訴え、守ってもらおうとしているのです。でも何の反応もないので、残酷な日照りの中を、疲れた子象は水を求めて歩き出します」

「逃げるのよ、ちびちゃん、逃げなさい」レイニーはまたつぶやく。

子象は必死に歩く。何時間かすぎた。赤ん坊象の足取りは前よりもっとふらついている。情け容赦ない地面に倒れ込む。やっとのことで体を起こすと、また歩き始める。

「水を見つけたようです」ナレーターが淡々と言う。「砂漠の暮らしでは、生と死を分けるのが水なのです」

突然、地平線に象の群れが姿を現す。近づくにつれて、幼い象たちが母親の大きな体の影に守られながら走っているのが見えてくる。群れが立ち止まると、子供の象たちも足を止めて母親の乳を吸い、母親象は鼻で子供の体をなでる。

よかった。あのちび象も、象たちの群れに救われるわ。

群れが近づく。ちび象は嬉しそうに鼻を鳴らして駆け寄る。するとリーダーの雄象が進み出て、ちび象を鼻で持ち上げて放り投げる。生後九時間の赤ん坊象は、地面に叩きつけられる。そのまま動かない。

ナレーターの語りが入る。「象の群れが親を亡くした子象を仲間に入れるのは、珍しいことではありません。いまご覧いただいたような攻撃行動がとられたのは、旱魃が深刻な証拠です。群れはすでに自分たちのメンバーを支えるのに精一杯で、これ以上仲間の数を増やしたくありません。リーダーの雄象は、ここで出会った赤ん坊象が、自分の群れの存続をおびやかすと考え、このような行動をとったのです」

レイニーは倒れた赤ん坊象のほうに走ろうとする。砂漠は前より広くはてしなく見える。どうしても近づけない。「逃げるのよ、ちびちゃん、逃げなさい」

ちび象がようやく体を動かす。首を振り、やっとのことで足を立てる。足が震えている。また倒れそうに見えたが、首を低くし、体を起こし、震えが止まる。

象の群れがまだ見えている。ちび象はそのあとを追う。

若い雄象が振り向いて、ちび象の頭を蹴る。ちびは仰向けに倒れ、悲鳴をあげる。そしてもう一度追いかける。二頭の雄象が振り向く。赤ん坊象はそちらに向かって走る。二頭はちび象を地面に叩きつける。ちびはよろよろと立ち上がる。二頭はまた彼を押し倒す。赤ん坊象は繰り返し、繰り返し、繰り返し、悲鳴をあげる。二頭はしたたかに彼を固いひび割れた地面に叩きつける。そして二頭は背中を向けて重たい足取りで去ってゆく。

「逃げるのよ、ちびちゃん、逃げなさい」レイニーはささやく。涙が頬を伝っている。

ちび象は弱々しく這い回る。頭から血が流れ、裂けた肉のまわりに蠅がたかっている。子象の片目は腫《は》れあがり、閉じられている。生まれてから九時間、残酷な目に遇い続けているのに、まだ生きようと闘っている。

ちび象が一歩踏み出す。また一歩。一歩ずつ足を踏みしめながら、彼は象の群れを追い、もう啼き声をあげることもなく、攻撃されるほど近くに寄ろうともしない。

三時間後。太陽が低く傾くころ、群れは浅い水たまりを見つけた。一頭また一頭と象たちが水の中に入っていく。ナレーターの話では、ちび象は群れの全員が水浴びをすませ、自分の番がくるまで待ったようだ。

レイニーはほっとする。これで大丈夫。水が見つかったから、象たちも前より穏やかになり、あの子象を助けてくれるだろう。ちび象は頑張り抜いた。そしてこれからはしあわせになれる。それが世の中というもの。つらい思いを耐え抜けば、めでたしめでたしになれる。

と思ったそのとき、ジャッカルがどこからともなく現れ、そしらぬ顔の雄象たちの目の前で、茫然《ぼうぜん》とするちび象に飛びかかり、その体をずたずたに引き裂いた。

レイニーははっとして目を覚ました。死んでゆくちび象の哀しげな悲鳴が、まだ耳に残っている。頬は涙でぬれていた。

ふらふらとベッドから起き出した。闇を抜けてキッチンまで行き、グラスに水をくみ、一気に飲みほした。

ロフトの中はしんと静まり返っている。朝の三時。まだ暗く、がらんとしている。両手が震えていた。体は自分のものと思えない。

そして思った……

クインシーが一緒にいてくれたら。

3

フィラデルフィア、サウスストリート

ベシーことエリザベス・アン・クインシーは、美しく歳を重ねていた。

彼女はいつも身だしなみに気をつけなさいと言われて育った。眉毛を抜き、髪を整え、顔にクリームを塗り。そして歯間ブラシで日に二度歯を掃除した。歯ぐきについた黴菌《ばいきん》が、何より老化を早めるの。

エリザベスは言われたとおりに実行した。眉を抜き、髪を整え、クリームを塗り。お使いに行くときもきちんとした恰好《かっこう》をした。テニスコートの外では、絶対にテニスシューズをはかなかった。

エリザベスは決まりを守るのが好きだった。彼女はピッツバーグ郊外の裕福な家庭に育ち、いつも週末には英国スタイルの乗馬をやり、跳躍を練習した。十八歳のころには「白鳥

の湖」のバレエが踊れたし、ティーポットのカバーをかぎ針で編めた。褐色の髪をビールを使ってカールさせる方法も、こてを使ってストレートに戻す方法も知っていた。いまの女の子たちは、そんな世代を馬鹿みたいだと批判する。でもそんな批判は、毎朝一番にアイロンかけができるかどうか、自分で試してみてからにしてほしい。

　彼女には芯の強いところもあった。母親から反対されても大学に行ったのは、そのせいだった。大学時代に、エリザベスは自分の家族とはまるでちがう男に惹かれた——謎めいたピアース・クインシーに。彼はニューイングランド出身だった。エリザベスの母親はそこが気に入った（メイフラワー号の家系かしら？　まだイギリスに親族がいるの？　それはなかった。彼の父親はロードアイランドで農場を経営し、数百エーカーの土地を持ち、何やら心に決めたことや信念があるらしかった）。クインシーは心理学の博士課程にいた。エリザベスの母親はその点も気に入った（心理学者になるのね、わるくないわ。クインシー博士、いいじゃないの。きっとどこかで開業するわ。セラピストって、ずいぶん収入がいいらしいもの）。

　クインシーはたしかに心の問題に興味を引かれた。じつのところ、彼が犯罪学と心理学の両方で学位を取ろうと決めたのは、シカゴ警察に勤務していた時期だった。警察の仕事につきものの銃や男性ホルモン的な要素以上に、彼は犯罪者の心理に引きつけられた。何が異常人格を作りあげるのか。どんなきっかけで人は殺人を犯すのか。どうすれば防ぐことができるのか。

エリザベスはピアースとその問題についてよく話をした。彼女は彼の明晰《めいせき》な頭脳と、声にこもる情熱に魅せられた。穏やかな教養人の彼が殺人者になり代わって考え、その行動を推理できるとは、とても思えなかった。

ピアースの仕事の暗部が、彼女に人には言えないスリルを与えた。異常者やサディストの話をする彼の手を眺め、銃を握る彼の指を想像した……。彼は考える男であると同時に行動する男であり、エリザベスはそこに強く惹かれた。

最初のころはまだ、結婚してどこかに落ちつき、普通の暮らしができると思っていた。最初のころは、ピアースのような男は普通の暮らしとは無縁だということが、わかっていなかった。彼には仕事が必要であり、仕事が命だった。そしてエリザベスと二人の幼い娘は、彼の世界に入り込めなかった。

エリザベスの親族の中で、離婚を経験しシングルマザーになったのは、彼女ひとりだった。彼女の母親はそれが気に入らず、我慢するように言ったが、エリザベスの芯の強さがここでも頭をもたげた。彼女はアマンダとキンバリーのことを考えねばならなかった。そして娘たちには安定が必要だった。父親がサッカー見物から急いで死体検分に出向くようなことのない、健全な郊外での暮らしが必要だった。とくにアマンダは、父親の職業を嫌った。なぜ殺人鬼が仕事をしていないときしかパパに会えないのか、彼女にはまったく理解できなかった。

エリザベスは子供たちに感謝されていた。ちかごろは、そう自分に言い聞かせることが多くなった。私は子供たちに感謝されている。
たとえ生命維持装置のプラグを抜いても？

四十七歳になっても、エリザベス・アン・クインシーは美人だった。教養があり、洗練されていて……孤独だった。

その月曜の夜、彼女はフィラデルフィアのサウスストリートを歩いていた。高級ブティックからセックス・ショップまで脈絡なく軒を並べる通りを笑いながら行きすぎる人びとには、目をくれなかった。派手に刺青《いれずみ》を入れた十代の若者三人を避けて、胴体の長い黒いリムジンの横をすり抜けた。その夜は馬車の数が多く、ただでさえ人間の汗と揚げ物の匂いが鼻をつくサウスストリートに、強烈な馬糞《ばふん》の臭気が入り混じっていた。

エリザベスは匂いに鼻をふさぐと同時に、自分と同じフィラデルフィアの住人たちと目を合わせないようにして歩いた。ソサエティヒルのタウンハウスに早く戻って、ベージュ色の壁とシルク張りのソファのある部屋でほっとしたかった。今夜もひとりケーブルテレビを見てすごすのだ。電話を眺めたりしないように、電話が鳴るのを待ち焦がれたりしないように、気をつけないと。

彼女は不意に男と衝突した。グルメな食品店から出てきた男に、ちょうど通りかかった彼女の肩が激しくぶつかったのだ。彼女の体は前のめりになり、つぎの瞬間ぐらっと横に傾いた。

エリザベスが馬糞のころがる道路に倒れる前に、男が彼女の腕をつかんだ。

「ほんとにごめんなさい。僕ってなんてそそっかしいんだろう。さあ、立ってください。いいですか？　ほうら、これで大丈夫。怪我はないですよね？　お腹の中身が出ちゃったりしたら、大変ですからね」

エリザベスはぼうっとして首を振った。儀礼的に「ええ、大丈夫」と言いかけて、初めて自分と衝突した相手を見た。そして言葉が喉につまった。その顔……快活なブルーの瞳、ヨーロッパ系特有の彫りの深い顔だち、髪はこめかみの部分は黒く、上のほうは艶やかな銀色。年齢は四十代から五十代かしら。お金持ちのようね。ボタンをはずした上等なリネンのシャツの襟元から、太い喉と、グレイがかった胸毛がほんの少しのぞいている。仕立てのいい褐色のズボン、グッチのベルト、そして靴はアルマーニのローファー。彼は……素敵。

エリザベスは自分の腕をつかんでいる男の手を急に意識した。そして口ごもった。「私が不注意だったの……ぼんやりしてたから……あなたにぶつかって。あなたのせいじゃないわ。謝らなくていいのよ」

「エリザベス！　エリザベス・クインシーでしょ」

「え？」彼女はもう一度男をしげしげと眺め、よけいに度をうしなった。まるでいつもの彼女らしくなかった。彼は背がとても高く、胸はたくましく、ハンサムだった。そしてまったく見覚えのない相手。それはたしかだった。

「すみません」彼は即座に言った。「またしても、どじでしたね。僕はあなたを知ってるけど、あなたは僕を知らなかったんだ」

「ええ、知らないわ」ベシーは正直に言った。まだ自分の腕を握っている彼の手に視線を落とした。男はようやくその手を放し、意外なことに顔を赤くした。

「困ったなあ」彼は言いよどんだ。戸惑う様子が、また魅力的だった。「どうお話しすればいいのか。あなたの名前を口に出すべきじゃなかったんです、ほんとに。でもまあ、こうなったら仕方がない。言っちゃいましょう。以前にお目にかかってるんです。もし憶えておいでなら。先月、ヴァージニアで。あの病院で」

エリザベスはすぐには事実を呑み込めなかった。だが、いざ呑み込むと体がこわばった。顔から血の気が引いた。自分を守るように両腕で腰を抱いた。この人が病院にいたとすると、もしかして……。なんのことかわかり始めると、体の芯が凍りついた。彼女は目を閉じ、ごくっと生唾《なまつば》を飲み込んだ。そして言った。「お名前を教えていただけるかしら」

「トリスタン。トリスタン・シャンドリングです」

「で、なぜ私をご存じなの、シャンドリングさん?」

恐れたとおりだった。彼は何も説明しなかった。ただ黙って上等な織りのシャツをズボンからたくしあげ、右腹を見せた。

傷痕は数センチほどで、大きくなかった。だが手術の跡はまだ新しく、生々《なまなま》しく赤かった。あと一、二カ月すれば、色も薄れ、腫れも引くにちがいない。引き締まった浅黒い胴体に細くて白い筋が残るだけだろう。

エリザベスはわれを忘れ、震える手でその傷痕に触れた。

ハッと息をつめる音が、彼女を現実に引き戻した。目をしばたたき、自分が知らない男の腹をなでているのに気づいた。彼はまだシャツをあげたままで、通りすがりの人びとが立ち止まって自分たちを眺めていた。

彼女は泣いた。気づかなかったが、涙が頬を伝っていた。

「お嬢さんが、僕の命を救ったんです」トリスタン・シャンドリングは静かに言った。

エリザベス・クインシーはこらえきれなくなった。彼女は彼の腰に両腕を回した。マンディの腎臓をもつ男に体を押しつけた。そして娘を抱きしめるようにきつく彼を抱いた――彼を通してマンディが戻ってきたかのように。母親はけっして子供を葬《ほうむ》り去ったりしない。でも私は装置のプラグを抜いた。ああ神さま、私は許可を与え、あの人たちが娘を私から奪った……

トリスタン・シャンドリングの腕が彼女の体を抱いた。ざわめくサウスストリートの真ん中で、彼は彼女の肩を叩いた。最初はぎこちなく、そのあとは力強く励ますように。男は自分の胸の中で彼女を泣かせ、そして言った。「シーッ、大丈夫。僕がついててあげるよ、ベシー。僕が力になる。約束するよ」

4

ポートランド、パール区

レイニーは火曜の朝五時に、ベッドから這いだした。自虐的な満足感をえるために、湿度九〇パーセントの中を一〇キロ走った。不思議なことに、それでも死ななかった。

四十分後にわが家に戻ると、すぐに冷たいシャワーを浴び、ヴァージニアはどんなところだろうとぼんやり考えた。

彼女はこれまでオレゴン州の外に出たことがなかった。シアトルまで行ってみようかと考えたこともあったが、実現はせず、三十二歳になっても広大なアメリカをまったく知らないと言ってもよかった。オレゴンではそういう人間は珍しくない。オレゴンは大きな州だ。海岸に山、砂漠に湖、しゃれた都会に小さな辺境の町が揃っている。賭けごと、ウィンドサーフィン、ロッククライミング、スキー、ハイキング、日光浴、ショッピング、ゴルフ、ヨット、魚釣り、競馬、急流のいかだ下り、乗馬、となんでもでき、そのすべてが同時に楽しめるリゾート地まであるのだ。ほかの州に行くのもいいだろうが、とくに出かける必要はない。

レイニーはタオルで体を拭き、飛行機旅のためにルーズフィットのコットンの服を選び、いよいよ新しい仕事を本格的に開始した。直前に予約した大陸横断便には大枚二千ドル請求された。払えるのはアメックスのおかげ。

つぎなる問題は、州の外でどうやって仕事を進めるかということ。私立探偵の彼女は、原則として管轄権を制限されていない。だが、ほとんどの州の司法機関が、情報提供の際は地元の探偵免許番号を要求する。つまり、レイニーがヴァージニアで陸運局の記録を引き出したり、不動産所得権調査などをおこなおうとしても、うまくいかないというわけだ。けれどそれはこの商売では目新しい問題ではなく、私立探偵たちはなんとか解決の方法を見つけていた。

レイニーは『私立探偵ダイジェスト』に目を走らせてヴァージニアの私立探偵を探しだし、電話をかけた。十五分後、身元保証のために自分のオレゴンの免許番号を教え、自分の目的を説明したあと、レイニーに即席のパートナーができた。彼女がヴァージニアの私立探偵フィル・ドビアーズに自分の手に入れたい情報の内容を伝え、彼が名義料と引き換えに当局から記録を引き出してくれる、というわけだ。免許取得に支払った千六百ドルが、これでようやく役に立つ。

彼女は三日分の服を詰め、以前クインシーと関わった事件のことを考えて、グロックの拳銃も放り込んだ。そしてロフトを出た。

三時間後。機体が空に浮かび、ようやく肘かけを倒してほっと息がつけたレイニーは、アマンダ・ジェーン・クインシーの死亡事故にかんする公式報告書を読み始めた。

現場に最初に到着した警察官は、ヴァージニア州警察の警邏《けいら》巡査だった。彼は通りがかりのトラック運転手の携帯電話から通報を受けた。電話がかかったのは朝の五時五十二分。通報者は激しく動揺したようすで、道路脇で死体を見たと報告した。トラックを停めると、老人と小さな犬が倒れており、老人はおそらく死亡していると思われ、犬のほうは確実に死んでいた。さらに茂みの中に、電柱と衝突したフォード・エクスプローラが見えた。つぶれたボンネットから、まだ湯気が立っていた。通報者が大声で呼びかけたが、運転者は動かなかった。それでも通報者は女性運転者に触れることも動かすこともしなかった。自動車事故ではそれをすべきではない、さらに傷を深める可能性があると考えたからだ。

トラック運転手は州警察巡査が到着したとき、まだ現場にいた。そしてすぐに歩行者が倒れている場所に案内し、巡査もその老人の死亡を確認した。二人はエクスプローラのほうに移動し、巡査が運転席側のドアをこじ開け、女性運転者の脈を調べた。命をとりとめているようだったので、彼は通信センターの指令係に連絡した。いっぽうトラック運転手は女性の頭部の損傷ぐあいを初めて目にし、背を向けて吐いた。

さいわいなのは、報告書に細部までかなり詳しく書かれていることだった。それは州警察巡査が、救急医療班より先に現場に到着したおかげだ。自分の経験から、レイニーにはわかっていた。消防隊員と同じく、救急医療班はあっという間に現場を荒らしてしまう。

レイニーはポラロイド写真を眺め、歩行者と犬が発見された場所および電柱に衝突した車があった位置を示す線画を眺めた。報告によれば、車はグリーンの一九九四年型フォード・エクスプローラで、アマンダ・ジェーン・クインシーの名前で登録され、中古で三年前に購入されている。よけいなアクセサリーのない実用本位のモデルで、オートマティックではなく、しかもアマンダにとってあいにくなことに運転席側にエアバッグがついていなかった。

そして衝突時に運転者はシートベルトを着用していなかった。巡査の記述によれば、シートベルトは「操作不能」状態で発見されている。それが正確に何を意味するのかわからず、レイニーはページを繰ってみたが、それ以上の説明は見当たらなかった。

自動車事故専門の捜査員は呼ばれていない。その点は残念だ。オレゴンの州警察には、衝突事故を分析し情報をもとに再現する専門班が設けられている。ヴァージニアにはそういう班がないのか、それともこの件には必要ないと考えられたのだろうか。少なくとも巡査が基本的な取り調べはおこなっている。カーブの箇所にタイヤがこすった跡は見られず、運転者がブレーキをかけようとしなかったことがわかる。エクスプローラの後部にも横腹にも傷やペンキの跡はなく、ほかの車が関与した形跡はない。現場にはほかの車の痕跡もタイヤの跡も残っていない。

巡査はあっさりこう結論づけている。単独車による事故。原因は運転者が車をコントロールできなかったため。麻薬およびアルコールの検査の必要あり。

緊急治療室で、巡査はこう書き加えている。血液検査の結果、血液中のアルコール濃度0・20。過失運転者は頭部に甚大な損傷を負っており、生命が危ぶまれる。

ファイルにそれ以上の記録はなかった。その後も、運転者が起訴に応じられるほど意識を回復することはなかったのだ。一年あまりのち——彼女は死亡した。事件は終わった。

レイニーは背筋に寒気《さむけ》を感じた。

報告書をしまったが、写真はまだ手の中にある。犬を散歩させていた、哀れな老人の写真。引き綱が短すぎた、哀れなフォックステリアの写真。衝撃で紙のようにしわくちゃになった大型車の、ねじれた前部の写真。

救急医療班がアマンダをただちに緊急治療室に運び去ったので、彼女の写真はない。だが、州の巡査がフロントガラスの写真を撮っていた。こなごなになった左上の四半分に、アマンダ・クインシーの頭の形が不気味に見てとれる。

クインシーもこの写真を見たんだわ。どれくらい眺めてから目をそらしたのかしら。

レイニーはため息をついた。報告書を読んだかぎりでは、あまり期待できない。ほかの車が関与した証拠はひとつもない。ブレーキをかけた跡がない点は、新米探偵の腑《ふ》に落ちないけれど、酒気帯び運転とすれば辻褄《つじつま》が合う。それに、現場にほかの人間がいた形跡もない。州警察の巡査はありのままに報告を書いている。彼の見方に賛成せざるをえないわ。

でも、アマンダは朝の五時半に酔っぱらっていたのかしら。そのわずか三時間前に、友人たちがしらふの彼女を見ているというのに。それに、「操作不能」だったシートベルトのこともある。それが使えなかったせいで、命までは落とさずにすんだ事故が、悲劇に変わった。それからアマンダ・クインシーが恋していたらしい、誰も会ったことのない謎の男。「それでも事故じゃなかったとは言えそうもないわ」レイニーはつぶやいた。けれどクインシーの影響からか、彼女はすでに逆のことを考え始めていた。

ニューヨーク、グリニッチヴィレッジ

キンバリー・オーガスト・クインシーは、またしても発作に襲われた。彼女はニューヨーク大学のキャンパスがあるワシントンスクエアの一隅にいた。陽射しは明るかった。空は見渡すかぎり真っ青で、広場の記念碑をとりかこむ芝生の緑は燃え立つようだった。散歩する人びとは、流行《はやり》のスーツとジョン・レノン風の小さなサングラスできめていた。夏期講習を受けている学生たちは、裾を切ったデニムのショートパンツに体にはりつくタンクトップ姿で芝生に寝ころがっていた。一見宿題をやっているようだが、半数はぐっすり眠り込んでいる。

気持ちのいい七月の昼下がり。ここはニューヨークの中でも、安全で美しい場所だった。キンバリーの動悸が激しくなった。彼女は息をあえがせた。それまで肩から下げていたバッグを、両手でぎゅっと握りしめた。自分がどこに向かおうとしていたのかも、わからなくなった。顔に汗が吹き出した。

ビジネススーツを着た男が、足早に歩道を歩いている。男はふとキンバリーの姿に気づいて、足を止めた。

「大丈夫かい？」

「あっちへ……いって」

「きみ――」

「来ないで！」

男は首を振りながら、急ぎ足で立ち去った。頭のおかしな人間がごっそりいるこのニューヨークで、いいことをしようとした自分が間違いだったと思っているのだろう。

わたしは頭がおかしいわけではない――少なくとも、いまのところは。心理学の授業も受けたキンバリーには、理屈のうえではそれがわかっていた。これは不安発作だわ。この発作が起きるようになって、もう数カ月になる。

何日も何週間も、万事なにごともなくすぎるときもある。彼女はいまニューヨーク大学で三年を終えたところで、夏期講習に二クラス通い、犯罪学の教授の下で実習を受け、ホームレスの施設でボランティア活動をしているから、予定はぎっしり詰まっていた。朝は六時四十五分に家を出る。そして夜の十時前に帰ることはめったにない。そんな日課も苦にならなかった。

だが、あるとき不意に……

まず最初に妙な感覚に襲われる。背筋にぞくっと戦慄《せんりつ》が走る。うなじのあたりに鳥肌が立つ。歩いている途中で、突然足が止まる。あるいは込み合う地下鉄の中で、くるっと体の向きを変える。そして探す……でも自分が何を探しているのかわからない。ただ、誰かに見られているような激しい不安感を感じる。姿の見えない誰かに。

その状態も一瞬で消える。動悸はおさまり、呼吸も元に戻り、すべてが平常になる。何日も何週間も。そしてまた不意に……

葬式のとき以来、事態が悪化した。発作が何時間も続くようになり、二、三日ほっと息がつけたと思うと、また発作が起こって地下鉄に乗ると世界が闇に沈んでしまう。

理屈のうえでは、それも納得がゆく。自分は姉を亡くし、母親といさかい、父親がどうしているのかまるでわからない。話を聞いてくれた犯罪学教授のマーカス・アンドリューズ博士も、おそらくストレスが原因だろうと言った。

「少しテンポを落として」と教授は忠告した。「休める時間を作りなさい。今年できなかったことは、来年になればかならずできるからね」

けれど、キンバリーがテンポを落とせないことは、二人ともわかっていた。それは彼女の性《しょう》に合わない。母親はいつもキンバリーに、あなたはお父さんそっくりねと言った。それがいろんな意味で、不安発作をさらに悪化させた。キンバリーが、父親と同じように何も恐れないたちだったからだ。

キンバリーは八歳のときに、父親と姉と一緒に近所のお祭りに行ったことがあった。彼女もマンディもわくわくした。今日はずっとパパといられるし、綿菓子もいろんな乗物もある。二人は有頂天になった。

傾きながらぐるぐる回る車にもスパイダーにも、観覧車にも乗った。焼きリンゴを食べ、ポップコーンの袋をひとつずつ抱え、氷のいっぱい入ったコークを飲んだ。そしてお砂糖とカフェインで勢いづいた二人は、パパの手を引っ張ってつぎなる冒険をねだった。

けれど父親はもう二人のほうを見ていなかった。彼はメリーゴーラウンドの脇に立っている男をじっと見つめていた。薄汚れた長いコートを着た男を見て、マンディが鼻にしわを寄せ、「うわー、くさい」と言ったのをキンバリーは憶えている。

父親は娘たちに静かにしなさいと手で合図した。父親の顔をちらっと見上げた娘たちはその表情の険しさに圧倒され、黙って従った。

見知らぬ男はカメラを首から下げていた。そして三人の見ている前で、メリーゴーラウンドに乗っている子供たちの写真を何枚も撮った。

「あの男はロリコンだ」父親がつぶやいた。「あれから始まるんだ。ほしいけど手に入らないものの写真を撮る。たくさんの写真をね。あの男はまだ自分と闘っている。こっそりポルノ写真を集めてるだろうが、生きた獲物にはまだ手を出していない。いまは懸命に抑えてるが、いつか自分との闘いに負ける。きっかけがあれば犯罪者に転じるだろう。彼は子供が大勢いる場所に出かけていく。そしてついに転落したときは、自分がわるいんじゃないとうそぶく。子供のほうが自分を誘ったんだとね」

キンバリーの脇にいたマンディは、びくっと体を震わせた。男をキッとにらみつけたが、たちまち顔をそむけた。下唇がわななき始めた。

父親はさらに続けた。「ああいう感じの男を見たときは、すぐにそこから離れるんだよ。あっと思ったら、かならずその直感を信じて。すぐに近くの守衛さんのところに行くか、近くに守衛さんがいなかったら子供を連れて歩いている女の人のうしろに隠れなさい。男は君たちがお母さんと一緒だと思って、追いかけるのをやめるからね」

「パパはこれからどうするの？」キンバリーは息を殺して尋ねた。

「あの男の特徴を警察に伝える。そして明日もあさってもその次の日も、ここにもう一度来てみる。彼がまだうろついていたら、理由を見つけて逮捕する。そうすれば少なくともしばらくのあいだは、あの男もおとなしくなるだろう」

「おうちに帰りたい！」マンディは鼻声でそう言うと、泣き出した。

キンバリーはわけがわからず、姉を眺めた。そして父親のほうに向き直った。父親はまたマンディを泣かせてしまったという顔で、ため息をついた。キンバリーは父がわるいことをしたとは思わなかった。マンディはすぐに怒る。マンディはすぐに泣く。でも、わたしはちがう。

キンバリーは父親を誇らしげに見上げた。そして九月に、新しい先生が生徒たちに親の職業を尋ねたとき、彼女は「パパはスーパーマンです」と大きな声で答えた。おかげでほかの子たちから何カ月もからかわれたが、キンバリーはひるまなかった。

パパはこわい男たちから子供を守っているんだわ。いつかわたしも、パパみたいになりたい。

けれどいまの彼女は、動悸がおさまることを、息ができることを、目の奥にちらつく赤い斑点《はんてん》が消えることを、ひたすら願った。アンドリューズ博士からはバイオフィードバック（身体機能を自律神経によらずに随意に制御できるようにする訓練法）を勧められていた。そこで彼女は自分の両手に神経を集中させ、手がしだいに温かくなる、どんどん温かくなる、熱くなるとイメージした。

世界が徐々に戻ってきた。ふたたび空は青く、芝生は緑になり、通りのざわめきが聞こえ始めた。うなじの鳥肌が消え、眉の汗も引いた。

キンバリーはようやくバッグを握っていた手から力を抜いた。そしてまわりをゆっくり見回した。

「ほらね」彼女は自分に言い聞かせた。「みんなそれぞれに用事があって動いている。いつもと変わりないじゃないの。誰もこちらを見たりしていないし、こわがることなど何もない。妄想よ、キンバリー。ただの妄想だわ」

彼女はまた歩き始めた。だが、交差点でふたたびためらった。足を止め、後ろを振り向いた。またしてもあの寒気を感じた。暑い七月だというのに。そして頭がよくて知的で強いクインシー家の人間だというのに、彼女は駆けだし、ひたすら走り続けた。

5

ヴァージニア、クアンティコ

クインシーはクアンティコを抜け、海兵隊施設の裏側にあるFBIアカデミーの守衛所まで行くと、車の速度を落とした。若い警備員は車の窓に貼ってある身分証ステッカーを確かめると、うなずいて、行けと合図した。クインシーは挨拶《あいさつ》がわりに手を振ったが、警備員は挨拶を返すわけでもなく、いかつい表情を崩さなかった。相手を恐れ入らせるのが警備員の商売なのはわかっている。だが、おかげでいつも仕事始めに愉快な気分を味わわされる。

あまり睡眠をとらないクインシーは、朝三時に起きてシアトルまで車を飛ばし、ワシントン行きの直通便に乗った。長年全国を飛び回ってきたため、しだいに便を乗り継ぐのが苦痛になり、移動時間を短縮できるならどんな手でも使うようになった。車が好きで、最近では飛行機を避けてできるだけ車を利用する。マンディの事故でそれも変わるかと思ったが、変わらなかった。

射撃練習場のとなりの駐車場に車を入れたあと、クインシーは道路を横切って建物の裏口まで歩いた。セキュリティカードを読み取り機に通すと、機械がしずしずと扉を開けて彼を中に招じ入れた。

行動科学班のオフィスがある地下二階まで階段を降り、捜査官たちの前を通りすぎた。クインシーはうなずいて挨拶した。ディーコン特別捜査官がうなずき返したが、目を合わせようとはしない。この四週間いつもこんな感じだ。クインシーはそれにももう慣れた。彼の娘は悲惨な死をとげた。周囲の人間たちには、それが気づまりだった。しかも彼らは非業《ひごう》の死をはばみ、防ぐことをなりわいとしているのだ。いまやクインシーの存在は、彼らに犯罪現場の写真はけっして人ごとではなく、最悪な事態が身近にも起こりえることを、つねに思い知らせた。彼が仕事場に顔を出すと、整然と区分けされた世界がかき乱されてしまう。マンディの葬式からそのまま仕事に戻った彼を非難する声までが、クインシーの耳に届いた。なんと冷たい父親だろう。

彼はあえて反論はしなかった。自分の子供が死んだら、きっと彼らにもわかる。

クインシーは金属製の防火扉を開けて、行動科学班のオフィスに入った。

ハリウッド映画のイメージとちがい、ＦＢＩアカデミーのオフィスはいたって実用本位で、なかでも行動科学班のオフィスは味もそっけもない。屋内射撃練習場の下の地下二階にあり、壁面は建築用ブロックにペンキを塗ってあるだけ。色はここにふさわしく、骨のような白。地面を深く掘り下げた場所なので、窓はひとつもない。特別捜査官主監（ＳＡＣ）の部屋が真ん中にあり、その四方をほかの部屋がかこんでいる。この間取りは、クインシーに規模の大きな刑務所を思い出させた――中央管理室をかこむように、囚人の房ができている。上層部が、この間取りなら犯罪者の心理をつかみやすいとでも考えたのだろうか。

行動科学班には自慢の種がひとつあった。それはテレビスタジオを思わせる最新テクノロジーを装備した部屋で、捜査官同士で電話会議を開くことができたし、大がかりな講義用に、想像もつかないほど数多くのベルや笛も用意されていた。そっけない実務用の部屋と、これ見よがしな会議室の落差が、クインシーにはおかしかった。捜査局はたしかに優先順位を心得ている。

クインシーは元から行動科学班にいたわけではなかった。彼は数年前に幼児虐待・連続殺人事件捜査班（ＣＡＳＫＵ）から行動科学班へと、暗黙の境界線を越えて移動した数少ない捜査官のひとりだった。彼はどちらの世界でも、変わり種だった。片方では派手なプロファイラーの世界に入った学者肌の男、もう片方では行動科学という学術的な世界に入った派手なプロファイラー。どちらの側も彼を重宝がった。そしてどちらの側も彼を扱いかねた。

クインシーはまだレイニーにさえ言っていなかったが、もう一度荒波にもまれようかと考えていた。ひと月前、彼に再移動の話がもちかけられた。提示された仕事は現在では暴力犯罪分析センター（ＮＣＡＶＣ）と名称が変わった部署のプロファイラーだった。五十に手の届く彼が、ふたたび実際の事件を扱い、現場の仕事に戻ることになる。

　正直な話、彼は現場に戻りたかった。

　クインシーは連邦捜査局に入ったとき、これはそれまで以上に大きな責務のためだと自分に言い聞かせた。二年間セラピストとして個人で開業し、収入はよく（ベシーにとってだいじなこと）、仕事は面白かった（彼にとってだいじなこと）。だが、気分が落ちつかなかった。シカゴ警察の仕事を辞めて、大学院で勉強を続けたのは、自分の最大の興味が心理学にあると考えたからだった。だがセラピストになったクインシーは、心から捜査活動が懐かしかった。追跡のスリル、警察官たちとの連帯感、銃の心地よい重さ。ＦＢＩの友人が、その年の終わりに彼に入局を誘いかけたとき、説得に手まどることはなかった。

　そしてふと気づくと、クインシーは年に百二十件の事件を担当していた。五日のあいだに四つの都市を回ることも珍しくなかった。ブリーフケースには、考えられないほど残虐な現場写真が山ほど詰まっていた。彼の警告が人命を救ったこともあれば、彼が手がかりを見すごして人命がうしなわれたこともあった。

　クインシーの娘たちはおとなになった。彼の結婚は破局を迎えた。そして、かつて裁判で心理学の専門家として証言台に立っていた男は、自分がもっとも見たくないはずの死体の山にどっぷり浸《つ》かっていた。

　ジム・ベケットが二人の看守を惨殺してマサチューセッツの刑務所から脱出したころ、クインシーはすでに燃えつき症候群の歩く見本のようになっていた。その事件が解決し、自分の知り合いで尊敬にあたいする何人もの警察官が埋葬されたとき、彼はそろそろ変わらねばと考えていた。

彼は行動科学班に移動し、旅をする回数も減って娘たちに割《さ》ける時間が増えた。娘たちの子供時代が懐かしかった。そして遅まきながら娘二人のハイスクール時代に追いつこうと努めた。

クインシーはクアンティコで研究調査や講義をおこなうかたわら、サッカー試合や学芸会の芝居を見物した。幼児殺しのラッセル・リー・ホームズなど過去の事例を研究した。マンディのハイスクールの卒業式に出席した。未解決事件のファイルに目を通し、捕まっていない連続殺人犯の記録を調べた。キンバリーの大学選びに手を貸した。潜在的な大量殺人犯を識別するチェックリストを作成した。ヴァージニアの病院に来てほしいと電話を受け、長女の死を見届けた。

歳月はクインシーに後悔を与えた。そして同時に正直な見方を教えた。彼はいま、自分がもはや世界を救うために働いているわけではないのを悟っていた。捜査官として働く理由は、会計士や弁護士や会社の事務員と変わらない。それが得意だから。挑戦が好きだから。うまくいったときに、達成感が感じられるからだ。

彼はいい夫にはなれなかった。いい父親にもなれなかった。だが、去年はある町の地元警察が一回きりの犯行と考えた大量殺人事件について、ほかの二件との関連をつきとめることができた。

クインシーはずば抜けて優秀な捜査官だった。そして年を重ねるとともに優れた人間になろうとも努めた。マンディが事故を起こす少し前に、彼女と連絡をとろうとしたのは本当だ。そしていま、彼からの電話をかたくなに無視するキンバリーに、必死で連絡をとろうとしていた。先月は、ロードアイランドの養老施設に八十歳の父親を訪ね、午後いっぱいそこですごすことまでした。父親はアルツハイマー病をわずらい、もはやクインシーが誰かわからず、会ったとたんに出ていけと叫んだ。だが、クインシーは居つづけた。やがてエイブラハム・クインシーは怒鳴るのをやめた。そして二人は黙って座り、クインシーは記憶を甦らせることができない父親のかわりに、父と一緒にすごしたころの思い出をたぐり寄せた。

距離を置いても守ることにはならない。いかに犯罪現場で経験を積もうと、自分の子供の死は防げない。何度夜を重ねても、ひとりで眠るのは容易ではない。それらのことを、クインシーは痛い思いをして学んだ。

以前レイニーは、お行儀がよすぎると彼を非難した。そのときクインシーは、この世にはすでに醜悪なことが多すぎる、自分がさらにその上塗りはしたくないと答えた。それは本心だった。

彼は純粋にマンディを愛していた。

彼女がそれを知らずに逝《い》ってしまったのが、悔やまれた。

ヴァージニア

飛行機がロナルド・レーガン空港に着陸したとき、レイニーは少しばかりめまいがした。頭の上のコンパートメントからバッグを引っ張りだし、四〇口径のグロックが入った小型スーツケースを荷物の到着口で受け取ると、レンタカーの窓口に直行し、首尾よく世界最小のエコノミーカーを確保した。初めての旅にしては上々の出来だわ——恐れ入ったでしょ、ダーティ・ハリー。

胃がぐうっと鳴った。機上で出された得体の知れない肉を信用できず、手をつけなかったのだ。けれど時間はすでに午後の四時。ラッシュアワーに巻き込まれたらひどい目に遭うし、州警察の勤務交代時間に遅れたくない。夕食はあと回し。

彼女はそのままマンディの事件を扱ったヴァージニア州警察に向かい、つきに恵まれることを祈った。

そして一時間半のあいだ悪態《あくたい》をつき呪いの言葉を吐き続けたあげく、いましも大股にドアから出ようとしていた州警察巡査ヴィンス・アミティをつかまえた。

「アミティ巡査は？」レイニーが大声をあげると、デスクにいた巡査長が彼のいる方角を手で示し、ふたたび最新号の『FBI法務執行公報』に目を移した。

くだんの巡査は足を止め、魅力的な若い女が自分に手を振っているのに気づくと、興味をあらわにして向き直った。

レイニーはとっておきの笑顔を投げかけた。笑顔はあまり得意ではなかったが、効き目があったらしく、アミティ巡査は近寄ってきた。身長二メートル近い大男で、胸はたくましく、首は太く、これほどえらの張った顎をほめるのはテレビホストのジェイ・レノくらいだろう。レイニーは考えた。おそらくスウェーデン系で、フットボール好き。フットボールに夢中のタイプね。

「なにか、ご用ですかあ?」大男は引きずるような南部訛りで尋ねた。この喋り方、好きだな。だが、雰囲気が暖かく親しげになる前に、レイニーは私立探偵の免許証をちらつかせた。アミティ巡査の表情がたちまち曇った。またしても甘い夢がつぼみのうちにしぼんでしまった。

「自動車で人が死んだ件について、二、三お尋ねしたいことがあるの」彼女は口を切った。

「一年前に、あなたが担当した事件よ」

返事はなかった。

「事件はもうけりがついてるわ――病院で運転者が死亡して。でも、遺族のためにこまかな点を明らかにしたくて」

アミティ巡査が言った。「いまからパトロールなもんで」

「よかった。一緒に行くわ」

「いや、だめです。民間人はパトロール中の警官に同行できないんだ。責任を負えないから」

「訴えたりしないから」

「そんな――」

「アミティ巡査、いいこと？　わたしは質問に答えてもらおうと思って、はるばるポートランドからやってきたのよ。あなたが早く話してくれれば、それだけおたがい時間がはぶけるってわけ」

アミティ巡査は顔をしかめた。巨体なので、顔をしかめるとじつに効果がある。この人ならパトカーから降りただけで、たいていの被疑者は黙って地面に膝をつき、手錠をはめてもらおうと手首を差し出すにちがいない。女の彼女には、そんならくな仕事はできない。いつも相手と闘って地面にねじ伏せねばならなかった。裏を返せば、つねに闘えるように自分を鍛えながら、道を切り開いてきたのだ。

アミティ巡査はまだ渋い顔を崩さなかった。彼女は腕組みをして、待った。ひたすら待った。大男はため息をついて降参した。

「指令係と打ち合わせてきます」彼は言った。「そのあと、俺のデスクで話を聞きましょうか」

レイニーはうなずいた。間抜けではないから、指令係のところまで彼について行った――警察署には裏口というものがある。五分後、二人は傷だらけのデスクに向かい合い、熱いコーヒーをお供に、仕事にかかった。

「去年の四月二十八日」レイニーが言った。「単独車の事故。ＳＵＶと、犬を連れていた男性と、電柱。ＳＵＶが男性と犬をはね、電柱がＳＵＶをつぶした。グー、チョキ、パーの恐怖版て感じね」

「運転者は女性？」

「そう、アマンダ・ジェーン・クインシー。事故のあと昏睡状態だった。先月、家族が生命維持装置をはずしたの。警察による報告書のコピーをもってきたわ」

アミティ巡査は目をつぶった。「たしか、彼女の父親は連邦捜査官？」

「あたり」

「まいったな」彼は口の中でつぶやき、またため息をついた。胸の奥からゴーッと音が聞こえた。彼はデスクの引出しから去年の日付が書かれたスパイラル式のノートを取り出し、パラパラとめくり始めた。

彼がノートに目を走らせ、記憶を甦らせたころあいを見計らって、レイニーが飛びかかった。「現場にいた警察官は、あなたひとりだけ？」

「そう、そのとおり」

「なぜ？」

「全員死亡も同然の状態だったから。警官を大勢集めても、意味がなかった」

「運転者は死んでなかったわ。それに、少なくとも死者が一名出ていて、運転者に酒気帯びの可能性があったんでしょう？　オレゴンだったら、それだけで故殺とまではいかなくても、十分に過失致死を疑われる。そして交通事故捜査班を呼ぶ必要ありと判断されるわ」

アミティ巡査は首を振った。「お言葉ですがね、運転者はシートベルトを着用してなかった。フロントガラスの縁に頭をぶつけて、脳の半分がつぶれていた。まだ息はあったにしても、死ぬのは時間の問題だってことは、俺にだってわかった。オレゴンじゃどうか知らないけど、ヴァージニアでは、訴追できる生存者がひとりもいない場合は、犯罪として立件する必要はないと考えられてる」

レイニーは彼を鋭くにらみつけた。そしてひとことだけ言った。「予算削減ね」

アミティは驚いたように目をみはった。ゆっくりうなずくと、あらためて彼女をしげしげと見つめた。たいていの州では、事故で死亡者が出た場合、それもとくに歩行者が死亡した場合は、運転者がいかなる状態であっても、事故捜査班が呼ばれる。だが、警察という不思議な世界では、警察官の時間の大半が殺人事件にではなく自動車事故に食われるというのに、真っ先に予算削減の憂き目に遇うのが、事故捜査班だった。人の手で誰かが殺されるのは許せないが、自動車に殺されるのは仕方ない、これも現代社会の必要経費。それが世間一般の見方らしい。

「シートベルトについて聞かせて」レイニーは話題を変えた。

「彼女は着用してなかった」

「報告書には、ベルトは〝操作不能〟の状態だったと書かれているけど。これはどういう意味？」

アミティは眉をひそめ、頭をかき、ノートのページをめくった。「脈を調べようとしてシートベルトに手が触れたとき、ベルトが床に落ちた。だらっとのびて。おそらく壊れてたんだろうね」

「シートベルトは破損していた？」

「操作不能だった」

「いいかげんにして」レイニーの声がとがった。「なぜ、操作不能だったの？」

「さあ、わかんないねえ」アミティは間のびした調子で言った。

「あなたは分解して調べなかったの？　あのねえ、巡査、シートベルトがちゃんと使えたら、運転者は命が助かったかもしれないのよ。その点は考えるべきだったと思うけど」

「安全用のシートベルトは民事の問題で、刑事問題とはちがうから。かぎられた予算に縛られた安月給の警官としては、自分たちの管轄外まで手を伸ばしたいのは山々だけど、そうすれば規定の捜査手続きにつばを吐くことになるからねえ」

レイニーは二度まばたきをし、巡査の愛すべきのどかな口調の裏にひそむ皮肉に気づいて顔をしかめた。これが大きな警察組織と小さな町の警察のちがいだわ。それを思い知らされたのは、初めてではなかった。わたしが小さな町の警察官だったとき、今回のような事件に遭遇したら、きっとシートベルトを調べたはず。それは、小さな保安官事務所が規定の捜査手続きにあまりこだわらなかったから。そう、ボランティア職員の半分は、〝捜査手続き〟

という文字さえろくに書けなかったくらいだもの。

「でも、電話はかけてみたんだ」だしぬけにアミティ巡査が言った。顔は無表情だったが、声はまるで罪を告白する人のように沈んでいた。

「シートベルトの件で？」共謀者同士のように、レイニーも声をひそめた。

「俺はシートベルトが使われなかったために、死者が出たって事実が気に入らなかった」アミティは言った。「使われなかったのは、シートベルトがたまたま壊れていたからだ。それで、エクスプローラを担当してた修理工場に電話をかけた。ベルトの故障は新しいものじゃなかった。壊れたのはひと月も前だった。運転者から電話で修理の依頼があって、予定まで入れたそうだが、結局彼女は工場に現れなかった」

「予定日はいつだったの？」

「衝突事故の一週間前」

「工場は彼女がキャンセルした理由を知ってた？」

「電話をかけてきて、都合がわるくなったが、またすぐ連絡すると言ったそうだ」彼は肩をすくめた。「つまり、運転者はきちんとした安全用の装備もなしに、四週間車を乗り回してたわけだ。そして死ぬほど酔っぱらってハンドルを握った。何か裏があるのかどうか、俺にゃわからないけどね、言わせてもらえば、車の事故を起こす馬鹿者の程度がますますわるくなってるってことさ」

レイニーは下唇を噛んだ。「それでも〝操作不能〟のシートベルトのことが気に入らないわ」

「おやじさんが、気にしてるってわけだ」アミティ巡査が鋭く突っ込んだ。

「そんなとこよ。犠牲になった歩行者の老人について教えて」

「オリヴァー・ジェンキンズ。事故現場から一・五キロばかり離れたところに住んでた。奥さんの話じゃ、いつも車の通る道で犬を散歩させてたんで、口うるさく危ないって注意してたそうだ」

「事件がその老人目当てだったということはないかしら」

「ジェンキンズ氏は朝鮮戦争で戦った退役軍人だった。州からのわずかな年金で暮らし、バターペカンのアイスクリームが好きだった。いや、あの人にはフォード・エクスプローラにはねられなきゃいけないわけなんかないと思うね。犬のほうにゃ、昔から靴を噛む癖があったらしいけど」

大男は相変わらず無表情で、レイニーにはさっきの皮肉が懐かしかった。南部男はみんなこんなに愛嬌《あいきょう》があるのかしら。それともこの人が特別なの？

「ブレーキを踏んだ跡はなかったのね」彼女はきな臭いという見方にこだわり続けた。

「酔っぱらい運転で、ブレーキを踏んだ人間には会ったことないね」

「ほかの車に追突されたとか」彼女は食い下がった。

「ＳＵＶには真新しいすり傷も、へこみも、塗料の跡もなかった。タイヤのサイドウォールにもまったく傷はついてなかった。ほかの車のタイヤの跡もなし。写真は見たんだろ？」

レイニーは渋い顔をした。有能な警察官て、こんなに厭味《いやみ》なものなの。「車にほかの人が乗ってた可能性はあるかしら。誰か助手席にいた？」

「誰もいなかったね」

「調べたの？」

「助手席をのぞいたけど、誰もいなかった」

「指紋の検出は？」

アミティは目をむいた。「車で指紋検出をして、いったいなんの意味がある？　まず第一に、ダッシュボードも計器板もめちゃくちゃで、指紋なんかとれない状態だった。第二に、シートベルトの留め金とかドアの把手とかハンドルとか、指紋がついていそうなものの表面は、トムだのディックだのハリーだのがべたべた触ってるから、きれいな指紋なんかとれっこない。おまけに、前にも言ったけど、規定の捜査手続きでは――」

「わかったわ。あなたは史上最高の警察官で、現場には第二の人物がいた証拠はなかったと言いたいわけね」

「そう、そのとおり。やっと意見が一致したみたいだな」

レイニーは彼ににやっと笑いかけ、前に身を乗り出した。「助手席側のドアはお調べになったのかしら」

アミティは眉をしかめた。彼はレイニーの考えを読み取ったらしく、何度かうなずいた。

「じつは……」

「ドアは操作可能だったんでしょ？」

「そう、操作可能だった」

「そして足跡を調べたの？」

「草が多すぎて。何の跡も見つからなかった」

「でも、巡査、あなたは探したんでしょ。なぜ、探したの？」

アミティ巡査は黙り込んだ。そしてようやく言った。「わからない」

「オフレコでいいから」

「わからない」

「オフレコでかまわないのよ。あなたはこの事件を追跡したんだわ。運転者が死ぬとわかっていながらもね。ご親切に教えてくださったとおり、働きすぎのあなたがた州の警察官は、ただの気まぐれでそんなことはしないはずよ。あなたは、何かが気になったんでしょ。そしてまだ気になってるんだわ。賭けてもいいけど、わたしがここに来たことも、あなたにはそれほど意外じゃなかったはずよ」

アミティ巡査は黙りこくっていた。知らん顔を続けるつもりかと、レイニーが思いかけたとき、彼が突然言った。「ほかに誰かいるような気がした」

「え？」

アミティは唇を噛みしめた。そして一気に言った。「俺は車のそばに立ってあのじつに哀れな娘を見つめてた。トラックの運転手は俺の後ろでゲーゲーやってた。そのとき……神に誓って言うけど、誰かの笑い声が聞こえたんだ」

「なんですって？」

「ただの気のせいかもしれない。太陽はまだあがってなかったし、ああいう田舎の道ってのは手に負えない。雑木林の半分はこの十五年手入れがされてなくて、木も下生えものび放題だ。人が隠れようと思えば、恰好な場所はごまんとある。あたりを見回って調べたけど、なんにも見つからなかった。たぶん、気のせいだろう。ゲーゲーやってるおじさんも、頼りにならなかった。俺の足にまで吐きかねない感じだったからね」

「車を見たいわ」

「おあいにくさま」

「ねえ、囲いの中でちらっとのぞくだけでいいの」

アミティは首を振った。「十五カ月経ってるんだぜ。車はたしかに最初のうちはここで保管されてた。保険会社の手続きが終わるまではね。だけど、数カ月前に保険会社がもっていった。おそらくレッカー車でどこかの廃車処理場に運ばれて、もう部品がばらばらにされたあとだろう」

「くそ」レイニーは毒づいて、また下唇を嚙んだ。この事態は予想していなかった。ほかの可能性を考えなくちゃ。「たしか規則では、事故車のシートベルトは部品として転売してはいけないはずよ。事故に遇ったあとは性能を保証できないから」

「そうだね」

「つまり原則から言えば、廃車処理場に少なくともシートベルトは残ってるはずだわ」

彼は肩をすくめた。「まだごみために捨ててなければね」

「とにかく試してみたいわ。廃車処理場の名前は？」

「知らないねえ。保険会社がすべて手配したから」

「巡査……」

レイニーは彼をじっとにらみつけた。アミティはフーッとため息をついた。「じゃ電話をかけて聞いてみるか……」

レイニーはもう一度とっておきの笑顔を見せた。アミティ巡査は馬鹿ではなかった。今回はその笑顔を見ても、ただぶつぶつ言って首を振っただけだった。

「正直に言ってもらいたかったね」

「なにを？」

「あんたが元警官だってこと」

「ただの田舎の警察官よ。どうしてわかったの？」

「俺は勘がいいんだ」彼は無表情に言った。

レイニーはにこりともせずにうなずいた。「ええ、たしかにそのようね」

6

フィラデルフィア、ソサエティヒル

ベシーは動揺していた。こんなこと、すべきじゃないわ。ひとり暮らしが気に入っていたのに。ひとりで夜をすごすほうが気楽なのに。いったい私、何を考えてるの？　でも、このイヤリング、ドレスに合うかしら。イヤリングが目立ちすぎ？　ドレスが派手すぎ？　どうしよう。そしてまた最初からやり直した。すでに約束より五分遅れていた。

黒いすっきりしたドレスを脱いで、膝下ぎりぎりまでの黒のスカートに鮮やかなブルーサテンのトップを合わせた。このほうが華やかね。これでいいわ。けれど、靴はかかとの高いストラップつきのヒールのまま変えなかった。歳のわりにふくらはぎは自慢できる。だから、見せてもかまわないわね。でも、ほかの部分はちょっと肉がつきすぎ。お尻も下がってきたわ。彼女は美しい歳のとり方をしていたが、二年ぶりのデートの夜ともなると、時の神さまをうらみたくなった。男の人は歳とともに円熟味を増すのに、なぜ女は色あせてしまうのかしら。

イヤリングは――どれがいい？　どうしたの、ベシー、たかがデートじゃないの。彼女は最初に目についた金のイヤリングを拾いあげ、これでいいわと自分に言い聞かせてドアに向かった。

シャンドリングとディナーに出かけるとは、われながら思ってもみなかった。昨日の夕方コーヒーに誘われたのが発端だった。彼はベシーを驚かせたことをすまながり、彼女はぼうっとしすぎていて断れなかった。彼はサウスストリートの小さなカフェにベシーを連れてゆき、カプチーノを勧め、つぎからつぎへと話をした。そのうちに彼女の頰の涙は乾き、やがては笑顔が浮かんだ。

ベシーの視線が彼の横腹からそれた。そして彼の話に聞き入り始めた。アイルランド、イングランド、オーストリアに旅をした話。オーストラリアの珊瑚礁《さんごしょう》でのスキューバダイビング、香港での買物。彼の豊かなバリトンの声は、夢のような話をつむぎ出すのにぴったりで、ひとりの人間がそんなにいろいろ出来るものかしらという疑問も、しまいには気にならなくなった。彼の話を聞くのは心地よかった。にこっとするたびに明るいブルーの目の縁にしわが寄るのを眺めるのは、素敵だった。あなたを嬉しがらせることが僕の唯一《ゆいいつ》の生きがい、とでも言いたげな彼の視線を浴びるのは、楽しかった。

シャンドリングはベシーを翌日のディナーに誘った。彼女は返事をためらった。こんなに急に親しくなるのは、ちょっとどうかしら……

僕はこの町に一週間しかいられない。ディナーを一回つきあったって、ばちは当たらないでしょ……。彼女は降参し、イエスと言った。彼はザンジバー・ブルーにしようと提案した。有名なジャズクラブで、彼女のお気に入りのレストランだった。ベシーは、彼と店で会うことにした。

彼女にもデートの心得は多少あった。「コスモポリタン」を読んでいたのだ。最初のデートは、かならずひとりで行きましょう。そうすれば、いつでも自分の好きなときに抜けられます。あなたの住所など、個人的な情報はあまりすぐに教えないように。相手をまず見極めることが大切です。身なりの良い魅力的な男性でも、危険がないとは言えません。そう、別れた夫のピアースも同じことを言っていたわ。

ベシーは手をあげてタクシーをとめ、ザンジバーまで短い道のりを走らせた。

トリスタン・シャンドリングはクラブの外で待っていた。今夜の彼は、ぴしっと折り目の入った黒のズボン、スモモ色のシャツ、銀色とトルコブルーの鮮やかなネクタイ、といういでたちだった。むし暑い陽気に配慮して、ジャケットは着ていなかった。ズボンの左右のポケットにさりげなく両手を突っ込み、足を交差させた彼は、風格があってハンサムで、自信にあふれていた。彼をひと目見たとたん、ベシーは黒のドレスにすればよかったと後悔した。この人は、中年のおばさんなんかとデートすべきじゃない。彼みたいな人には、若くてピチピチしたブロンド娘で、腕にしなだれかかるみたいな子がお似合いだわ。

ベシーはタクシーを降りると、年寄りじみたスカートが気になって指でなでつけた。トリスタンはこちらを向き、彼女に気がつくとパッと顔を輝かせた。「エリザベス！　よかった、来てくださったんですね」

彼女は何を言えばいいのか、まるでわからなかった。馬鹿のように突っ立ったまま小さな黒いバッグを握りしめる彼女に、トリスタンはにっこり笑って腕を差し出した。彼女は息がつまった。

彼はまだ微笑んでいた。明るいブルーの瞳は忍耐強くて優しかった。この人にはわかっている。彼女はふとそう感じた。私が動揺しているのを見抜いて、明るく笑って私の気持ちをらくにさせようとしてるんだわ。

「遅れてごめんなさい」彼女はようやく言った。

彼はベシーの詫びの言葉を手で払いのけ、彼女の手をとって自分の肘の内側をつかませた。そしてベシーの指を軽くなでた。自分の指が氷のように冷たくなっているのが、彼女にはわかった。「僕、ジャズが大好きなんだ」入口までエスコートしながら、彼が気さくに言った。哀愁をおびたトランペットの音が二人を包み込んだ。「嫌いじゃないといいけど」

「私もジャズは好きよ」彼女が言った。「昔から好きだったの」

「ほんと？　デイヴィス？　コルトレーン？」

「デイヴィス」

「〈ラウンド・ミッドナイト〉と〈カインド・オブ・ブルー〉だったら？」

「〈ラウンド・ミッドナイト〉よ、もちろん」

「ああ、ひと目見たときから、完璧に趣味のいい人だろうって、思ってたんだ。やっぱりね。でも、僕の誘いを受けてくれたから、趣味がいいかどうか、怪しくなったけど」彼はウインクした。

ベシーにようやく笑顔が戻った。「ワインと一緒に水を飲んじゃいけないって規則は、ないですもの」彼女はかなり大胆に言った。

「まいったな、それって僕を侮辱してるのかな」

「さあ。あなたは水かしら、ワインかしら。それによるわね。今夜ひと晩かければ、私にもたぶんわかると思うわ」

「エリザベス」彼は勢い込んだ。「今夜はとびきり楽しい夜にしよう！」

そしてベシーは、何カ月ぶりかで心から素直に言った。「ええ、私もそうしたいわ」

しばらくのち、湯気をあげるムール貝とベジタリアン・パスタ、そして極上のボルドーで気分がほぐれたベシーは、聞きたくてうずうずしていたことを口にした。

「まだ痛む？」そして彼の右腹に視線をさまよわせた。それ以上言わなくても、彼にはわかった。

トリスタンはゆっくりうなずいた。「でも前ほどじゃない。飛んだり跳ねたりは、当分できないけどね」

「でも、効果はあったの？」

彼はベシーに微笑みかけた。「僕の腎臓は生まれつき二つとも不良品でね。片方は僕が十八のときにだめになって、もう片方は去年悪化した。人工透析を十六カ月も続けたんだ。それがつらかったな。でもいまは、僕にかんするかぎり、気分は上々」

「あの……まだ拒絶反応がでる可能性はあるのかしら」

「さあ、どうかな、なにせ臓器移植だから。でも、僕はマリファナなみに薬を山ほど飲んでるし、毎晩お祈りを欠かしてないし。僕みたいなやくざな人間を、なぜ神さまが助けてくれたのかわからないけど、でも助けられたかぎり、文句は言わないよ」

「ご家族はほっとなさったでしょう」

トリスタンはまた微笑んだが、今回は眼差しに淋しげな影が宿った。「家族はあんまりいないんだ、ベシー。兄がひとり。ずっと前に家を出ていったきりで、その後一度も会ってない。その昔つきあってた女がひとり。僕の子供を身ごもったと言われたけど、そのころ僕はまだ若くて、ちゃんと面倒を見てやらなかった。そして誰かの腎臓が必要になったとき――まだあきらめるには早すぎたからね――、僕のまわりには頼りになる家族はおろか、友人もいなかった」

「ごめんなさい」ベシーは心から言った。「いやなことを思い出させてしまって」

「ご心配なく。僕は間違いをおかし、その報いも受けたけど、まだ静かな暮らしにおさまる気はないよ。きっとまともな死に方はしないだろうね」彼は顔をしかめた。「きっとまた人工透析装置につながれるかもしれない」

「そんなこと言わないで。せっかくここまでやりとげたんですもの。それに、あなたにはまだすることがたくさんあるわ。たとえば、自分の子供を探すとか」

「行方知れずになった子供を、僕が探しに行くと思うの？」

「ええ」

「なぜ？」

「だって、会ったばかりの私にまで話すくらいだから、きっと気にかかってるんでしょう？」

彼は黙り込み、指先でワイングラスの腹を軽く叩いた。そして真剣な顔つきで言った。

「君って、とても鋭い人だね、エリザベス・クインシー」

「いいえ、私も親だからわかるだけよ」

「そうかな……」トリスタンは言葉をとぎらせ、グラスを手にとってひと口すすった。「僕はその子が男か女かも知らないし、はたして自分の子かどうかもわからないんだ。それにこの歳になっても……僕はまだしじゅうあちこち駆け回ってる。理想の父親像からはほど遠い人間さ」

「何をなさってるの？」

「専門はがらくた」

「がらくた？」

「そう、がらくた」彼はくすっと笑った。「世界じゅうで、かわいらしいもの、変なもの、面白いもの、そしてなにより、安いものをあさってるんだ。タイでは木づくりの箱、シンガポールでは黒い漆器、中国では紙でできた凧《たこ》。君がギフトショップに入ったとたん、法外な値のついた粗末な木彫りの人形にひと目惚れすることがあったら、それを仕入れたのは僕だよ、ベシー。君のために特別に見つけた品だ。もちろん、倍の値段をふっかけられてね」

ベシーはまさかと言いたげに首を振った。「それで暮らしていけるの？」

「大儲けしてるよ。コンテナで輸送して。量が肝心なんだ」

「ずんぶんな目利きなのね」

「いや、ただ衝動買いの経験を積んだだけ」彼はベシーに笑いかけた。「で、君のほうは？」

その質問に悪意はないはず。トリスタンは自分自身のことを進んでいろいろ話してくれた。それでもベシーはたじろいだ。そしていざ彼女が話しだすと、彼の顔から微笑みが消えた。

「ごめん」彼はすぐに言った。「悪かったね、ベシー。考える前に喋っちゃうのが僕の癖で。誓って僕に悪気は――」

「ううん、いいのよ。あなたは自分のことをあんなに話してくれたんですもの。私のことを尋ねるのは当然だわ」

「でも、いまはつらい時期なのに。知っていれば、詮索《せんさく》したりしなかった」

「そういう……ことじゃないの」彼女は言った。

トリスタンはうなずいて、彼女に話を続けさせた。彼の表情は頼もしく、目尻にしわを寄せたブルーの目は誠実だった。彼には話しやすい、とベシーは思った。考えてた以上にずっと話しやすいわ。

「私はいい奥さんになるように育てられたの」彼女は言った。「上流階級の奥さんになって、美しい家庭をつくり、素敵なパーティーを開き、夫がかたわらにいるときは笑顔をたやさないように。そしてもちろん、いい母親になって、次代の上流階級夫人を育てるように」

トリスタンはまじめな顔でうなずいた。

「だけど……私は離婚した。おかしなことだけど、すぐには実感が湧かなかったわ。キンバリーとアマンダのことを考えなくちゃいけなかったし。正直な話、あの二人にはショックが大きかったの。見守ってくれる人を必要としてたし、私がその役目をしないといけなかった。それまでは夫の延長だった私が、娘たちの延長になったわけ。あのころはそれが当たり前に思えたのよ」

「だけど、娘たちは永久に幼いままじゃない」トリスタンが彼女のかわりに言った。

「キンバリーは三年前に大学に入って、家を離れた」ベシーが静かに続けた。「それからはすべてが変わってしまったわ」

彼女は自分の膝に視線を落とした。こらえきれなかった。今夜の演奏はブルースばかりで、年配の女性歌手が心の痛みを切々《せつせつ》と歌いあげている。「……やっと、愛しい人が来てくれた……」ベシーは骨の髄《ずい》まで切ない気分になった。

あの、がらんとした美しいレンガ造りのタウンハウス。どの部屋もしんと静まり返っている。四カ所に引いてある電話は、めったに鳴ることがない。廊下にはフレームに入った写真がずらりと並んでいる。自分が愛した人たちの唯一の名残。

そしてひと月前にあの丘に立って眺めた、掘られたばかりの、黒々と口をあけた墓穴。灰は灰に、塵は塵に。

四十七歳のベシーは、もはや自分が何者かわからなかった。四十七歳の彼女は、もはや妻でもなければ、マンディの母親でもなく、どこにも拠り所がない。

トリスタンが伸ばした手を彼女の手に重ねた。ベシーが見上げると、彼はもう笑っていなかった。その顔に浮かぶ表情は、ベシー自身と同じように沈んでいた。彼女の心に、移植手術のあと病院で目覚め、誰ひとりかたわらにいないのに気づいた彼の姿が、ふと思い浮かんだ。手を握ってくれる妻も子供たちもいない。この人にはわかるのね。そう、わかるんだわ。

彼女の指が彼の指にからまった。女性歌手がまだ歌っていた。「……愛しい人が来てくれた……」そのまま時がすぎていった。

「ベシー」彼がそっと言った。「少し歩こうか」

外の空気はどんよりと熱かったが、太陽が沈みかけていた。ベシーはいつもそんな時刻が好きだった。世界がしだいに静かに、ビロードのようになってゆき、色は沈んでしまうが、そのぶん物の線や輪郭がまるみをおびてくる。それを見ると心がやすらいだ。

二人は黙って歩いた。とくにどこへとも決めたわけではないが、足は自然とリッテンハウス広場に向かった。

「今度は僕が質問していいかな」トリスタンがだしぬけに言った。体にからみつく湿気の中で、彼はネクタイをゆるめ、シャツの袖をまくりあげていた。それでも相変わらずエレガントだった。ベシーは、自分たちを盗み見る、通りすがりの人びとの視線に気づいた。

「どうぞ」トリスタンがじっと自分を見ているのを意識しながら、言った。

「怒ったりしないって約束する？」

「ワインを二杯飲んだあとだから、私を怒らせるのはむずかしいわ」

彼は道の途中で立ち止まり、彼女の顔を正面から見つめた。「腎臓だけじゃないのかな？」

「え、なにが？」

「今夜のこと。僕が君の娘さんからもらったのは、腎臓だけじゃないのかな？　ぶしつけな質問だってわかってるし、君の気をわるくさせたくもないけど、今夜は思いがけなく楽しかったから、ぜひ知りたいんだ。誰かの臓器をもらうと、その魂も少しもらうことになるって言う人もいるけど。今夜のことは、そのせい？　僕はたんに君の娘さんの身代わり？」彼は急いでつけ加えた。「僕は真剣に君にキスしたいと思ってるんだ、エリザベス・クインシー。でも、娘さんのかわりにキスはしたくない」

ベシーは茫然とした。彼とつないでいた手を離し、自分の首元をわなわなと押さえ、サテンのシャツの襟をまさぐった。「私、そんな……もちろんちがうわ！　そんなこと……馬鹿げてる。どこかのお婆さんが考えだした作り話よ。くだらない迷信だわ」

　トリスタンは満足げにうなずいた。彼がふたたび歩きだそうとしたとき、ベシーはこう言って何もかもぶちこわしにした。「あなたは……自分が前とちがう気がする？」

「え？」

「私たち、偶然店先でぶつかったわよね」彼女は早口に言った。「でも、あなたはすぐに私のことがわかった。以前に一度会ったきりなのに。ちょっと妙だと思わないかしら。私はパーティーに行っても、三、四回同じ人と会わないと、名前と顔が一致しないものだけど」

「君は僕の命の恩人なんだよ。みんなが盛装してる夜会で、どこかの気取り屋に出会うのとは、わけがちがう」

「ほかにもあるわ」

「なに？」彼は心から心配そうな顔をした。本当に素敵な夜だというのに。彼女は言わねばならないことを口にだすのがつらかった。

　彼女は小さな声で言った。「あなた、私の愛称を知ってたわ」

「愛称って？」

「ベシーよ。あなた、私をベシーって呼んだ。何度も。リズでもベスでもなく、ベシーって。私はあなたに自分の愛称を教えてないわ、トリスタン。エリザベスって名前の人が、ベシーって呼ばれること、あんまりないんじゃない？」

彼の顔から血の気が引いた。彼はカッと目を見開いて一瞬恐怖に襲われたようになり、ベシーは言わなければよかったと後悔した。そして二人の視線が同時に彼の脇腹にそそがれた。シャツの下でピンク色の傷痕が、まだ生々しく盛り上がっている脇腹に。

「ちくしょう」彼は吐き出すように言った。

ベシーは背筋が凍りついた。夜は熱く、湿気は重苦しくのしかかるようだったが、彼女は寒気を払うために腕をこすった。

「言うべきじゃなかったわ」ベシーはとっさに言った。

「いや――」

「そうよ！」

「くそっ、ちがう！」トリスタンは彼女の腕をつかんだ。力は入っていたが、痛くはなかった。「僕は君の娘じゃない」

「わかってる」

「僕は五十二だ、ベシー……エリザベス。僕の好きな食べ物はステーキ、好きな飲物はグレンフィディックのストレート。自分で商売をやり、車もボートも速いのが好きだ。そして申し訳ないが、『プレイボーイ』にどっぷりはまってる。それも記事を読むためじゃない。そのどこが、二十三歳の娘に思えるんだ？」

「なんでアマンダの歳を知ってたの？」

「医者から聞いたんだよ！」

「あの子について尋ねたの？」

「ベシー……もちろん、尋ねたさ。僕の命を救うために、誰かが死んだんだよ。僕はずっとそのことを考えてる。夜はそればかり考えてほとんど眠れない。僕は君の娘じゃない。誓って言うけど、君の娘の幽霊でもない。ただ、感謝している男だ」

ベシーは口をつぐんだ。考える時間がほしかった。そしてうなずいた。「そうね」彼女は言った。「誰かが私をベシーと呼んだのかもしれない。つまり、病院で」

彼はつかんでいたベシーの腕を放した。「そう、それはありうるね」

彼女はたしかめたかった。「事故のことは、聞いてる？」

「酔ってたって話は聞いた」

「あの子はがんばってたのよ」ベシーは小さな声で言った。「断酒会に入ったの、事故の六カ月ほど前に。大丈夫だと思ってたんだけど」

トリスタンは何も言わなかったが、表情は優しかった。そしてベシーの髪を耳の後ろにかきあげると、首筋に指を這わせた。彼の親指がベシーの顎を愛撫した。

「感じやすい子だったわ」ベシーがつぶやいた。「小さなころから。キンバリーは怖いものなしで、なんでも平気だったけど、マンディはぜんぜんちがってた。引っ込み思案で、弱虫で。虫にも震え上がったわ。ヒッチコック映画のおかげで、鳥にも怯《おび》えるようになって。小学校のときは、校庭のすべり台も怖くてだめだった。なぜだかわからないけど。十二歳になるまで、夜は明かりをつけっぱなしにしないと眠れなかったのよ」

「ずいぶん心配しただろうね」

「あの子を安心させてやりたかった。自分は強くて、有能で、ひとりでやっていけると思わせてやりたかった。私なんかよりずっと大きな夢をもたせてあげたかった」

「娘さんに起こったことは、君のせいじゃない」トリスタンが言った。

「私も自分にそう言い聞かせてるわ」彼女は放心したように微笑んだ。「かわりに別れた夫を責めてるの」

「なぜ？」

「彼の仕事のせいよ。娘たちが幼いころ、夫はFBIに入ってプロファイラーになった。そしてほとんど家にいなくなったの。もちろん、だいじな仕事だってことはわかってたけど、私はいつも少しひがんでた――子供たちをまず第一に考えるべきじゃないかって。私って、馬鹿ね」自分の声がとげとげしいのに気づいて、ベシーは顔をしかめた。「ごめんなさい。こんなこと、あなたに話しても仕方ないのに」

「どういう意味？」

ベシーはもう一度微笑んだ。夜が始まったころのような明るさはなかったが、それでも笑顔にはちがいなかった。「話を聞いてくれて、どうもありがとう」

「ああ、ベシー、僕は前言を取り消さないよ。今夜は久し振りに、ほんとに素敵な夜がすごせた。つらいことのあとには、いいことが待ってる。それを知るには、五十二年の年月と、猛烈に危険な外科手術一回分かかったけど、たしかにそう実感したよ」

「ほんとに、一週間しかここにいられないの?」

「今回はね。でも、また戻ってくる」

「仕事で?」

「君は、そう思いたいの?」

ベシーは思わず顔を伏せた。頬がしだいに上気し始め、われにもあらず体が熱くなった。彼の親指がゆっくり彼女の顎を押し上げた。彼はベシーに体を近づけた。数センチしか離れていない彼の体温がベシーに伝わった。キスしようとしている。それが彼女にもわかった。キスしようとしている。彼女は体を前に傾けた。

「ベシー」唇が触れる直前に、彼はささやいた。「ドライブに行こう」

7

ヴァージニア、クインシーの自宅

クインシーが真っ暗なわが家に戻ったのは、夜の十時すぎだった。黒い革のコンピュータ・ケースにファイルの包みが詰まったダンボール箱、携帯電話を危なっかしく抱えながらポケットの鍵をまさぐる。ドアを開けたとたんに、防犯装置が警告音をたて始める。急いで敷居をまたぎ、長年のあいだにしみついた習慣で、文字盤に目もやらずに暗証番号を押す。一分後、入口のドアが閉まって鍵がかかったところで外のセンサーを再起動させ、部屋の中の動きに反応する探知機を解除する。これでようやくご帰還。

クインシーは自分の防犯システムが自慢だった。皮肉なことに、この家で金目のものと言えば、このシステムくらいだろう。

彼はキッチンに入るとコンピュータ・ケースとファイルの箱をカウンターに置き、さしたる目的もなく冷蔵庫を開けた。中は相変わらず空っぽで、前に開けたときから魔法のように食料が増えたりはしていなかった。扉を閉めると、グラスに水道の水をそそぎ、カウンターにもたれかかった。

キッチンはかなり広くてモダンだった。硬木を使った床、どっしりしたステンレスのフードがついた巨大なステンレスの調理用レンジ。冷蔵庫はステンレスの業務用。キャビネットはチェリーウッド、カウンターは黒いみかげ石。五年前、不動産屋はこのキッチンなら、お客を呼ぶのにぴったりですと言った。そしていまクインシーは、まだキッチンテーブルも置いていない、がらんとした朝食用コーナーの大きな出窓を眺めていた。

クインシーは留守にすることが多かった。彼の住まいはそれを如実《にょじつ》に物語っていた。彼はカウンターから離れ、落つきなく部屋を歩き回った。また長い一日が終わった。そしてまた戻ってきた……何のもとに？

ペットを飼うべきかもしれない。魚、インコ、猫。あまり手がかからず、一日の終わりに彼を嬉しげな声や、騒々しい叫び声で迎えてくれる生きもの。だが彼は、動物に慰めを求める人間ではなかった。彼は家具がなくても、壁を飾る絵がなくても平気だった。彼は幼いときに母親を亡くし、身のまわりにやわらかな雰囲気がないのには慣れていた。けれどこの静寂……静寂はこたえた。

父親と二人の夕食どきをふと思い出した。傷だらけの松材のテーブルに向かい合わせで座り、簡単な料理を分け合い、おたがいにひとことも話さなかった。農夫は肉体労働に駆り立てられる。エイブラハムは夜明けとともに起き出して畑に行き、陽が沈むと帰ってきた。そして二人で夕食をとる。少しばかりテレビを見る。本を読む。二人は毎晩つぎだらけの安楽椅子にそれぞれ腰かけ、べつべつの本を時間をかけて読んだ。

クインシーは首を振った。父はできるだけのことをしてひとり息子を育てた。エイブラハムは働き者だった。テーブルに食事を用意し、息子に読書の楽しみを教えた。クインシーはそれを感謝していた。自分は何があっても動じない人間だと思っていた。少なくともひと月前までは。いまでは悲しみが彼の精神状態に恐ろしい打撃を与え、つぎにいかなる魔物が自分の無意識から飛び出すか、見当もつかなかった。

クインシーはこのところ平静さをうしなっていた。昼休みにふらりとアーリントンに行って娘の墓の前に立つと、自分への不信感に襲われた。何週間も自分と目を合わせようとしない同僚たちのあいだにいると、神経がむしばまれた。

彼はこういう状態に慣れていなかった。世界がぐらつき始め、足元に気をつけないと、得体の知れない深淵《しんえん》に落ち込みそうだった。夜中にびくっとはね起きることもあった。動悸が激しくなり、キンバリーに電話をかけてぶじな声を聞き、自分にはまだ娘がひとり残っていることをたしかめたくてたまらなくなる。皮肉なことに、ベシーに電話をかけたい衝動にかられる夜もあった。別れた妻はそんな彼の厚かましさを嫌っていたが、彼女はマンディを愛した人間だった。ベシーは娘とつながる人であり、日を追うごとに、そうした存在は少なくなっていく。

これほどのつらさは予期していなかった。彼は高度な教育を受け、博士号までとり、悲嘆の五段階とその結果生まれる肉体的・精神的しこりについて学んだ人間だった。新鮮な果物や野菜を多く摂《と》り、激しい運動をして、アルコールは避ける――それも効きめはなかった。彼はプロであり、FBI捜査官として、妻や夫やきょうだいや子供が行方不明になったと連絡を受け、現場に駆けつけた経験を数えきれないほど積んだ人間だった。問題を見すえ、愛する者の最後の日々をできるだけ客観的に振り返り、感情的にならないこと――それも効きめはなかった。

彼も結局はひとりの人間であり、悲劇が起きるのはほかの家庭で、自分のところではありえないと思い込んでいた傲慢《ごうまん》な父親にすぎなかった。彼は果物や野菜をたくさん摂ろうとはしなかった。マンディの最後の数日間を客観的に振り返ることもできなかった。無性に酒が飲みたくなる日があった。そして危険なほど感情的になる夜があった。

偉大なる主任特別捜査官ピアース・クインシー。クアンティコの切れ者中の切れ者。それがよくも堕《お》ちたものだと、彼は自嘲した。そして、わが娘《こ》の死に接してまであまりに自己中心的な自分に嫌気がさした。

レイニーが電話をかけてくれないだろうか。もうかけてきてもよさそうなものだが。電話がないのが気になった。彼は疲れたようにこめかみをさすり、このところ悩まされ続けている頭痛の鈍い振動を感じた。その合図を待っていたかのように、キッチンカウンターの上のコードレス電話が鳴り始めた。

「やっときた」クインシーはつぶやいて、電話をすくいあげた。「もしもし」

沈黙。その背後で、金属が触れ合うような妙な音が聞こえる。

「これは、これは」声が言った。「ご本人のおでましとはね」

クインシーは眉をひそめた。その声は、彼の頭の奥にある記憶をざわつかせた。「君は誰だ」

「おや、憶えておいででない。俺はあんたの変態仲間《ロコ・シンパティコ》だと思ってたのに。連邦のおえらいさんてのは、つれないねえ」

それを聞いてとたんに名前がひらめいた。「ここの番号がどうしてわかった？」クインシーは詰問した。手に汗がにじんだ。視線を防犯システムに走らせて、安全をたしかめた。

「まだわかんないのかい？」

「ここの番号がどうしてわかったんだ」

「アミーゴ、そうかたくなるなって。話がしたいだけなんだから。この素敵な火曜の夜に、昔を懐かしもうってわけさ」

「馬鹿野郎《ファック・ユー》」クインシーはとっさに口走った。彼はいつもは悪態をついたりしない。そして口走ったのを後悔した。相手が笑いだしたからだ。

「なあクインシー、あんた《ミ・アミーゴ》、悪態まで気取ってるな。けっ、ここにゃ犯罪人が百人もいるんだ。みんなもっとましな言葉を知ってるよ。おふくろとでも寝ろ《ファック・ユア・マザー》、とかな。てめえのおふくろの汚ねえケツに突っ込め。うん、こいつはいいな。それとも」相手は急に猫なで声になった。「白いクソ十字架のついた、クソ汚ねえ墓でおっ死んでるてめえの娘とでもやりな。うん、こいつは気に入った」

電話を握るクインシーの手に力が入った。怒りの最初の波が、高潮のように押し寄せた。電話を叩きつけたかった。むきだしの硬木の床か、黒いみかげ石のカウンターに。何度も繰り返し叩きつけてから、カリフォルニアに飛び、ミゲル・サンチェスを叩きのめしてやりたかった。三十代後半の、すでに死刑の判決が下っている男。クインシーはいまだかつてこれほど激怒したことはなかった。怒りがどくどくとこめかみを脈打たせ、殴りかかりたい衝動で体じゅうがこわばった。

そのときふと留守番電話の信号が目についた。点滅する赤い光が、録音がたまっていることを告げていた。五十六も。電話帳に載せていない番号に、五十六も新しいメッセージが届いている。

自分でも驚くほど冷静な声が出せた。「私が一回通報すればな、サンチェス、おまえはたちまち隔離房送りだ。おまえがどれほどひとりになるのが嫌いか、私はよく知ってる。それを忘れないことだな」

「つまり、あんた、自分の娘の話を聞きたくないってわけ？　きれいな、きれいな娘の話をさ、クインシー。あの子に俺のお気に入りの名前をつけてくれて、ありがとよ」

「――何週間も穴に入るんだ。自慢話をする相手もいない、自分をひけらかせる相手もいない、レイプする相手もいない。もう二度と決して女に手は出せないと思い知らされるぞ」

「ひとつ頼みがあるんだ、捜査官。このつぎ俺のテープを聞くときは、あんたの娘の顔を思い浮かべながら、聞いてくれないかな。あ、それからあんたの二番めの娘にキスを頼むよ。いつかここからずらかったとき、あんたにまだもうひとり娘が残ってたら、ほんとに嬉しいからな」

「もう一度だけ聞く」クインシーがきびしい声で言った。視線は点滅する防犯システムから離さなかった。「どうして公表してないここの番号がわかったんだ？」

サンチェスが引きずるような声で言った。「公表してないって？　もうばれてるよ」

クインシーが切ったとたん、また電話のベルが鳴った。彼は電話をひったくった。

「なんだ」彼は険しい声をだした。

一瞬沈黙があったあと、別れた妻の頼りなげな声が聞こえた。「ピアース？」

クインシーは目を閉じた。自分が崩れそうだ。いや、崩れたりはしない。そんなことは自分が許さない。「エリザベス」

「あの、ちょっとお願いできないかと思って」ベシーが小さな声で言った。「大したことじゃないの。ただ、身元を調べてもらうだけ。前にも調べてくれたでしょ」

「またお父上の頼みかい？」クインシーは電話を握る手から力を抜き、息を深く吸い込んだ。ベシーの父親は去年家を増築した。そして工事にたずさわる作業員全員についてクインシーに身元調査を依頼した。彼の元義父は、クインシーにもそれくらいならできるだろう、と言ったのだ。

「名前はシャンドリング。トリスタン・シャンドリング」

クインシーは紙切れを見つけて、その名前を書きつけた。ようやく動悸がおさまり、目の前の闇が薄れた。彼は自分を取り戻し、けものが鎖を引きちぎる気配もなくなった。留守番電話の赤いデジタル信号がまだ光っている。五十六ものメッセージ。何かがおかしくなったようだ。だが、片づけねばならない。これまで何でも片づけてきたのだから。すべてを、すみやかに。

「期限は？」彼が尋ねた。

「うーん、急いでないわ。でも、早めに。この人、ヴァージニアに住んでるはずよ」

「わかった、ベシー。二、三日くれないか」

「ありがとう、ピアース」珍しく本心からのように、彼女は言った。

クインシーはすぐに電話を切らなかった。彼女もそれは同じだった。

「君は……最近キンバリーと話した？」思わずそう尋ねていた。

ベシーは驚いたようだった。「いいえ、てっきりあなたのほうが連絡をとり合ってると思ってたわ」

「僕ら二人とも避けられてたわけか」

「あの子はあなたがいないときに、電話をかけてたのかも……」ベシーの声が途切れた。自分が心ないことを言ってしまったのに気づいて、急いでつけ加えた。「今週のはじめにあなたに連絡しようとしたんだけど、留守だったわ。メッセージを残すのもいやだったもので」

「人に会いにポートランドに行ってたんだ。古い友だちでね」自分がなぜそこまで言ったのかわからなかったが、口にしたとたん後悔した。古い友だち？　誰の目をごまかそうとしているのか。だが、意外にもベシーは怒りもせず、かたくなにもならなかった。

「私、キンバリーを訪ねてみるわ」彼女は言った。「ここから一時間で行けるの。ちょっと寄っただけだって言えばいいし。だってもうひと月になるもの」

クインシーはやめたほうがいいと言いかけて、口をつぐんだ。以前レイニーから、あなたはどこにでも仕事を持ち込みすぎると非難されたことがある。私生活でも、彼は顔を出し、専門的な意見を述べ、そして去って行く。

「キンバリーは少しばかり距離を置きたいのかもしれない」彼は穏やかに言った。

「わけがわからないわ。残った家族は私たちだけなのに。正直に言って、私はあの子が遠ざかるんじゃなくて、近づきたがると思ってたの」

クインシーはこめかみを押さえた。「ベシー、君が淋しいのはわかるよ。僕だって淋しい」

「ピアース、五歳の子供を相手にするみたいな話し方ね」

「僕らは彼女のために精一杯やった。親としてのおたがいの役割について意見が合わないこともあったけど、僕らは二人ともマンディを愛してた。彼女のためにできるだけのことをしてやりたかった。僕らは……そんなことが可能なら、あの子に世界だって差し出しただろう。それなのにあの子は酒に酔って車のハンドルを握り、自分ともうひとりの人間の命を落とした。僕はあの子を愛してる。あの子がいないと淋しい。そしてときどき……無性に腹がたつ」

クインシーはサンチェスの電話を思い返すと、握ったこぶしに力が入り、体がこわばった。怒りはまだおさまっていない。彼の奥底にある憤《いきどお》りがおさまって正常に戻るには、何年もかかるだろう。

「ベシー」彼は最後に言った。「君も怒りを覚えないかい？」

別れた妻は黙り込んだ。そしていつもとちがう声で、静かに尋ねた。「ピアース、臓器移植を受けた人って、相手から臓器以上のものも受け取ると思う？　たとえば……その人の魂の一部を受け取ることもあると思う？」

「臓器移植は医学的な措置《そち》で、それ以上のものじゃない」

「きっとそう言うと思ったわ」

「キンバリーのことだけど――」

「あの子は怒っている、そっとしておいたほうがいい。わかったわ、ピアース。私、あなたが考えてるほど馬鹿じゃないのよ」

「ベシー――」

電話が切れた。電話を切ったのは、別れた妻のほうだった。

クインシーはコードレス電話を台座に戻した。いまの会話は、今日の中ではまともなほうだった。疲れた頭で彼はそう考えた。

五分後、クインシーはキッチンカウンターの前に腰かけていた。トリスタン・シャンドリングの名前を書いた紙切れは、脇に押しやられた。彼は真新しいスパイラル式ノートと、黒のボールペン三本を取り出した。そして留守番電話を聞くボタンを押した。

やがて、彼に死ねと言うために非公開の電話番号にかけてきた、やくざ者たちの二ページにわたるリストができあがった。

防犯装置パネルの明かりは、システムが正常に作動しており、安全だと告げていた。彼はそれを長いあいだ見つめてキンバリーを思い、マンディを懐かしんだ。

しばらくののち、彼は仕事部屋に使っている書斎に入った。そして「犯罪学／基本理念」と書かれたダンボール箱の山を引っかき回し、「ミゲル・サンチェス／犠牲者八号」とラベルの貼られたカセットテープを探し出した。オリジナルテープは、カリフォルニアの証拠品保管庫にある。これはクインシーの個人用コピーで、彼が講義で何度か使ったものだった。

彼はテープをカセットレコーダーにセットし、再生ボタンを押した。暗闇の中にひとり座って、部屋じゅうに響き渡る若い娘の訴えるような悲鳴を聞いた。

アマンダ・ジョンソン、十五歳。死の八時間前。

「いやあぁぁぁぁぁ」彼女は叫んでいた。「やめて、いやあぁぁぁぁぁ」

クインシーは両手で頭を抱えた。自分が異常なのはわかっていた。娘の葬儀からひと月たつというのに、まだ泣くことができない。

8

ヴァージニア、モーテル6

「ミゲル・サンチェスって?」一時間後、レイニーが尋ねた。彼女は土色のモーテルの部屋で、ベッドのヘッドボードに背中をもたせかけていた。近くのワッフルハウスでブルーベリーのパンケーキを食べ、遅い夕食をすませてきたところだ。モーテル6はハイウェイから目につきやすく、見たところ泊まるにはよさそうな場所だった。おまけにひと晩五十ドルなら、必要経費として計上しても誰も文句はつけないだろう。

レイニーはそのモーテルに決めた。そして近くにワッフルハウスを見つけた。ブルーベリーパンケーキをひとりで食べ、事故現場にかんするアミティ巡査の話を思い返し、自分が青ざめたりしていないことを願った。そして十分ほどほかの客たちを眺めた。女連れの、たくましい労働者風の男たち。家族が囲んでいるテーブルもある。レイニーの故郷は三千マイルも遠く離れている。けれどこの店の雰囲気は、そんな隔たりを感じさせなかった。

レイニーはモーテルまで歩いて戻った。クインシーに電話でその日の報告をしないといけないのは、わかっていた。だが、かわりに彼女はテレビをつけ、五十七もチャンネルがありながら見るべきものがひとつもない、という現代の奇跡を体験した。彼女は、あらたまって報告するような情報もないし、と自分に言い訳をした。それに、クインシーの声を聞きたがっていると思われるのも癪《しゃく》だった。これはビジネスよ、ビジネス以外の何ものでもないわ。クインシーはただの依頼主。

テレビは役に立たなかった。この日彼女は、クインシーがここに住んでいると思うと不思議な気分になり、ずっと彼の声が聞きたくてたまらなかった。そしてようやく電話をかけた。そしてとたんに、もっと早くかければよかったと思った。クインシーの声は疲れていて生気がなく、何の感情も残っていないかのようだった。そんな彼の声を聞くのは初めてだった。

「ミゲル・サンチェスは僕が扱った最初の事件の犯人だ」彼は言った。「八〇年代のなかばにカリフォルニアで、従兄弟《いとこ》のリッチー・ミロスと事件を起こした。二人で若い娼婦を専門に残虐な連続レイプ殺人を犯した。ぜんぶで八人。サンチェスは自分の仕事を録音するのが好きだった」

「素敵だこと」レイニーが口をはさんだ。彼女はテレビを消し、リモコンを置いた。「つまり、サンチェスを捕まえるために、あなたが手を貸したわけね」

「サンチェスを逮捕する作戦を警察に助言したんだ。八人目の犠牲者を、二人の男が白いヴァンに引きずり込むところを見たという目撃者の通報があった。それは切り刻まれた死体が、I‐5号線の道路脇で発見される二十四時間前のことだった。この時点で我われは、組織的犯行と断定した。異常者が誰かと組むことはめったにないが、たまにそういう例もある。ロサンゼルス警察にもそう説明した。その場合、パートナーはかならず従属的――つまり助手のような役回りで、見物人がほしいという異常者の欲望をみたす存在にすぎない。そこで僕は、容疑者二人をつきとめたら、弱いほうに的をしぼるよう警察に助言した。リッチーをしぼりあげて、彼に犯行をそそのかした主犯のミゲルについて吐かせるようにと」

「でも、実際にはそう簡単にいかなかったのね」

「そう。リッチーは年上の従兄弟を偶像視していた。そして恐れてもいた。無理もない。リッチーが減刑を条件にミゲルを売った六カ月後、彼は刑務所のシャワー室で、切り落とされたペニスを喉に突っ込まれた状態で見つかった。ミゲルは手加減をしない」

「ふぅ。で、その素敵なけだものが、今晩あなたの個人電話にかけてきたってわけね」

「やつと、そのお仲間の変質者が四十七人。それから八カ所の刑務所の職員からも電話があった。公表されてない僕の電話番号が、最近刑務所内で回覧されてるってことを、僕に教えるためにね。紙切れからタバコの箱まで、何にでも書かれて回されてるそうだ。あ、そうそう、ある刑務所では僕の電話番号がシャワー室の壁に落書きされてる」

「クインシー――」

「僕の計算じゃ、四十八人の囚人は二十一ヵ所の収容所に分かれてるから、明日の朝はほかの刑務所からも電話がかかってくるだろう」

「クインシー――」

「でも、心配はいらない」彼は続けた。その声はもはや無表情ではなく、勢いが戻っていた。「たいていの収容所には服役者の電話を傍受できる権利がある。だから、僕のファンクラブの新メンバーたちもきっとしかるべき処罰を受けるにちがいない。懲戒チケットが切られるとか、隔離房に入れられるとか。終身刑囚にとっちゃ、連邦捜査官をからかうスリルと引き換えにしては、割に合わない処罰をね」

「電話番号を変えれば？」

「まだだめだ」

「クインシー、馬鹿はやめて」

「いや、僕はねばる」

レイニーは口をつぐみ、そして理解した。「どんどん電話をかけさせて、誰が最初にあなたの電話番号を手に入れたのか、探りだすつもりね？」

「明日の朝、このことを上司に報告する。捜査局は捜査官の安全管理には非常に真剣だ。たちまち僕の電話は傍受されるようになるだろう。各地の刑務所に電話がかけられるはずだ。ミゲル・サンチェスのところには、誰かが直接出向くかもしれない。それだと面白いが」

「誰が始めたのか、心当たりはある？　あなたを知ってる人間のはずよね」

「おそらくね。ただし、どこかの落ちこぼれの大学生ハッカーが、退屈しのぎに電話会社の記録に入りこんだ可能性もないとは言えない」

「でも、そうは考えてないんでしょ」

「うん。これは個人的な嫌がらせだろう。そしてこの謎の迷惑犯は僕の電話番号を大っぴらにしただけじゃないんだ、レイニー。サンチェスの言った言葉を思いだしてほしい。やつは、白いクソ十字架のついたクソ汚い墓にいる僕の娘をやれと言ったんだ。なぜ白い十字架なんだ？　白い十字架と聞いてまず頭に浮かぶのはどこだ？」

レイニーは目を閉じた。白い十字架を思い浮かべ、そして胃がしめつけられた。こんな馬鹿みたいなモーテルにいるべきじゃなかった。こんなところに座って、これはビジネスにすぎない、などとうそぶいている場合じゃなかった。クインシーの家にいるべきだった。以前彼が優しく抱いてくれたように、彼を抱いてあげるべきだった。そして彼の両耳をこの手でふさいで、彼がつぎに口にする言葉を聞こえないようにしてあげるべきだった。彼女にはその言葉が予測できた。彼はいつだって残酷なほど頭が切れるのだから。

「アーリントン」クインシーは容赦なく続けた。「煽動《せんどう》した人間がぶちまけたのは、僕の電話番号だけじゃない。そいつは服役中のサディストの少なくともひとりに、僕の娘の墓がどこにあるか教えた。ちくしょう」彼はついに声を詰まらせた。「そいつはマンディを安売りしたんだ」

レイニーはじっと待った。電話の向こうで、クインシーの息づかいがしだいにおさまり始めた。彼がいつもの自分に戻ろうとしているのが、レイニーにはわかった――冷静沈着な連邦捜査官に、彼が誇りにしている自分に。彼には仮面が必要なんだわ。わたしと同じように。そう悟ったとき、レイニーは自分でも驚くほど傷ついた。

そのときふと、砂漠を必死で走る赤ちゃん象の姿が、また心に浮かんだ。蹴り倒されては、また起き上がったちび象。それでも最後にはジャッカルに八つ裂きにされた。

「何か関係があると思う？」レイニーがぼそっと聞いた。

「え？」

「電話の件と、マンディの事故と。あなたがマンディの死因について誰かに調査を依頼したとたん、脅迫電話が山ほどかかってきたというのは気になるわ」

「わからないね、レイニー。ただの偶然かもしれない。僕を憎む以上にましなことが考えられない連中はごまんといるから。そういうやつらが僕の娘の葬式のことを聞きつけて、こいつは楽しめるぞと思ったのかもしれない。これまでにも、誰かが捜査官の個人情報をほじくり出した事件は何度かあった。今回ほど規模は大きくなかったが、なにせいまはコンピュータ時代だからね」

「気に入らないわ」レイニーは浮かない様子で言った。「それに、サンチェスが電話でマンディのことを口にしたって事実には……明らかに裏があるように思えるけど」

「僕には……わからない」クインシーの声がまた沈んだ。「関連があるにちがいないとも思う。つぎの瞬間にはそれは妄想だと思う。そしてまた、自分はただ仕事熱心なだけだと思い直す。僕は……いまふつうじゃない」

レイニーは口を閉ざした。なにか慰めになることを言ってあげたい。わたしが育った家に慰めは欠けていた。三十二歳だというのに。やり方がわからないことがこんなに沢山あるなんて、笑えちゃうわ。

「調査にあたった警察官と話をしたの」彼女は言った——クインシーと同じく、レイニーにとって一番得意なのは仕事だったから。「彼の現場での仕事ぶりは優秀だったわ。見落としは何もなかったみたい」

「シートベルトはどうだった？」

「運転者は……」そう言ってから、自分が冷たい事務的な言い方をしたのに気づき、はっとして口ごもった。

クインシーは黙っていた。沈黙が真っ暗な穴のように、二人のあいだに大きく口を開けた。わたしたち、これを乗り越えられない。レイニーはふと絶望的にそう感じた。どんなに努力しても、乗り越えられないわ。

「マンディは、事故のひと月前にシートベルトが故障したと電話をかけているの」彼女は最初から言い直した。しくじったという思いから、声が控えめになった。「行きつけの修理工場に予約をとったんだけど、直前になってキャンセルしたのよ」

「じゃ、ひと月のあいだまともなシートベルトなしで運転していたのか」

れていた。

「そういうことね」

「なんで誰も注意しなかったんだ。この州じゃ、シートベルト着用が法律で義務づけられてると思ったがな！」

レイニーは怒りを爆発させる彼に、何も言わなかった。彼が返事を期待していないのはわかっていた。

「で、そのシートベルトの状態はどうだった？」彼は質問を切り換えた。「どういう故障だったんだ？」

「まだわからないわ。アミティ巡査がわたしのために車の行方を探してくれてるけど、十五カ月もたっているので、すんなりいかないの。エクスプローラは、すでに廃車処理場で解体されている可能性が高いわ」

「シートベルトの行方が知りたいね」

「見つけるわ、クインシー。きっと見つけだすわ」

「それから男の件もある。マンディがつきあってたと思われる男だ」

「明日の朝一番で、メアリー・オールセンに会うの。何か手がかりがつかめると思うわ。それからマンディが通ってた断酒会にも当たってみるつもり。おそらく彼女の私生活について、いろいろ知ってたでしょうから」

「断酒会は、個人情報をもらさないのが原則だ」

「だったら、もう一度わたしが魅力をふりまかないとね」

「わたしはうまくやってるのよ、クインシー。いろいろわかりかけてるの。そしてあなたに答えが必要なのもわかってる。わたしが探しだしてみせるわ」

「レイニー――」

クインシーの沈黙がやわらいだ。長くとけないひそやかな魔法。距離はそれほど離れていないのに、おたがいがあまりに遠く感じられる。彼は暗い部屋に座っているのかしら。また夕食を抜いたのかしら。その前の昼食も、そのまた前の朝食もきっととらなかったのね。休まることのない浅い眠りにつくまで、いったい何時間部屋の中を歩き回るのかしら。そしておたがいにこれほどわかりあっているのに、なぜまだこんなに深い溝が二人のあいだにあるのかしら。

「そろそろ切るよ」クインシーが言った。「明日朝一番でエヴェレットと話をしたいんだ」

「エヴェレットって？」

「僕の上司さ。電話の件を彼も知りたがるだろう。エヴェレットがまだ聞いてないとすれば、の話だが。それに、この人名リストをタイプしておかないと」

レイニーは時計に目をやった。すでに零時をすぎている。

「クインシー」彼女が呼びかけた。

「僕は大丈夫だ」

「わたし、そんなに遠くないところにいるのよ。飛ばせば一時間。あなたの玄関先まで行けるわ」

「なんのためだ、レイニー？　それですべてまるくおさまるのか？　今度は僕が君のお情けを受けるから？」

「ちょっと、それはまったくの誤解よ！」

「そうかい？　じゃあ、僕が理解と同情はちがうと言ったら、君はどう思う？　あ、申し訳ない、君の世界じゃ、この二つは同じなんだっけ」

「クインシー……」

「新しい情報をありがとう、コナー探偵。おやすみ」

　そっけない言葉とともに、電話がカチッと切れた。レイニーは唇を固く結び、首を振って、受話器をゆっくり置いた。

「でも、わたしの場合は事情がちがうわ」彼女はつぶやいた。

　モーテルの部屋が返事をするわけもなかった。そのほうがいい、と彼女は思った。


　その六時間後。モーテルの目覚まし時計がリリリと鳴り、レイニーはベッドからふらふらと這いだした。ひどい時差ぼけだった。朝食がわりに三五〇ｃｃのコークを一気に飲み下したが、まだ半分死んだような気分だった。

　四車線の道路に出て、Ｉ－９５号線沿いに延々と続く商店街の迷路を三十分走った。しわくちゃなスーツを着た中年の男たちが、モーテルからどっと出てくる。マクドナルドのドライブスルーの前では、車が列をなしてじっと待っている。

レイニーは駐車場につぐ駐車場を走り抜け、無謀な車からひょいと身をかわし、朝の通勤に早くもうんざりしている人びとのあいだをすり抜けた。遠くには、青々と繁る背の高いカエデや艶やかな黒い木肌のマグノリアが揺れている。トラックが吐き出す排気ガスにむせながら、レイニーはモーテル6まで戻った。緑の風景にベイカーズヴィルを重ね合わせたり、顔にあたる風に潮の香りを探したりしないように気をつけながら。

五分間シャワーを浴び、ぬれた髪をタオルで乾かし、ムースをつけてくしけずった。新たな長い一日にそなえて、着古したジーンズに洗濯したての白いTシャツを着た。やる気満々の私立探偵の制服。自宅の留守番電話にたまったメッセージをチェックしながら、靴の紐を結んだ。外はすでに耐えがたいほど気温が上がっている。あーぁ、ショートパンツにサンダル履きで出かけられればいいのに。

留守番電話には六つ新着メッセージが入っていて、そんな思いも吹き飛んだ。レイニーはそなえつけのボールペンとメモパッドをたぐり寄せた。

最初の二つは、調査の進行状況を知りたいという依頼人からのものだった。たしかに連絡すべきだった。つぎの三つは一時間ずつ間を置いて、いずれも無言で切られていた。相手がメッセージを残したくなかったのなら、こちらも詮索する必要はない。最後のメッセージは知らない名前の弁護士からで、レイニーの略歴をほしがっていた。

レイニーは時計に目をやり、西海岸時間では午前四時と判断し、抜け目なく弁護士の事務所に電話を入れ、秘書に頼んでそちらに資料を郵送させると留守番電話に伝言を残した。そして弁護士が急いで返事をほしがる場合のことを考えて、モーテル6の電話番号もつけ加えた。わたしって働き者で猛烈に頭がいいわね、しかもこんなに朝早くから。

レイニーは靴の紐を結び終えた。しばしためらったあと、グロック四〇をショルダー型ホルスターに滑り込ませた。あっさりした黒いジャケットが、そのふくらみを隠した。

午前七時。メモをつかむと、ドアへと向かった。ぎらつく白い太陽がまぶしかった。小さなレンタカーの中は、摂氏九〇度くらいに感じられた。くそっ。今日は死にそうだわ。

9

ヴァージニア、クアンティコ

「最初の電話がかかったのは午後二時三十二分。火曜日の午後です」地中の部屋に戻って、クインシーは昨夜のできごとを、上司である捜査官主監のチャド・エヴェレットにてきぱきと報告した。エヴェレットは真剣にうなずき、天井の蛍光灯はビビビと怪しげな音を立てていた。「午後十時十八分、私はミゲル・サンチェスからの電話を直接受けました。その後も何本か電話がかかりましたが、状況を考えて直接は出ず、留守番電話に拾わせました」クインシーは集まった捜査官たちに、新しく作成したファイルのコピーを配った。彼らは資料を受け取りながらも、視線はクインシーからそらさなかった。

「いま配った資料の中に、電話をかけてきた囚人たちの名前と、本件に関わる収容所のリストが入っています」彼は話を続けた。「私に連絡してきた八人の刑務所職員の名前も記載されています。私の個人情報が、刑務所内で囚人から囚人へ流されていると報告した職員もいました。さらに興味深いのは、二カ所の職員が、刑務所のニュースレターの最新号が情報源だとつきとめた点です。片方のニュースレターでは、私は刑務所の日常を撮影するドキュメンタリー・フィルムのプロデューサーで、インタビューに応じてくれる囚人を募集中、ということになっていました。興味がある場合は、下記の電話番号で直接私に連絡してほしいと、書かれていたのです。もう片方のニュースレターでは、私は囚人のペンフレンドを求めていることになっていて、やはり下記の電話番号に連絡を待つと書かれていました」

クインシーは苦笑いを浮かべた。「ほかの情報源にかんしてはまだ返事を待っているところですが、同じような広告が少なくとも六種類のニュースレターに載ったと思われます。『セルパル』『フリーダム・ナウ』そして私が個人的に好きな『プリズン・リーガル・ニュース』。これは月刊で三千部以上印刷されています。さらに、PrisonPenPals. comのようなウエブサイトもあり、私の『友人求む』の広告が何十人もの囚人にeメールで送られたようです。この私がなんと囚人の親衛隊、というわけです」

クインシーはファイルを閉じ、渋い顔で腰を下ろした。全員の視線がまだ彼に集まっていたが、彼にはそれ以上言うべきことはなかった。これは自分で選んだ人生だ。それがいま侵害された。電話につぐ電話。どのメッセージも、時間をかけていたぶりながら殺してやると約束していた。彼には自分がいつゆっくり眠ることができたか、もう思い出せなかった。

少なくとも捜査局は事態を真剣に受け止めた。エヴェレットのオフィスに、小規模の担当チームが集まった。砂色の髪でぼさぼさ頭の若者は、技術サービス部で電話の傍受を専門にしているランディ・ジャクソン特別捜査官。暴力犯罪分析センターからはグレンダ・ロドマン特別捜査官。かたいグレイのスーツが好きな年配の女性だ。そしてアルバート・モンゴメリー特別捜査官は目が血走り、顔つきは猟犬のようで、早くもクインシーに警戒心を起こさせた。目が赤いのは昨日の深夜便に乗ったせいか、それとも深酒をしたせいか。おそらくその両方だろう。だが、やつれて暗い顔をしたこの私だって、人からどう思われるか、わかったものじゃない。

「念のために、君の個人的な電話番号を知ってるのは誰かな？」エヴェレットが尋ねた。ロドマン捜査官は座り直し、黄色いメモ帳にボールペンを走らせる用意をした。

「私の家族」クインシーは即座に答えた。「専門家が何人か。捜査官仲間とか、警察の関係者とか。それに友人。メモには、できるだけ完全なリストを書き出してあります。正直な話、五年前にこの番号を使いだして以来、番号を知っている人間がこんなに増えたのかとわれながら驚きました」

「あなたが直接担当した事件は二百九十六件にものぼるのよ」ロドマンが口をはさんだ。

クインシーはうなずいた。正直なところ、自分ではそれ以上だと思っていた。プロファイラーは相談役的な役回りが多いので、同時に百件扱うことも珍しくない。

「あなたに恨みをもつ人間も大勢いるでしょう」

「私が関わったことを知っていれば、の話だね」クインシーは肩をすくめた。「だって、いいかい、グレンダ。たいていの事件では、我われは電話で依頼を受け、事件ファイルを郵便で受け取り、こちらからの報告書はファックスか宅配便で送り返す。この場合、犯行者が目をつけるのは、実際に事件を扱った地元警察の殺人課刑事どまりじゃないかな」

「じゃあ、そういう事件は除外するとして……」彼女はクインシーの言葉を待った。

クインシーは頭の中で計算した。「おそらく服役中の囚人が六十人近く」

「捜査中の事件では？」

クインシーは首を振った。「この六年、直接担当した事件はない」

「でも去年……」彼女が言いかけた。

彼は静かに言った。「ヘンリー・ホーキンズは死んだよ」

モンゴメリーは前かがみになり、よれよれのズボンの膝に両肘を乗せた。また点滅し始めた蛍光灯が、彼の頬を黄色く照らしだした。クインシーはこの捜査官について、ふたたびあれこれ思いめぐらせた。モンゴメリーは、まるでここには来たくなかったとでも言いたげに、むすっとしている。だが、困っている同僚に手を貸したがらない捜査官など、いるだろうか。とても想像出来ない。

「本末転倒じゃないかな」モンゴメリーがぼそっと言った。「あんたは山ほど電話を受けた。どえらいのは、そこだ」

主監のエヴェレットがたしなめるように言った。「捜査官の個人的な電話番号が二十カ所以上の収容所にばらまかれた。それが、どえらいことなんだ。それ以上に〝どえらいこと〟

はない」

　モンゴメリーは主監に向き直った。クインシーはだらしない捜査官が、まだ引っ込みがつくうちに出ていくだろうと考えた。だが、予想ははずれた。「ふざけるな」モンゴメリーが毒づき、一同は目をまるくした。「これが個人的なことで、誰かが本気で何か計画してるとしたら、個人の電話番号を檻《おり》の中にいる大勢のとんまどもにばらまいたりしないさ。直接家に出向く。あるいは自分のかわりに誰かに行かせる。電話だって？　そんなのはクソみたいな子供の遊びだ」

　エヴェレットの表情が曇った。捜査局で三十年勤めてきたベテランの彼は、ＦＢＩ捜査官の服装にも、喋り方にも、立居振舞にも、独特の風格があった時代が忘れられなかった。その昔、捜査官は正義の味方であり、ギャングや銀行強盗、幼児暴行犯などから人びとを守る最後の砦《とりで》だった。捜査官はしわだらけのスーツで仕事場に来たりしなかった。そして「クソみたいな子供の遊び」などとは、言わなかったものだ。

「モンゴメリー特別捜査官——」

「ちょっと待って」出世に響くぞとモンゴメリーに説教しかけたエヴェレットを、クインシーが片手をあげて制し、一同を驚かせた。「もう一度、言ってくれないか」

「で・ん・わ、だよ」あんたら、馬鹿じゃないのかという顔でモンゴメリーが、ゆっくりと言った。「問題は、〝誰が〟じゃなく、〝なぜ〟電話をかけたのかってことだ」

　グレンダ・ロドマンは椅子の背に体をあずけて、うなずいた。ランディ・ジャクソンが口を開いた。

「モンゴメリーの言うとおりだ」技術屋が言った。「侵入を企《くわだ》てるやつがいるとしたら、電話会社でいとも簡単に住所が調べられる。誰かが君の電話番号を手に入れたなら、番号案内に電話して、電話番号のほうから君がどこの通りに住んでいるか調べることができる。電話番号を手に入れたら、その所有者の住所を手に入れたも同然だ」

「おみごと」クインシーは言った。だが、自分がそこに思いいたらなかったのは、明らかに不調な証拠だ。こめかみに鈍痛が戻ってきた。朝も昼も夜も。悲しみが二日酔いのように体から抜けていかない。

なぜ、電話だったのか。明白なのは、何者かがこの私をつけ狙っているということだ。おそらく、過去の事件と関わりのある何者かが。異常者はサメと似ている。彼らはたぶんマンディの死をきっかけに血の匂いを嗅ぎつけ、私を殺しにかかろうとしている。ではなぜ、単純に行動しないのか。なぜ攻撃にでて、私を仕留めようとしないのか。いまの私は、まったく闘える態勢にない。

レイニーを訪ねたのはそのためだろうか。自分があまりに孤立無援だと感じたからだろうか。それとも、ほんものの闘い方を思い出したかったからだろうか。レイニーは、コーナーに追い詰められても、一歩も退《ひ》かない。

考えるんだ、クインシー。なぜ、電話だったのか。

「事態は深刻だ」エヴェレットが言った。「ただちにニュースレターとウェブサイトを追跡調査して、広告の依頼主をつきとめるんだ。さらに、現在この情報を握っている囚人が何人いるか調べる必要がある。なんとしても手がかりをつかまねばならない」

クインシーは目を閉じた。「ニュースレターは数が多い」彼はつぶやいた。「大きなものから小さなものまで。そしてやつはそのすべてに広告を載せた。大変な手間だ。それをなぜ……」彼の目がパッと開いた。そうだったのか。ちくしょう、なぜ昨日の晩それに気づかなかったのか。「陽動作戦だ」彼が言った。

「え、いまなんと、捜査官?」

「陽動作戦さ」モンゴメリーがかわりに答え、うなり声をあげた。彼は恐れ入ったように、血走った目でクインシーを見つめた。「ああ、たぶんな。仮にこいつがあんたの自宅の住所をつかんでるとしよう――そう、おそらくもうつかんでるはずだ。そしてやつがあんたを襲ったら、俺たちは消去法で犯人をつきとめようとする。だけど、やつは情報を何十という刑務所にばらまき、さらに中の囚人たちがそれを何十人にも伝えた……つまり犯人の候補は凶悪な囚人A、B、Cだけじゃなく、やつらの外の仲間やそのまた仲間にまで広がっている。まるで蜘蛛《くも》の巣状態だ。あんたの葬式から何年たっても、犯人をつきとめられないかもしれない」

「ご親切に、ありがとう」クインシーはそっけなく言った。

「たしかに、そうね」ロドマンが割って入った。彼女はモンゴメリーより思いやりのこもった表情でクインシーを見た。「あなたに何か起こった場合、ふつうは個人的な知り合いだけじゃなく、過去の事件の関係者までが調べられる。容易じゃないけど、まあこなせる範囲の仕事だわ。でも、刑務所の囚人全員があなたの個人情報を知っていたとすると……連邦捜査官にうらみをもつネオ・ナチか、男をあげたいギャングか、ただ退屈したってだけの異常者に狙われたようなものよ。いまあなたに何か起こったとしたら……捜査すべき範囲は膨大《ぼうだい》だわ。何人がかりでやっても、そんな膨大なリストの中から被疑者をつきとめるのは、不可能に近い。正直な話、じつにみごとな作戦ね」

「事態は深刻だ」エヴェレットがまた言った。

謎のストーカーに狙《ねら》われたクインシー本人には、すでにその深刻さがわかっていた。

グレンダは、クインシーが作成したファイルをパラパラとめくった。「救いは」と彼女は言った。「ニュースレターの中に、かなりしっかり作られたものもあること。広告を出す場合にも、内容明細と小切手が郵送されることを条件にしているわ。もし、もとの手紙と封筒が残っていれば、しめたものよ。消印で郵送された場所がつきとめられるし、封筒をＤＮＡ鑑定と指紋採取に回し、封筒から化学物質や塵や何かの切れ端が検出されないか調べられる。でも……」彼女は言いよどみ、クインシーをすまなそうに見やった。「刑務所のニュースレターは、ほとんどが草の根的な底辺の出版物よ。広告が載っていた分を追跡するだけでも何週間もかかるわ。しかも……」

終わりまで言う必要はなかった。誰もがわかっていた。刑務所のニュースレターのすべてが報道目的とはかぎらず、すべてがまっとうなわけではない。一九六〇年代には、禁制品や秘密の情報は煙草の箱に入れて刑務所に運び込まれ、流通された。だが、麻薬問題が深刻化すると同時に、アメリカ全土の刑務所では、煙草を含むあらゆる品物の包装を禁止して、禁制品をきびしく取り締まった。囚人が受け取れるのは手紙と現金だけで、それを使って刑務所の販売部で煙草を買えばいい、というわけだった。この方法が麻薬の排除に効果があったかどうかは不明だが、たしかに情報の流れに歯止めはかかった。だが、あきらめない囚人たちは、抜け穴を見つけだした。彼らは煙草の紙の入った手紙を受け取り、その紙にメモを書き、煙草に巻いて、嬉々として刑務所じゅうに回した。やがて刑務所の職員たちも利口になり、煙草だけでなく煙草の紙にも目を光らせるようになった。どんな形でもメモを回すことは、治安に影響するという理由で取り締まられた。

　そして九〇年代に入ると、法律で守られた言論の自由の奇跡が、地下の情報網を発達させた。刑務所にデスクトップ・パブリッシング（コンピュータを利用した編集・印刷システム）のソフトウェアを搭載したコンピュータが導入され、ニュースレターが各地で誕生した。規模の小さなものもまじってはいたが、多くは全国に配付された。そして暗号化された広告が生まれた。流したい情報がある場合。「文通相手求む」の形を装って五ドル、十ドル、百ドルと払えば、思いどおりの情報が大勢の相手にばらまける。それだけの金がない場合は？　ウェブサイトの中には、囚人たちのために無料で文通相手求むの広告を掲載し、個人向けのサイトまで設けているところもある。人を八人殺害した人間にだって、社会的な発言権はある、というわけだ。文通相手に、キャンディ（麻薬を意味する）という名のブロンド美人がいてもおかしくない。

「ニュースレターの多くは、支払いにかんしてうるさくない」クインシーがグレンダのかわりに補足した。「それに、おそらく暗黙の了解で、もとの依頼状はたいてい破棄しているにちがいない」

「『プリズン・リーガル・ニュース』は、見込みがありそう」グレンダが言った。「そこからまず手をつけましょう」

「よし」エヴェレットがうなずいた。

「僕は電話局にあたってみる」ジャクソンが身を乗り出した。「ヴェリゾン（携帯電話会社）の管理システムに最近侵入があったかどうか調べてみよう。その可能性はあるからね」

　エヴェレットはまたうなずき、満足げな表情を浮かべた。だが、クインシーはこめかみをさすった。「もとの手紙と封筒はたぶん見つからないと思う」彼は静かに言った。「たとえ見つかったとしても、ＤＮＡの証拠も指紋も検出されないだろう。これほど巧妙な策略を練る人間なら、封筒に指紋を残したり、封をするときに唾液《だえき》をつけたり、などという初歩的なミスはしないはずだ。誰であるにせよ、私たちの相手はもっと頭がいい」

「あなたを個人的に知っている人間だと考えているのね」ロドマンが言った。

　クインシーは彼女を見やった。「無関係な相手が、ここまでやるわけがない」

「もうひとつ方法がある」モンゴメリーが口を開いた。そして大胆に言い放った。「墓を見張るんだ」

「だめだ！」クインシーが椅子から飛び上がった。

「ごくふつうの手順だ――」モンゴメリーが話し始めた。

「手順なんか、クソ食らえだ！」クインシーは投げつけるように言った。この日、毒づいたのはこれで二度目だった。「私の娘だぞ。娘を道具にはさせない！」

　モンゴメリーはドンと床を蹴った。引っ込んだ小さな目が暗く光った。それはクインシーに鳥の目を思わせた。自分も犠牲者の家族には、こんなふうに見えていたのだろうか。人間の目ではなく、獲物をめがけて急降下する猛禽《もうきん》の目だ。

「サンチェスが、あんたの娘の埋葬場所を知ってると匂わせたんだろ」モンゴメリーが容赦なく言った。

「私の思いちがいだ」

「馬鹿な。やつは知ってるのさ。つまりホシはあんたの娘の埋葬場所に行こうと考えてる。やつは前からその墓のことを考えてたってわけだ。あんたの家に見張りがつくってことは、やつにももうわかってる。だから、やつがあんたを近くに感じたいときは……つまり、ひそかに笑いたいときは……」

「娘の墓が監視カメラで撮影されるのはごめんだ。許可は出さない！」

だが、いまやロドマンはうなずいていた。ジャクソンも同じだった。クインシーはゆっくりエヴェレットに向き直った。主監の表情はやさしく同情的だった。だが、その彼もうなずいていた。

　クインシーの中で目の前の時間が一気に消えた。何年も忘れていたある午後のことが甦った。マンディとキンバリーを連れて出かけた、あの祭りの日。前から約束していた、娘たちとすごす一日。気持ち悪くならない範囲で、思い切りたくさんの乗物に乗せた。そして綿菓子を買ってやり、ふと振り向いたとき、メリーゴーラウンドで遊ぶ子供たちの写真を何枚も何枚も撮っている男が目についた。

とたんに自分が真顔になり、背筋に寒気が走ったのを憶えている。ロリコン男が楽しげな子供たちの写真を大量に撮るのを眺めたとき、自分の娘たちがそのすぐそばにいることしか考えられなかった。母親のみごとな褐色ブロンドの髪を受け継いだ、かわいくてきれいで、健康な幼い娘たち。

彼は怒ったように早口で二人に話しかけた。あの男をごらん、と言いながら、胸の動悸が激しくなった。どういう男だかわかったね、ああいう男を見たら、ためらわずに逃げるんだよ。

キンバリーはまじめな顔でうなずき、彼の言葉を真剣に聞いた。けれど、マンディは泣き出した。何週間たっても、彼女は汚いコートを着てカメラを下げた男が、自分をつかまえにくる悪夢を見つづけた。

「だめだ」彼はしゃがれた声で言った。「カメラは許さない。カメラを入れたら、マンディの墓を移す」

一同はけげんな顔でクインシーを見つめた。エヴェレットが言った。「少し休養をとったほうがいいんじゃないか……」

「私はどこもわるくない！」もう一度抗議したが、クインシーの声はかすれ、いつもの彼とちがっていた。追い詰められているのが、自分でもわかった。まるで望みを絶たれた父親そのものだ。そしてふと奇妙な考えが浮かんだ。直感的に、真実を見抜いた気がした。ストーカーの狙いは、これなのだ。ホシが自分をつけ狙っていることが、いまや骨の髄まで実感できた。ホシは攻撃の第一段階にとりかかり、自分の姿が見えないよう煙幕《えんまく》を張ると同時に、いたぶって楽しんでもいる。この私の、心の奥底にひそむ傷口を容赦なく切り開こうとしている。

　クインシーは唇をなめ、自分を取り戻そうと努めた。「聞いてくれ。ホシは私の娘が目当てじゃない。やつは私の娘などどうでもいいんだ。ただ安手のスリルを味わうために、その情報を流したにすぎない」

「じゃ、ホシが誰だか見当がついているの？」グレンダ・ロドマンは犯人を特定したくてたまらないようだった。

「いや、わからない。私は、これまでの例から類推しているだけだ」

「つまり、あんたには何もわかってないってことだ」モンゴメリーが決めつけた。

「捜査官、お願いだから、娘の墓をうす汚い張り込み場所に変えないでくれ」

「なぜ？」モンゴメリーは強引だった。「ほかの家族には、あんただって同じことを頼むんじゃないのか」

「ちくしょう――」

「クインシー！」エヴェレットが鋭く叱咤《しった》した。クインシーは口をつぐみ、ほかの仲間ははっと体をこわばらせた。クインシーは人指し指をぐいっとモンゴメリーのほうに突き出し、攻撃態勢をとっている自分に気づいた。

「つらいのはわかる」主監が静かに言った。「だが、君はまだ連邦捜査官なんだ、クインシー。そして安全侵害は、我われ全員にとっての脅威だ。二、三日ですむ。捜査チームが君の家を監視し、新しい展開があったらすぐに君に連絡する。その間、君は近くのホテルでゆっくりするか、家族の元ですごせばいい」

「主監、聞いてください――」

「捜査官、いつから眠ってない？」

　クインシーは黙り込んだ。たしかに彼の目の下には隈《くま》ができ、体重も減った。マンディが死んだとき、自分はこんなことでへこたれるほど愚か者じゃないはずだと、自らに言い聞かせた。だが、そうはいかなかった。

　一同がまだ彼を見つめていた。その表情から、クインシーには彼らが何を考えているか読み取れた。クインシーの負けだ。クインシーはやりすぎた。葬式のあと、あんなに早く仕事に戻るべきじゃないって、言っただろ……

　クインシーは思った。ＦＢＩも野獣も、弱った者を群れから追い出す。

「私は……ホテルに部屋をとる」彼はだしぬけに言った。「荷物をまとめたい」

「よかった。グレンダ、君はアルバートとクインシーの家の見張りを担当してくれ」

グレンダはうなずいた。「毎日報告書を送ります」彼女はクインシーに言った。口調は事務的だったが、目はやさしかった。

「感謝するよ」彼の声は固かった。

「まかせてくれ」エヴェレットはきっぱりと言い、一同に向かってうなずいて見せた。「クインシー、きっとうまくいく」

クインシーは首を振っただけだった。彼は無言で自分のオフィスまで歩き、白い建材用ブロックを照らす味けない蛍光灯の光を眺めた。そしていま一度、太陽の光を退ける仕事を選ぶとは、いったいどういう人間かと考えた。

オフィスに戻った彼はドアを閉めた。そしていまの自分に手を貸し、マンディの墓を守ってくれそうな、ただひとりの相手に電話をかけた。

彼が電話をした相手はベシーだった。だが、フィラデルフィアのどこかで、電話のベルはむなしく鳴り続けるばかりだった。

10

ニューヨーク、グリニッジヴィレッジ

キンバリーは足早にアパートを出た。今朝は早くに目が覚めた――水曜は射撃レッスンの日だった。最近では、射撃練習の時間がますます貴重に思えるようになった。ジーンズにふだんのTシャツを着て、長い髪をポニーテールにまとめ、ジャージー行きの通勤電車に乗る。時計じかけみたい、と彼女は思う。いつもの水曜日と変わらない水曜の朝。深呼吸をする。スモッグを吸い込む。

けれど、今日はいつもの水曜の朝とはちがっていた。まず第一に、仕事場には行かなくていい。昨日の午後、あまりに青白い顔でびくついている彼女を見て、アンドリューズ教授は、今週は休みをとるように命じた。マンディの葬式以来初めての休暇だ。今日は自由に時間が使える。立ち止まってバラの匂いをかぐ。教授の指示どおり、少しばかり息抜きをす

る。

キンバリーの足取りは、何かにとり憑かれたように速く、歩くというより走るのに近い。異常なほど何度も肩ごしに振り返る。そして、その危険性を確実に知っているにもかかわらず、実弾をこめたグロック四〇を、安全装置をはずした状態で携帯している。馬鹿はやめなさい、と自分に言い続けている。

それでも、やめられなかった。

不思議なことに、今朝はそれほど嫌な気分はなかった。うなじの毛が逆立ちもしない。背筋に寒気も感じない。不安発作が起こる前にかならず感じる真っ暗な絶望感もない。空は穏やかに晴れていた。通りをゆく人びとの足取りは軽やかだった。さまざまな人が入り混じっていて疎外感を感じずにすむと同時に、それほど混雑もしていないので安全な距離が保てた。それにたとえ誰かに襲われたとしても、自分は身を守る訓練を十分積んでいるし、ちゃんと武装もしている。キンバリー・クインシーが犠牲者に？　なるわけがないわ。

それでも、ペン駅に着いたときはほっとした。通勤電車に席をとり、まわりの乗客を見回し、自分に好奇の目を向ける者がひとりもいないのをたしかめた。雑誌を読む人。窓の外の景色を眺める人。こちらに興味をもつ人間は誰もいない。そんな人がいるわけがない。

「異常なのは、私のほうだわ」キンバリーはつぶやいた。それを聞きつけて、となりに座った男が彼女にちらっと視線を投げた。彼はすぐに目をそらし、無関心を装った。その反応に、キンバリーは何日かぶりで気分がすっきりした。

軽い足取りで電車を降りると、たちまち湿度一〇〇パーセントが襲いかかった。ふぅ、ジャージーでの快適な一日の始まり。ショルダーバッグに手を入れて、グロックの安全装置をかけた状態にし、ふつうの速さで歩き始めた。ニューヨークは遠ざかった。射撃練習場はほんの数ブロック先。ニュージャージーのほうがグリニッチヴィレッジより安全とは言えないけれど、ここのほうがずっと気持ちがいい。気分が軽くなる。得体の知れない重荷から解き放たれる。

キンバリーは幼いときから射撃に夢中になり、両親にやらせてとせがんだ。初めてねだったのは、八歳のときだった。父親は予想どおり、お母さんに聞きなさいと言った。母親は予想どおり、絶対にだめよと言った。けれどキンバリーは、めげなかった。父親が射撃練習に出かけるときは、かならず一緒に行きたいとまとわりついた。四年後、十二歳の誕生日に、母親がついに折れた。

「銃は音が大きくて、暴力的で、邪悪なものだわ。でも、言ってもきかないつもりなら、結構よ！　勝手に弾を撃ちなさい」

マンディも行きたがったが、銃を扱うのはマンディの性に合わないだろうと両親の意見が一致した。キンバリーはそれが得意だった。マンディは泣いた。マンディはすねた。マンディは大きな赤ん坊だった。キンバリーは午後いっぱい父親を独占できるのが何より嬉しかった。

父親がどう思っているのか、キンバリーにはよくわからなかった。父親の考えを読み取るのは、いつもむずかしかった。

　射撃練習場で、父親は基本的な銃の扱い方と安全にたいする心構えを、ていねいに説明した。キンバリーは三八口径チーフズ・スペシャルを分解し、すべての部品の名称を憶え、部品の掃除をし、またもとどおり組み立てる方法を教わった。そして銃はかならず安全な標的に向けること、という講義を受けた。射撃準備ができるまで、絶対に銃を装塡《そうてん》してはいけない。射撃準備ができるまで、絶対に安全装置をはずしてはいけない。かならず耳栓とゴーグルを着けること。かならず指導官の指示を守ること。指導官が装塡を指示したら装塡し、撃てと指示したら撃ち、撃ち方やめと指示したら撃つのをやめる。

　そしてようやく、父親は三八口径チーフズ・スペシャルで紙の標的を空撃ちしてもいいと言ってくれた。後ろに立った父親が、的を狙う彼女の姿勢を直した。キンバリーは自分の耳元で、父親の声が言葉というより低い雷鳴のように響いたのを憶えている。二時間の講義のあと、実弾での射撃に入りたくてうずうずしている彼女に、父親はいかにも彼らしい、頭にくるほどの冷静さでこう言った。

「銃は玩具《おもちゃ》とちがう。銃だけでは武器ですらなく、命のないただの〝物〟にすぎない。責任をもって銃を使い、命を吹き込めるかどうかは、使い手しだいだ。責任をもって銃を使いこなすのは、誰の仕事かな？」

「わたしの！」

「よくできた。じゃ、もう一度最初から……」

射撃練習場にその後四回通ったあと、父親はやっと実弾練習を許可した。四・五メートル離れた場所に、標的が用意された。キンバリーは堂々と六発撃って、そのうち四発が真ん中あたりに命中した。彼女はすぐさま拳銃を投げ捨て、ゴーグルをはぎとり、父親の首にしがみついた。

「やった、やった、やった！　パパ、わたし、やったわ！」

すると父親が言った。「自分の武器を、絶対にあんなふうに投げ捨てちゃいけない！　暴発したら誰かが怪我をする。まず、安全装置をかけてから銃を下に置き、射撃ラインから遠ざかる。いいか、銃は責任をもって扱うものだ」

キンバリーはぺしゃんこになった。はっきり憶えていないが、涙まで流したかもしれない。憶えているのは、父親の顔つきが急に変わったことだけだ。父親はしょんぼりした彼女を眺めた。そして不意にがらっと態度を変えて、初めて本音を口にした。

彼は静かにこう言ったのだ。「ほんと言うとね、キンバリー。みごとな射撃ぶりだったよ。素晴らしかった。ときどき……パパはほんとに馬鹿なことをしてしまう」

キンバリーは、父親が自分を馬鹿だと言うのを初めて聞いた。そしてこれは自分のほうから口にしてはならない言葉だと、はっきりわかった。彼女はそれが気に入った。特別な感じがした。父娘の絆《きずな》を心から実感した最初の瞬間だった。わたしは銃が撃てる。そしてときどきパパは、ほんとに馬鹿なことをする。

このとき以来、キンバリーは射撃練習場に父親と一緒に通い、父親の粘り強い指導のもとで、三八口径チーフズ・スペシャルを卒業し、マグナム三五七へ、そして九ミリ口径のセミオートへと移った。母親は無言の抗議として、彼女にバレエを習わせた。二回目のレッスンを受けたあと、帰ってきたキンバリーはこう宣言した。「くそバレエ！　わたしはライフルがいい」

　その罰として、彼女は一週間テレビを見させてもらえなかったが、ひとつも後悔などしなかった。マンディまでもが、それには感じ入った。めったにないことだが、マンディは妹に加担してその後数週間のあいだなんにでも「くそ」をつけて話し、娘二人は大目玉を食らった。四人がほんものの家族だったころの、不思議に楽しいひと月だった。

　なぜかいま、彼女の中にそのころのことがふと甦った。なぜかその思い出が、彼女の息を詰まらせた。まるで誰かに胃のあたりをしたたかに殴られ、胸をじわじわとしめつけられるような感じがした。

　マンディの馬鹿。なんで運転なんかしたの？　禁酒が大変なのはわかるわ。でも、少なくとも運転は避けられたはずよ！

　くそみたいなバレエはもうおしまい。くそみたいなことはすべておしまい。残っているのは、美しい栄光のアーリントンに立つ白い十字架だけ。あの墓地が選ばれたのは、母親の家族が軍の関係者とコネがあり、ベシーとその娘たちに名誉を与えたがったから。マンディと戦争の英雄たち。なんという取り合わせ。

　キンバリーは、自分が葬式に耐えられるとは思えなかった。皮肉な光景が自分の頭を狂わせ、ヒステリックに笑いだしたら、母親はどうするだろう。キンバリーは式のあいだじゅう、血の気がなくなるほど唇をきつく嚙んでいた。そしてパパは？ このときもまた、父親の考えは読み取れなかった。

最近、その父親が電話をかけてくる。優しく気づかうような伝言が残されたが、彼女は受話器を取ろうとしなかった。留守番電話に返事もしなかった。父親からの電話だけでなく、母親からの電話にも。誰からの電話にも。いまは、だめ。まだ、だめ。いつまでかは、わからない。あと少し、かもしれない。

彼女は不安発作がいやだった。自分がみじめに思えたし、声に不安がまじるのを、人並みはずれて敏感な父親に気取《けど》られるのがいやだった。

わかる、パパ？ わたし、マンディに強さは教えられなかったけど、マンディのおかげで、イカレた人間になれたわ。ヤッホー！ パパ、ついてるわね。気のふれた娘が二人もできて。

キンバリーは射撃クラブに着いた。木のドアを押し開けて、照明のうす暗いラウンジに入る。冷房の風がひんやりと心地よい。朝早いこの時間だと、狭い実用本位のラウンジには人けがない。ドアの向こうに穴蔵のような射撃練習場がある。彼女はすりきれたソファにも、数々の優勝メダルが入っている飾り棚や、壁面を飾る動物の頭の剝製《はくせい》にも目をくれなかった。キンバリーが探していたのは、彼女だった。今朝一番にここに来たのはそのためじゃないわと自分に言い聞かせながらも、つい探してしまうのは、新しくこのクラブに入った射撃のプロ、ダグ・ジェームズの姿だった。

　てっぺんのあたりに銀髪が混じるふさふさした褐色の髪。深いブルーの瞳。笑うとできる目尻の小じわ。背の高い、均整のとれた体。筋肉のついた分厚い胸。ダグ・ジェームズは、六カ月前にライフル協会の指導員になったのだが、レッスンに急に熱が入りだした女性会員は、キンバリーだけではなかった。

　ちがう、わたしは彼をそんなふうに考えていない。わたしは、男なしにいられなかったマンディとはちがう。男の目をとおしてしか自分を測れなかったママともちがう。いずれにしても、ダグ・ジェームズはパパと同じくらいの歳だわ。幸せな結婚もしている。そして、もちろん猛烈に射撃がうまい。数々の大会で優勝経験あり、少なくともそういう噂だわ。

　ひとことで言えば、彼はきわめて有能な指導員で、彼女の構えの姿勢を魔法のように直してくれた。

　そして忍耐強い男であり、優しかった。彼女を見るときは、君の言葉に心から興味がある、と言いたげな目つきをした。挨拶をするときは、君の顔を見るだけで嬉しい、と言いたげなそぶりをした。彼女に話しかけるときは、君が口にしないことまですべてわかっている、と言いたげな話し方をした。彼女がいまだに見る悪夢……マンディと一緒に車に乗り、必死にハンドルをつかもうともがいている夢も。そして両親が離婚し、姉をなくしたあと、彼女を突然襲った疎外感――茫漠とした冷たい宇宙の中で自分を砂粒のように感じる感覚までも。

巨大な銃で、ちっぽけな紙の標的を撃ち抜くためにここに来たのは、そうすれば世界が取り戻せる気がしたから。そうすれば、自分が強くなれる気がしたから。

キンバリーは受付カウンターまで行った。ライフル協会の会長フレッド・イーゲンが、書類の山に顔を埋めていた。

「ダグに、来たと伝えて」彼女が言った。

「ダグは今日は来ない。病気で休みをとった」フレッドは、つぎなる書類を引っ張りだすと、かがみ込んで下のほうに署名をした。「君の自宅に連絡しようとしたらしいが。君はもう出たあとだったとか」

キンバリーは目をしばたたいた。「でも……でも……」

「急なことだったらしいよ」

「でも……」まるで馬鹿のように繰り返した。

フレッドはようやく目をあげた。「男が病気と言ったら、病気なんだ。また来週会えるさ」

「来週ね、もちろん、来週」彼女はつぶやき、必死で落ちつこうとした。病気。そういうことだってあるわ。でもなぜ、心に穴が開いたように感じるのかしら。彼はただの射撃指導員じゃないの。彼が必要なわけじゃない。わたしは誰も要らない。でもなぜ、こんなに手が震えるのかしら。そしてなぜ、ああ、なぜ、急に胸をえぐられるほどひとりぼっちで淋しいと感じるのかしら。

キンバリーは銃を手に取った。射撃練習場に行って用意をした。耳栓と目を保護するゴーグル。弾丸の入った箱。火薬の匂いが漂っている。自分の若い体の匂い、自分の手にゆったり握られたグロックの快い重さ。

標的は一五メートルの距離に設定した。彼女は紙の心臓を撃ち抜き、紙の頭をこなごなに砕いた。それでも、心は満たされなかった。ここに来たのは練習のためではなかった。ここに来たのは男に会うためだった。

このひと月のあいだに起こったどんなことよりも、彼女にはそれがこたえた。何かが狂ってしまった。強くて理性的なキンバリーが、それまでの自分を取り戻せなくなった。

クラブを出ると、彼女はまたもや足早に歩き始め、三十五度の暑さにもかかわらず、寒気に襲われた。

フィラデルフィア、ソサエティヒル

ベシーは落ちつかなかった。いや、有頂天だった。いや、落ちつかなかった。そう、彼女はその両方だった。

よく晴れた水曜の朝、ソサエティヒルにあるどっしりしたレンガづくりのタウンハウスの外に立った彼女は、サンドレスに手を走らせ、ゴールドシルクを彩る紫色の小花模様から糸くずをとるようなしぐさをした。続いて足の爪のぐあいを確かめた。ストラップつきのゴールドのサンダルの先からのぞいている足の爪には、ウィンサムワインとかいう色のエナメルを塗ったばかり。どこもまずいところはなし。手を眺めた。手も、大丈夫。

ベシーは朝の五時に目覚めた。何カ月ぶりかで、いいことがあるという期待に、一日を早く始めたくてパッとはね起きた。トリスタンが来るのは二時間後なので、ゆっくり泡風呂に浸かったあと、ふと思いついてペディキュアをした。手の爪にもマニキュアをほどこし、きれいになった両手を見てわれながらどきっとした。久し振りのことだった。考えたくないほど長いあいだ、手入れをしていなかった。

彼女は柳細工の大きなバスケットを左腕に下げた。何年も前に気まぐれに買ったバスケット。現実の人生にではなく、自分が夢見た人生にふさわしい品物を、衝動買いしたのだった。トリスタンからドライブに誘われたとき、とっさにそのバスケットが頭にひらめき、二十分探し回ったあげく、キッチンの食料品貯蔵庫の裏にあるのを見つけだした。彼女はその中にクラッカーとブリー・チーズ、ブドウとキャビア、焼きたてのバゲットとラ・グランダムのシャンパンを詰めた。トリスタンの趣味はびっくりするほど洗練されている。だから、そう、頑張らないと。

ベシーは腕時計に目をやった。七時十分すぎ。彼女はまた落ちつきをなくした。来なかったらどうしよう。ふと不安になる。昨日の晩は私のほうが二十分遅れたけれど、でも、約束は守ったわ。

彼に来てほしかった。ドライブに行きたかった。自分には広すぎるこの家からも、思い出が多すぎるこの町からも、遠く離れたところに行きたい。一日だけでも離婚した中年女から抜け出し、顔に太陽を浴びてすごしたい。

昨日の晩、何年ぶりかのデートから帰ったとき、彼女はそろそろもう一度前に進んでもいい時期だと感じた。簡単には行かないでしょうけど、でも、もうその時期だわ。

短い警笛音で、ベシーははっとわれに返った。狭い道の下から、ニューヨーク・ナンバーの赤い小型のコンバーティブルが、角を曲がって矢のように飛んでくるのが見えた。

「まあ、これっていったいなあに？」彼女はトリスタンに尋ねた。彼はキィーッとブレーキをかけて車を停めると、手で髪をかきあげ、にっこり微笑んだ。

「お車でございます、奥さま」

「ええ、でも、これは何なの？」

「アウディTTロードスター、225クアトロ」誇らしげに彼が言った。「基本は一九五〇年代のポルシェ・ボクスターに近いけどね。かわいいでしょ」

トリスタンは運転席側のドアをさっと開けると、中から跳びだした。風のように、矢のように、顔を輝かせて。

ベシーはバスケットを差し出し、何か気のきいたことを言わねばと思いながらも、燃えるような陽光と、まぶしい彼の笑顔にたじろいだ。「ピクニックのランチを用意したの」言ってから、なんてつまらない馬鹿なことをと、すぐに後悔した。

「素晴らしい」

彼女はうなずいたが、まだ気後れを感じた。そしてバスケットに視線を戻した。「シャンパン、キャビア、ブリー。あなたの好みがわからなくて」

「シャンパン、キャビア、ブリーは、僕の好みだよ」彼はバスケットに伸ばした手を、じっと彼女の手の上に重ねた。彼はすぐ近くにいた。今朝は、褐色のズボンに濃紺の縄編みのセーターで決めていた。ビャクダンとレモンの香りがする。ベシーは自分が深く息を吸い込みすぎはしなかったかと不安だった。

「よく眠れた？」彼女の指を軽くなでながら、彼が尋ねた。

「ええ。あなたは？」

「一睡もできなかった。君に会えると思うと、わくわくして」

彼女は顔を赤らめたが、思わず微笑みがこぼれた。「お上手ね」彼女は言った。

「でしょ？　ここまで来る途中、ずっと練習してきたから」彼はにこっとした。そしてだしぬけに身をかがめると、彼女の唇にキスをした。トリスタンが体を離し、バスケットを彼女の腕から取り上げても、彼女はまだ頭がくらくらしたままだった。

「まじめな話」彼はトランクを開けながら言った。「こんなに夜明けが待ち遠しかったことって、何年ぶりだろう。どこか、素敵なところに行こうね、ベシー。めちゃくちゃに楽しみたいな。君は、どう？」

「私もめちゃくちゃに楽しみたいわ」

「決まり！」

　トリスタンはトランクを閉め、彼女のためにドアを開けにきた。小型の赤いロードスターは、じつにかっこよかった。外側のラインは美しい曲線を描いていた。内側の色調はすっきりした黒とクロームで統一されていた。マリリン・モンローかジェームズ・ディーンのような映画スターが乗りそうな車だった。ベシーは触るのも怖かった。だが、トリスタンはためらいもなく彼女の手を取ると、低い黒革のシートに座らせた。

「そうだ」不意に彼が言った。「君が運転したほうがいい」

「えっ、だめよ。無理だわ――」

「できるさ、できるとも、絶対に。誰でも一生に一度くらいはスポーツカーを運転しなくちゃ。今日は君の番だ」

　トリスタンは彼女を車から引っ張りだした。ベシーは抵抗を続けたが、ふと気づくと運転席に座り、小さな細長いキーケースを握って馬鹿のように笑っていた。艶やかなクローム色の計器板が彼女にウィンクしていた。まるいクロームのシフトレバーは、手のひらの中で温かくなめらかだった。トリスタンは助手席にもぐり込んだ。彼女はほとんど彼のほうを見ていなかった。発進する前から、すでに彼女はこの車に恋していた。

「銀色のボタンがついてるだろ？」彼は彼女が握っているキーケースの小さなボタンを指さした。「それを押すんだ」

　ベシーがボタンを押すと、ケースの横から飛び出しナイフのように銀色のキーが飛び出した。驚いて思わずキーを落としかけ、彼女は笑い声をたてた。「びっくりした。誰が考えたの？」

「きっと営業の人間だろうね。ただのこけおどしだけど、よくできてる。じゃ、キーをイグニションに入れて。これがライト、これがフロントガラスのワイパー、そしてこれがハンドブレーキ。試してごらん」

ベシーはギアをファーストに入れた。そしてぐいとセカンドに切り換え、クラッチの感覚を試し、ようやく道路に乗り出した。マニュアルで運転するのは久し振りで、大学のとき以来だった。けれど運転してみると、手の中のシフトレバーの感覚を自分が恋しがっていたことがわかった。駿馬《しゅんめ》のように車を操る感覚、車の敏感な反応から感じとれる躍動感。道の角を曲がり、やっとのことでギアを入れ換えたが、トリスタンは気にもとめないふうだった。ベシーは自分が息もつけないほど笑っているのに気づいた。私はこの車が好き。この人が好き。私にはできる。

「ねえ、ベシー」トリスタンが言った。「この車は、君のために手に入れたんだよ」

彼はダッシュボードの銀色のパネルを開いた。中にはステレオのボタンが無数についていた。彼が二回指でつつくと、マイルス・デイヴィスの〈ラウンド・ミッドナイト〉が、しゃれたボーズのスピーカーから流れだし、彼女の全身を包み込んだ。

「憶えててくれたのね」

「もちろんだよ、ベシー」

マイルス・デイヴィスのトランペットがむせび泣いた。彼女はギアのリズムを覚え、ロードスターが快調に走り始めた。トリスタンの言うとおりだわ。誰でも一生に一度くらいはスポーツカーを運転しなくちゃ。それにこの車の走り方は夢のよう。

Ｉ－７６号線に入る高速の入口を抜けた。ロードスターは彼女の足の下で息づくかのようだった。ファースト、セカンド、サード。ぐいぐい速度を上げてレッドゾーンへ。セカンド・ターボが作動し始め、彼女の体がシートの背に押しつけられる。時速三五キロ、七〇キロ、一四〇キロ。それでも動きは絹のようになめらかだ。

「その調子」トリスタンが励ますように声をかけた。「それでこそドライブだよ、ベシー。レーサーみたいに飛ばすんだ。誰にもつかまえられないほど速く」

彼女はにっこりして、アクセルを踏んだ。時速一六〇キロ。褐色がかったブロンドの髪を風になびかせ、上向いた顔に太陽を浴びながら。

「カメみたいに、飛ばすぞ！」トリスタンが、風をついて大声で叫んだ。

彼女は笑ってさらにスピードをあげた。その言葉はマンディの口癖よ、ともあえて言わなかった。愛してるわ。ほんとに、しあわせ！

トリスタンは鋭い目つきで、彼女をじっと見つめていた。彼は運転用の黒い革手袋を両手にはめた。そして手袋をした指で彼女の頬をなでた。

「ベシー」しばらくして彼は言った。「君の二人目の娘さんのことが知りたいな。キンバリーの話を聞かせてくれないか」

11

ヴァージニア、オールセンの館

レイニーは、四回目にやっとメアリー・オールセンの家までたどり着いた。一回目は、鬱《うっ》蒼《そう》とした林に囲まれた道路を進むあいだ、横に伸びている狭い私道に気づかなかった。二回目は脇道に気づいたものの、木々のあいだに家らしきものを見つけられなかった。三回目は、近くまで来たのはわかったのだが、曲がりくねった私道の先にぽつんと建つ奇妙な館が見えたとたん、執事風の男にドーベルマンをけしかけられそうになったので、いそいで退散した。四回目に、彼女は道端に車を停め、鍛鉄製の飾り柱の上にしつらえられた上品な黒い郵便受けまで行って、家の番号をたしかめた。

「冗談でしょ」誰にともなくつぶやいて、メアリー・オールセンについて彼女が集めた情報が載っているファイルをめくり、改めてもう一度目を通した。「ふう。二十五歳で失業中のウェイトレスが、いったい誰と寝ればこんな家に住めるの？　その男は愛人がほしかったわけ？」

その〝誰か〟は、神経外科医だった。私道の先まで車で行き、玄関にたどり着いたとき表札でそれがわかった。オールセン博士は外出中だったが、執事——たしかに、執事だった——に、うす暗い大理石のロビーに案内されて、まず目についたのがオールセン博士の祖父の肖像画だった。執事がオールセン夫人を呼びに行くあいだ、レイニーはその肖像画とにらめっこをした。

インテリアの値踏みをするのは、面白かった。ロビーの中央に置かれた巨大なクリスタルのテーブルには、ラリックの刻印がついている。たぶん二万ドルはするわね。艶やかなサイドテーブルの素材は、バーズアイメープル。ブラックウォルナットの縁飾りが入っていて、脚は豪華なルイ十四世風——おそらく一万五千ドル。丈が五メートル近くあるカーテンは、ピーチ色のベルベットに金色のサテンで縁取りがしてあり、何メートルもの金色の紐がついている。二万ドルから三万ドルといったところかしら。特注の窓飾りの値段は、見当がつかない。

いずれにしても、この部屋だけで最低五万ドル。わたしにはまったくお呼びでない世界。わたしの体はすべて合わせても、せいぜい八十二ドルかそこら。

「コーヒーはいかが？」

メアリー・オールセンが螺旋《らせん》階段の上から、ロビーを見下ろしていた。スカーレット・オハラの登場を期待していたレイニーは、初めて見るメアリーの姿にがっかりした。広がったスカートはなし。凝《こ》った髪形もなし。ローラ・アシュレイのブルーとイエローの花柄ドレスを着た、やけに若づくりの女が、金箔の手すりから身を乗り出してこちらをじっと見ている。

「コーヒーなら飲めるわ」レイニーがようやく答えた。声が大理石にこだました。

「カフェインぬき？　それともレギュラー？」

「カフェインぬきじゃ、意味ないわね」

メアリー・オールセンは微笑んだ。その表情はどこかこわばっていた。ぴりぴりしてるわ、とレイニーは思った。お若いオールセン博士夫人は、わたしを怖がっている。

ワォ。レイニーは何日かぶりで、気分がよくなった。

メアリーが階段を降りてきた。両手で手すりにつかまっている。それがレイニーの目を引いた。元ウェイトレスが、いまや豪華な館《やかた》ずまい。でも、その暮らしがまだ身についていないようだわ。メアリーが目の前に来たとき、レイニーはもう一度驚かされた。メアリーはレイニーより八センチほど背が高く、黒い瞳で、スーパーモデルなみにスタイルがよかった。オールセン博士が惹かれたのも納得できる。けれど、博士が彼女に着せているものは、まるで間違っている。ローラ・アシュレイじゃ台無し。メアリーはVネックの、鮮やかな緋色《ひいろ》のドレスで走り回るべきなのに。でも、オールセン家の人たちは、きっとこうして執事たちも飼い馴らしてきたのね。

「客間に行きましょう」メアリーが用心深く表情を動かさずに言った。「こちらよ」

レイニーはあとからついていった。客間はレイニーのロフト全体より広かった。白塗りのフランス製アンティーク家具が山ほど置かれ、ここではブルーとクリームの淡い色が基調になっている。メアリーが華奢《きゃしゃ》な二人がけの椅子に座ると、ドレスの色がシルクのクッションカバーの色と溶けあった。レイニーは一瞬、人間の頭のついたソファに向かって話しているような気分になった。

「電話でお話ししたけど」レイニーが言った。「アマンダ・クインシーについて二、三聞きたいことがあるの」

メアリーは手をあげた。「コーヒーを、ここにお願い」

レイニーはぎょっとして目をしばたたいた。そして忠実なる執事が、アンティークのコーヒーポットと小さな陶磁器のカップ二個をのせた銀のトレイをもって、うろうろしているのに気づいた。執事はサイドテーブルにトレイを下ろし、うやうやしくひとつ目のカップにコーヒーをついだ。レイニーは心底恐れ入りながら、自分のカップを受け取った。紙のように薄い陶磁器は年代ものの貴重品で、猛烈に壊れやすそうだった。三口ほどで飲み干したあとは、このカップに重たい銀のポットから自分でコーヒーをつぐことになるのね。一杯でやめておいたほうが、よさそうだわ。

「素敵なお屋敷ね」膝の上のカップを落とさないよう用心しながら、レイニーが言った。頭の中では、マンディの親友がなぜこんなにびくついているのかと、まだ考え続けていた。

「夫の家族が代々受け継いだ家なの」

「ご主人はお医者さん？」

「ええ」

「勤務時間は長いの？」

「もちろん。このあたりでは一番の神経外科医だから、患者さんが多くて」

レイニーにも少しばかりわかりかけてきた。「年上？」

「四十代よ」

「あなたが以前働いていたところで、出会ったんでしょう？　気前よくチップをはずんでくれる人が、生涯食べさせてくれる人に変わった。わるくないわね」

メアリーの顔がさっと赤くなった。「どう思われようと、かまわないわ」

「あっ、誤解しないで。ほんとにすごいと思っただけよ。わたしだって、そんな神経外科医に出会いたいものだわ」

「マークは素晴らしい夫よ」メアリーはまだ警戒を解かなかった。

「マークとメアリー。うん、クリスマスカードにはぴったりね」

「あなた、マンディの事故の話で来たんじゃないの？」

「そのとおり。本題に入らなきゃ。で、問題の夜のことだけど――」

「なんであの夜が問題なの？」メアリーがさえぎった。「わるいけど、話すことは何もないわ。事故が起こったのは一年以上前よ。マンディは酔っぱらって、運転した。それはあのときが初めてじゃない。あなたがここに来たわけがわからないわ」

「そうね、コーヒーの評判を聞いたものだから、ちょっと寄ってみようかと思って」メアリーの顔に困惑の表情が浮かぶのを見て、レイニーはため息をついた。冗談も通じないらしい。「じゃ、あの夜のことだけど。あなたは、彼女がトランプをしに来たって、マンディの父親に話したわね」

「ええ。わたしたち、水曜の夜はいつもトランプをしていたの。少なくともあの当時は」

「〝わたしたち〟って、誰？」

「マンディ、わたし、トミー、スーの四人」

「いつごろからのつきあい？」

「四人ともレストランで働いていた仲間よ。わたしがマークと知り合う前だけど。それがどう関係があるの？」メアリーの表情がまたこわばった。

「ちょっと聞いてみただけ」レイニーは軽く言った。「で、四人でトランプをしてたのね？」

「セブンアップを」メアリーが補足した。

「あっそう、セブンアップなのね。パーティーが始まったのは……」

「パーティーとは呼べないわ」メアリーがすぐに口をはさんだ。「ソーダを飲んでたから。クインシーさんにも言ったけど、わたしたちコークを飲んでたのよ」

「わかったわ。トランプをして、コークを飲んでた。始まったのは？」

「九時、それとも十時だったかしら。スーはまだウェイトレスをしてて、夜のシフトだったから」

「ウィークデーに、夜遅く始めたわけね」

「スーとマンディはウェイトレス、トミーはバーテンだったから、翌日は早くてもお昼までに仕事場に行けばよかったの。それにわたしは……もう時間を気にしなくてもよくなってたし」

レイニーはその声音《こわね》にわずかなほろ苦さを感じとった。シンデレラと理想の王子さまの結びつきも、いいことばかりではなさそう。「トランプが終わったのは？」

「二時半」

「そのあいだじゅう、コークを飲んでたの？」

「そう」メアリーはすぐに言った。返事が早すぎるくらいだった。彼女は膝に目を落とし、両手の指をからめあわせた。急所に近づいたわね、レイニーは思った。

「あなたはマンディの父親に、彼女はダイエットコーク以外は飲んでなかったと言ったそうだけど」

「ダイエットコーク以外のものを飲んでるところは、見なかったと言ったのよ」

「見なかった？」

「ええ、見なかったわ」

レイニーは立ち上がった。コーヒーカップを銀のトレイに戻した。壊れものを厄介払いできて、ほっとした。そしてメアリーに向き直ると、きびしい目でじっと見つめた。「見なかったですって、メアリー？　見なかった。まるでマンディがお酒を飲んでた可能性もあるけど、認めたくないって口ぶりじゃないの」

　メアリーは膝から視線を離さなかった。からめていた指をほどくと、左指にはめた三カラットのダイヤをくるっと回し、また指をからめあわせた。

「ほんとにわたしは知らないの」彼女は小さな声で言った。

「おたがいのためよ、メアリー。吐いちゃいなさい」

　メアリーはぐいと顔をあげた。目は黒々と光っていた。オールセン博士夫人の中にも、まだ燃えるものが残っているようだ。「マンディはダイエットコークの缶をずっと持ち歩いてたのよ。あのときは気にとめなかったけど、彼女はどこに行くにも缶を離さなかった。トイレに行くときまでね」

「つまり、こっそりべつの飲物を混ぜてたかもしれないってわけね。見かけも匂いもダイエットコーク、あっ、ちょっぴりラムも入れちゃった、とか」

「あのときが初めてじゃなかったと思うわ」

「依存症になると、いろいろやり方を覚えるから」レイニーはうなずいたが、彼女自身は混ぜて飲んだことは一度もなかった。彼女の場合はいつもビールだった。「ちょっと考えてみない、メアリー？　アマンダはこっそり酒を持ち込んでいた。あなたの話じゃ、彼女がここに来たのは遅くとも十時、そして二時半までは帰らなかった。少なくとも四時間半のあいだ、アルコール入りダイエットコークを飲んでたことになるわね。顔に出てなかった？」

「出てなかったわ」メアリーは即座に否定した。口調はきっぱりしていて、それまでとは明らかにちがっている。興味深いわね。「それがマンディなのよ」メアリーはまじめな顔で続けた。「どんなに飲んでも、ぜんぜん変わらなかった。しゃんとしてたわ。一緒に働いてたとき、マンディはよくそのことを自慢してた。わたしたち、彼女なら大丈夫って思ってたの。わたしたち……マンディが悩んでるなんて、思ってもみなかった」

「じゃ、彼女が断酒会に入ったって聞いたときは驚いた？」

「ええ。でも、あとから思い返してみると、うなずけたわ。夜、店を閉めたあと、家に帰る前に彼女がバーで八杯飲んだってことも何度かあったし。大丈夫そうに見えても、大丈夫じゃなかったのかもしれない。マンディはわたしと同じくらいの背丈だったし、アルコールが完全に血液の中から消えることはなかったと思うわ」

「じゃあ、その晩、彼女はこっそりお酒を飲んでたかもしれないけど、あなたは気づかなかったというわけね」

「ええ」メアリーは深くうなずいた。「そのとおりよ」

「謎の男について、教えてくれない？」

「謎の男？」メアリーは目をしばたたいた。

「お葬式のとき、あなたはクインシーに、マンディが誰かとつきあってたみたいだって言ったでしょ。新しい恋人ができたらしいって」

「いいえ、言ってないわ」

「言ってない？」

「ええ。クインシーさんは、どうしてそんなふうに思ったのかしら。わたし、そんなこと言った覚えはないわ。そんなこと、言うはずないもの」メアリーは早口になった。

レイニーはひょいと首を傾けた。そしてメアリーをじっと見つめた。「クインシーがあなたの言葉を誤解したのかも」

「きっとそうよ」メアリーは激しくうなずいた。「あのときはお葬式だったたし。クインシーさんはぐあいがわるそうだったし。みんなも……」彼女の声が初めて詰まり、がっくりとうなだれた。「みんなも、それは同じだったけど」

「メアリー、あなたはどうしてもその筋立てにこだわるつもり？　自分の親友は、ひとりでコークに酒を混ぜた。ひとりで運転して帰った。ひとりで老人をはねた」

「わたしは自分が知ってるかぎりのことを話してるだけよ——」

「四週間前の葬式のときは、そうは言わなかった」

「言ったわよ！　クインシーさんが、何もかも誤解したの！　わからないけど、あの人は想像以上にショックを受けてたんだわ。そしてわらにもすがる思いで、わたしの言葉をねじげて考えたのよ。悲しみで頭のおかしくなった父親って、何を考えるかわからないもの！」

「悲しみで頭のおかしくなった父親？」レイニーは、うさん臭げな顔でおうむ返しに言った。

メアリーの顔が紅潮した。そして顔をそむけたが、膝の上の指は激しくからみあったりほどけたりを繰り返していた。筋を傷めないですめば奇跡ね。そう思いながらレイニーは深く息を吸い込み、胸にいちもつありげにメアリーにうなずいて見せた。そしてゆっくり部屋の中を歩き始めた。

「素晴らしい家具ね」彼女は言った。

メアリーは何も言わなかった。その顔はいまにも泣きだしそうだった。

「ご主人はずいぶんお金をかけたんでしょう？」

「マークが遺産として受け継いだものがほとんどよ」メアリーがつぶやいた。

「それでも大したものだわ。この家を最初に見たときは、うっとりしたでしょうね。お城にやってきたシンデレラ、ってとこかしら」

「やめて。わたしはマンディについて本当のことを話してるのよ」

「結構ね。わかったわ、あなたは本当のことを話している。わたしも否定はしない。だって、わたしは一年前にはここにいなかったし。あなたの親友が最後の夜、あなたと一緒のときに酔ってたかどうかなんて、わたしにはわからない。彼女があなたとトランプをしながら楽しそうに笑ってたか、それとも酩酊《めいてい》状態だったかなんて、わたしにはわからない。そう、彼女が別れぎわにあなたを抱きしめて、楽しかった、酒の誘惑と闘う長い夜の時間を忘れさせてくれて、ありがとうと言ったかどうかなんてことも、わたしにはわからない。お酒を断つのは生易しくないわ。わたしも経験したの。大変だけど、いい友だちがいればずいぶんちがう」

　メアリーはまたうなだれた。肩が震え始めた。

「あなた、かなり淋しい思いをしてるんじゃない、メアリー？」レイニーはずばりと言った。「憧れていた暮らしができるようになったけれど、それは牢獄だった。よく言われるような、〝金の檻〟だった」

「これ以上あなたと話をしたくないわ」

「あなたの親友は死に、夫は働いてばかり。そう、わたしも理想の男にめぐり合って、きれいだ、君の笑顔が素敵だと言われたら、その人の言いなりになるでしょうね」

「馬鹿げてるわ！　あなたが何を考えてるのかわからないけど、もう終わったことよ。それだけの話」彼女は顔を上げ、とがめるように言った。「出てって」

　レイニーはメアリーと同じように、ずけずけと言い返した。「新しい親友がほしくないの、メアリー？　裏切れる相手がほしくないの？」

「なんてことを！」メアリーは椅子から飛び上がった。「ハロルド！」彼女は叫んだ。「ハロルド！」

　執事が慌てて入ってきた。彼は女主人のヒステリックな声に、目をまるくした。あくびのふりをするレイニーに向かってメアリーは指を突き出し、金切り声をあげた。「この人を連れてって。いますぐに、早く、はやく！」

　執事はレイニーを見つめた。中年で頭が禿《は》げあがり、ひょろっと痩せた彼は人を怖がらせるタイプではなかった。かたやレイニーは、ゆっくりとサイドテーブルに近づくと、これみよがしにどっしりした金の燭台に右手をかけた。哀れなハロルドは、どうすべきかとほうに暮れた。

「友だちが恋しい？」レイニーがメアリーに尋ねた。「水曜の夜がくると、マンディが恋しくなる？」

「出てって！」

「皮肉だわね」レイニーはじわじわと締め上げた。「マンディは酒浸りだった。でも賭けてもいいけど、彼女はあなたを恋しがったはずよ。立場が逆だったら、マンディはあなたを心から恋しがったでしょうね」

「ハロォォルド！」

執事はようやくレイニーに近づくと、彼女の腕をとった。握り方は軽かったが力は強く、あなどれないものを感じさせた。万が一状況が悪化したら、きっとぬかりなくきっちり処理するだろう。

レイニーは彼に腕をとられたまま、玄関広間に戻り、ドアのほうへと進んだ。

不思議なことに、メアリーは二人のすぐ後ろからついてきた。体をこわばらせ、右手で守るように腹をおさえていた。

「コーヒーをごちそうさま」レイニーはハロルドに挨拶した。そして「また連絡するわ」と、外の階段を降りる前にメアリーに声をかけた。

おんぼろレンタカーのドアを開けながらもう一度目を上げると、メアリー・オールセンが巨大な屋敷の威圧するような玄関の前に立って、叫んでいた。「あなたには、何もわかってないのよ。なんにも、わかってないんだ！」

オールセンの家から三キロほど離れたところで、レイニーは車を停めイグニションを切った。さっきまで冷静だったのに、両手が震え始めた。アドレナリンが流れだし、頭がぼうっとした。

「そうね」彼女は小さな車の中でつぶやいた。「期待どおりにはいかなかったわ」

メアリー・オールセンの怒った姿と、彼女から最後に投げつけられた言葉が思いだされた。そして昔馴染みの耳鳴りが聞こえ始めた。

レイニーは体を前に倒し、ハンドルに額をのせた。急に猛烈な疲れを感じた。この前に耳鳴りを聞いたときは、幼い子供たちが死んだ。そして事態がどんどん悪化した。

レイニーはひと息入れ、しばらくじっと動かなかった。よし、決めたわ。風の吹きすさぶ田舎道をふたたび走りだし、携帯電話を買う予算がないため、公衆電話のあるガソリンスタンドまで行った。そこから新しい仕事のパートナー、ヴァージニアの私立探偵フィル・ドビアーズに電話をかけた。運よく彼がつかまった。さらに運のいいことに、彼は目下のところ時間が空いていた。そして規定の代金を払ってくれるなら、メアリー・オールセンの尾行を喜んで引き受けると言ってくれた。これでかわいいメアリーのほうは、少し片がつく。

運が続くことを祈りながら、レイニーはつぎにアミティ巡査に電話をかけた。当直の巡査が〝大男〟はパトロール中だと告げた。レイニーは通信センターにつないでもらい、指令係に甘い言葉をかけ、アミティのパトカーに電話を回してほしいと頼んだ。指令係は彼女の頼みをはねつけたりせず、アミティ巡査が無線にでた。不機嫌そうな声だった。

「なんの用だ」

「アミティ巡査！　わたしの大好きな州警察の巡査ね」

「なんの用なんだ」

「あのね、昨日話した車のありかが、つきとめられたかなって、ちょっと思ったの」

「話してから十二時間しかたってないのに？」

「もしかしてと思って」

「俺には仕事があるんだよ」

「ってことは、答えはノー？　まあ、がっかりだわ」

「調子がよすぎるぜ」アミティがそっけなく言った。

「今日じゅうにわかるってこと、ありえる？」

「さあね。その前に民間人や犯罪組織と話をつけるんだな。ドライバーがみんなおたがいに追突しないって約束し、やくざ者がみんな窃盗や強盗をしないと約束したら、たぶん俺もそっちの仕事ができるだろう」

「じゃ、この州に空から精神安定剤でもばらまこうかしら……」

「いい考えだね」

レイニーは深いため息をついた。それが効いたようだ。アミティ巡査も同じように深いため息をついた。

「俺は木曜は非番だ」彼が言った。「今日はだめでも、明日ならきっと情報を集められる」

「アミティ巡査、あなたって最高!」

「泣けるね」彼が唸った。「やっと女にもてたと思ったら、彼女は三千マイルも離れたところに住んでる。また連絡するよ」

返事も待たずに彼は電話を切った。おかげでレイニーも彼の言葉をまぜ返す手間がはぶけた。

レイニーは自分の車に戻って、マンディの事故にかんする警察の報告書を引っ張りだした。そして買ったばかりのヴァージニア州の地図を広げた。

四十分後。レイニーは事故が起きた場所を見つけた。クインシーの言うとおり。湾曲したその場所はメアリー・オールセンの館に通じる道からも、マンディのアパートに通じる道からもはずれていた。じつのところ、その道はどこにも直接つながっていなかった。どこにも通じていない、くねくねと曲がった狭い田舎道。

問題の場所は六十度の急カーブで、深い薮《やぶ》と生い繁った木に囲まれ、電柱が一本見えた。道の片側に小さな木の十字架が立っている。真新しいプラスチックの造花は、おそらくオリヴァー・ジェンキンズの未亡人が手向《たむ》けたものだろう。

レイニーは車を停めた。車から出ると長いあいだじっと立ったまま、顔に風を受けた。道は静かで、ほかに車の影はない。頭の上で木の枝がかさこそとこすれあい、いまの彼女には乾いた骨が触れ合う音のように聞こえた。

電柱までは二メートルあまり。十分車が止められる距離だわ。少なくともブレーキはかけられる。電柱に手を触れてみた。そして柱についた無残な傷跡に指を走らせた。引きちぎられた黒い表皮の内側は、まだ白く生々しい。レイニーは垂れ下がった皮をそっと傷跡にかぶせた——それが何がしかの役に立つとでも言いたげに。

風が強くなった。木々の枝がこすれ、一瞬誰かの笑い声が聞こえたような気がした。

心臓の鼓動が早鐘のようになった。突然、痛いほどの実感が襲った。自分はここでまったくのひとりだ。そして茂みはいかにも深く、森はいかにも暗い。

朝の五時半に、マンディはこの電柱に衝突した。朝の五時半。太陽がまだ木々を照らさず、風がまだ冷たい時刻。朝の五時半。暗い、ひとりきりの、恐ろしく荒涼とした時間。

レイニーは車に戻り、運転席にもぐり込んで震える手でドアをロックした。背中はすぼまり、心臓の鼓動だけがいつまでも聞こえた。

じっと座ったまま、クインシーは何度くらいこの侘《わび》しい場所に来たかしらと考えた。そして彼女は車を走らせた。誰にどう言われようとかまわない。あの電柱のそばに立ったとき、ほかに誰かいると感じたのは、たしかだった。

12

ペンシルヴェニア、ダッチカントリー

ベシーは素晴らしい時間をすごしていた。陽射しは明るく、空は青く、うなじにあたる風は爽やかだった。自分の手で車を操る感覚は心地よかった。つぎからつぎへと話を聞かせるトリスタンの声は素敵だった。そして彼に自分の母親や娘のこと、別れた夫のことまで話すのは楽しかった。ピアースは、どうやらオレゴン州のポートランドにガールフレンドがいるみたいなの。

車とともに時間はあっという間に走りすぎていった。二人はまず西に向かった。どこといって行くあてはなかった。そして気まぐれに進路を南に変え、どこまでも広がる緑の畑の中に美しい古い農家が見える、ペンシルヴェニア南部に出た。埃《ほこり》っぽい道を古風な白いボンネットを被った女たちが歩いてゆく。馬に引かせた荷馬車とすれちがう。農家の庭の石畳で、

斧を振り上げて薪《まき》を割っている男が見える。

トリスタンは、ここに住みついたさまざまなドイツ系宗教団体の人びとについて話をした。ベシーはうなずきながら、刈り取られたばかりの干し草の匂いをかぎ、こんなに生きる歓びを感じたのは、何年ぶりかしらと考えた。

二人は畑の中に伸びている細い曲がりくねった道に出た。

「突破しよう！」トリスタンが叫んだ。彼女はそのとおりにした。

道はやがて砂利道になり、それが泥道に変わった。進むにつれて道は狭く、作物の背は高くなった。二キロほど先で、光り輝く赤い車は黄金色の川のような麦畑の脇を走りぬけた。

「このまままっすぐ」トリスタンが熱っぽく言った。彼女はそのとおりにした。

麦の波が引いていった。二人は低い草が生い茂る川岸に出た。ベシーは川に突進しかけて危うくブレーキを踏んだ。彼女は息ができないほど笑った。トリスタンは車から這いだした。

「出ておいで」彼が言った。彼女はそのとおりにした。

「さあ、ピクニックをしよう」彼は言った。「ほら、僕もシャンパンを持ってきたんだよ」

二人はシャンパンを飲んだ。二人はキャビアを食べ、よく熟成した濃厚なチーズをむさぼった。ベシーは彼とぴったり寄り添って座り、腕を彼の右腹に回し、いとおしむように傷痕に触れた。トリスタンは彼女の膝からパンくずを払い落とした。そして気持ちのいい匂いのする草の上に彼女の体を横たえ、唇を重ね、指で彼女の胸をまさぐった。

終わったあと、彼女は彼の右腹をやさしくなでた。そして二人は立ち上がると、黙って服を着た。

「ここ、素敵な場所ね」彼女がつぶやいた。「静かで、誰もいなくて。ハイウェイを飛ばしている車は、ここまで来ようなんてまず思わないでしょうね。きっとこのあたりじゃ何キロも人に出会わないわ。ほんとに、ここは私たちだけの特別な場所」

トリスタンが振り向いた。セックスをしたあとの彼の瞳は、いつにも増して青々と光っていた。

「ちょっと歩こうか」彼が言った。彼女はそのとおりにした。

13

ヴァージニア

レイニーは危ない橋を渡っていた。大胆なことを考え、大胆なことをしようとしていた。彼女はモーテル6には向かわずに、クインシーの家に車を走らせていた。

クインシーはわたしの調査報告を待っているはず。確実なことがつかめたわけじゃないけど、知らせるべきことはあるし、電話では伝えたくない。彼は何でも分析したがる。それが彼のやり方だわ。それに、自分の娘が人を殺したなどと恐ろしいことを考えながら、暗闇でたったひとり座っている彼の姿は二度と想像したくない。

しかも疑問は山ほどあった。メアリー・オールセンはただのいかれた、ヒステリーで目立ちたがりの、金持ち好きかもしれない。クインシーの家に洪水のようにかかる電話は、たんなる偶然で、退屈した囚人たちが胸くそのわるい娯楽を求めただけかもしれない。そしてマンディの事故はやはり事故にすぎず、無関係な人間たちがこの機に乗じて誉《ほま》れ高いＦＢＩ捜査官の神経を逆なでしようとしているだけかもしれない。

そして謎の男。いたかもしれない。その男は彼女のそれまでの行動ぶりから、飲ませればどうなるか承知のうえでマンディにあの晩酒を飲ませたかもしれない。そしてマンディの死がクインシーにどう響くか見抜いていたかもしれない。彼は正気をうしない、取り乱し、孤独になる。彼がもろくなったところで、本命の計画にとりかかる。ほんものの攻撃を開始する……

以前のレイニーなら、そんな推理は馬鹿げていると切り捨てただろう。そんな冷たく無慈悲なことは現実にありえないと。けれど、それは去年ベイカーズヴィルで事件が起こる前までのことだった。いまの彼女はクインシーと同じ基本を学んでいた。凶悪な人間がどこまでやるかわかっていたし、いかにむごいことが起こりえるかもわかっていた。たいていの人は、殺人者は必要にかられて人を殺すと考える。だがそれは単純な場合だ。最悪なのは殺人を趣味とし、気晴らしのスポーツ同然に考える異常者の犯罪だ。

クインシーは前の事件で彼女の力になってくれた。彼女はその恩を返したかった。

レイニーはもう一度地図を眺め、道順をたしかめると、三十六時間の経験を活《い》かして完全に違法なＵターンを鮮やかにやってのけた。そして目的地に向かって車を走らせた。

道幅は広く、美しい曲線を描く道路沿いには植えられたばかりのマグノリアの並木が続いていた。新興の土地。新興のお金。行き止まりの道に入った彼女は、慎重に目を走らせた。

エメラルド色の芝生の上にそびえるレンガ造りのコロニアル様式の家。大きな館。広い庭。フェンスで囲まれた敷地に、門のついた私道。

防犯に神経質なクインシーの性格からして、きっと門のしっかりした家に住んでいるだろうとレイニーは想像していたが、ここまでとは思っていなかった。家の番地を一番奥までたどり、ほかより小さなしゃれたレンガ造りの家が、道路から離れた場所に建っているのを見つけた。番地をたしかめるまでもなく、クインシーの家だとわかった。植え込みがひとつもない家はそこだけだった。腕ききの侵入者が隠れる場所をすべて排除してあったのだ。

レイニーはまる裸の庭を眺めてため息をついた。「クインシー、クインシー、クインシー。あなた、休暇をとるべきだわ」

彼女は黒い鍛鉄製の門に車を寄せ、インターホンのボタンを押した。まだ午後の四時。クインシーが家にいるとは思えなかったので、応答があったときは驚いた。そして女の声が聞こえたときは、もっと驚いた。

「名前と用件を」女が無愛想に言った。

「えー、ロレイン・コナー。クインシーの仕事仲間です」それはまんざら嘘でもなかった。

「カメラのほうを向いて、身分証を示しなさい」

逃げるか、何を聞かれても沈黙を守るか――レイニーは考えた。そして真っ直ぐに防犯カメラを見つめると、私立探偵の免許証を差し出した。

しばらくすると門がゆるゆると後ろに開き始めた。レイニーは素早く車を中に入れた。開いた玄関のドアのところに女が立っているのが見えた。レイニーは車を降りたが、あまりいい気分はしなかった。

女はかなりの年配だった。四十代のようだが、三十代かもしれない——色気のない髪形といかついグレイのスーツなので、ふけて見える。腕組みをし、表情は固く、飾り気のない黒い靴をはいていた。

家政婦ではないようね。レイニーは思った。クインシーのタイプじゃないから、別れた奥さんでもなさそう。まるで女看守みたい。

背筋を伸ばし、顔を上げて、レイニーは入口へと向かった。

「あなたは誰?」レイニーは女看守に尋ねた。

「その質問は、こちらからしたいわね」

「わたしはさっきカメラに見せたわ。それに、わたしのほうが先に聞いたのよ」

女看守はにっと笑ったが、唇は固く結ばれたままだった。「そうかもね、でも私の身分証はあなたのより大きいわ」女看守は身分証をちらつかせた。FBIの紋章は、レイニーのちっぽけな免許証よりいささか重みがあった。レイニーは顔をしかめた。これはいったいどういうことかしら。

「クインシーに会いにきたの」レイニーは言った。

「理由は?」

「クインシーの用件だから、あなたと関係ないわ」

「いまのところ、彼の用件は私の用件なの」

「彼と寝てるの？」

女看守は目をしばたたいた。「私の仕事を誤解してるようだけど」

「じゃ、あなたは彼と寝てないのね。だったらわたしと彼の用件は、あなたの用件とは言えないわ」

レイニーは女性捜査官が理解するまで待った。捜査官がさっと顔を赤らめたので、彼女がレイニーの言葉の意味を悟ったのがわかった。

「あなた、私立探偵だと思ったけど」女看守が眉をしかめて言った。

「そう、そしてわたしはあなたを彼の元奥さんかと思ったわ」レイニーは嘘をついた。「じゃ、わたしは自分の名前も身分も明かしたし、構わなければクインシーの居所を教えて」

女は迷っているようだった。「たぶんクアンティコに行けば会えるわ」彼女はそっけなく言った。「私にはそれしか言えない」

「彼は今夜ここに帰ってくる？」

「私に聞いてもむだよ」

「ああ、わかった」レイニーが言った。「電話のためね。あなたは出動中なのね」

捜査官はすぐに返事をしなかったが、ゆっくりうなずいた。レイニーもうなずき返した。

彼女は相手を改めて見直した。そして急に自分が小さく思え、申し訳ない気分に襲われた。いかついスーツは、拳銃を隠すためのプロの服装だわ。色気のない髪形は、凶悪犯を取り押さえるのにふさわしいから。顔つきはいかめしいのではなく、頭の切れる成功した女性の知的な顔。ひとことで言えば、ほんものの、完璧にトレーニングを受けた立派な連邦捜査官。それに引き換え、このわたしは新米私立探偵。その昔衝動にかられて人を殺したために、大好きな警察の仕事をくびになった人間。

これはクインシーの世界だわ。レイニーはその世界を侵害した自分を恥じた。

「じゃ、わたしは失礼するわ」彼女は言った。

「あなたが来たことを彼に伝えておきます」

レイニーは下唇を噛んだ。もちろん、捜査官は伝えるわよね。それが仕事だから。女看守は仕事に生きる人だもの。

「よろしく。でも、とにかく彼の仕事場に行ってみるわ――」

「クアンティコよ」

「ええ、クアンティコ――」

「海兵隊の基地」

「わかってるわよ！」

女看守はまた唇を閉じたまま笑った。彼女はレイニーを改めてしげしげと見つめた。第一印象からかなり点が下がったようだ。

くそ。レイニーはさよならとも言わなかった。くるりと背中を向けると、車に乗り込み、車の尻をぶつけないように用心しながら門をでた。

「なにさ、えらそうに」口の中で毒づいたが、車は必要以上の速度が出ていた。ずいぶん以前の夜のことがまたしても思い出された。過去を認めても過去から逃げ切れないのを、またしても思い知らされた。世の中には連邦捜査官になれる人もいる。そして、捜査官になれない人間も?

「くそ」彼女はまた言った。

レイニーは、まだ間に合ううちにやめるべきだった。クアンティコへ通じる脇道を見つけ、十五分ほど木立に囲まれた道を進んだ。海兵隊員がアスファルト道路の端を隊列を組んで走り抜け、遠くで繰り返し銃声が聞こえる。よくわからない建物を次々に通り越し、海兵隊基地の奥まで入り込むと、政府の秘密クラブに侵入している気分が濃厚になった。彼女を止めようとする者も、身分証を見せろと言う者もいない。ありがたく思うべきなのか、不安になるべきなのか、わからなかった。

海兵隊基地のはずれまで行くと、守衛所が突然目の前に現れて、レイニーはようやくほっと息をついた。海兵隊は、何が起ころうと自分たちで始末がつけられると考えているらしい。だが、FBIアカデミーは、厳重な警戒を必要としていた。レイニーは守衛所で車を停めた。冷たい顔の警備員が彼女の名前を書きとめ、私立探偵の免許証を調べ、中に入ってはいけないと言った。彼女はもう一度自分の名前を言い、免許証をちらつかせた。彼は、中に入ってはいけないと言った。

「ねえ、わたしはスプスパグ——あー、主任特別捜査官ピアース・クインシーの知り合いなの」彼女はねばった。

無愛想な警備員は動じなかった。

「無闇に入ろうってわけじゃないのよ」レイニーはなおも頑張った。「ここでは来客パスとか出さないの？」

来客は受けつけてます。前もって名前を提出し、しかるべき手続きを踏めば。

「じゃ、わたしはいったいどうすればいいの？　待って、待って」のみで削ったような彼の顔に、厳しい表情が浮かぶのを見て、レイニーは制するように手を振った。「わかってるわよ。〝あなたは中に入れない〟、でしょ」

さらに押し問答を繰り返したあと、彼女は警備員の監視を受けながら車で待つことに同意した。そのかわり彼は行動科学班に連絡を入れ、主任特別捜査官ピアース・クインシーが客に会いに出てくるかどうか問い合わせると言った。

十五分後、クインシーの車が姿を現した。彼の表情はやつれて暗く、彼女を見ても嬉しそうではなかった。たがいに腕を広げて駆け寄る再会の場面はなし。かわりに、彼女はおとなしく彼の車のあとから海兵隊基地を抜け、近くの小さな町まで行った。クインシーはレストランの駐車場に車を入れた。

「コーヒーが飲みたい」車を降りながら、彼が言った。

「わたしからのハローって言葉も受け取ってね」彼女が応じた。

「君はよく政府の施設に押し入るのか?」

「こんなに大変だとは知らなかったわ」

「レイニー、あそこはFBIアカデミーなんだぞ。僕らは手続きと礼儀を重んじている。誰にでも勝手に入られたら、秩序が台無しだ」

「わかった。今度からはとっておきのカクテルドレスを着て行くわ」

「まったく」彼は言った。「子供っぽすぎる」

　クインシーはレストランに向かった。レイニーは彼の声音の冷たさにぎくっとして、駐車場からしばらく動けなかった。そしてショックがおさまると、彼のあとを追った。

「いったいどうしたの?」レジのところでクインシーに追いついたレイニーは、彼の腕をつかんで尋ねた。

「コーヒー二つ」彼が注文した。「ひとつはブラックで、ひとつはクリームも砂糖もいやというほど入れて」

「わたし、コーヒーは要らない。ほしいのは説明だけ」

「コーヒーのほうが簡単だ」彼は言い、そのあと面白がるレジ係がカップを二つ運んでくるまで、ひとことも喋らなかった。そして彼はレイニーをうながして外に出ると、木立に囲まれた公園のベンチまで行った。かなり長い道のりだったが、レイニーの気持ちは鎮まらなかった。

「さあ教えて」彼がベンチに座ると同時に、彼女が言った。「いったい、どうしたって言うの、クインシー？　話してくれなきゃ、いやというほどクリームとお砂糖の入ったコーヒーを、頭からかぶることになるわよ」

　クインシーは湯気のたつブラックコーヒーをすすった。彼の目の下には黒々と隈ができ、頬はげっそりこけて、いかにも眠っていない男の顔だった。おかしなことだわ、とレイニーは思った。去年はわたしが歩く幽霊のようだった。そしてクインシーはとにかく食べて眠るようにと、わたしに説教をした。ストレスを抱えたら、それだけ体をいたわらないといけない。体をいたわれば、心も癒《いや》されると。いま同じ説教をわたしが彼にしたら、どれくらい子供っぽいことになるのかしら。

「身元詐称という言葉を聞いたことがあるか？」クインシーが唐突に尋ねた。

　レイニーは腰を下ろして自分のコーヒーをすすった。そしてうなずいた。

「個人の身元を盗み出す犯罪だ。この時代にはむずかしいことじゃない。べつの人間の社会保障番号と母親の旧姓を手に入れ、その情報で出生証明書のコピーを入手すれば、めでたく《ヴォワラ》、別人に生まれ変われる。いったん必要な書類が揃ったら、驚くほどいろんなことが可能だ。有効な運転免許証を手に入れ、銀行口座を開き、クレジットカードに加入できる。車がほしい、赤いアウディTTロードスターだ。それを購入し、登録する。そして代金は何も知らない被害者の名前で引き落とされる」

「誰かがあなたの名前を使ってスポーツカーを買ったの？」

「ニューヨークで。二週間前に。僕はウェストチェスターの特約店で四万ドルの車をローンで買ったことになっている。今後十一年間月々八百十一ドルずつ返済するんだそうだ」

「何者かがＦＢＩ捜査官の身元を盗み出したってわけ？」

「ありえる話だ。やつはすでに僕の個人情報を、国じゅうの凶悪犯に流している。それを考えれば、高級車の一台くらい、わけはないだろう」クインシーは言葉を切った。そして吐き捨てるようにつけ加えた。「そいつは、少なくとも趣味はよさそうだ」

レイニーはまだ信じられなかった。「身元を盗むなんて……捜査局にはその専門家はいないの？」

「捜査局にはどの分野にも専門家がいるさ」クインシーは言ったが、声に力がなかった。彼はコーヒーカップを下ろした。その手が震えているのを見て、レイニーはショックだった。

「捜査局は僕の家を占拠した」彼は静かに話し始めた。「そして今日の午後、同僚の捜査官が娘の墓に監視カメラを設置した。皮肉だね。僕は専門家だ。実際、僕はまさにこの手の事件の専門家なのに、今朝の七時五分から誰も僕の意見を聞かなくなった。今朝の七時五分から、僕は被害者になった。僕にとってそれ以上嫌なことはない」

「みんな馬鹿だわ、クインシー。前にも言ったでしょ。ＦＢＩ捜査官がほんとに頭がいいなら、いまどきお固いスーツで動き回ったりしないはずよ。ほかの人たちはみんなラフな恰好で仕事をしてるってのに。だいたい、毎朝首に縄を結びつけるなんて、おかしいわよ」

クインシーは自分のワインレッドのタイをちらっと見やった。今日のタイにはブルーと暗緑色の幾何学模様が入っている。これは昨日も、そしておとといも着けていたような気がする。

「僕には耐えられない」だしぬけに彼は言った。「何者かが僕の人生を乗っ取ろうとしている。なのに僕にはその理由さえわからない」

「理由は簡単よ。あなたは正義の味方。そして悪いやつらはかならずあなたを憎む」

「捜査官のロドマンとモンゴメリーは電話の傍受をし、僕の家に張り込んで各地の刑務所のニュースレターに載った広告を追跡調査している。手がかりをつかむためにね。捜査局はアウディの行方も追跡している。それが効果があるのかどうか、僕にはわからない。ただ僕をあざけり笑うホシを喜ばせるだけのような気もする――初歩的な捜査からまだ一歩も出ていないあいだに、ホシは高級車を買っている。やつのほうが一枚上手《うわて》だ」

クインシーはため息をつき、髪をかきあげた。「今日、僕は気休めに昔の事件ファイルを引っ張りだして、僕に恨みを抱きそうな人間のデータベースを作ってみた。困った点はその数が多すぎること。良い点は、その大半が監獄にいるか死んでいることだ」

「わたし、あなたのそういうところが好きよ、クインシー。いつも合理的に考えるのね」

彼はぼんやりうなずいた。「自分が標的だってことは、八〇パーセント確信してる。だが、誰の標的なんだろう。なぜなんだろう。復讐にはちがいない。もちろんね。だけど、いかなる理由にせよ、何者かが巧妙に網を張りめぐらし、どんなにあがいても僕がそのど真ん中にはまっているのはたしかだ」

「あなたには友だちがいるわ、クインシー」レイニーは静かに言った。「わたしたちが力になる。わたしが力になるわ」

「そう？」クインシーは彼女の目をじっと見つめた。「レイニー」彼の声は優しかった。「マンディのことで何かわかったかい？　いまの時点で何が確実に言えるのか、教えてほしい」

レイニーは顔をそらせ、コーヒーを飲み干した。空の紙コップをベンチの前のテーブルに置き、両手ではさんでくるくる回した。レイニーは彼の質問に答えたくなかった。それはおたがいにわかっていた。けれどレイニーには事実を押し隠すこともできない。その点もクインシーと共通していた――二人とも悪い話をありのまま吐き出すほうが好きだった。吐き出して、乗り越え、始末をつける。

「あなたの言うとおり」彼女は早口に言った。「デンマークでは何かが腐っているわ」（「ハムレット」の台詞）

「殺人だった？」

「それはわからない」彼女は固い声で即座に言った。「調査の第一原則――結論を急がないこと。いまのところ、殺人を匂わせる物的証拠はひとつも出ていないわ」

「とはいうものの……」彼が話をうながした。

「とはいうものの、メアリー・オールセンに妙なところがあるの」

「えっ」クインシーはまったく不意をつかれたようだった。彼は眉をしかめ、こめかみをこすった。茫然としたそのようすから、彼がかわいらしいオールセン博士夫人に抱いていた印象を疑い始めたのがわかった。

「今朝彼女と話したんだけど、メアリーはそれまでの話をすべて取り消したわ。マンディはひと晩じゅうダイエットコークを飲んでいたように見えた。でも、ラムを混ぜていたかもしれない。あなたはマンディにボーイフレンドがいたとメアリーから聞いたようだけど、いまではメアリーはそんなことはぜんぜん口にしなかったと言ってる。しかも、マンディは前からお酒を飲んで運転していたし、あのときも単にそういうことだったろうと」

「マンディが友人の家でコークに酒を混ぜて飲み、わざわざ辺鄙《へんぴ》なところまで出かけ、急にへべれけになって車をぶつけたというわけかい？」

「わたしはメアリーが上手に話を作ったとは言ってないわ。彼女がこれまでとはべつの話をしたと言っただけよ」

「なぜだ。彼女はマンディの親友だったのに。なぜだ」

レイニーはその言葉の裏にあるもっと深い疑問を感じ取った。なぜこんなことが、マンディに、そして彼に降りかかったのか。なぜ、彼の娘を傷つけたがる者がいたのか。なぜ、すべての行動科学者が望むように、世界に秩序と理性がもたらされないのか。

「メアリーは孤独なお姫さまなんだと思うわ」レイニーが静かな声で答えた。「ちょっと優しい言葉をかけられたら、簡単に相手の言いなりになるんじゃないかしら」

「ホシが彼女をまるめ込んだ？　それまでの話を変えさせた？」

「あるいはホシが彼女をまるめ込み、最初の話をでっちあげさせたのかも。誰かが本当にマンディの命を狙ったのかどうか、わたしたちにはわからない。わかっているのは、メアリーが葬式のときにした話で、あなたがマンディは誰かに命を狙われたと思ったってことよ」

「僕はもてあそばれてる」クインシーはゆっくり口をはさんだ。「嫌がらせの電話、違法な車の購入、娘にかんして流された噂……」彼はわずかに背筋を伸ばした。「ちくしょう、俺はくそヴァイオリンみたいにキーキーやられてる」

レイニーは目をしばたたいた。「いつから悪態をつくようになったの？」

「昨日さ。やみつきになりそうだ。ニコチンみたいに」

「煙草も吸うの？」

「いや、たとえが好きなのは昔からの癖でね」

「わたしはまじめに話してるのよ、クインシー。あなた、壊れかけてるわ」

「そして君は、言葉を慎《つつし》むっていう昔からの癖が抜けてないね」

「クインシー――」

「どうしたんだ、レイニー？」彼はまだ捨て鉢な調子で続けた。「僕が人間くさくなると、嫌なのか」

レイニーはベンチから立ち上がり、ふと気づくとこぶしを握り、動悸が激しくなっていた。「それって、どういう意味？」

「つまり……僕が疲れてるってことさ」クインシーは前より穏やかに、なだめるような声で言った。「つまり、僕は追いつめられてる。そしてたぶん、僕は闘いを望んでる。でも、君とは闘いたくない。だからこうしよう。僕の言ったことはすべて忘れて、喧嘩はやめよう」

「もう遅いわ」

「君は喧嘩がしたいのか、レイニー？」

彼女は言うべきじゃないとわかっていた。クインシーの言うとおり。わたしたちは二人とも消耗している。いまはそのときではない。電話ひとつなかったとしても、この六カ月は長かった。彼女は顎を上げて言った。「たぶんね」

クインシーはベンチから立ち上がり、両手の塵《ちり》を払った。彼はレイニーをじっと見つめた。その視線は思ったより冷静だった。彼はいつも自分を抑えるのがうまい。

「僕らがなぜうまくいかなかったか、知りたいか？」クインシーは厳しい声で言った。「なぜすべりだしは好調だったのに、結局最後は爆発ではなく、泣き言で終わったのか、知りたいか？　教えてやろう、レイニー。それは君が何も信じようとしないからだ。一年経って、新しく生まれ変わったはずのロレイン・コナーも、やっぱり信じてない。僕のことも。そして確実に自分自身のことも」

「わたしが何も信じようとしない？」彼女は逆らうように言った。「わ、わたしが信じようとしないですって？　それが、殺人だと考えないかぎり娘の死を受け入れられない男の言う言葉？」

クインシーはハッとひるんだ。「ブルージーンズの女、ストライク・ワン」彼はつぶやいた。その表情はしだいに暗く、けわしくなった。

だがレイニーはあとに引かなかった。というより、あとに引けなかった。彼女が学んだ生き方は、闘うことだけだった。「ねじ曲がった見方の裏に隠れないで、クインシー。自分を人間くさく見てほしいわけ？　だったら人間らしく行動してよ。まったく。わたしたち、まだ争ってもいやしないわ。あなたがお説教ばかりしてるおかげでね！」

「僕はただ、君に信じる気持ちがないと言っただけだ——」

「わたしを異常者あつかいするのはやめて！　セラピストより、人間になってよ——」

「人間に？　僕が人間的になろうとしたとき、君はまるで殴られでもするような目で僕を見たじゃないか。君は人間を必要としてない、レイニー。君に必要なのは、標的の人形か、いかれた聖人だろ！」

「くそったれ！」レイニーは口汚く罵《ののし》ったあと、急に黙りこくった。クインシーが何を言おうとしたのか、よくわかった。ポートランドでのあの晩、八カ月近く前のあの最後の晩。パイオニア広場に出かけてスターバックスのテラスに腰かけ、アカペラの合唱を聞いた。お喋りをし、くつろいで、楽しい時間をすごした。そのあと、自分はまだうす汚いアパート暮らしだったので、彼のホテルに行った。あのときは自分がひどくひとりぼっちに思えた。彼に再会できたのが嬉しかった。

あのときレイニーは彼に体を近づけ、彼のコロンの香りをかいだ。大好きな匂い。クインシーの体がさらに大きく感じられた。彼は息を吐き出しただけで彼女が逃げて行きはしまいかと恐れるように、息をつめていた。じっと動かない彼に、レイニーはさらに身を寄せた。彼女は彼の喉の匂いをかいだ。彼の耳の曲線を指でたどった。そのとき、何かが彼女をわしづかみにした。欲望かもしれない——彼女はほんものをほとんど知らなかった。ただ彼に触れたかった。もっと、もっと。彼がこのままじっと、動かず、息をつめていてくれたら。レイニーは彼のシャツのボタンをはずした。彼の肩からシャツをすべり落とした。彼の胸はジョギングでたくましく鍛えられ、触れると温かかった。渦を巻く胸毛が、彼女の手のひらにスポンジのように感じられた。彼の心臓の上に手をのせると、鼓動が伝わってきた。

彼の鎖骨と二の腕についた三つの小さな傷痕。散弾銃で撃たれたとき、防弾チョッキで受け止められなかった弾丸の記念品。彼女はその傷痕を指先でなでた。スーパー捜査官のクインシー。スーパーヒーローのクインシー。素敵だわ……

彼の手が不意にレイニーの手首をつかんだ。彼女はぐいと顔を上げた。そして欲望で暗くギラつく彼の表情を初めて見た。

そして時間がとぎれた。彼女の体は凍りつき、心はたちまち閉ざされ、黄色い花の咲く野原とさらさら流れる小川を思った。まだ彼の体を触れ続けたが、指の動きはぎこちなく、ほんものの下手な物真似にすぎなくなった。それはレイニーが一番最初に習得したやり方だった。

クインシーは彼女を押しのけた。少し時間をくれと言った。けれど彼女は待たなかった。彼女は侮辱され、戸惑い、恥を感じた。そしていかにもレイニーらしく、すべてあなたのせいよと言い捨てて、それ以上ひとことも言わずに出ていった。その後何カ月ものあいだ、彼女は電話が鳴っても出なかった。たまたまクインシーが彼女を自宅でつかまえても、いつも忙しいと言って応じなかった。

クインシーの言うとおり。彼の電話に返事をしなくなったのは、わたしのほう。でも、彼にはもっとよくわかっていたはず。わかったうえで、なおもわたしを追いかけてくれるはずだった。でも、彼はそうしなかった。

「僕を忍耐強い男だと思ってるんだろ」クインシーは、まるで彼女の心を読んだかのように言った。「ねばり強くて、君の変わりやすい気分、君の激しい気性、君の複雑な過去に耐える男だと。僕は何でも出来て、しかも欲求不満になったり、怒ったりはしないと――」

「待って、わたしはたいていどんなことにも耐えられるわ――」

「僕だって同じさ！　誰だってみな耐えて生きてる。あいにく君は、ケチな真似ができるのは自分だけだと思い込んでるようだ。いいか、教えてやろう。僕は先月娘を埋葬した。いまじゃ自分の同僚に娘の墓を監視されてる。そしていくらやっても、別れた妻と連絡がとれない。彼女の親族が手を回して阻止してるのかもしれない。僕は頭がおかしくなってるだけじゃない、レイニー。僕は猛烈に腹を立ててるんだ」

「そこが問題なのよ、クインシー――あなたはわたしの真似をしてる。おたがいに、わたしのほうがあなたを真似るべきだってわかってるときに」

「僕はいま君の理想像にはなれないよ」

「何を言うの、わたしはそんなに欲張りじゃないわ！」レイニーは顔をしかめた。クインシーはただ首を振るばかりだった。

「君は信じないといけない」彼は静かに言った。「むずかしいのはわかる。だけど、必要なときは、信じないと。世の中には邪悪な人間もいる。君を傷つけるやつもいる。だけど、そんな人間ばかりじゃない。身を守るためにひとりで立ち向かっても、結局はうまくいかない。距離を置いても、守ることにはならないんだ。僕にはわかる。僕は家族に何も打ち明けないほうが簡単だと思った。近づきすぎないほうがいいと思った。でも、僕は娘をなくした。まったく簡単にはいかなかった。僕は壊れかけてる」

「クインシー――」

「だけど、僕はもう一度やってみるつもりだ」彼にはレイニーの言葉も耳に入らないようだった。「僕はやつを見つけだしてみせる。怒らねばならないときは、怒る。それが必要なら、眠るのをやめ、悪態をつき、阿呆のようにも振る舞う。レイニー、僕は闘う。闘うならきれいになどとは言わせない。じゃ、これで失礼するよ。もう一度ベシーに電話をかけてみる」

クインシーは背を向けて車のほうに歩きだした。レイニーは何か言わなくてはと思ったが、口をついて出た言葉はあまり筋が通っていなかった。

「生き延びたからといっても、めでたしめでたしになるとはかぎらない」彼女は叫んだ。「やっつけたとしても、あなたの勝ちとは言えない。悪いことはそのあとも起きるわ。あいつらはジャッカルですもの。そして……ジャッカルはどこにもいるのよ……」

「さよなら、レイニー」

クインシーは足を止めなかった。引き止めるのは、今度は彼女の番だった。これでおあいこ。考えてみれば、レイニーの家系に、人を引き止めるのが得意な者はひとりもいなかった。

「歳を食った犬は、なかなか新しい芸を覚えられないわ」自分をかばうように、彼女はつぶやいた。だがクインシーはすでに立ち去ったあとで、聞いてくれる者は自分のほか誰もいなかった。

時がすぎ、夕闇が迫った。車の中でクインシーは携帯電話を使って別れた妻に電話をした。だが、またしても留守番電話になっていた。

レイニーは携帯電話をもっていなかった。彼女はレストランに行き、ロビーの公衆電話を使った。

「もしもし、大男さん」相手が出ると、彼女は言った。「おごるけど、一杯やりに行かない？」

14

ヴァージニア

夜の九時。レイニーの神経はとがり、気持ちは高ぶっていた。彼女はアミティ巡査――ヴィンスと呼んでくれと言った――に会う前にシャワーを浴びようと、モーテルに戻った。モーテルの部屋で留守番電話の記録を調べると、その朝彼女にメッセージを残した弁護士から、また連絡が入っていた。カール・ミッツという名の弁護士が、至急連絡を取りたいらしく、自分のポケベルと携帯電話の番号を残していた。レイニーは番号を控えたが、どちらにも電話はかけなかった。

お金になるクライアントなら、こんなにせっついたりしない。お金になる取引先は、相手が寄ってくるのを待つ。

レイニーはメッセージを無視した。シャワーを浴び、髪を洗った。首筋から肩にかけて熱い湯を当てながら、長い長いあいだ立っていた。そしていつもと同じ服装で、バーへと向かった。

ヴィンス・アミティ巡査は、すでに来ていた。彼もまたシャワーを浴び、黒のウェスタンシャツと色褪せたジーンズに着替え、すりきれたブーツを履いていた。ジーンズにたくし込んだシャツは、分厚い胸にぴったりはりついていた。立ち上がるとジーンズの太股《ふともも》の部分がはち切れそうだった。たくましい男の見本そのもの。燃える愛にはうってつけの、絵に描いたようなセクシーな男。

レイニーはバドライトを注文し、クインシーを思ってはだめと自分に言い聞かせた。

「ここのリブはうまいんだ」ヴィンスが言った。

「わかった」

「それとスイートポテトのフライ。スイートポテトのフライって、食べたことある？　たとえ心臓病になったって、ぜったい後悔はしない」

「わかった」ウェイトレスがやってきて、リブとスイートポテト・フライ二人前の注文をとって立ち去った。ヴィンスが改めて尋ねた。

「で、あんたいつまでヴァージニアにいられるんだい？」

「わからない。いまのところは、答えの出ない疑問が多くて。だから、しばらくはいることになりそう」

「宿は？」

「モーテル6」

「ヴァージニアには、モーテル6のほかにもいいところが沢山ある。ひまが出来て、どこか見物でもしたくなったら……」

彼は控えめに誘いの言葉をにごした。レイニーも同じく控えめにうなずいた。そして彼が静かにこう切り出した。「俺、身元を調べさせてもらったよ、レイニー。だから、もったいぶらなくてもいい」

レイニーの顔がこわばった。過去とは縁を切ったつもりでも、やはりとっさに身構えてしまう。昔の癖はなかなか抜けない。無意識のうちに、ひんやりしたビールのボトルをぎゅっと握りしめていた。

「デートするときは、いつも相手の身元を調べるの？」ようやく彼女が言った。

「用心にこしたことはないからね」

レイニーはご冗談をと言いたげに、筋肉の塊《かたまり》のようなヴィンスの体を眺め、彼はにやっと笑い返した。

「あんただって、いきなり仕事中の俺をつかまえてあれこれ質問したり、追い回したりしたくせに」彼は言った。「古くさいかもしれないが、俺は追いかけてくる女についちゃ、まず素性を知りたくなるんだ。それに、あんたの友だちのヘイズ保安官は、ここからミシシッピ川まで届くくらい、たっぷりあんたをほめちぎってたぜ」

「わたしが殺人罪で起訴されたことも聞いた？」

「告発はされたが、裁判にはかけられなかった」

「世の中には、そのちがいがわからない人もいるわ」

「俺はジョージアの人間だぜ、ハニー。俺たちゃ女はみんな危ないと思ってる。それも魅力のひとつだってね」

「南部の人はおおらかなのね。知らなかったわ」

アミティ巡査はまたにっと笑った。そして古ぼけた木のテーブルに太い腕をつき、身を乗り出した。「あんたは好きだ」彼はぶっきら棒に言った。「だけど、俺をからかわないでもらいたい」

「なんのことかしら――」

「今夜あんたが一緒に出かけたかった相手は、俺じゃない」

「ルークったら」レイニーは苦々しく言った。「なんてお喋りなのかしら！」

「ヘイズ保安官はあんたのいい友だちだ。嬉しいことに、オレゴンもちゃんとした人間の育て方を知ってるようだな。だけど、今夜が終わるころにゃ、俺のほうがもっといい友だちになってるさ」

「あら、そう？」

ウェイトレスが料理を山ほどのせた大皿を運んできた。その姿が消えると、ヴィンスが言った。「リブを食べなあね。食べ終わったら、アマンダ・クインシーの車んところに連れてってやるから」

フィラデルフィア、ソサエティヒル

ベシーは明かりの消えたタウンハウスにようやく帰り着いたとき、鼻唄を口ずさんでいた。夜の十時近くだった。満月の夜で、湿りけをおびた空気が、強い風にさらされ続けた頬にしっとりと心地よかった。素晴らしい一日、きらきら光る一日だった。すでに夜も更け始めていたが、彼女はまだ終わりにする気はなかった。

「なんて素敵な夜でしょう」彼女は楽しげに言った。

トリスタンはにっこりした。三時間前、風が冷え込んで夕空が紫色をおび始めたころ、彼は自分のセーターを脱いで彼女の肩にかけた。いま彼女は柔らかい縄編みのコットンセーターに頬を寄せて、彼のコロンの香りを吸い込んだ。その香りは昼下がりに感じた彼の手の感触と同じように胸をうずかせた。トリスタンは、ネイビーブルーのブレザーを車のトランクから出してはおった。ブレザーの仕立ては上等だったが、ベシーは何か引っかかるものを感じた。それが何かわかって、彼女はくすっと笑った。まるでＦＢＩ捜査官みたい、とベシーは彼をからかった。Ｇメンに変身したのね。さいわい彼はその冗談を面白がってくれた。

「これから、何をする？」彼女が尋ねた。

「それは、君しだい」

「私に押しつける気？」

「それもたまには面白いんじゃないかな」

ベシーはくすくす笑った。まだシャンパンが効いてるのかしら。私が女の子みたいにくすくす笑うなんて。学校のころにも、くすくす笑ったりしなかったこの私が。でも今日、二人はペンシルヴェニアのダッチカントリーでシャンパンを一本空け、フィラデルフィアに戻ってブックバインダーの店で素晴らしいロブスターを食べたあと、波止場でまた一本空けた。ベシーは運転して帰るのが心配だったが、さいわいトリスタンはシャンパンを飲んでもまったく変わらなかった。彼は体格がよく、アルコールに強いらしい。

不思議だわね、と彼女はぼんやり考えた。腎臓移植を受けたばかりの人が、アルコールに強いなんて。そういえば彼はいつ薬を飲んでいたかしら。

「ここには僕らのほかに誰かいるようだ」トリスタンがつぶやいた。

「え？　どこに？」ベシーは目を見開いて静まり返った通りを見回した。トリスタンは彼女のシートの背にさりげなく腕を回した。彼女はその腕に首をもたせかけた。

「私にはだあれも見えないわ」芝居がかった口調で彼女はささやいた。

「近所の人だ。レースのカーテンごしにのぞいてる」

「ああ、ベティ・ウィルソンのおばさんね。古ギツネよ。いつも私を見張ってるの。そろそろいいものを見せてあげようかしら」ベシーはトリスタンの首に両腕を回して彼の唇にキスをした。彼はすぐに受けて立ち、彼女の背中に腕を回して引き寄せようとしたが、シフトレバーにさえぎられた。二人はおたがいに体を離し、息を弾ませてシートに沈み込んだ。彼女は唇に残る彼の感触にまたしても魂を奪われた。そしてもっとほしくてたまらなくなった。

トリスタンの目にまた暗い光が宿った。ベシーは燃えるような強い光をおびるときの彼の目が好きだった。

「ベシー……」彼の声はくぐもっていた。

「ああ、お願い、家に入りましょう！」

彼は微笑んだ。「君が誘うとは思ってもいなかったよ」

ヴァージニア

廃車処理場は暗く人けがなかったが、アミティ巡査は準備万端整えていた。強力な懐中電灯を二個取り出し、道具類の詰まったウェストバッグを腰につけた。レイニーは感心して見入った。

「あなたが押し込み強盗に向いているとは思わなかったわ」彼女は真顔で言った。

アミティは肩をすくめた。「さっき電話をしたとき、ここの所有者が協力的じゃなさそうだとわかったんでね。廃車処理場ってのは、たいていそんなものさ。金を払って廃車を引き取ったあと、犯罪がらみでせっかくの車を押収されたりするのが嫌なんだ。その気持ちもわからなくもない。だけど、ああだこうだと掛け合ってむだ骨を折るより、俺たち二人とも金網のフェンスなららくに登れるだろ？」

「ええ、フェンスは越えられるわ」レイニーは請け合った。「ドーベルマンがいると、ちょっとことだけど」

「犬はいない。さっき車で回って調べた」

「犬がいないの？　廃車処理場の誇り高きオーナーが、番犬を置いてないの？」

「動物愛護協会にすでに二度通報され、それ以上動物虐待で罰金を払わされるのは嫌になったのさ。いまは警備会社に一時間おきに見回りを頼んでる。ほら、ヘッドライトが見えるだろ、頭を引っ込めろ」

「かっこいい」レイニーは鼻唄をうたい始めた。「さあさ会いにゆこう、素敵なオズの魔法使いに」

五分後。二人は二・五メートルの高さのフェンスを乗り越え、何千台もの車の墓場にもぐり込んだ。圧縮された金属の塊が、赤錆色《あかさび》の山をなしていた。車の後尾、ボンネット、バンパーが切断された四肢のようにころがっている。比較的新しく運び込まれた車が長い列をなし、運命を待つ骸骨の群れのように見える。

「くっそー」フットボール場二つぶんほどの広さに、潰された車と無数のタイヤの山が延々と続くのを見て、アミティがヒューっと口笛を吹いた。

「目標はSUVだけど」レイニーはつぶやいた。「それでも探す範囲はあまり狭まらないわね」

「アメリカは大型車が好きだ」アミティがうなずいた。「フォード・エクスプローラが、藁《わら》の山から探しだす針にたとえられるなんて、皮肉なもんだ」

「分かれて探す?」

「いや」

レイニーはうなずき、彼の声に不安を聞き取るまいとした。満月の晩。逢引きにはもってこいの夜。けれどここでは、物音ひとつしない、墓場のような場所の不気味な静けさを意識せずにいられなかった。闇の中で、捨てられた金属の塊が生き物のようにも見え、暗がりの隅に目をやると、こらえようとしてもうなじが総毛立った。

二人は懐中電灯でひん曲がった塊を照らしながら、黙って歩いた。数メートルごとにSUVに行き当たり、メーカーとモデルをチェックしては先に進んだ。十台ほど終了、残りはまだ五百台。とりわけ潰れ方のひどい小型車に、乾いた血の匂いを嗅ぎとって、レイニーは立ちすくんだ。

「なんてこと」彼女は叫び、それ以上声を出さないようにこぶしを口にあてた。

ヴィンスは、コンバーティブルに変形したフォードアのセダンを懐中電灯で照らし出した。かつてブルーだった布張りのシートには、醜い茶色のしみが点々とついている。

「セミオートの拳銃でやられたのかな」彼が言った。

「首でも切られたんじゃないの」レイニーは唸るように言って、足を早めた。

近づく車のエンジン音が、静寂を破った。警備員だ。二人は急いでねじくれた車台《シャシー》の山の背後に隠れた。血まみれのコンバーティブルがまだ目と鼻の先にあり、レイニーは鼻をつまんで匂いを避けた。そのとき、クインシーが繰り返し繰り返し目を通したにちがいない検死報告の内容が思い浮かんだ。アマンダ・クインシーは時速五五キロで電柱に衝突した。車のフロントバンパーが下を向き、後部バンパーが持ち上がり、固定されていない彼女の体が空中にはね跳ばされるほどの衝撃力だった。彼女の体はまずハンドルにぶつかった。ステアリングコラム（ハンドルとステアリングギアを連結する円柱部）は、人間の内臓を潰さないように設計されているが、体がはね跳ばされることは防げない。つぎにダッシュボードにぶつかった彼女の体はボロ人形のように腰の部分で二つに折れ曲がった。そして最後に、衝撃を受けても曲がらないよう設計されたフロントガラスの金属枠に彼女の頭が激しく打ちつけられ、ガラスの破片で顔のすべての骨が砕けた。

　警備員がようやく引き上げていった。アミティとレイニーは動かなかった。彼女が言った。「エクスプローラの見つけ方がわかったわ」

「フロントガラスだね？」

「そう」おぞましくはあったが、その後は仕事が手早く運んだ。

　そして廃車処理場の一番奥で、ついに暗緑色の残骸が見つかった。すでに車の体《てい》をなしておらず、まさに残骸としか呼びようがなかった。後尾の部分はそっくり切り取られていた。車販フランケンシュタインといった感じで、後尾がべつのポンコツＳＵＶに接ぎ合わされたのだろう。タイヤもなかった。その姿ははらわたを抜かれた魚の頭さながらで、ボディがあった部分には黒々とした空洞が口を開け、ひしゃげたバンパーは闇の中でにやっと笑っているかのようだった。

「気味がわるいな」アミティがつぶやいた。

「早いとこ片づけましょう」

「異議なし」

　アミティ巡査はウェストバッグを開けて、道具類を地面に並べた。ゴム手袋が二揃い――証拠品を保護するには少しばかり遅すぎるわね。でも、遅くたって構わないわ。彼はそのほかに、折り畳みナイフ、ドライバー、スパナ、ポリ袋四枚、そして賢明にも虫眼鏡まで用意していた。

　彼はレイニーにドライバーを渡し、二人は黙って作業に入った。まず、運転者側のBピラー（前後ドアの間の柱）のプラスティック・カバーをはずして、内側に巻かれているシートベルトが見えるようにした。レイニーがベルトを引っ張ってみると、アミティの報告書どおり、ベルトはシートの上にだらりと垂れた。アミティは光が十分届くように懐中電灯を高く上げた。レイニーが虫眼鏡でプラスティック・カバーを調べ、苦い表情でアミティを振り返った。カバーには深い引っかき傷がついていた。これをこじ開けたのは、自分たちが最初ではなかったようだ。

「ここにおごそかに誓う」彼はつぶやいた。「今後はいかなる自動車事故においても、〝操作不能〟のシートベルトはすべて分解して調べるべし」

レイニーは虫眼鏡を置いて折り畳みナイフを手に取り、ベルトのメカ部分をこじ開けた。内側には大きな白いプラスティックの歯車が一個、白いプラスティックの爪が一個、それが機能しなくなった場合の予備用に小さなレバーが一個。シートベルトを前に引っ張ると歯車が回転し、爪がその動きを止めるという仕組みだ。だがここでは、メインの爪がやすりで削られ、予備レバーは切断されていた。レイニーが試しにもう一度シートベルトを引いてみると、歯車は虚しく回り続けるばかりだった。いつまでも、いつまでも。

「彼女が車を修理工場に運んでいたら」しばらくしてアミティが言った。「修理工にこれがバレただろう」

「つまり、これをやった人間は、彼女が車を修理に出さないように仕向けたわけね」

「でも、そいつは危険が大きすぎやしないか？　シートベルトに細工するなら、なぜひと月も前にやったんだ？　当日だっていいだろうに。それとも、俺が『ジェシカおばさんの事件簿』を見すぎたのかな」

「先入観よ」レイニーが言った。「あなたも、わたしも、そして警察官の誰もが先入観にとらわれる。彼女はシートベルトが壊れてるのを知っていた。だから着けようともしなかった。そして警官が、シートベルトなしの酔っぱらい運転の事故現場に出向いたときは……」

「彼女を阿呆だと思う」アミティが静かに言った。「多少なりとも、自業自得だと思ってしまう。そしてあれこれ深くは詮索しない」

「そう、誰もじっくり調べたりしない」レイニーはうなずいたが、下唇を嚙み、眉をしかめた。「でも、やっぱり確率が低すぎるように思えるわ。つまり、誰かを事故に見せかけて殺そうとする場合、シートベルトに細工しただけで、運を天にまかせたりするかしら」

「被害者は酒気帯び運転の前歴があった。ホシは彼女にアルコールを飲ませ、彼女がハンドルを握るのを黙って見ていた。彼女が家まで帰り着かない可能性は大きかった」

「そうかしら。酒気帯び運転でも無事故っていう人の数は、驚くほど多いのよ。マンディだって、それまで何十回もぶじだったわ」

「おそらくそいつは逃げ道を用意しときたかったんだ。考えてもみなよ。あの場ですぐにこれが見つかったとしても、事故の数週間前に誰がシートベルトに細工したか、どうやって証明出来る？　俺たちに出来るのは、彼女に酒を飲ませた人間を探り出すことだけだ。しかも、被害者は成人だ。彼女に酒を勧めても犯罪にゃならない。それに彼女の運転を黙認しても、それは良識の問題で、犯罪じゃない」

「誰かが殺人を計画した。でも、慎重にことを運びたがった」レイニーは口の中でつぶやいたあと、きっぱりと言った。「ううん、わたしはちがうと思う。これほど手をかけて誰かを殺そうとする人間なら、最後まで見届けるはずだわ。自分の仕事が確実に終わったかどうか。そうか、わたしたち、馬鹿だった！」

　アミティの返事も待たずに、レイニーは虫眼鏡をひっつかむと、助手席側のねじ曲がった金属の塊を調べ始めた。彼女はシートベルトを引っ張った。ベルトはしっかり止まった。完璧な状態だわ、もちろんね。そうじゃなければ困るもの。

「このクソ野郎」レイニーはののしった。そしてアミティがかざす懐中電灯に照らされながら、彼女はベルトの目のつんだ布地の上に虫眼鏡を走らせた。「あった！　これだわ！」

布地には、五センチほど繊維がゆがんでほつれた部分があった。SUVが電柱にぶつかった衝撃で人間の体が前に跳び出したとき、ベルトがガイドの部分にこすれて出来た擦り傷だった。

「助手席に誰か乗ってたのよ！」レイニーは勝ち誇ったように叫んだ。そしてすぐさま言った。「ああ、クインシー、ごめんなさい」

15

フィラデルフィア、ソサエティヒル

ベシーが自分の玄関のドアを開けると、とたんに警報装置のブザーが鳴った。彼女は敷居をまたいでキーパッドを操作した。いつもどおり、まず最初に警報装置を解除し、各部屋の安全を確認するボタンを押した。どこも異常なしだった。

トリスタンは彼女の後ろでドアを閉め、鍵をかけた。

「素敵なシステムだね」

「信じられないかもしれないけど、別れた夫が娘たちと私に一生のあいだ基本的な安全を確保するのが、離婚条件のひとつだったの。彼が神経質だからってわけじゃないわ。クインシーは捜査官の仕事を長くしすぎて、どこにいても殺人マニアが目についちゃうのよ」

「用心に越したことはない」トリスタンは言った。

「まあね」ベシーは入口近くのテーブルに、ピクニック・バスケットを置いた。後片づけが必要だけれど、明日の朝でいいわ。彼女はハミングしながら、明日トリスタンと一緒に目を覚ましたあと、ベッドでどんな朝食をとろうかとあれこれ考えた。この前オムレツやビスケットやクレープ・シュゼットを作ったのは、いつのことだったかしら。ブラックコーヒーと味けないトースト以外の朝食をとるのは、何カ月ぶり？　彼女は今日トリスタンと出かけられて、最高に幸せだった。そして日常の中でも最初の小さな一歩を踏み出せることが、それにも増して嬉しかった。

ベシーは留守番電話機にぼんやり目をやり、八件も伝言がたまっているのを見て驚いた。

「ちょっといいかしら」彼女は言って、電話のデジタル表示のほうに首を傾けた。「すぐにすむわ」

「もちろん。シェリーはある？　待ってるあいだに、二人分用意しておくよ」

ベシーはダイニングルームにある流しのついた小さなカウンターを手で示し、お掃除のおばさんがクリスタルのデカンターの埃を拭いてくれたかしらと心配になった。シェリーのグラスを使うのは五年ぶり。そう、これは新たな出発の夜ね。

彼女はスパイラル式のメモ帳を開き、留守番電話のテープを回した。

最初の電話は切れていた。朝の七時十分。相手は彼女をつかまえそこなった。そのつぎも同じ。ベシーがトリスタンと出かけたわずか数分後だった。つぎの電話も切れていた。そのつぎも同じ。ベシーがようやく人の声。ピアースが昼少しすぎに短い伝言を残していた。「話がある」別れた夫の、いかにも彼らしい無駄のない話し方。「マンディの件だ」

ベシーは眉をひそめた。初めてちくりと不安を感じた。つぎの電話は切れ、そのつぎも、そのまたつぎも同じ。胃の部分がきゅんと締めつけられた。悪い予感に襲われ、その衝撃にそなえて体が緊張した。

夜の八時二分。ピアースがまた伝言を残していた。「エリザベス、一日じゅう君にかけてた。正直に言う。とても心配なんだ。この伝言を聞いたら、お願いだからすぐに僕の携帯に電話をくれないか。何時でもかまわない。厄介なことが起きた。それからベシー――トリスタン・シャンドリングについて話し合う必要がありそうだ。今日彼の身元を調べてみたが、そんな人物は存在してない。電話を待ってる」

ベシーは目を上げた。留守番電話の音量調節ボタンをまさぐったが、遅すぎた。トリスタンが、ドアのところでシェリー用の小さなグラスを二つ持って、じっとこちらを見ていた。

「ピアースに僕の身元を調べさせたのかい？」

彼女は馬鹿のようにうなずいた。顔からは血の気が引いていた。急に頭がくらくらし、足元がふらついた。

「これはこれは、エリザベス・クインシー、やっと驚かせてくれたね」

トリスタンはサイドテーブルに二つのグラスを下ろした。逃げるのよ、ベシーは思った。けれど自分の家の中で、いったいどこに逃げればいいのか。ふとピアースが書斎に置いていた教科書の山が思い浮かんだ。ある日家に帰ってみると、娘たちが本棚から引っ張り出した本を、目をまるくして眺めていた。切り刻まれた女の体、胸をえぐり取られ、さいなまれた裸体の、カラー写真につぐカラー写真。

「あなた……は、誰なの？」

「主任特別捜査官ピアース・クインシーさ、もちろん。僕の持ってる運転免許証には、そう書いてある」

「でも……あなたには手術の跡があったわ。私、触ってみたもの、そうでしょ！」彼女の声は震えていた。

かたや彼の声は、冷たい落つきを増した。「自分でつけたのさ。あんたがマンディの生命維持装置のプラグを引っこ抜いた日にね。殺菌したナイフに、針を使う冷静な手。世の中には、運まかせには出来ないこともあるんだ」

「マンディ……あなたはマンディを知ってた……あの子の口癖も、私の愛称も……」

「俺が薬を飲むところを一度でも見たかい、ベシー？　腎臓を移植したばかりの男が、シャンパンを二本も空けるのは変だと思わなかったかい？　そう、俺はボロも出した。相手にもチャンスを与えるのが、好きなんだよ。でも、あんたたち女ってのは自分が見たいものしか見たがらない——少なくとも、恋をしてるときはね。そして恋が醒めれば、すべてががらっと変わる」

「わからないわ」

「あんたにわかるかどうかなんてことは、俺にとっちゃどうでもいい」

「ピアースは地位の高いＦＢＩ捜査官よ。あなたは逃げられやしない！」

彼はふっと笑った。そしてポケットに手を入れて黒い革手袋を取り出した。「だといいがな。ほんと言うと、こんなに早く片づける気じゃなかった。あんたが、キンバリーの身に起こったことでヒステリックに取り乱して俺のところに夜訪ねてくるまで、待つつもりだった。そのとき俺はあんたに言ってやろうと思ってた。彼女がどれほどいつもあんたを憎んでたか。キンバリーにもマンディにも、トラウマになってたのは父親じゃなくて、ベシー、あんただったんだよ。弱くて過保護で執念深い、あんたなのさ」

「私の娘を傷つけないで。キンバリーには絶対手を出さないで！」

「遅すぎる」彼は手袋をはめた。「逃げろ、ベシー」彼は低い声で言った。「逃げてみろ！」

ニューヨーク、グリニッジヴィレッジ

真夜中に、キンバリーははっと飛び起き、息をあえがせた。汗でＴシャツが肌にべったりはりついていた。体は震えていた。悪い夢を見たが、どんな夢だったか思い出せない。

息を深く吸い込み、動悸がおさまるまで待った。ベッドサイドの明かりをつけて、そっとキッチンまで行った。ルームメイトの部屋のドアは閉まっていた。ボビーの規則正しいいびきが低く聞こえてくる。その音は気分を落ちつかせた。ボビーは新しいガールフレンドが出

来て、最近はあまり帰ってこない。それはキンバリーには関係のないことだったが、今夜は彼がいてくれたのが嬉しかった。狭いアパートに自分以外にも誰かがいる。わたしはひとりじゃない。

キンバリーはキッチンテーブルの前に腰かけた。これまでの経験から、一度目が覚めるとなかなか寝つけないのがわかっていた。それに、眠ればまた夢を見るかもしれない。マンディがエクスプローラを運転し、キンバリーが必死でハンドルを押さえようとしている夢。自分が真っ暗な長いトンネルの中を走っていて、父親の姿がずっと先に見えているのに、どうしても追いつけない夢。母親の夢も見た。ベシーがきれいな白いチュチュを着けてバレエを踊っている。キンバリーがどんなことをしても、ベシーはこっちを見てくれない。床に大きな穴が開き、母親がその縁で踊るのをキンバリーが眺めている。

不吉な潜在意識から生まれる不吉な夢。キンバリーは電話に目をやった。受話器を取り上げさえすればいいのに。ママに電話を。パパに電話を。乗り越えるべきことは、さっさと乗り越えなさい。

けれど、彼女は何もしなかった。キッチンテーブルに座って、真夜中すぎにだけ聞こえる深い静寂の音に耳を傾けた。数分が数時間になり、キンバリーはようやくベッドに戻った。

ヴァージニア、モーテル6

レイニーが廃車処理場でのデートから戻ったとたん、モーテルの部屋の電話がけたたましく鳴った。彼女は時計に目をやった。午前三時。そしてまた電話に視線を戻した。電話のぬしはクインシーかしら、それとも敏腕弁護士のカール・ミッツかしら。より嫌な相手は、どっちだろう。彼女は電話をとった。

クインシーだった。「いまフィラデルフィアにいる。ベシーの家だ。彼女は死んだ」

レイニーは言った。「すぐに行くわ」

16

フィラデルフィア、ソサエティヒル

レイニーは夜の道を飛ばし、わずか二時間ほどでフィラデルフィアに入った。速度制限も道路規則も無視し、常識的な行儀作法もほとんど守らなかった。頭のてっぺんから足の爪先まで戦闘モード全開で到着したのだ。

エリザベス・クインシーの高級タウンハウスは、すぐに見つかった。ソサエティヒルまで行くと、あとは煌々《こうこう》と照らされたライトが場所を教えてくれた。検死官の白いヴァンが歩道に違法駐車していた。三台のパトカーは、地元警察のものだった。警察のマークのない古いセダンには、殺人課刑事の二人組が乗っているのだろう。その車もやはり歩道に乗り上げて駐車し、狭い道路で混み合う車の流れに場所を空けようとしていた。だが、三台の黒っぽい大型セダンが、刑事たちがわざわざ空けた道路の隙間を、無神経に塞《ふさ》いでいる。きっとFB

I捜査官だわ。大将ばかり多くて、兵隊は少ないようね。レイニーはとっさに見てとった。クインシーはどうしているかしら。

レイニーは一ブロック手前で車を停めて歩いた。朝の最初の光とともに、空が明るくなり始めていた。シルクのガウンやバーバリーのコートをはおった近所の住人たちが五、六人、豪勢な建物の入口のあたりをうろうろして、目の前を通りすぎるレイニーを警戒するように見つめた。みんな怯えているようだった。肩を並べ合う細長いタウンハウスは、見るからに富を印象づけているものの、いまやひと続きの団地と大差ない。家の中で最悪のことが起こったいま、どんな財産も両者のあいだに距離を置く役には立たないのだ。

レイニーは、犯罪現場を示す黄色いテープが張り巡らされたベシーの住まいまで行った。応急処置のロープで遮断された向こう側で、警備の若い巡査がコーヒーをすすり、二、三秒おきにあくびをしていた。レイニーは私立探偵の免許証を振って見せた。

「だめだ」彼が言った。

「わたしはピアース・クインシーFBI捜査官の仕事をしているの」彼女はひるまなかった。

「俺はジョン・F・ストリート市長の仕事をしてるんだ。消えな」

「その口でママのお尻でもキスしてるわけ？」彼女は眉を上げ、声を落として脅すように言った。「新米、さっさとクインシー主任特別捜査官を探して、ロレイン・コナーが来たって伝えなさいよ」

「なぜ」

「なぜなら、わたしが彼の仕事をしてるから。なぜなら、彼にここに来るよう呼ばれたから。なぜなら、あなたも一日の最初に女にそのお尻を蹴飛ばされたくないでしょうから」

「俺は一日の最初に命令を守って――」

「巡査！」

そのとき後ろでドアが開き、レイニーも若い巡査もとっさにそちらに目をやった。そこには、なんとグレンダ・ロドマン特別捜査官が立っていた。前日と同じいかついグレイのスーツ姿だったが、真夜中に叩き起こされたためか、黒い髪が少しばかり乱れていた。その髪形のほうが柔らかな印象を与えたが、またしてもの敗北にかなり憔悴《しょうすい》した様子だった。

「クインシー特別捜査官は、コナーさんの立会いを要求しています」ロドマンは巡査に言った。「彼女を中に入れなさい。そして彼女の言ったことは気にしないように。彼女、朝は弱いタイプらしいわ」

「あら、朝は大好きよ。人間が我慢出来ないだけ」

「ついてらっしゃい……」

〝おいらが大将〟面《づら》の巡査は、しぶしぶロープを上げた。レイニーは満足げな笑顔を彼に投げかけたあと、すぐさま表情を固くして現場に向かった。ロドマン特別捜査官のあとから広間に入ると、たちまち血の匂いが鼻をついた。

レイニーははっと息を呑んでしばらく立ちつくした。ロドマン特別捜査官も足を止めた。

その表情は我慢強く、優しくさえあった。そのときレイニーは、事態がいかに深刻か理解した。

血がいたるところに見えた。ベージュ色の壁に筋をつけ、油絵に飛び散り、寄せ木張りの床にたまり、一世紀を経た絹の絨毯にしみ込んでいた。広間ではテーブルが引っくり返り、電話のコードがコンセントから引っこ抜かれ、留守番電話機が金の縁取りのある巨大な鏡に叩きつけられていた。床にはガラスの破片が散乱し、甘いアルコールの匂いが体液の匂いと混じり合っている。

ひどい。それ以外言葉がなかった。ひどすぎる。

ロドマン特別捜査官は先へ進んだ。彼女はレイニーをダイニングルームへ案内した。鑑識の技術者たちが艶《つや》のあるチェリーウッドのテーブルから指紋をとり、警官二人が東洋調の絨毯を丸めて研究室に運ぶ準備をしていた。ロドマンはまた足を止めた。彼女が現場をひとあたり見せようとしているのが、レイニーにはわかった。こうやって事件のハイライトを控えめに、でも効果的に教えているのね。

攻撃はロビーで始まったようだ。飛沫《ひまつ》のパターンから推測して、武器はナイフか鈍器だろう。エリザベスは不意をつかれた。エリザベスは抵抗した。エリザベスはダイニングルームに駆け込んだ。金色のフランス製ランプ。それが壁から引き剝《は》がされて、部屋の反対側まで飛んでいる。その根元には血液と髪の毛がへばりついている。彼の？　それとも彼女の？　どちらが先にランプを摑《つか》んだかによるわ。奥の壁にも血の流れた跡。誰かがその場所でまた強打されたらしい。たぶん、エリザベスね。

オークの寄せ木張りの床には、血だらけの足跡。レイニーとロドマンはその足跡をたどってスペイン風のキッチンに入った。大きな肉切り包丁がタイル張りのカウンターにころがっている。小型の包丁や果物ナイフ、ステーキ・ナイフが何本も床に散らばり、誰かが——彼か、彼女か、先にここに入ったのはどっちかしら——、肉切り包丁を必死で摑もうとしたようだ。でも、うまくいかなかった。濃紺のタイルに大量の血が流れ、床の上にも広がっている。

レイニーには目に浮かんだ。もの静かで上品なエリザベス・クインシーが襲われ、傷つき、すでに恐怖と出血で意識を失いかけながら、キッチンに駆け込む。腕力でも知恵でも相手にかなわないのはわかっている。それでも必死に抵抗をやめない。そのときずらりと並んだナイフが目に入る。死にものぐるいの賭けに出ようとする。

かわいそうな、かわいそうなエリザベス。ナイフは女には向かない。刃物には技《わざ》と体力と手の長さが必要で、男のほうが向いている。それは警察官が実地で覚えるべきことのひとつだ。ナイフを求めてキッチンに走り込んだ女は、たいていそのナイフで殺されている。ベシーが手に取るべきだったのは、鋳鉄製のフライパンだ。大きくて重い物なら、それほど正確に狙わなくても相手に打撃を与えられる。

カウンターの端で男に摑まったとき、彼女はそれに気づいたかしら。硬木の床に倒れたとき、ほかの得物《えもの》を考えたかしら。血だらけの指で食器棚の把手《とって》をまさぐったのは、必死で体を起こそうとしたため？

床の上に彼女が倒れたことを示す、尻と太股の跡がはっきりと見えた。だが、彼女はまだ抵抗をやめなかったらしく、血の跡が続いていた。ベシーはタフだった。それともただ、あきらめたくなかったのか。

「足元に注意して」ロドマン特別捜査官が低い声で言った。「テープに気をつけて」

そう言われてレイニーは初めて気づいた。取り散らかった場所にマスキングテープが細いジグザグの線をつけていた。頭がいいわね。レイニー自身も以前に大規模で複雑な犯罪現場を体験したことがあった。事件が明るみに出るころには、何十人もの人間がこの家に出入りして証拠品を探し、それぞれの専門分野に応じて調査をおこなっているだろう。調べ終えるまでには数週間かかり、書類にするには数カ月かかる。最初から出来るだけ証拠が荒らされるのを防ぐと同時に、事後に何かが付着するのを防いでおいたほうがいい。

レイニーはマスキングテープに沿って爪先立ちで歩き、廊下に出た。細長い絨毯に斑点がにじみ、壁には入り乱れた血だらけの手の跡が残っている。手の跡は狭い密室的な空間の端から端まで続いており、趣味の悪いスポンジ・ペインティングを思わせた。ひどいわ。レイニーはまた心の中でつぶやいた。

「おそらく彼女の死後に男がつけたものよ」ロドマンが言った。

「でも、男の手にしては小さいわね」

「これは男の手じゃないわ」

「クインシーはここをすっかり見て回ったの?」レイニーがとがった声で尋ねた。

「何度も。みずからの希望で」

二人は主寝室まで行った。レイニーはすぐにはベッドを直視しなかった。検死官と助手がベッドにかがみ込んでいた。レイニーは、二人が調べているものを見たくなかった。すでに助手の顔は真っ青だ。彼女はまずその周辺を見回した。ここの鏡も壊されている。二つのランプが壁から引き出され、羽毛が分厚いパイルの敷物一面に散っている。香水瓶は床に叩きつけられ、血塗《ちぬ》られた部屋にぞっとするほど甘ったるい花の香りを充満させている。

「誰か物音を聞いた人がいるはずだわ」レイニーが言った。声は別人のようだった。「こんなことが起こっていたのに、誰も警察に通報しなかったなんて信じられない」

「ここの前の持主がコンサート・ピアニストでね」ロドマンが言った。「二十年前にこのタウンハウスを買ったとき、その人が近所の人の迷惑にならないよう壁に防音施工をしたの」

「じゃ……警察に連絡したのは誰?」

「クインシーよ」

「彼がここに来たの?」

「彼の申し立てによると、夜中の十二時少しすぎにここに着いたそうよ。別れた奥さんと電話がつながらなかったので、彼女の身が心配になり、車でやって来たとか」

「申し立てによると?」レイニーは耳を疑った。「彼の申し立てによると、ですって?」

ロドマン特別捜査官はレイニーと目を合わせようとしなかった。「大きいほうのバスルームのステンドグラスの窓が壊されていたわ」彼女は声を落とした。「ひとつの可能性としては、ホシが真夜中すぎにこの家に押し入り、帰宅したクインシー夫人の不意をついた」

「ひとつの可能性？」

「この家には最新の防犯システムが装備されているの。それが一度も作動しなかった」

「解除されていたわけでは？」

「警備会社と現在それを調べているところよ。システムが最後にいつ操作されたか、情報が入ると思うわ」

「つまり、ひとつ目の可能性としては、よそ者が侵入して彼女を襲った。そしてふたつ目の可能性としては、犯人は彼女の知り合いで、彼女が信頼していた人物だった」レイニーは自分を抑えきれなくなった。「あなたはクインシーだと思ってるのね？　なんてこと、彼を疑ってるのね！」

「ちがう、疑ってなんかいないわ！」ロドマン特別捜査官は抑えた声をとがらせた。彼女は検死官に視線を走らせたあと、レイニーの間近に顔を寄せた。「いいこと、コナーさん。事件について情報をもらすのは私の本意じゃないの。ましてやほかの州の私立探偵に不必要に細部まで話すのはまったく私の本意じゃない。でも、あなたとクインシー特別捜査官は友だちのようだし、彼には今後友だちが必要になるわ。私たち――つまり捜査局――は、現在彼の背後に回っているの。私自身は、彼の留守番電話に大勢の性的サディストが残していくお上品とは言えないメッセージを一日じゅう聞いている。今回の事件に表に見える以上のものが潜んでいることはわかってるわ。でも、私たちは地元警察にそれを教えるわけにはいかない」

「連邦捜査官なんだから、上から押さえつければいいじゃないの！」

「無理よ」

「くそっ！」

「世の中には、法律ってものがあるのよ。たまには勉強してみたら？」

レイニーは顔をしかめた。「彼はどこ？　話ができる？」

「刑事が取調べ中だけど、試してみたら？」

「彼に会いたいわ」

「じゃ、ついてらっしゃい」

ロドマンは廊下に出ていった。ドアのところでレイニーはうっかりベッドのほうを振り向いてしまった。喉にこみあげるものを、飲み込むのは容易ではなかった。

ロドマンは暗い顔でレイニーに視線を投げた。そしてもう一度言った。「クインシーには友だちが必要だわ」

私服の刑事二人が、凶行をまぬがれた部屋にクインシーを隔離していた。これがべつのときだったら、レイニーはそのちぐはぐな光景に吹き出したことだろう。明らかに二人の娘のどちらかの部屋らしく、壁紙は柔らかな黄色の地にピンクと紫の小花が散っている。ダブルベッドには壁紙とマッチした上掛けがかけられ、天蓋から夢のように白いたっぷりした薄い布が垂れ下がっている。壁際には白い柳細工の鏡台がある。楕円《だえん》形の鏡にはいまも少女時代の小さな写真が飾られている――チアリーダー姿で跳び上がっている写真、親友と肩を組んだ写真、卒業記念のダンスパーティーのときの写真。乾いたコサージュが鏡の縁のリボンに結びつけられ、鏡台の上には色とりどりのぬいぐるみが並んでいる。

ほかには薄紫色のかわいらしいカバーのかかった柳細工の長椅子があるだけだが、いまはそこにでっぷりした刑事が座り込み、膝に顎がくっつきそうな姿勢をとっている。もう一人の刑事は立ったままで、クインシーは天蓋つきのベッドに腰かけ、しわくちゃになった黄色い枕を尻の下に敷いている。ローラ・アシュレイを尋問するゲシュタポって図ね、レイニーは思った。そしてクインシーの憔悴しきった青白い顔に、あまり胸をえぐられなければいいがと願った。

「で、何時にここに着いたとおっしゃいましたっけ？」座っている刑事が尋ねた。一本につながった太い眉毛が、目の上にせり出している――安手のグレイ・スーツを着たクロマニヨン人てとこだわ。

「夜中の十二時を少しすぎたころです。腕時計は見ませんでした」

「となりに住むベティ・ウィルソン夫人は、被害者は十時すぎにあなたと特徴が重なる男と一緒に帰宅したと言っています」

「私は十時にはここに着いていませんでした。すでに車を走らせていましたが、着いたのは十二時すぎです」

「十時にはどこにいましたか？」

「刑事、当然ながら私は十時には車に乗っていました。ここに来るために。だからこそ十二時すぎに着けたんです」

「目撃者はいますか？」

「ひとりで運転してました」

「高速道路の料金所の領収書とかは？」

「領収書は一度ももらっていません。あのときは、自分にアリバイの立証が必要になるとは、思ってもいませんでしたからね」

二人の刑事は目を見交わした。被害者の元夫は素直に口を割らない。それに必要以上に反抗的だ。親指を締め上げる拷問具か、拳にはめる金具でも用意するか。

レイニーは割って入るにはいいタイミングと判断した。「刑事さん」彼女は穏やかに声をかけた。

三対《つい》の目がこちらを向いた。二人の刑事は顔をしかめた。レイニーを弁護士と思い込んだようだ——ほかの誰がこんな夜と朝の狭間《はざま》の時間にやってくるだろう。かたやクインシーは、まったく表情を動かさなかった。羽毛の飛び散るベッドに横たわる元妻の遺体を見たにちがいない。その後一切の感情が失われたのだ。

「あんた、いったい誰だ」クロマニヨンが勇ましく口火を切った。

「誰だと思う？　名前はコナー、ロレイン・コナー」

彼女はもったいぶって片手を差し出した。警察が弁護士にしかつかない、やれやれといった長いため息をついて、クロマニヨンがしぶしぶ握手をした――手を握り潰しかねない勢いだった。「キンケード刑事だ」彼は口の中でもごもごと言った。「オルブライトです」レイニーは彼の相方に顔を向けた。鋭いブルーの目をした小柄な男だった。「オルブライトです」彼は言って、彼女の手を握った。こちらのほうが出来がよさそう。捜査ではきっとこの人が裏のブレーンになるのね。クロマニヨンが蜂の巣をひっかき回す。小柄な、一見穏やかな男が要所要所にぬかりなく目を走らせる。

「で、どこまで進んだの？」レイニーは当然のような顔つきで、ベッドにぽんと腰を乗せた。入口にいたロドマン特別捜査官がふっと笑った。

「アリバイ固めを――」

「まさか、ＦＢＩ捜査官を疑っているわけ？」レイニーは小柄で穏やかなほうの男をキッとにらんだ。

「彼は元の夫だ」

レイニーはクインシーを振り向いた。「離婚して何年になる？」

「八年だ」

「別れた妻にたいして最近訴訟を起こしたりは？」

「してない」

「彼女の死であなたが得をすることは？」

「ない」

レイニーは刑事たちに向き直った。「まったく動機がないって思うのは、わたしだけかしら」

「あなたが二週間前、ニューヨークで赤のアウディTTを購入したというのは事実ですか？」オルブライト刑事がクインシーに尋ねた。

「いいえ」レイニーがかわりに答えた。

「弁護士さん、私たちは捜査官の名前が記載された車の登録証を押さえてるんですよ」

「不正購入よ。クインシー主任特別捜査官の名をかたった男が、車を買ったの。FBIはすでにその事実をつかみ、調査に乗り出しているわ。そうでしょ、ロドマン特別捜査官？」

「たしかに現在調査中です」ロドマンがドアのところでうなずいた。

レイニーはふたたび刑事たちに顔を向けた。クインシーを見習って、きびきびと容赦ない口調で続けた。「何者かが最近クインシー主任特別捜査官にストーカー行為を働いている。それを知っているの？　彼の個人的な電話番号が全国の囚人たちにばらまかれている。それを知っているの？　おまけに、何者かが彼の名前を使って何度も買物をしている」――はったりまじりだが、このほうが効果的だ――「そのすべてが、名だたるFBI捜査官たちの手で現在調査されているのよ。仕事にかかる前に、そのことをよおく考えたほうがいいわ」

「で、あなたは知ってるんですか」オルブライト刑事が彼女の口調を真似て言った。「クインシー捜査官はこの二十四時間のあいだに八回、元妻に電話をかけてるんですよ」

「彼も言ったとおり、彼女が心配だったからよ」

「なぜ？　八年前に離婚しているのに」

おや、殺人課刑事が一点獲得。

「エリザベスから、ある男の身元を調べてほしいと頼まれた」クインシーが静かに言った。レイニーは彼に話してほしくなかった。彼の口調はあまりに落ちついていて、あまりにプロくさい。こうした犯罪現場を何百回も歩き回り、何百回も推理を働かせ、それをなりわいとしてきた男の口調だ。レイニーには彼の冷静さが理解出来た。その声音の陰に、わずかに危険な怒りの兆候も聞き取れた。彼の膝の上に置かれた右手はあまりに固く握りしめられ、左手は走り出したくなる衝動を抑えるかのようにマットレスを摑んでいる。この手で彼に触れられたらいいのに。レイニーは彼が荒々しく反応しそうなのが怖かった。彼女はクインシーの後ろに腰かけて、弁護士のふりを続けた――そうすれば彼のそばにいられるから。もっとわたしを信頼してほしい。FBI的な落ちつきは、地元警察の疑いを深めるだけだわ。

「だが」クインシーは続けた。「ベシーから聞いた名前に該当する記録は見つからなかった。私の私生活にもいろいろ事件が起きており、その人物が何者で何をたくらんでいるのか、心配になった」

「名前は？」

「トリスタン・シャンドリング」

「彼女はシャンドリングとどこで知り合ったんです？」

「わからない」

「出会ったのはいつです？」

「知らない」

オルブライト刑事は眉を上げた。「つまり、こういうことですか？　あなたは身元調査は引き受けたが、元妻になんの質問もしなかった」

「前にも言ったように、私たちは八年前に離婚した。彼女の私生活はもう私とは関係がない」

「私生活？　その男は彼女の新しい恋人だと――」

「そうは言ってない」クインシーは激しく反論したが、遅すぎた。オルブライト刑事はすでにメモを書き取っていた。レイニーはため息まじりに心の中でつぶやいた。これで動機が出来たわ――昔ながらの、ごくありふれた動機。別れた夫の嫉妬。

「刑事さん」彼女は厳しい表情で言った。「朝の五時にそんなつまらない会話を続けるより、もっと頭を使ったらどう？　肝心なことを見逃してるんじゃない？」

オルブライト刑事は顔を上げ、もの問いたげに彼女を見つめた。クロマニヨンのほうが、もっと率直だった。「え？」

「この家を見てよ。犯罪現場を見てよ。そこいらじゅう血だらけ。すさまじい格闘があったって証拠だわ。つぎに、クインシー主任特別捜査官を見てほしいの。スーツは汚れてないし、靴もピカピカ。手にも顔にも血の跡はなし。それが何を意味するか、わからない？」

「O・J・シンプソン事件をお手本にしたのさ」クロマニヨンがうそぶいた。

レイニーはため息をつき、もう少し常識が通じそうなオルブライトに望みを託した。そして小柄な穏やかな男までが納得していない様子に、心底驚かされた。いったいどうして……。

彼女はクインシーに視線を投げた。彼は彼女と目を合わさず、ピンクと紫の小花が黄色の海に浮かんでいる壁を見つめていた。レイニーはグレンダ・ロドマンに向き直ったが、捜査官もまた目をそらした。

連邦捜査局は何かつかんでいる。少なくともクインシーとグレンダは何か知っている。でも、地元の警察にはまだ明かそうとしていない。事態はどこまで悪化するのかしら。そして今夜ベシーを殺害したのは、十五カ月前に娘に事故を起こさせた犯人と同一人物の可能性が高いと話したら、クインシーはどうするだろう。

背の高い痩せた男が部屋の入口に姿を見せた。白衣を着ている。検死官の助手だ。「あのう……、これをお見せしたほうがいいと思って」

手袋をした手で、男はビニールの袋を差し出した。ロドマンは手を出さず、かわりにオルブライト刑事が「証拠品」と書かれた袋を受け取って明かりにかざし、すぐさま声を上げた。「こいつは、なんてこった！」彼は思わず袋を取り落とした。薄紫色の敷物の上で、それは血の塊のように見えた。

「あの……」検死官助手は言葉をつまらせ、真っ青な顔でビニールの袋をじっと見つめた。恐怖のあまり目を放せなくなったかのようだった。「それが出てきたんです……えぐられた腹の中から……」

クロマニヨンは動かなかった。ベッドの上で、クインシーは花柄の上掛けを手の筋が浮きだすほど固く握りしめていた。レイニーが手を伸ばし、そろそろと袋を拾い上げた。そして攻撃態勢を整えた蛇でも入っているかのように、袋の端を持った。

中にはクリスマス用の包装紙のように、真っ赤な地に白い渦巻き模様が入っていた。つやつやしている。でも……

紙だわ。くらくらする頭でレイニーは思った。というか、以前は紙だったもの。どこのコピー機でも使われるような安手の白い紙。ただし、いまでは血を吸って真っ赤だ。そしてこれは渦巻き模様じゃない。文字だわ。白い蠟のようなもので書かれた言葉。水気をはじくように――助手の話ではエリザベス・クインシーの体内に入っていたのだから。

「何か書いてあるわ」彼女が言った。

「読んでくれ」クインシーがかすれた声で言った。

「いや、いや」

「読むんだ！」

レイニーは目を閉じた。言葉はすでに頭に刻まれていた。「ここには……こう書かれているの。『急いだほうがいい、ピアース。もうあとひとりしか残っていない』」

「キンバリー」グレンダ・ロドマンがドアのところから言った。

ベッドのほうから奇妙な音が聞こえた。クインシーがついに動いたのだ。体は左右に揺れていた。肩は震えていた。そして低い恐ろしい声が、唇からもれた。笑い声。骨まで凍らせるような乾いた笑い声。

「メッセージ・イン・ア・ボトル」彼は口ずさんだ。「クソの瓶につめたメッセージ！」

彼は肩を落とし、がっくりと首を垂れた。笑い声が忍び泣きに変わった。

「キンバリー……レイニー、ここから連れ出してくれ」

レイニーは彼を連れ出した。

17

ニューヨーク、グリニッチヴィレッジ

　二人は黙ってニューヨークシティまで車を飛ばした。レイニーがハンドルを握り、クインシーは助手席側の窓にもたれていた。彼は目を閉じていたが、眠ってはいなかった。キンバリーのアパートまで車でおよそ一時間。そこでどんな会話が交わされるか、レイニーは想像したくなかった。かわいそうなキンバリー。彼女は姉の埋葬をすませたばかり。かわいそうなキンバリー。これから母親が惨殺されたこと、そして自分がつぎに狙われそうなことを知らされるんだわ。

　クインシーが早く落ちつきを取り戻すといいけれど。時間は刻々とすぎてゆくし、この手のゲームに時間ぎれはありえない。

「何か話してくれ」彼が不意に言った。

「わたしたち、マンディのSUVを見つけたわ。朝になったらそのことであなたに電話しようと思っていたの」

「シートベルトは細工されてた」

「そう。そして衝突のとき、車にもうひとり乗っていた。助手席のシートベルトにこすれた跡があるのが、その証拠よ。いい知らせとしては、アミティ巡査が助手席側の日除けから毛髪を回収したの。容疑者が見つかったら、その髪の毛を証拠に彼を犯罪と結びつけられる」

「犯罪に？　そいつはSUVの助手席に乗ってただけだぞ」

「何か手を考えるわ、クインシー。アミティ巡査はいい人よ。彼ならきっと立件出来る。ねえ、教えて。なぜあなたはよりによって今晩、元の奥さんのところに行ったの？」

「心配だったんだ。エリザベス……ベシーはめったに外出しなかった。一日じゅうつかまらないというのは変だった」

「男はそれを知ってたかしら」

「たぶんね」クインシーはようやく体を起こした。その顔には新たなしわが刻まれていた。数時間のあいだに、後頭部にめっきり白いものが増えた。彼は年季の入ったFBI捜査官で、世の中の最も恐ろしい部分を見てきた男だわ。残された娘の命を必死で守ろうとするとき、その経験が役に立つかしら。それとも、人間の恐ろしさを知っていると、事態を悪化させるだけかしら。レイニーにはわからなかった。

「トリスタン・シャンドリングが、あなたをはめようとしているのは確かだわ」彼女は静かに言った。「彼はあなたの名前を使って車を買い、あなたに似せた恰好でベシーの家を訪れた。そのほかにも、何かあるんでしょ？　あなたと捜査局がすでにつかんでいて、地元の警察には明かしていないことが」

「現場は偽装されていた。鑑識は壊れたバスルームの窓を調べて、内側から破られているのを発見した」

「でも、ガラスの破片は家の内側に、バスルームの床に落ちていた」

「そうだ。でも、破片をつなぎ合わせてみると、破片の角度は内側からの力で割れたことを証明していた。ガラスの破片をべつの場所に動かすのは簡単だ。だが、割れ方までは変えられない。窓を割ったとき、ホシはすでに家の中にいた。そして警備会社から報告を受ければ、警察は防犯システムが解除されていたのを知るはずだ」

「男はエリザベスと一緒に中に入った」レイニーはつぶやいた。「近所の人が〝あなたと特徴の一致する〟男を、十時に目撃した」

「僕はそう考えている。そして犯罪現場そのものも細工されている。荒らされ方が大袈裟《おおげさ》すぎる。どの部屋も荒らされたように見えるが、実際には血の跡が非常に少ない。おそらく、最初に激しく瞬間的にもみあったんだろう。そのほかの破壊行為は死後におこなわれた」

「大袈裟に見せたがった？」

「残虐に、悲惨に、人がおじけづくように見せたがった。やつはじつに仕事がうまい」

「遺体は」レイニーがささやくように言った。

「遺体は」クインシーがその言葉を繰り返した。過剰なほど分析的な冷たい口調に戻ってい た。「検死官の解剖が終わったら、被害者が短時間で殺害されたことがわかるはずだ——少なくとも、かなり短時間に。遺体はそれらしいポーズを取らされているが、レイプの跡は発見されないだろう。手首にも足首にも擦り傷がないことから見て、手足を縛られたのは死後のことだ。はらわたを抜き取り、ほかの部分を切断したのも、やはり死んだ後だと思う」

「でも、なぜ？」

「性的サディストの犯行に見せかけるためさ。つまり、性的サディストを装った犯行だ。暴力犯罪の専門家なら、自分の元妻を殺して冷血な殺人鬼を装うことも出来るってわけだ」

「偽装犯罪ね」レイニーが言った。「でも警察がすぐに見抜くわ」

「そうとも言えない」

「でも、殺人の数時間後に警察があなたに会ったとき、体に血痕も傷もついていなかったという事実は残るでしょ」

「警察は最初に見てとった以上に、この犯罪は手が込んでいると考えるだろう。流しのパイプに血液の跡が発見される。犯人が犯行のあと手を洗った証拠だ。これほど周到なホシなら、自分の手は洗わずに、僕と同じ血液型の血を流しに捨てたとしても不思議はない。あるいは、やつの血液型は僕と同じかもしれない。いまとなっては、どんなことだって考えられる」最初は落ちついていた彼の声が、しだいに曇った。

「だけどまだあのメモがある」レイニーはひるまなかった。「あれは誰かがあなたを狙っている証拠だわ」

「あのメモは助けにならない」

「もちろん、なるわよ」

「いや」クインシーは首を振った。唇を曲げて冷たく笑った。「あのメモの……筆跡。レイニー、あれは僕の筆跡なんだ。なぜなのかわからない。この男は……まるで本当に僕自身みたいだ」


キンバリーは、傷だらけのキッチンテーブルの前に座ってコーヒーをすすり、休日二日目をどうすごそうかと考えていた。そのときブザーが鳴った。ルームメイトのボビーは、今夜はガールフレンドのところに泊まると言い置いて、仕事に出ていった。これでキンバリーはまる一日、アパートの部屋をまるごと使えることになった。必要なのは長い昼寝、運動。生の果物と野菜を沢山食べること。頭をすっきりさせること。

キンバリーはブラックコーヒーをひと口飲み、またしても眠れなかった夜の重さを肩に感じた。何ブロックくらい走れば、人間らしい気分を取り戻せるかしら。


ブザーがもう一度情けない音をたてた。彼女はようやく立ち上がってインターホンのボタンを押した。「はい」

「キンバリー、パパだ」

わぁ、大変。彼女は表の扉を開けるボタンを押して彼を中に入れた。

古い八階建てのアパートには、エレベーターがない。パパが上がってくるまでには数分かかる。何かしなくちゃ。四キロほど体重を増やす。四日分眠る。ビタミンをひと瓶飲んで、長すぎてぼさぼさのブロンドの髪に艶を取り戻す。FBIのトレーナーはだぶだぶだし、すりきれたTシャツの襟ぐりは開きすぎで、痩せた胸元の鎖骨が目立つ。

狭いキッチンの真ん中で茫然としているあいだに、父親がドアを叩く音が聞こえた。返事をしたくなかった。なぜかわからない。でも、ドアを開けたくなかった。

またノックの音がした。心臓がどきどきした。キンバリーはゆっくりキッチンを抜け、そろそろと入口のドアを開けた。父親が沈んだ顔で目の前に立っていた。キンバリーがそれまで会ったことのない女と一緒だった。

「ほんとうに、すまない」彼の声はしわがれていた。

彼はキンバリーを抱きしめた。彼女は泣き出した——まだ何が起こったかも知らないうちに。

三十分後。三人はテレビのある部屋にいた。キンバリーは床にあぐらをかき、父親とその友だちのレイニー・コナーはソファに座っている。キンバリーはクリネックスをひと箱使いはたした。泣きわめくあいだに、気持ちは耐えがたさから恐ろしさへ、そして麻痺状態へと変わっていった。いま彼女は色褪せた青い敷物を見つめ、意味をつかもうと頭の中で言葉を繰り返していた。

おまえの母親は死んだ。

おまえの母親は殺された。

誰かが僕たち家族を狙っている。そいつはマンディを殺した。そいつはベシーを殺した。

つぎはたぶんおまえだ。


「わから……ないの？　誰がやったか」彼女はようやく口を開いた。言葉を組み立て、考えをまとめ、自分がばらばらになるのを抑えようと必死だった。わたしは強い子だわ。ママがいつもそう言ってたじゃないの。


おまえの母親は死んだ。

おまえの母親は殺された。

誰かが僕たち家族を狙っている。そいつはマンディを殺した。そいつはベシーを殺した。

つぎはたぶんおまえだ。


「うん」父親が静かに言った。「でも、調査を進めている」

「昔の事件と関係のある人でしょ？　パパが捕まえた人か、捕まえようとした人、パパに父親とか息子とか兄弟を捕まえられた人」

「たぶんね」

「だったら、データベースを作ればいいじゃない！　データベースをこしらえて、昔の事件と関係のある名前を打ち込んで、それから……刑務所から出所した人間を調べ出して、そいつを逮捕すればいいじゃない！　消去法を使って、逮捕するのよ！」キンバリーの声は別人のようにかん高かった。

　父親は同じ言葉を繰り返した。「いま調査を進めている」

「わからないわ」彼女の声が震えた。また泣き出しそうだった。「マンディ……マンディは悪い男にひっかかりやすいところがあった。でもママは……ママは用心深かった。知らない相手と口をきいたりしなかったし、甘い言葉にのせられて自分の家に男を入れることなんてしない人だった。ママは頭がよかったもの」

「最近ママと話したかい？」

「ううん。わたし……忙しかったから」キンバリーはうつむいた。

「二日前、僕に電話をかけてきた。おまえのことを心配していたよ」

「ええ」

「僕もおまえのことが心配だった」

「わかってる」

　彼は口をつぐんだ。プロの沈黙、キンバリーにはいつもそう思えた。けれど、彼女自身もいろいろ経験を積み、学習していた。父親の背中を追ううちにさしかかった、曲がり角の時期。父はかつては神のように思えたものだった。でも、少しものごとを覚えた最近では、彼の昔ながらの戦術や、相手から言葉を引き出す手が読めるようになった。それが初めて見てとれたとき、彼女は自分の成長が誇らしかった。けれど、マンディの葬式以降は、ひたすら虚しさしか感じなかった。

彼はソファから立ち上がった。そして緊張したときや、とりわけ難しい事件を扱うときよくやるように、部屋の中を歩き回った。パパはわたしとそっくり。顔色が悪いわ。痩せて、やつれている。そしてキンバリーははっと気づいた。

ママが大声をあげる。「あなたは、父親そっくり！」

こちらも怒鳴り返す。「そうよ、ママ。そしてマンディはお母さんそっくり！」

「みんなで最初からおさらいしてみましょう」栗色の髪の女がソファから言った。父親は彼女を振り返り、眉をしかめた。脅すときのお得意の表情。けれど女は動じなかった。「クインシー、これはキンバリーにも関係があることよ。わたしたち同様、彼女だっていろいろと知ってるはずだわ。わたしたちに残された武器は、情報だけよ」

「僕はいやだね——」

「そうよ！」キンバリーは床の上から父親の言葉をさえぎった。「わたしにも関係がある。わたしは知りたいの……わたしたちに何が出来るか」

「だめだ、おまえは僕の娘なんだ——」

「そして犯人の標的だわ」

「まだ二十一じゃないか——」

「わたしは武術も銃の使い方も習った。無力じゃないわ！」

「おまえを巻き込みたくないんだ。僕に何か出来ることがあれば……」

「わかってる」彼女の声は落ちついていた。そして真剣な顔で言った。「わかってるわ。でも、お願い。わたしにも出来ることがあるはずよ」

父親は目を閉じた。一瞬その目に涙が光ったように思えた。そして彼はため息をつき、ソファに戻って腰を下ろした。ふたたび口を開いたときは、父親というより冷静で落ちついたFBI捜査官の口調に変わっていた。そのほうがほっとするのはなぜかしら。キンバリーは思った。

「最初から考えてみよう」クインシーが言った。「何者かが僕に恨みを抱き、復讐をたくらんだようだ。相手の正体はわからないが、キンバリー、おまえが言ったように、消去法でいろいろ見えてくるだろう。いまのところわかっているのは、そいつがずいぶん前から計画を練っていたことだ。少なくとも一年半、おそらく二年前からと思われる」

「十八カ月から二十カ月も前に？」キンバリーは心底ショックを受けた。

「そいつはまずマンディに手を出した」レイニーが言った。「たぶん断酒会で彼女に接近したんだわ。それが発端《ほったん》だった」

「マンディの新しいボーイフレンドね」キンバリーが割って入った。「彼女、そんな話もしてたけど、わたしはあんまり気にとめなかったの。ボーイフレンドは……大勢いたから」

「彼は非常に特別な存在だったようだ」クインシーがうなずいた。「二人は数カ月デートを続けていた。マンディは彼を信頼し、おそらく恋してもいただろう」

「でも、事故のときは」キンバリーが異議を唱えた。「マンディが酔っぱらい運転をしたのよ。しかも酒気帯び運転は、初めてじゃなかった。それがどうしてその男と関係があるの？」

　レイニーが説明した。「わたしたちは、彼がその晩マンディと一緒だったと考えているの。友人の話では、マンディは早い時間から飲んでいたそうよ。この〝友人〟の話は信用出来るかどうか怪しいわ。だからマンディがボーイフレンドに会ったときはまだしらふで、彼がマンディを酔わせたのかもしれない。どちらにしても、この謎の男は彼女のシートベルトに細工をして使えなくした。そして彼女と一緒に車に乗り、自分は大丈夫なようにシートベルトを締め、そして……自然の成行きからか、あるいは彼がそう仕向けたからか、車は電柱に衝突した」

「衝突のとき、彼も一緒だったの？」

「ええ」

「なんてこと、そいつがあの老人を殺したのね！」キンバリーはぞっとして片手で口を押さえた。なぜだか、そちらのほうが罪が重い気がしたのだ。マンディには自業自得のところがある。彼女はいつも判断を間違え、危険な行為に走りがちだった。事故のあと母親から朝の電話で知らされたとき、キンバリーは驚きさえしなかった。「やっぱり」というのが最初の反応だった——まるでその電話を心の隅で何年も予期していたかのように。マンディは昔から悲しみや破滅にすり寄っていくたちだった。けれど、哀れな老人は、ただ犬を散歩させていただけ。

「でも、マンディは死ななかったわ」しばらくして、落ちつきを取り戻したキンバリーが言った。「つまり、そのときは死んでいなかった。男は不安だったはずでしょ？」

「昏睡状態から覚めたとしても、彼女に何がわかる？　何を思い出せる？」レイニーが肩をすくめた。「体は回復しても、脳は……」

「じゃ、安全だったのね」

「ほぼ男の計画どおりだったと思うわ」

「でも、ママは？　マンディは誘いにのりやすいけど、ママはちがう。ママはぜったいにちがうわ」

「状況を考えてみて」レイニーが続けた。「ベシーは長女の埋葬をすませたばかりだった。ひとりぼっちで、必死に耐えようとしていた。そこにこの男、トリスタン・シャンドリングが現れた。あなたのお姉さんと数カ月つきあってた男よ。彼はマンディからあなたのお母さんについて、あれこれ聞き出していたにちがいないわ。音楽や食べ物や服装の趣味。好きなもの、嫌いなもの。ごく単純な方程式だわ。かたや悲しみにくれる傷つきやすい母親。かたや相手のことをよく知っている魅力的な男。彼女に勝ち目はなかったでしょうね」

「やつはベシーを信じ込ませるために、それ以上の細工をしたようだ」クインシーが口をはさんだ。「おそらく……彼は偽ったんじゃないかと思う――臓器移植を受けたと。マンディの体からね」

「えっ？」レイニーもキンバリーもぎょっとして彼を見つめた。

「ベシーと最後に電話で話したとき、彼女は臓器移植について僕に尋ねた。相手が臓器以上のもの、たとえば提供者の魂まで受け取る可能性はあるだろうかと。そのときは、聞き流してしまった。今日になってやっと、なぜ彼女があんなことを聞いたのか、改めて不思議に思った」

「なんてこと」レイニーがつぶやいた。「エリザベスが娘の生命維持装置をはずす許可を与えたのは、ほんの数週間前。そこへ自分の体の中にマンディの一部が生きていると言う男が現れた」

「非常に狡猾《こうかつ》だ」クインシーが言った。

「ドミノ理論ね」キンバリーが口をはさんだ。「一番弱いところ、つまりマンディから手をつけた。そして彼女の死というトラウマにつけ込んで母親に接近し、そして……そして――」彼女は父親を振りあおいだ。その暗い顔は彼女自身の顔とよく似ていた。

「くそっ！」レイニーが突然ソファから飛び起き、燃えるような目で二人を見据えた。「クインシー、さっき、あなたがはめられたって話をしたけど。仕上げは完璧じゃなくても、かまわなかったのよ――それでも仕事は片づくんだわ。考えてみて！ ベシーは殺された。元夫であるあなたは、すでに警察の網の目に入っている。あといくつか分析結果が出たら、あなたは第一容疑者になる。そうよ。マンディの死がベシーにつながり、ベシーの死があなたの逮捕につながり、そしてドカン――キンバリーはひとりきりになる。完璧だわ！」

「でも……パパは保釈になるでしょ？」キンバリーはすがるような声で尋ねた。

クインシーはレイニーをじっと見つめた。暗然とした顔つきだった。「関係ない」彼はかすれた声で娘に言った。「レイニーの言うとおりだ。僕が第一容疑者になったら、即座に捜査局に通知が届く。そして規定に従って、捜査局は僕を現場の仕事からはずす。身分証を取り上げ武器を没収する。刑務所行きはまぬがれても、そんな僕がどうやっておまえを守れる？　ちくしょう、やつはじつによく準備してるよ」

「そいつはいったい何者なの？」キンバリーが叫んだ。

その答えは誰にもわからなかった。

18

ニューヨーク、グリニッチヴィレッジ

事態は悪化した。クインシーは娘をヨーロッパに送りたがった。キンバリーは行かないとわめいた。クインシーは娘に、いまは我《が》を張るときではないと言った。キンバリーは笑いだし、それはおたがいさまじゃないと食ってかかり、急に涙声になった。涙を見るほうがクインシーにはこたえた。彼はうす汚れたテレビ部屋の真ん中に突っ立ったまま、すすり泣く娘のかたわらで困惑し、表情をこわばらせた。

やがてレイニーがクインシーをベッドに連れて行った。四十八時間のあいだに四時間しか眠っていない彼は、もはや限界に近かった。そのあとレイニーはコーヒーをいれ直し、キンバリーとキッチンテーブルで向き合った。キンバリーは父親似で、コーヒーはブラックのままが好みだった。レイニーは冷蔵庫からスキムミルクを見つけだし、砂糖壺も手元に置い

た。

「笑わないでね」彼女はキンバリーに言い、ミルクと砂糖を何杯もコーヒーに入れた。「血の中にカフェインをお供なしで送り込みたくないの」

「あなたがそうやって飲むところ、父は見たことがある？」

「ええ、何度か」

「どれくらい厭味を言われた？」

「そうねえ、十点満点で十二点てとこかしら」

「あ、それなら悪くないわ。祖父だったら十四点はいくわね」

「お祖父《じい》さまはまだ健在なの？」レイニーには意外だった。クインシーは自分の父親の話をしたことがない。そして母親の話も。でもたしか、母親は幼いころに死んだと言っていた気もする。

キンバリーはコーヒーの湯気を息で吹き払いながら言った。「ええ、健在よ。少なくとも見たところはね。アルツハイマーなの。わたしが十か十一のころに、施設に入ったわ。以前は年に何度か会いに行ってたんだけど、最近はそれもしなくなった。もう家族を見ても誰だかわからないの。パパまでよ。それに……お祖父ちゃんは知らない人に会うのが好きじゃなくて」

「それはつらいわね。以前はどんなふうだったの？」

「タフで、無口。ちょっと変わってて面白い人だった。よくロードアイランドのお祖父ちゃんの農場に遊びに行ったものよ。鶏や牛や馬を飼ってて、リンゴ園もあった。マンディもわたしもあそこが大好きだったわ。広くて走り回れたし、いろんなことが出来たし」

「お母さまは嫌がらなかった？」レイニーがいぶかるように尋ねた。

キンバリーはふっと笑った。「嫌だったみたいよ。いつだったか気球が空から落ちてきたことがあるの。観光客を乗せた気球よ。ガイドの男が乗客に向かって、木の枝をつかんで気球を止めてくださいとか叫んでた。気球はリンゴの木のあいだを抜け、祖父の畑の真ん中にドスンと着地したわ。ママが青くなって飛んできた。『まあ大変、あれ、見た？　大変だわ』って。お祖父ちゃんは鶏小屋から出てきて、五人が乗った気球の前に立つと、取り乱した人たちを上から下まで眺め回し、何も言わなかった。ガイドはすっかり恐縮しちゃってね。くどくど詫びの言葉を並べたて、牽引車がすぐに来ます、お詫びのしるしにこのワインをどうぞってボトルを差し出したわ。お祖父ちゃんは、黙って相手をじっと見つめてるだけだった。そして最後にこう言ったの。『土地は神さまのものだから』そして鶏小屋に戻っていった。それがお祖父ちゃんよ」

「そういう人、好きだわ」レイニーが真顔で言った。

「ええ、素晴らしい人だった」キンバリーもうなずいたが、鋭くこうつけ加えた。「でも、父親にはしたくないかもしれない」

二人はコーヒーに戻った。

「あなたはパパとつきあってるの？」長い沈黙を破ってキンバリーが尋ねた。

「そう、答えやすい質問から始めるってのは、いい考えね」レイニーはコーヒーをごくりと飲み込んだ。

だが、キンバリーは射るような父親の目つきを受け継いでいた。「あなた、まだずいぶん若いのに」彼女は言った。

「そのようね」

「いくつ？」

「三十二」

「マンディは二十四だった」

「だからわかるでしょ。年齢なんてくだらないものに、こだわっちゃいけないの」

「じゃ、つきあってるのね」

レイニーはため息をついた。「以前は、デートしてたけど。いまは……わからないわ。クインシーが起きたら、本人に聞いてみてくれる？」

「どうやって知り合ったの？」

「去年。ベイカーズヴィルの事件で」

「ああ」キンバリーは思い入れをこめて言った。「あれは大変な事件だったわね」

「ええ、そう言えるわ」

「警官の職を失った人がいたけど」

「それがわたしよ」

キンバリーは覚えたての心理学の知識をもとに、自信ありげにうなずいた。「わかるわ」

「あらそう。わたしに解説したい？」

「問題は実年齢だけじゃない。あなたたちはおたがいに人生のちがう局面にいるので、溝がよけい大きくなるの。あなたは再出発が必要なので、幼児期に戻っている。パパは確立された中年の状態を保っている。そのあいだに橋をかけるのは大変だわ。そうした仕事がらみの複雑な問題に直面したとき、いかにうまく関係を続けるか、それが今後の共働き世代にとっての課題ね」

「論文でも書いてるの？」

「タイトルは『現代の課題——都市化の傾向とそれが分裂的性格に与える影響』。ご立派でしょ」

「わたしの論文は、愛着障害だったわ。恵まれた家庭からも最悪な異常者が出るのはなぜか」

キンバリーは目をしばたたいた。「愛着障害。それってわたしの好きなテーマだわ」彼女は改めてレイニーを見直した。「あなたが心理学専攻だとは知らなかった」

「学士よ。修士課程はとれなかったの」

「それでも、かなりかっこいいわ」

「ありがと」

二人はまたコーヒーをすすった。しばらくして、キンバリーが小さな声で言った。「レイニー、もっと話してくれない？　正直に言って、あなたの人生をほじくり返すほうが、自分のことを考えるよりらくだから」

「気の毒だわ、キンバリー」

「わたしの結婚式の段取りは、誰に相談すればいいの？　最初の子供を身ごもったときは、誰に電話すればいいの？　女の子が生まれて、マンディやママに似たところが見つかったとき、誰がわたしの手を握ってくれるの？」

「わたしたち、犯人をつきとめるわ。探し出して、思い知らせてやるわ」

「そうすれば、すべていいほうに向かうのかしら。去年あなたに何が起こったか、考えてみてよ。あなたは犯人をつきとめた。あなたは父と一緒にそいつを殺した。それでしあわせになれた？」

レイニーは返事をしなかった。やがてキンバリーが言った。「想像はついてたわ」

クインシーは夢を見た。夢の中で彼はフィラデルフィアに戻っていた。荒らされたベシーの美しいタウンハウスを歩き回る。手にした枕カバーに、床に散乱した羽毛を詰めようとする。そしてベッドの上にかがみ込み、両手に持ったベシーの腸を彼女の腹の中に必死で押し込もうとする。

だめだ。彼の無意識が夢の中で呼びかける。やゝつの思惑どゝおりに彼ゝ女ゝを思い出したりしてゝ、やつを喜ばせるな。

夢は渦を巻いて過去に戻り、心は幸せだった時期を探し求める。ベシー。ほつれた髪、汗にまみれた顔。化粧はせず、真珠も着けず、それでも街じゅうを照らすほど明るい笑顔で、病院の白いベッドの上で初めての子供を胸に抱いている。彼は自分たちの小さな女の子にそっと触れる。十本完全に揃った手の指、十本完全に揃った足の指。つぎに妻の頬に触れる。とてもきれいだよ、と声をかける。そして自分を育てたおやじよりいい父親になろう、と誓う。新しい家族。新しい出発。期待にふくらむ胸。

十六年後。ベシーが青い顔で居間に入ってくる。キッチンでニンジンを刻んでいたとき、ナイフがすべった。切り落とした指をもう片方の手に握っている。彼はカリフォルニアの犯罪現場から戻ったばかりだった。丘のふもとで二十五人の死体が見つかった。うち十五人は若い娘で、二人は幼児だった。そして妻に言う。「ハニー、そんなのはかすり傷だよ」

ベシーが金切り声を上げる。「もう我慢できないわ！　なんでこんなに冷たい男と結婚したのかしら」

場面があっという間に移り変わる。彼はマサチューセッツでおとりになった女性を見張っている。テス・ウィリアムズが、殺人鬼の元夫を隠れ家からおびき寄せるために、もとの家に戻った。何もかもまずい方向に進んだ。通りで銃弾が炸裂《さくれつ》する音がする。クインシーは家の中に入り、テスにドアに近寄るなと言う。あなたの安全は守ると約束する。ジム・ベケットが姿を現し、至近距離から二連式の散弾銃で彼を吹き飛ばす。

そのとき彼は考えている。「ああ、熱い。冷たい人間にしちゃ、熱いな」その後退院してからは、仕事の時間をやりくりして、週末には娘たちに会いに行くようにした。

「元気かい?」彼はベシーに尋ねる。

「前よりはね」

「会えなくて淋しいよ」

「嘘だわ」

「ベシー……」

「仕事に戻りなさいよ、ピアース。神さまになったつもりの人に、ただの夫役は出来ないわ」

娘の二間のアパートで、クインシーははっと目を覚ました。暗い部屋で横になったまま、ブラインドの隙間からもれる光の中で埃が舞うのを眺め、外の通りから上がってくる喧騒に耳を傾けた。「すまなかった、エリザベス」彼はつぶやいた。

彼はベッドから出ると、テレビ部屋に行った。彼にひとりだけ残された家族が、「M★A★S★H」を見ている。レイニーはそのかたわらにいた。彼女の短くはねるような髪は、娘の汚れた長い金髪と対照的だった。レイニーの大きなグレイの瞳とえらの張った頬骨は、キンバリーの繊細で貴族的な顔だちとは正反対だった。陰と陽だ。彼は思った。どちらもあまりに美しく、胸が張り裂けそうになった。しばらく彼はそこに立ちつくした。時間を止めたい。このいっときを永久にとどめておきたい。

「君たち」彼は言った。「僕に考えがある」

19

ヴァージニア、クインシーの自宅

木曜の夕方。前日の夜から働きづめの特別捜査官グレンダ・ロドマンは、防犯モニターで表玄関の前に立つクインシーの姿を認めた。昨夜は二時間眠ったところでフィラデルフィアから電話が入ったのだが、それもはるか昔のことに思える。彼女にとって二時間眠れたのは珍しいことで、フィラデルフィアの犯罪現場を見回り、クインシーの家に戻って残虐な死を約束するおぞましい伝言を次から次へと聞くほうが、普通の生活だった。

これまでに電話をかけてきたのは三百五十九人。クインシー自身の手で刑務所に送られた者もいれば、たんに連邦捜査官が憎いという者も、ただの退屈しのぎという者もいた。いずれにしても、数多い刑務所のニュースレターの広告にFBIプロファイラーの自宅の電話番号が一目瞭然で載っているという噂は、確実に広まっているようだ。囚人の誰もが衝動的に電話をしてきた。なかには豊かな想像力をうかがわせる電話もあった。殺しのラップまで作ってきた強者《つわもの》もいて、それほどひどい出来でもなかった。

グレンダはボタンを押して表の扉を開けた。捜査官は前夜と同じスーツを着ている。顔色は悪いようだが、モニター画面からはよく読みとれない。本人が自覚しているかどうかわからないが、ピアース・クインシーは捜査局では名うての存在だった。グレンダは最近の捜査官に同情した。だが、それ以上につぎの展開が気になった。

彼は入口のドアをノックした。グレンダは彼を中に招じ入れた。

「いくつか持って行きたいものがあってね」彼が言った。

「どうぞどうぞ」

「このあとエヴェレットのところに寄ってから、町を出るつもりだ」

「フィラデルフィア市警はいい顔をしないでしょう」

「娘のことが何より先だ」クインシーは主寝室に姿を消した。しばらくすると彼がクローゼットの扉を開け、荷作りをする音が聞こえてきた。

グレンダはとりたてて何の目的もなく、彼の書斎、つまり仕事部屋に入った。おかしなことだわ。この家に来て二日になるけれど、ここには人の住んでいる気配がしない。まったく使われていない部屋もいくつかある。どこの壁もむきだしで、キッチンにはネズミの食べ物さえない。いくらか人間らしさが感じられるのは、この仕事部屋だけ。彼女はふと気づくと何度もこの部屋に来ていた。がらんとした白すぎる空間から逃げ出すために。

ここには古ぼけたステレオ装置があり、月並みながらクラシックなジャズのテープが憩いになっているようだ。最新型のファックス機が、年代物の美しいチェリー材のデスクの隅に陣取っている。金色の額縁に入った賞状や免状が、壁にかけられずに床に立てかけられている。そちらは少なくとも梱包が解かれているが、四隅にダンボールのままうずたかく積まれた荷物も見える。黒い革張りのデスクチェアはゆったりしていて、いかにも高価そうだ。きっとクインシーはこの部屋ですごすことが多いのね。ときおり彼のコロンの香りが鼻をくすぐった。

グレンダは彼の椅子に座って侵入者の気分を味わった。そのとき電話が鳴った。取決めどおり、彼女は留守番電話の内容をヘッドフォンで聞いた。

「なあ、ベイビー」と声が歌うように言った。「歓迎してくれるそうじゃないか。聞いたぜ。ここにゃおもしろい話し相手がいなくてな。あんたのいかした娘は、もったいないことをした。おかたい元のかみさんは気の毒たあ思わねえけどよ。誰かがあんたを追いつめたって、噂だぜ。狩人《ハンター》が獲物にされたわけだ。心配することねえさ、クインス。俺はおかげでムショで儲けさせてもらうよ。賭けの倍率は百対一ってのが、俺の決まりでね。思うぞんぶんやってみな、弱虫。こんなおもしれえことは、久し振りさ」

電話は切れた。悪くないわ、とグレンダは思った。長かったから逆探知が出来るかもしれない。電話の傍受はさほど役に立たず、刑務所のニュースレターを読んでいる囚人がいかに大勢いるかわかるくらいがせいぜいだった。しかも、半数がみずから自分の名前と刑務所の所在地を明かしていた。

書斎を出ると、クインシーがキッチンにいるのが見えた。小さな黒い旅行鞄を下げて、留守番電話機を見つめていた。

「すべて録音してあるわ」彼女は言った。

「賭け率は百対一か」彼はグレンダを横目で見た。「私が刑務所に送り込んだ人間の数から言うと、もっと倍率が高くてもいいはずだが」

「ニュースレターの広告のコピーがあるけれど、見せましょうか」グレンダはプロらしさを取り戻してそう言うと、書斎にコピーを取りに行った。戻ってみると、クインシーは旅行鞄を床に降ろしていた。空っぽの冷蔵庫の前に立って、もしや何か見つからないかともう一度開けて調べている。彼女にはその気持ちがわかった。自分の冷蔵庫にも水と低脂肪のヨーグルトしか入っていない。それでもフライドチキンがないかと、何度も開けてみてしまう。

彼女はクインシーにファックスを渡した。

広告はすでに活字に組まれ、十センチ四方の枠内に収まっている。そこにはこう書かれていた。

〝BSUプロダクションのレポーターが、死の扉を前にした生活に関する情報を募集中。興味のある囚人は、主任エージェントのピアース・クインシーに連絡のこと。日中の連絡先は、以下の通り。助手のアマンダ・クインシーに、以下の住所で問い合わせることも可能〟

「かなりあからさまだね」クインシーは相変わらず苛立たしいほどの冷静さで言った。「B

SU（行動科学班）プロダクション。主任エージェント（捜査官）。死の扉を前にした生活」

「コード名はかなり凝ってるわ。囚人はたいてい文通相手求むの広告に、自分の伝えたい内容を隠す。そして文字の組み合わせで遊びたがる。シングル・ホワイト・メール／ライファー（独身白人男性／終身刑囚）のかわりにSWM／Lを使ったり、ブラック・パワー・オーガニゼーション／メッセージ（黒人運動組織のメッセージ）のかわりにBPOMを使ったり。それで闇組織のメンバーが、広告を通じて関連情報を手に入れるというわけ」

「ああ、草の根ジャーナリズムの威力だね。しかもやつらにはありあまるほど時間がある」

「これまでにわかった範囲では、広告は『プリズン・リーガル・ニュース』『ナショナル・プリズン・プロジェクト・ニュースレター』『プリズン・フェローシップ』『フリーダム・ナウ』の四種の主要ニュースレターに掲載され、合計五千人の定期購読者に配付されているわ。この数字は全国の総囚人数にくらべれば少ないけれど、四紙のうち原則として少なくとも一紙は全国の主要刑務所に届いてます。そこから先は口コミで広がると思われるわ」

「刑務所には、噂の種に困っているお喋りな連中が大勢いるからな」クインシーがつぶやいた。「以前の推理はまだ有効だと思う。私の電話番号、そこから引き出せる住所は、手のつけようもないほどの範囲でばらまかれている。私の住所を知っているのは誰か。というより、知らないのは誰かと言ったほうがいい」

「『ナショナル・プリズン・プロジェクト・ニュースレター』には、広告のもとの原稿があったわ」グレンダが言った。「いま犯罪研究所に送ってもらっているところよ。二、三日で文書課から詳しい報告が入るでしょう。それからランディ・ジャクソンはホシがどうやってあなたの個人的な電話番号を手に入れたのか、調査を続けてます。きっと間もなく何か情報をつかむわ」

「ホシはマンディから私の電話番号を聞き出したのさ。やつは私の娘を利用したんだ」クインシーはファックスをテーブルに置いた。そして初めて正面からグレンダと視線を合わせた。彼女は彼の目の鋭い光と、表情の冷たさにたじろいだ。乖離《かいり》症状だわ、と彼女の理性が判断した。この十八時間のあいだの出来事で、彼はショック状態におちいり、現実と距離を置くことで精神の安定を図っているのね。だが、理性を離れたところで、彼女の首筋がぞくっと総毛立った。こんな冷たい視線を以前にも見たことがあった。連続殺人犯テッド・バンディの古い写真。プロファイラーとその獲物との差は、紙一重という説もある。いまこの瞬間、クインシーと獲物を隔てるものはなかった。首筋に感じた寒気が、グレンダの体じゅうに広がった。

「娘の死因は事故じゃなかった」彼が言った。「レイニー・コナーが、ホシが彼女のシートベルトに細工した証拠をつかんだんだ」

「えっ、まさか」グレンダはとっさに叫んだ。

「やつは娘に近づき、信用させた。やつがどこまで知っているかわからない。趣味、好きなもの嫌いなもの、個人的な習慣、癖。私の友人関係、友人が住んでいる場所。そしてたしかにこの家の住所と電話番号はつかんでいる。君もひとりでここにいちゃいけない」

「ひとりじゃないわ」彼女は即座に言った。本部は捜査官を単独で現場に出すことは絶対にない。「モンゴメリー特別捜査官も一緒よ……」

クインシーは黙って彼女を見つめた。そして視線をがらんとした部屋にさまよわせた。

「モンゴメリーは忙しいの」彼女はかばうように言った。

「なぜ彼を担当に？　現場に向くタイプじゃなさそうだが」

「みずから志願したの。あなたは同僚だから。私たち全員の安全のために、この件は徹底して追求すべきだと」

クインシーはもう一度彼女と目を合わせた。グレンダはようやく彼に関する評判が納得出来た気がした。射るような鋭い視線。相手を容赦なく圧倒する目。彼女は敗北し、視線をそらした。

「モンゴメリー……モンゴメリーは、サンチェス事件を担当した人よ。最初は」それ以上言う必要はなかった。十五年前のサンチェス事件で最初の捜査官がへまをやったことは、誰もが知っていた。彼はテッド・バンディ風のカリスマ的異常者の単独犯行と断定したのだが、警察はすでに複数犯の証拠をあげていた。しかもセメントの粉が発見されたことから、ロサンゼルス市警はモンゴメリーが言うような地元の法科学生ではなく、労働者をあたるべきだと主張した。そしてついに警察の怒りが爆発した。モンゴメリーが担当からはずされ、クインシーがかわりに立った。そして結果が二人の明暗を分けた。

「それで彼は、エヴェレットの前でもあんな服装や言葉使いをしていたのか」クインシーが言った。

彼女はふっと笑った。「すでに軌道からはずれてしまった身で、出世を考えても仕方ないから」

「彼はへまをやった。何度もね。今度また彼がどじを踏んだとき、君が巻き込まれたりしないといいが」

「私は大丈夫。ここにはすごい防犯システムがあるし、こちらで勝手にグレードアップもさせてもらったわ。見せてあげる」彼女はクインシーを入口のドアへ案内した。ドアベルのとなりに、真新しい防犯装置がそなえつけてあった。それまで使っていたのは、内側に取りつけられた十センチ四方の簡単なキーパッドだけだった。それがいまやキーパッド、スキャナー、カラーのデジタル・ディスプレーをそなえた大型のプラスティック・ケースに変わり、ドアの外側に取りつけられていた。

「暗証番号と指紋の両方で確認するシステムよ」グレンダが説明した。「ドアの鍵を開けてから急いで中に入って防犯用の暗証番号を押さなくても、このボックスがドアをコントロールしてくれるの。暗証番号を二度押してから、人指し指をスキャナーに当てると、機械がそれを読み取る。登録された指紋と合致すれば、システムが自動的に解除され、あなたを家の中に入れる。あなたがドアを閉めた瞬間に、また自動的にリセットされてつぎの来客にそなえる。つまり、この家はつねに保護されていて、入るためには数字の組み合わせ以上の要素が必要なの」

「複数の人間に対応できるのかい？」

「ええ。あなたの指紋のほかに、モンゴメリーと私の指紋もシステムに記憶させてあるわ。必要に応じて増やすことも可能よ。これで私たちは自由に出入りが出来る。鍵を持つ必要がないのもいい点ね。鍵だと盗まれたり合鍵を作られたりする危険性があるけれど、それが排除出来るってわけ」

クインシーはうなずいた。「だが、指紋を盗まれた場合は？　ホシはすでに私の身元を盗み出した。私が娘に送った手紙などから私の指紋を盗むことも可能だろう」

「盗んでも無駄だわ」グレンダが言った。「スキャナーは指紋の形を読み取るだけでなく、体温と電気反応特性も読み取るの。指紋を盗んでも体温や電気反応特性までは真似られない」彼女は唇を曲げて笑った。「というわけで、切り取った指も役に立たない」

クインシーはまたうなずいた。喜んでいるのがグレンダにはわかった。「システムそのものの裏をかくというのはどうだ？　スキャナーをあざむく方法はあるはずだ。考えてみれば、家主本人が指に包帯を巻いたり指を切ったりして、一時的に指紋が変わることだってありえるだろう。警備会社はそういう場合も想定しているはずだ」

「ええ、警備会社もそれは考えてる。そしてあなた以上に警戒心が強いのよ、クインシー。十本の指全部が登録されているの。家主に指が一本でも残っていれば、中に入れるわ」

クインシーは体を後ろにそらせた。そしてようやく納得の表情を浮かべた。「もっと早くこれにすればよかった」彼はつぶやいた。

「ここは会社じゃないもの。個人の住宅でも使えるようになったのはごく最近のことよ」グレンダは自分の暗証番号を二度押し、人指し指をスキャナーに当て、入口のドアを開けた。家の中に戻ったところで、彼女が言った。「というわけで、ここには最新の防犯システムがあり、各部屋をモニターするカメラがあり、電話には盗聴器が取りつけられている。謎の男が万が一にでもそのすべてを打ち破ったとしても、私にはこれがついてるわ」彼女はショルダー型ホルスターに隠された一〇ミリ口径の拳銃を、頼もしげに叩いた。

「たしかにね。でも、忘れちゃいけない。私の元妻も防犯システムが自分を守ってくれると信じていた。夜間の教室で保身術も習っていた。そして猛烈にしっかりした人間だった」

「奥さんは危険を予知出来なかった。でも、私には出来るわ。私を見くびらないで」

「君を見くびってはいない。やつを見くびらないと約束するならね」クインシーはうっすらと笑った。だが、気分は明るくなりかけても、曲げた唇は悲しげにしか見えなかった。不安なんだわ。初めて彼女は気づいた。不安でひどく傷ついている。傷の深さは本人にもわかっていないかもしれない。

「これからどこへ？」彼女の声が優しくなった。

「町を出る。娘はいま自分の身の回りを片づけている。レイニーは最後にいくつか調べに出かけた。明日の朝一番に、三人で出て行くつもりだ。ここでの私たちの生活は、やつに知られすぎている。家についても、家族や友人についても。べつの場所でなら、つけ込まれないかもしれない」

「悪くない考えね」

「ああ、私はプロだからね。ベシーに聞いてみるといい。あるいはマンディに」

「クインシー――」

「もう行かないと」

「フィラデルフィア市警にはどう言えばいい？」

「私は娘につき添っていると話しておいてくれ。でも、こちらから連絡すると」

「犯罪現場には」彼女は改めて口を切った。「いくつか問題があるわ」彼は黙り込んだ。

「クインシー、偽装なのよ。あなたも偽装だと知っているし、私にもわかっている。でも殺人課の刑事たちは……その事実を、あなたの犯行を裏づける証拠だと解釈するでしょう。何と言っても、ＦＢＩ捜査官ほど犯罪現場をうまく偽装出来る人間はいないもの」

「わかってる」

「そしてあのメモ……被害者の腹の中から見つかったあの走り書き。あれはまずいわ、クインシー。あれもいかにも個人的で、あなたを救う力にはならない」

「あのメモについて噂が流れてるのか？」彼の声がとがった。

グレンダは首を振った。「いいえ、まだよ。私はただ、あのメモではあなたが標的だったことは証明出来ないと思っているだけ。少なくとも彼らは納得しないでしょう。あなたは何と言っても元夫ですもの。第一容疑者にされやすいわ」

「私はエリザベスを殺してない」

「もちろんよ！」

「これは事実なんだ、グレンダ。君は優秀な捜査官だ。そして私は妻を殺していない」

グレンダは口ごもった。彼女はクインシーの声音の奥にあるものを理解出来ないほど鈍くはなかった。鈍い人間が捜査局でここまで昇進するわけがない。「ほかに何かあるのね？」

「この男は」――クインシーの声は遠くから聞こえてくるようだった――「じつにじつに優秀だ」

「優秀だけれど、私たちはこれまでにも優秀な犯人を沢山相手にしたわ。きっとつきとめてみせる」

「そうかい？　私自身が以前関わった事件を洗い出しても、まだ皆目手がかりがつかめずにいるんだよ。グレンダ、最後に言っておく。ここでひとりにはなるな」

「私は大丈夫」

「君にはわかってないようだ。私は娘をよそに連れて行く。彼女に手が届かないと知ったとき、やつがつぎにどこを襲うか、誰の目にも明らかだろう」

20

ニューヨーク、ニューヨーク大学

「母が死んだなんて、信じられません」

キンバリーはアンドリューズ教授の研究室にいた。昼の最後の光が、夕暮れのくすんだ灰色の中に消えかけていた。母さんがいなくなった第一日目。彼女はこの日が終わるのをせき止めたいと言いたげに、古いカエデ材の椅子の腕をぎゅっと握りしめた。一日目のつぎは二日目が来て、三日目、四日目がすぎ、一月《ひとつき》、二月《ふたつき》、三月《みつき》、十年が……涙が頬を伝った。

教授を訪ねたのは事務手続きのためだった。町を出ないといけない。教授にこの数日間のことをざっと説明しておきたかった。こんな状況なので希望していた研修生のポストを諦《あきら》めねばならないと、冷静に話すつもりだった。落ちついて。しっかりと。自分を抑えて。そう考えていた。何と言っても、修士課程を目指す身なのだから。姉を送り、母親をなくし。このわたしはかつては若い娘だったけれど、いまはもうちがう。

だが、崩れそうな書類の山と枯れかけた植物がごたまぜになった、乱雑で暖かな部屋に足を踏み入れたとたん、冷静さはたちまち砕け散った。目に涙があふれた。父親と同じほど尊敬出来る男性の前に立って、ここ数日のあれやこれやをどっと吐き出したあと、キンバリーはようやく口を閉じた。

アンドリューズ教授は彼女に椅子を勧め、水の入ったグラスを持ってきた。そして散らかったデスクの向こう側に座って両手を組み、黙って彼女の気分が落ちつくのを待った。月並みな慰めの言葉は口にしない。彼はそういう人間だった。

ニューヨーク大学での十年間に、マーカス・アンドリューズ博士は、最高に優秀な博士課程の学生をも、その冷徹な青い瞳で震え上がらせるという評判を集めた。年齢は見たところ六十代かそれよりもっと上。白髪まじりの禿げかけた頭、いつもしかめた顔、そしてツイード系が多い服装。実際には中背なのだが、長いあいだヨガを続けているため体は引き締まり、教壇から学生たちに「もっと努力し、もっと視野を広く持て。そして何よりもっと利口になれ」と声を張り上げるときは、四倍も背が高く見えた。

噂では、彼が心理学者として働き始めたのは、名高いサンクエンティンの刑務所が最初だったという。そこでの仕事に興味を惹かれた彼は、犯罪学で博士号を取得し、犯罪者の収容施設にかんして草分けとなる研究をおこない、名声を高めた。刑務所そのものが囚人を鍛え上げ、出所後はさらに残虐な犯罪へと走らせるというのが彼の持論だった。

教授は頑固で愛想がなく、厳しかった。そしてきわめて優秀だった。キンバリーは彼を心から尊敬していた。

「もう一度最初から話したほうがよくはないかね」教授が言った。

「いいえ。二度も話す気になれません。つらすぎて。もうつらいことは嫌です。おかしなことですが、これまでは父が仕事から戻ったとき、なぜあんなに冷静な顔が出来るのか理解できませんでした。テレビに出てくる警察官は、犯罪現場から戻るとお酒を飲んだり、煙草をふかしたり、口汚くののしったり、怒り狂ったりするでしょう？　姉もわたしも、それは理解出来た。そのほうが自然に思えたんです。でも父は家に帰ると、いつも……静かな水面のようでした。いくら顔を眺めても、その下にあるものは見えてこなかった。それがいまでは、わかるようになりました。この仕事は戦争なんです。感情など持てない。感情は敵ですから」

「それを聞いたら、父上はどう思うかな？」アンドリューズ博士が尋ねた。

「傷つくでしょう」

「そして君の父上をつけ狙うこの人物の目的は何だと思う？」

「父を傷つけること」そう返事をしてから、彼女は教授の意図を理解してうつむいた。

アンドリューズ博士は指導教授の目つきで、彼女を見つめた。「これが戦争だとしたら、クインシー君、いまはどちら側に分《ぶ》がある？」

「母は父の仕事を嫌ってました」

「警察官や捜査官は離婚率がけたはずれに高い」

「いいえ、母が嫌っていたのは父の仕事です。暴力。緊張。わたしたちより仕事のほうが大切みたいな父の態度。母は美しい家庭を作りました。二人のきれいな娘を生みました。それなのに父は闇の中で暮らしていた」

「使命感だよ。わからないのか」

「でも、それが問題なんです。母が死に、わたしは悲しくて怒りを感じるいっぽうで……やる気になっている。数カ月ぶりに、頭が冴えている。以前は逃げ出そうとばかりしていたのに、いまは……クソ野郎を見つけたいと思ってるんです。犯罪現場の報告書が読みたい。怪物の足跡を追いたい。そいつの人間性を切り刻み、仮面を引き剝がしてやりたい。母の死を嘆くより、そいつのことを考える時間のほうが長いんです。アンドリューズ先生、わたしたち、どこが変なんでしょう」

アンドリューズ博士はふっと笑顔になり、珍しく厳しい表情を和らげた。「ああ、キンバリー。知らなかったのかい、犯罪学者は犯罪学者のことは調べないものなんだ」

「わたしたち、病気なんでしょう?」

「我われは知的人間だ。怒りより、事件の原因を究明したいという欲望のほうが強くなる」

「怒りのほうが純粋です」彼女は苦い表情で言った。

「怒りは建設的ではない。こう考えてごらん。警察官は行動者だ。彼らは自分たちが遭遇するものに怒りを感じる。彼らは逮捕をおこなう。それによって彼らは犯罪を抑制する。だが、彼らが介入するのはつねに事件のあった後だ。かたや犯罪学者、社会学者、犯罪行動学者は思考者だ。我われは興味を抱き、研究し、犯人像の鑑定をおこない、それによって暴力犯罪が未然に防げるよう警察に手を貸す」

「わたしは少女のころ」キンバリーが言った。「父は将軍で、外地で戦っているんだと思うことにしてました。すると誇りが持てました。父にわたしのサッカー試合や誕生日をすっぽかされて、自分の気持ちが傷ついたり頭にきたりしても、誇りが持てたんです」

アンドリューズ博士は身を乗り出し、穏やかに言った。「君は父上を誇りに思っていると言う。クインシー君、その言葉は本心だろうと私も思う。だけど、君はこのところずっと父上を避けていたね。それはなぜかな？」

彼女は体をこわばらせた。「質問の意味がわかりません」

「不安発作。君はその話を私にしたね。だが、父上には言ってないんじゃないか？」

キンバリーはまたしてもうなだれた。膝に置いた指が落ちつきなく動く。「なぜか……わかりません。父を心配させたくないからだと、自分には言い聞かせてます。でも、そうじゃない。たぶん……びくついていると思われるのが嫌なんです。その――マンディみたいに」

アンドリューズ博士は口をつぐんだ。彼は椅子の背に体をもたせかけ、キンバリーはその疲れた様子に初めて気づいた。顔のしわはいつもより深く、目には険しい光がない。博士の中の人間らしさが垣間《かいま》見られる気がした。「告白しよう、クインシー君。私の指導が間違っていたかもしれない」

「どういう意味です？」彼女は居ずまいを正した。動悸がまた激しくなった。

だめ。彼女は思った。先生が間違いを犯すなんて。ニューヨーク大で最も恐れられる教授が、ただの人間だなんて。わたしの世界が崩れてしまう。自分は未熟でも、神として君臨する存在はつねに神のままでいてほしい。

「君の不安発作をストレスのせいだと言ったのは、私だ」アンドリューズ博士は言った。

「姉が死んだんですから、それは当たっています」

「だがいまになってみると、それだけじゃないことがわかる。父上の言葉を考えてごらん。何者かが君の家族を狙った。そいつは少なくとも一年半前から計画を進めてきた」

「ええ」彼女はいぶかしげに博士の顔を眺め、そして突然ひらめいた。彼女の顔から血の気が引いた。ああ、だめ、だめ、だめ、だめ。「誰かに見られている感じ。先生は……それがその男だったと」

「その可能性は否定出来ない」アンドリューズ博士は静かに言った。そしてこれまでにないほど優しい声でつけ加えた。「本当にすまなかった、クインシー君。私は安易に結論を急ぎすぎた。みずから肝に銘じないといけないね」

「そいつがわたしのあとをつけ回していた」キンバリーの頭にその思いがこびりついた。不思議なことに、蹂躙《じゅうりん》されたと感じると同時に気が軽くもなった。蹂躙されたと感じたのは、見ず知らずの獣《けもの》に自分の生活を侵害され、牛のように獲物にされたから。気が軽くなったのは、つけ狙われた行為が現実であり、自分の空想ではなかったから。あの体験。うなじに立つ鳥肌、背筋に這い上がる寒気。異常ではなかったのね。強くて理性的なキンバリーは、やっぱり強くて理性的なキンバリーだった。ああ、よかった……

「その男のやりそうなことだ」アンドリューズ博士の声が聞こえた。

「なんてこと、そいつがわたしをつけ回していた！」キンバリーは怒り狂った。怒りが彼女の青白かった頬に赤みを与え、何週間ぶりかで力が甦った。獲物に？　獲物になど絶対ならないわ。

アンドリューズ博士は彼女をじっと見つめた。そして満足したらしく、励ますようにうなずいた。「前に話したことを忘れてはいけない。好奇心を持つこと。犯人の立場になって考えること。やつを行動に駆り立てるものは何か」

キンバリーは深々と息を吸い込んだ。「ゲーム」しばらくして言った。「そいつはゲームが好きなんです」

「それは言えるね。ほかには？」

「彼は簡単に相手を殺したがらない。肝心なのは殺人ではなく、プロセス。独自のやり方。自分だけの、個人的なやり方がしたいんです」

「彼は見ず知らずの人間じゃないかもしれない」

「でも、まだ顔を見たことはありません」キンバリーはためらいがちに言った。「あの誰かに見られているという感じ……もしわたしの知り合いなら、わざわざ距離を置いてわたしを見張る必要はないでしょう。すでにわたしの生活に入り込んでいるわけですから」

「偵察だ」アンドリューズ博士が補足した。「見られていると感じ始めたのは、いつだった？」

「二、三カ月前。つまり彼は宿題をやってたんです。本番を目指して」

「いつか君の新しいボーイフレンドになる」アンドリューズ博士が口をはさんだ。

「きっとそうです。その手をまずマンディに使い、母にも使いました。母のときは成功率を上げるために、マンディの臓器をゆずられた相手を装うことまでして」

アンドリューズ博士は目をしばたたいた。「君は優秀だね」

「ええ、わたしは頭がいいと言われてます」キンバリーは小さな声で言ったが、頭の中では大声で考えをめぐらしていた。「マンディもママも彼にそう話したはずです。あの子はまじめで、小さいころから警官に憧れてた、フットボールや射撃に挑戦してたと……」言葉が途切れた。彼女はすでにひとりの人物との結びつきを考えていた。六カ月前に射撃練習場でたまたま知り合った、魅力的な銃の使い手。ダグ・ジェームズ。

「何か心当たりでも？」

「結論を急ぎたくありません」

「後悔するより安全第一だよ、クインシー君」

彼女はにっこりした。「先生から月並みな言葉を聞くのは初めてです。先生もそんな言葉をご存じなんですね。でも、覚えておきます」

アンドリューズ博士も笑った。「町を出るんだね？　今日はそれを言いに来たんだろ？

退却は作戦上きわめて効果的だ」

「どれくらい欠席することになるか、わかりません」

「仕方なかろう」

「行く先もお教え出来なくて」

「私が行く先を訊ねたかね？」

「先生は……たぶん、べつの研修生をお見つけになったほうが。つまり、わたしはかまいませんから……」

「こんな時期はずれに？　馬鹿な。気分転換に自分で資料を読むさ。そのほうが勉強にもなるだろう。結論を急いじゃいけない。今度会うときは、私はワシントン記念塔の夢でも見て、自分が偉くなれなかったのは幼児期に受けたトイレのしつけのせいだと文句を言うような人間になってるかもしれないよ」

「アンドリューズ先生……ありがとうございます」

「クインシー君、気にすることはない」

それ以上言うべきことはなかった。キンバリーは立ち上がって手を差し出した。デスクの向こう側でアンドリューズ博士も立ち上がって手を差し延べた。キンバリーは博士の心配そうな表情に胸を打たれた。

「最後に、もうひとことだけ、いいかな？」博士がまじめな声で言った。

「ええ、もちろん」

「法的な権威だ、クインシー君。この男は狙った相手の弱点をつくのがうまいようだ。自分が最も念頭に置き、必要とし尊重しているものが、弱点になる。君の場合、それは法的な権威だ。君はバッジを着けている人間を頭から信用し尊敬してしまう傾向がある」

「おっしゃりたいことは、よくわかります」キンバリーは口ごもった。これから自分が言おうとしていることは、馬鹿げているかもしれない。けれど、言っておかねばならない。第一日目。彼女は思った。姉は埋葬され、母は死んだ。そしてわたしは何でも疑ってかかることを学ぶ必要がある。彼女は窓に目をやった。昼の光はすでに消えていた。混み合った通りでバックファイアを起こした車の音が、銃声のように聞こえた。

「アンドリューズ先生」彼女は静かに言った。「万一何か起こったら、わたしからの伝言を父に伝えていただけますか？　今夜わたしが最後に会った相手は、わたしが通っている射撃クラブの新任インストラクターだったと。その男の名はダグ・ジェームズだと」

21

ヴァージニア、ウィリアム・ゼーンのオフィス

「名前を教えて」

「匿名《とくめい》が断酒会の原則です。ここではそうした情報は公表しません」

「結構ね。さっさと名前を吐いてよ。そもそも偽名かもしれないじゃない。人相も知りたいわね」

「繰り返しますが、匿名が断酒会の原則です。ここではそうした情報は公表しません」

「ゼーンさん。これは殺人事件の調査なのよ。情報をいますぐわたしに提供するの？　それとも公式捜査の一環として警察が来るまで待つの？　そしたら新聞種になるわよ。わたしに内緒の情報として男の特徴を明かすの？　それとも異常者の殺人犯が獲物探しに断酒会の集まりを利用してたって、噂が広まってもいいの？」

マンディが通っていた断酒会の会長ウィリアム・ゼーンは、ついにひるんだ。彼は巨漢だった。身長一八六センチ、体重一〇八キロ。銀行員にしか見えないスーツを着た彼は、部下が自分の命令を忠実に実行するのに慣れ切った人間のようだ。離婚歴は少なくとも三回ね。現在レイニーは読んだ。きっとコカインにどっぷり浸かった時期があったにちがいないわ。現在は表面的には悪習から足を洗い、断酒会を完璧に切り回している。いつか彼に「素晴らしい更生ぶり、おめでとう」と、カードでも送ってあげよう。でも目下のところは、断酒会にいたアマンダの「友だち」の名前と人相を聞き出したいだけ。いまは木曜の夕方の六時。比較的安全なポートランドまで行く飛行便の出発時間まであと十二時間ほど。そしてレイニーは、なぜかキンバリーのことがますます気がかりになり始めていた。言い換えれば、ここで遊んでいる暇はない。

ウィリアム・ゼーンはため息をついた。彼はアマンダ・クインシーの自動車事故が殺人事件として再調査されると聞いて、レイニーとの面会を承諾した。だが、いまは明らかにそれを後悔しているようだった。しゃれたオフィスの椅子から立ち上がると、巨体をゆするようにしてドアまで行き、ぴしゃっと閉めた。

「事情はご理解いただきたいですな」彼は言った。「断酒会の運営を支えているのは、単純な原則です——酒を断ちたいと望む人の秘密を守ること。私たちは裁判所や警察その他、誰の世話にもなっていません。一切の差別がない組織です。そして多くの人たちにとって、私たちが唯一の命綱なのです」

「アマンダにはもう命綱は必要ないわ」

「あなたが聞きたがっているのは、アマンダのことではなく、現在のメンバーに関することでしょう」

今度はレイニーがため息をつく番だった。「じゃ、教えてあげるわ、ゼーンさん。わたしは断酒会のメンバーなの。正直言って、匿名じゃなければ最初の集まりには出なかったでしょうね。それに、匿名じゃなかったら、警察官になったあとも会に出席するなんてことは出来なかったと思うわ。だから、あなたの言いたいことはよくわかる。でも、この男はアマンダ・クインシーを殺したのよ。男の筋書きに従って、彼女は時速五五キロでフロントガラスに頭を打ちつけた。そしてそいつがアマンダの母親にしたことと言ったら――犯罪現場の写真をお見せしましょうか？」

「いや、いや、やめてくれ」ゼーンはユリのように白い両手を振り回し、二人のあいだに垣根を作ろうとした。レイニーの頭の中で、別れた三人の妻のイメージに加えて、キューバ葉巻の箱を小脇に分娩室の外を歩く彼の姿が重なった。この人は、赤ん坊のおむつを替えたことなどあるかしら。

「わたしは殺人犯を探しているの、ゼーンさん」彼女は声を強めた。「命綱になりたいなら、なってほしいわね。あなたが協力しなければ、女性がもうひとりこの男に殺されるのよ。現在のところ、男をつきとめる手がかりを握っているのは、あなただけなの」

「じゃあ」ゼーンが重い口を開いた。「オフレコで。完全なオフレコでなら――」

「いいわ。座って、ゼーンさん。始めましょう」

ゼーンは大きなデスクの向こう側で腰を下ろした。彼女は手帳を取り出した。

「アマンダ・クインシーを憶えている？」レイニーが尋ねた。

「ええ、彼女は一年半ばかり前にこちらに入会しました」

「指導員はいたの？」

「いました。その名前はよほどの理由がないかぎり教えられませんが」

「あ、そう。フロントガラスの縁に人間の頭が打ちつけられるとどうなるか、この写真を見ればわかるわよ——」

「ラリー・タンツ」ゼーンは白状した。「いい人です」

「アマンダはどこでラリー・タンツと知り合ったの？」

「彼はアマンダが働いていたレストランのオーナーです。ラリーは十年前に断酒会に入会し、その後ずいぶん自分の店のスタッフの指導員になってます」ゼーンは彼女の顔色をうかがった。「バーテンは驚くほど依存症になりやすいんです。それに料理人も……」

レイニーはくるっと目を回し、手帳にメモを書き込んだ。ラリー・タンツ、マンディが働いていた店の支配人。ということは、メアリー・オールセンの上司でもあった。面白いわね。

「マンディとタンツは、そのほかの関係もあったのかしら。つまり、指導員と被指導員という以上の関係……」

「我われの会では、そういうつきあいは最低一年経過してからという建前になってます」ゼーンは即座に言った。「あなたもおわかりでしょうが、アルコールを断つのは容易ではありません。深い関係が挫折したら、さらにストレスが増えます――最高に意志の強い人でもふたたびボトルに手を伸ばすでしょう。そんなわけで、入会して一年経つまでは男女のつきあいを勧めていないのです」

「ロマンチックだこと。で、どうなの？　マンディはラリーと寝てたの？」

ゼーンは表情を固くして言った。「それはないでしょう」

「なぜ？」

「第一に、ラリーは紳士です。第二に、彼はアマンダの事故を悲しみ、失望し、おそらく罪の意識も感じていたでしょうが、悲嘆にくれてはいませんでした。彼女の死は悲劇ではあっても、彼にとってそれほど個人的なことではなかったのです」

「ずいぶんラリーをかばうのね。ほかに誰かいたかしら。集会で彼女と親しくなった人は？」

「大勢いました――」

「彼女と同じ時期に入会して、とくに親しくなったメンバーはいた？」

ゼーンは口ごもった。レイニーは彼をひたと見据えた。彼はクリスタルのペーパーウェイトを手に取った。どこか外国に遊びに行ったときのみやげ品のようだ。彼女の目つきが険しくなった。

「まあ、ひとり……」

「名前」

「ベン。ベン・ジッカ」

「特徴」

「なんと言えばいいか。年配で。四十代後半から五十代前半、でしょうか。背はそれほど高くなくて、おそらく一七五センチほど。白髪まじりの茶色の髪。真ん中あたりが薄くて。スーツの趣味はいいとは言えず——見るからに吊るしとわかりました」ゼーンは胸をそらせ、自分の仕立てのいいジャケットに手をすべらせた。「たしか警察官だとか言っていた気がします。ドーナツを食べすぎたような体型でしたね」

　レイニーは顔をしかめ、下唇を噛んだ。予想外だった。「年配の、野暮ったい男？　マンディとつきあってたのはたしか？」

「かなり確実ですね。二人は集会が終わると連れ立って帰るようになりました。車で一緒に来るのを見たこともあります」

「わたしたちが話してるアマンダ・クインシーは、同一人物よね。二十三歳ですらっとして、ブロンドの髪に大きなブルーの瞳の。ハイスクール時代に花形クォーターバックが彼女とデートしなかったとしても、それはアタックして失敗したから、みたいな」

「彼女は美人でした」ゼーンの声に熱がこもった。

　レイニーは頭が痛くなり始めた。「ほんとに、ジッカとアマンダがカップルだったの？」

「わかりません。彼女が親しくしてた新入りメンバーは誰かという質問でしたから。新入りメンバーで彼女と親しかったのは、彼です。でも、じつを言うと、ジッカは最初の二、三カ月通っただけでした。その後は来なくなったんです。彼女はその後も数カ月顔を見せました。でも、しだいに間遠になった。ラリー・タンツがそれについて彼女と話をしようとしていたとき、あの事故が起きたんです」

「じゃ、アマンダは断酒会に入り、その男と出会って、しだいに会に現れなくなったのね」

「そうです」ゼーンは肩をすくめた。「入りたてのときは、そういうこともよくあります。アルコール依存症を自覚するのはつらいですからね。しらふでいるのは、もっとつらい。本格的に断酒に取り組むまで、何度か挫折を繰り返すメンバーは多いんです」

「ここの集会でマンディを知っているような人は、ほかにいた？　身長一八〇センチくらい、身なりがよくて、体の引き締まった、四十代後半から五十代前半の男性は？」レイニーは、ベシーの隣人がタウンハウスに入るのを見たという、クインシーに似た男の特徴を挙げた。だが、ゼーンは首を横に振った。

「それはたしか？」彼女はねばった。

「あなた、断酒会に最近行ってないようですね、コナーさん。アルコールと麻薬にどっぷり浸かって人生の半分をすごすと、身なりがよくて体の引き締まったタイプには、まずなれないもんです。ハリウッド・スターならなんとか体型を維持出来るでしょうが、我われふつうの人間は、自堕落にすごしたつけが外見にも出ます。アマンダ・クインシーでさえ、ぎりぎりのところでした」

レイニーはまた顔をしかめた。男の名前と特徴を手に入れたが、おかげで前よりよけいに混乱が増した。彼女はウィリアム・ゼーンをじっと見つめた。彼の目に曇りはなく、こちらを真っ直ぐに見返してくる。くそ、嘘を言っていると思いたいのに、この人は本当の話をしている。

彼女は腕時計に目をやった。出発まであと十時間。これからまだ二カ所回らないといけない。彼女は立ち上がり、ゼーンの手を握った。彼はあからさまにほっとした表情を浮かべたが、その理由を深く追求するのはやめた。

だが、ドアのところで彼女は最後にもうひとつだけ尋ねた。「ここの集まりでは、ごく個人的なことも話すんでしょう？」

「ええ」

「マンディはどんな話を？」

彼は言いよどんだ。

「現場写真が見たいの、ゼーンさん？　犯罪の、現場の、写真よ」

「マンディは自尊心に問題がありました。マンディは……自尊心に大きな問題があったのです。彼女は自分の父親がどれほど有名か話しました。母親がどれほど美しく、妹がどれほど頭がいいか話しました。そして——いっぽうでは、自分のことを使い捨てブロンドと表現することが多かったですね」

「使い捨てブロンド?」

「コナーさん、マンディは暴力にたいする強迫観念にとり憑かれていました。彼女は残虐な映画を見たり、犯罪の実話を読んだりするのが好きでした。集会で彼女は、小さいころ自分はしじゅう父親の書斎にもぐり込んでは殺人の教科書を眺め、事件ファイルまで読んだと言っていました。怖いくせに、どうしてもまた見たくなったと。これは健康的とは言えません。肝だめしのたぐいとはちがうのです。彼女は自分を罰するために、そうしていたのです。ふつうの人は残酷な映画や犯罪小説に接するとき、たいてい犯人を追う側に立ちます。でも、マンディはちがっていた。彼女は青い目で金髪の美しい被害者と自分を重ね合わせたのです。使い捨てブロンドですよ、コナーさん。冷酷な殺人者に真っ先に殺されるために存在する、美しい女です」

レイニーは動揺がおさまらないまま、私立探偵フィル・ドビアーズのオフィスがある不動産会社の小さなビルに入った。雲が低くたれこめ、空気は電気をおびていた。十六夜《いざよい》の月が空のどこかにかかっているはずだが、闇は息苦しいほど濃密で、コオロギさえも音《ね》をひそめていた。

彼女は背をまるめ、神経をとがらせて車から降りた。問答無用で銃を撃ちかねない気分だった。夜の九時。キンバリーは、まあまあぶじにアパートに帰っているはず。クインシーはきっとクアンティコで上司との話し合いを片づけて、ニューヨークに戻る途中だわ。あと二つ用事をすませたら、つぎはわたしの番。

気持ちとは裏腹に、彼女は人けのない駐車場の真ん中で立ち止まり、漆黒《しっこく》の闇の中に、自分にもわからない何かを探した。視界のとどかないどこか遠くで、ヒュンと車が通りすぎる音がする。真っ黒なアスファルトの上に、四本の街灯が光の池を作りあげている。スイカズラとブラックベリーのむせかえるような香りが、体を包み込む。

「やあ、いらっしゃい」

レイニーはぎょっとして体をひねった。右手はすでにグロックにかかっていた。

フィル・ドビアーズがビルの入口に立っていた。彼女を見つめる顔つきは、インターネットで見た写真そのままだった。「入りませんか?」彼は丁重だった。

彼女はぶるっと身震いしてうなずいた。

「コーヒーをいれといたよ」ビルの中に彼女を案内しながら、彼が言った。「夕立ってのは不思議だね。ネズミが溺れるくらい気前よく水分を補給してくれるけど、かならずあったかいものが飲みたくなる。ウィスキーでもいいんだけど。仕事の話だから、コーヒーにしとこうと思って」

「がっかりね」レイニーの言葉に、きちんとした身なりの小柄な黒人は真っ白な歯を見せて笑った。

「そうだろう。じつは年代もののいいサワーマッシュ(古いもろみを混ぜたウィスキー)があるんだ……」

「ええ」彼女は憂鬱そうに言った。「でも、わたし、依存症なの。コーヒーしか飲めないわ」

「がっかりだね」ドビアーズは彼女の口調を真似た。気が合いそうだわ。レイニーは思った。

二人はビルのテナントが共同で使用している狭いキチネットに行った。フィルは自分のカップにほんの少しウィスキーをたらした。レイニーは相手が笑いだすまでクリームと砂糖を入れた。

「たしかに、依存症の気《け》があるな」彼が言った。

「砂糖と脂肪分は、社会的に認められている麻薬だわ」

「それにしちゃ、立派なもんだ」彼は言い、レイニーのプロポーションをさっと手で描いてから、自分のオフィスに招じ入れた。フィルはデスクの向こう側の、真っ赤な革張りの椅子に腰かけた。来客用には古くて固い粗末な椅子しかなかった。長居されるのを避けるためね、とレイニーは判断した。

フィルは小さなガラスの皿を差し出した。「M&Mは？」レイニーは首を振った。彼はがばっと手ですくった。「俺も依存症ぎみでね」彼は陽気にそう言うとチョコレートをむしゃむしゃやり、そのあいだに彼女はオフィスの値踏みをした。

広さはそれほどないけれど、手頃だわ。壁を背に本棚が二つあり、分厚い『ヴァージニア州法』や雑誌の山が積まれている。反対側の壁には額がずらりと並んでいる。ヴァージニア州警察学校の卒業証書。スーツ姿のさまざまな人物と写っている、ドビアーズの数々のモノクロ写真。スーツ姿は大物のようだが、レイニーには推測しか出来ない。

「偉い人なの？」手近な一枚を指さして尋ねた。

「フリー長官」彼が答えた。

「フリー長官って？」

ドビアーズは愉快そうに笑った。「ＦＢＩの」

「ああ、あのフリー長官」レイニーは口を閉じてコーヒーをすすった。ウィスキー入りにすればよかった。

「さてと」ドビアーズが言った。「俺は言われたとおり、メアリー・オールセンを見張った。ほんと、退屈な女だよ、メアリー・オールセン夫人は。昨日も今日も家から一歩も出ない」

「それじゃ、無駄骨ね」

「そう。だから電話会社に連絡をとった。彼女の通話記録を引っ張りだして、調べてみるつもりだ。一日じゅうテレビを見てるわけじゃないのが、わかるかもしれない」

「外部と連絡をとってるかも」

「そういうわけ。相手の名前と電話番号と住所が手に入る。そしたら、どうすればいい？」

「彼女が一番多くかけてた相手の電話番号と名前を、ファックスしてちょうだい。州警察の巡査に知り合いがいるから、調べてもらうわ」

「俺がやってもいいぜ」

「あなたにはメアリーから目を離してもらいたくないの。電話番号は空振りかもしれないし。あ、それから新しい人物の名前を教えとくわ。ラリー・タンツ。彼はメアリー・オールセンが働いてたレストランのオーナーらしいの。アマンダ・クインシーが死ぬ直前まで働いてたレストランよ。彼がもとの雇い人を突然訪問したりしないかどうか、知りたいわ」

「怯えた女が長距離電話で訴えてきて、それでもおさまらなくて……」

「そのとおり」レイニーは口ごもった。「あなた、武器は？　いつも携帯してる？　ちゃんと？」

ドビアーズは顔をしかめた。「おやおや。なんかおっかない話になってきたね」

「わたしの依頼人の娘は報告書通り自動車事故で死んだんじゃないって証拠が見つかったの」レイニーが言った。「殺人だった。そして昨夜のフィラデルフィアの事件……おそらく同じ犯人が依頼人の元妻を殺害したんだわ。残虐にね」

ドビアーズは眉を上げた。そして立ち上がると、本棚から折り畳んだ新聞を引っ張りだし、レイニーに見出しが見えるようにデスクの上に放り出した。「ハイソサエティの恐怖の館」どこかの野心家のカメラマンが、血まみれの手形がべたべたついた廊下の現場写真をものにしていた。

「残虐って、このことかい？」ドビアーズが言った。

「まさにこれよ」

「FBI捜査官の元妻って書かれてるけど。つまり、君の依頼人ってのは――」

「あなた、たしかに優秀な私立探偵だわ」

ドビアーズは座り直し、彼女をしげしげと眺めた。「もう一度はっきりさせてもいいかい？　君が俺に尾行を頼んだ女は、連邦お偉い局を相手に回し、やつらの家族を殺すのが趣味って男と、会ってるかもしれないわけ？」

「標的にされてるのは、ひとりの捜査官の家族だけよ。個人的なものなの」

「個人的な？」彼は新聞のおぞましい写真に視線をさまよわせた。「げっ、つまり相手は変態野郎なのか」

「対決するときは、戦闘用のブーツで装備しなきゃだめよ」

ドビアーズはため息をついた。「昨日それを教えといてくれたら、殺人光線でも用意したのに」

彼女は肩をすくめた。「忙しかったのよ」

ドビアーズはまたため息をついた。「わかった。じゃ、TEC-DC9（犯罪者が好んで使う九ミリ口径のセミオートマチック）を手に入れて、自分の三八口径スペシャルは予備に残しとくよ。その凶悪野郎についてほかに何かわかってることは？　名前とか年齢とか人相とか」

レイニーは手帳を取り出した。「偽名が二つ。ひとつはトリスタン・シャンドリング。これは最近フィラデルフィアで、エリザベス・クインシーに近づくときに使われてる。二つ目はベン・ジッカ。ここヴァージニアで二十カ月前に、アマンダ・クインシーに近づくときに使われた。ベン・ジッカのほうはまだ調べてないけど、トリスタン・シャンドリングという名前の人物は存在が確認されなかった。コンピュータで身元を洗ったら、すぐに偽名だとわかったの」

「FBIを相手にする男なら、もっと慎重なはずだけど」

「彼は司法機関の外にいる女に近づくために、偽名を使っているのよ。ふつうの女がいちいち相手の身元を確認すると思う？」

ドビアーズはうなずいた。「仕事がやりやすくなった。俺は電話局の記録で通話相手の名前を調べ、調査の必要のない人物を拾い出す。それ以外の相手については、君が州の巡査をけしかける」

レイニーの頭にもうひとつひらめいた。「電話を開設するためには、名前を登録する必要がある。なかにひとつ、きっと使われたと思われる名前があるわ」

「それは？」

「FBI捜査官ピアース・クインシー」

ドビアーズは顔をしかめた。彼女は唇の端を曲げて笑った。「犯人はわたしの依頼人の身元を盗み出したの。二日前まで誰もそれに気づかなかった。捜査局は特別班を作ってその件を追跡中よ。でも、フィラデルフィアで殺人が起きたから……身元詐称の調査はおそらく後回しにされてるはずだわ」

「なんともまあ」ドビアーズはつぶやいた。「したたかな野郎だ。じゃ、話を戻そう。やつの風体《ふうてい》は？」

「二通りあるの。一致してないわ」

「当然だ」

「ベン・ジッカのほうは、二十カ月前に断酒会に入会し、身長は一七五センチ、肥満体で禿げかけた、野暮ったい男。断酒会のメンバーのあいだでは、ジッカが警察関係者だとも言われていた。この情報は二時間前に手に入れたばかりで、裏はとれてないわ」

「もうひとりの特徴は？」

「フィラデルフィアでは、彼はトリスタン・シャンドリングという名前を使ってた。目撃者の話では、背が高く、ばりっとした身なりだった。まるでＦＢＩ捜査官みたいな印象を与えた。少なくとも年齢の点ではジッカもシャンドリングも一致してるわ。四十代なかばから五十代はじめ」

「つまり、中年の白人男性を探せばいい。そういうわけだね？」

レイニーはしばらく考え込んだ。「ええ」彼女はうなずいた。「そのとおりよ」

「よし、わかった。中年の白人男性を見かけたら、すぐに撃ち殺してやるよ。嬉しい話だねえ」

「だといいけど。あのね、わたし、ここを出るの。連絡はこの名刺にある電話番号で大丈夫だけど、三千マイル離れた場所だから、わたしがすぐ駆けつけられるとは思わないでね。面倒なことが起きたら、州警察のヴィンス・アミティ巡査を呼んで。彼はアマンダ・クインシーの自動車事故の調査を担当したの。いい人よ。それからフィル――無茶はしないで、いい？　見張って、メモをとるだけでいいんだから。メアリーがこの男と直接会うようなことがあったら、目立たないように行動してね。わたしはフィラデルフィアの現場を見たわ。新聞の写真はこの男がやったことの半分も伝えてないのよ」

「君は、これからどうするんだ?」

レイニーはにっこりした。「わたしの依頼人には娘がひとり残ってるの。その命を守るつもり」

二分後。おんぼろレンタカーに乗り込んでエンジンをかける彼女を、ドビアーズは戸口から見送った。レイニーにはその心づかいが嬉しかった。彼女は駐車場を出ると高速に乗り、モーテルを目指した。空の様子が変わった。遠くで雷鳴がすると同時に、激しい雨が打ちつけた。土砂降りのなか、レイニーは車を走らせた。ワイパーの規則的な音に耳を傾けながら、ときおりシートベルトをぐいと引いた。緊張が高まった。

夜の十時十五分。出発まであと八時間。いまのところまだ何ごとも起こっていない。

22

ニュージャージー、キンバリーの射撃クラブ

「ダグ・ジェームズを呼んで」

「いま指導中です」

「彼はわたしのインストラクターよ。ちょっとだけ話がしたいの」

「伝言を残しますか？」

「だめ。直接会って話さないと。ほんとにちょっとだけでいいの」

受付にいた十代の少年は、キンバリーに向かって大きなため息をついた。彼は新入りだった。そうでなければ、彼女を会員と見分けて融通《ゆうずう》をきかせただろう。かわりに彼は仕事熱心な新人ぶりを見せようとした。キンバリーの両手が震えた。もう少しでキレそうだった。クソまじめな新人なら、まじめにこっちの頼みをきいてほしいわね。きいてくれないと、ここ

から手を伸ばしてその首根っこをへし折るわよ。

その思いが顔に出たらしく、彼はしだいに落ちつかなくなった。

「生理前でいらついてるの」彼女はそっけなく言った。

おかたい少年は真っ赤になり、たちまちうろたえた。この手は効くわね、覚えておこう。第一日目。彼女は頭の中に書きとめた。わたしでさえ殺人マニアになれるのがわかった。

四分後。ダグ・ジェームズが射撃練習場からクラブのロビーまでやってきた。彼はまっすぐな視線を彼女に送り、キンバリーはもう一度深く息を吸い込んだ。ダグ・ジェームズはハンサムだった。といっても、きざな上流タイプではない。それなら彼女も軽くあしらえた。だが、彼は年配で、白髪まじりの髪は陽にさらされて赤茶けている。顔も赤銅《しゃくどう》色。射るような鋭い目を細める癖は、野外で太陽をにらみながらすごしてきた男特有のものだ。顔をきれいに剃っている日もあるが、夕方になるとたいていいつも不精髭が目立ち、その髭にも白髪がまじって恰好よかった。

背は高いほうではないが、胸板はがっしりと分厚かった。そして体の筋肉は引き締まっていた。的を狙う銃の位置を直されるとき、彼女は体に触れる彼の腕をさざ波のように意識した。姿勢を直されるときは、彼の胸の固さを意識した。数センチしか離れていない彼の体の熱を意識した。

彼は左手の薬指に金の結婚指輪をはめていた。彼が自分のインストラクターになったとき、キンバリーはそのことを何度も考えた。彼はわたしよりずっと年上の既婚者で、手の届かない人。そう思うとなおさら触れられるたびに気になった。

「相手は見ず知らずの人間じゃないかもしれない」

アンドリューズ博士の言葉が甦り、キンバリーは胃が締めつけられた。彼女はダグ・ジェームズの顔を見た。精悍《せいかん》なダグ・ジェームズ。恐怖で体が沈みそうになると同時に、ふと欲望がつきあげた。ママは自分を殺した男に、こんな気持ちを抱いたのかしら。そしてかわいそうなマンディも？

「キンバリー、用事はなんだい？」

彼女はぼうっとダグを見つめた。口を開いたが言葉が出てこなかった。

彼は微笑んだ。「ごめんよ、おどかすつもりはなかったんだ」

「レッスンをぜんぶキャンセルしないといけないの」彼女が言った。

ダグは黙って眉をしかめた。キンバリーは彼の目に悪意の影を探した。だが彼はひたすら心配そうで、それがよけいに彼女を怯えさせた。彼は犠牲者の望みを読み取って行動する。アンドリューズ博士はそう言っていた。優しさ。女が望むのはそれだ。優しくしてくれる相手。

「それは残念だね、キンバリー。何かあったのかい？」

「あなたは昨日、どこに行ってたの？」

「病気だった。悪かったね。君のアパートに電話したんだが、もう出たあとだった」

「昨日の夜は？」

「かみさんと一緒に家にいた。なぜだい？」

「あなたを見かけたような気がしたの。どこかで。レストランだったかしら」

「それはちがうな。書類を取りにここにちょっとだけ寄ったけど。そのあとは真っ直ぐ家に帰った」

「奥さんのところに？」

「そう」

「奥さん、何て名前だったかしら」

「ローリーだよ。キンバリー――」

「子供はいないんでしょ？」

「まだね」

「結婚して何年になる？」

「そういう話はしたくないね、キンバリー。何があったか知らないけど、変だよ」

「あなたとは友だちだと思ってたけど。友だちなら聞いたっていいでしょ。友だちなら話せるはずよ」

「僕らは友だちだ。でも、友だちならそんな聞き方はしない」

「気にさわる？」

「ああ」

「わたしがしつこく聞くから？」

「そうだね」

「なぜ？　何を隠してるの？」

ダグ・ジェームズはすぐには答えなかった。彼女をじっと見つめる彼の目の奥は読み取れなかった。彼女はその視線をじりじりとはね返したが、心臓の鼓動が速くなり、両手にこぶしを握りしめた。

　彼はゆっくり言った。「僕は生徒のところに戻るよ」

「わたし、もうここには来ない」

「残念だよ――」

「わかった、キンバリー」

「この州を出るの。探そうとしても見つからないわよ」

「わたしは母さんみたいに簡単にはいかないわ」

「ほんとに生徒が待ってるんだ」

「母さんが素敵な女性だったってこと、知ってた？　フェミニストから見れば時代遅れだったかもしれない。結婚生活でももっと頑張るべきだったかもしれない。でもね、母さんはわたしたちを愛して、出来るかぎりのことをした。そしていつも幸せになろうと努力してた。つらいときだって、その努力をやめたことはなかった――」

　キンバリーの声が震えた。彼女は泣いていた。トロフィーの飾り棚、剝製にされた動物の頭、へこんだ長椅子の並ぶみすぼらしいロビーの真ん中で、ほかのメンバーの視線を浴びながら、彼女はすすり泣いた。ダグ・ジェームズはそろそろと後ずさりし、練習場に続くドアを後ろ手でまさぐった。

「母さんが恋しい」キンバリーが言った。涙がとまると同時に声も元に戻った。涙が乾くと、もっと収まりがつかなくなるのはわかっていた。まわりのメンバーは視線をそらした。ダグ・ジェームズはぶじロビーから抜け出していた。

しばらくして、彼女は受付のデスクを振り返った。新人がありありと恐怖の色を浮かべて彼女を見つめていた。

「昨日の晩、ダグは何時にここに来たの？」キンバリーが尋ねた。

「八時です」少年が引きつった声で答えた。「オフィスから書類を取ったあと、出ていきました。奥さんが外で待っていて」

「彼女の姿を見たの？」

「ええ」

「どんな人だった？」

「あなたほど美人じゃなかった」少年はまだ事態が呑み込めず、早口に言った。

キンバリーはゆっくりうなずき、頭の中で懸命に断片をつなぎ合わせた。昨日の晩のことについて、目撃者は何と言っていたっけ。母さんは知らない男と一緒に、派手な赤い車で夜の十時頃に帰ってきた。隣人の話では、母さんは一日じゅう外出していた。

「その女の人はブロンドだった？　四十代なかばで、やせ型で、いい服を着てた？」彼女が尋ねた。

少年は眉をしかめた。「いいえ。ダグの奥さんは黒い髪で、いまはお腹が出てます。妊娠中だと思いますけど」

「あら」ここに八時に来たのは、確実に母さんじゃない。ということは、その人は本当にダグ・ジェームズの奥さんかもしれない。そしてなんと、彼の話は事実で、彼は本当に幸せな結婚をし、初めての子供の誕生を楽しみにしている、射撃指導員かもしれない。

第一日目。もう何を信じればいいのかわからなくなった。第一日目。わたしはとても怖い。第一日目……マンディ、ごめんなさい。あなたがどんな気持ちで生きていたか、わたしにはまるでわかってなかったの。

キンバリーは外に出た。漆黒の闇が、重くたれ込めていた。九時半。嵐になりそうね。彼女は思った。

ヴァージニア、クアンティコ

クインシーは夜の十時少しすぎにクアンティコを出た。大きな雨粒がフロントガラスにぽつりとあたった。彼は月を消し去った分厚い雲を見上げた。風が激しく打ちつけている。昔ながらの典型的な夕立が来そうだ。I‐95号線のほうへ道を曲がったとき、最初の稲妻が光った。

あと少しだ。彼は自分に言い聞かせた。あと少しだ。

　特別捜査官主監エヴェレットは、町を出ると言うクインシーにいい顔をしなかった。彼はクインシーに完全な説明を要求した——どこに滞在し、誰と行動をともにするのか。説明を断ったクインシーは、望みどおりの防衛手段を手に入れられなかった。だが彼は、自分の家族とFBIでの地位を救う立場にいないエヴェレットに、あなたを信用出来ないからとは言えなかった。二人はともに仕方ないと諦めた。どちらにも不満が残った。それはいつもながらの妥協だった。

クインシーはノートパソコンを鞄に入れた。車のトランクに古い事件ファイルの箱を詰めた。まだFBI支給の一〇ミリ口径は残っていた。これは最後の最後まで手放さないつもりだった。十分とは言えなかったが、出来るかぎりの準備は整えた。

あと少しだ。

風のうなり声が激しくなった。木々がしなり始めた。車の速度を落とさねばならなかったが、脇道には入らなかった。夜の十時半。娘が自分を必要としている。

あと少しだ。

彼はバックミラーで後ろから近づくヘッドライトを眺め、信じがたいほど暗い気分に襲われた。

ヴァージニア、モーテル6

夜の十時四十五分。レイニーは車を降りるとモーテルの入口まで全速力で走った。土砂降りをつく四十五秒間の疾走で彼女はずぶ濡れになった。夜勤のフロント係が、ドアから飛び込んできた彼女に目をやった。雨しずくが全身からしたたり、木の葉が髪にへばりついている。

「ひどい晩ですね」彼が言った。

「クソひどい晩よ」彼女が訂正した。レイニーはホールを抜け、モーテルの空調から吹き出す風に骨の髄まで冷やされてガタガタと震えた。荷物をまとめてチェックアウトしなくちゃ。熱いシャワーはあと回し。夕食もあと回し。とにかくニューヨークに行くのが先。旅立ちまであと七時間。

部屋に戻ると伝言ありのランプが点滅していた。彼女は気づかわしげにそちらに視線を走らせた。そしてため息をつき、腰を下ろし、メモをとる用意をした。

電話は六回。この電話番号を知ってる人がほとんどいないにしては、悪くない結果ね。四回は切れている。五回目はカール・ミッツ。「引き続きロレイン・コナーからの連絡を待ってます。ぜひとも話がしたい」前の四回もきっとせっかちカールね。でもちがうかもしれない。自宅から転送されてきた六回目の電話は猛烈に意外だった。電話の主はベイカーズヴィル保安官事務所の元同僚、ルーク・ヘイズ。

「レイニー、どこかの弁護士が町のあちこちに電話をしまくって、君とおふくろさんのことを嗅ぎ回ってる。名前はカール・ミッツ。耳に入れといたほうがいいと思って」

レイニーは腕時計を眺めた。いまは時間がない。だけどミッツは手を引く気がないらしい。わたしとママのことを嗅ぎ回ってるって？　何年も経つというのに、記憶がいまも背筋を凍りつかせる。

ルークの自宅に電話をかけてみたが、留守番電話になっていた。「レイニーよ」彼女は録音機に話しかけた。「警告ありがとう。わたしはいま家から離れてるけど、明日の朝には戻るわ。お願いがあるの、ルーク。ミッツと会う約束をして。あなたと彼の二人だけで。その場所と時間を教えてくれたら、わたしが出向いてぎゃふんと言わせてやる。そいつは三日前からダニみたいにしつこくわたしを追い回しているの。そろそろ話をつけたほうがよさそうだわ」

レイニーは電話を切った。短い髪から雨のしずくがTシャツにしたたり落ちている。鏡に映る自分の姿にふと目がとまった。顔に青白いしわが深く刻まれ、雨に濡れた頬がげっそりこけているのに気づいて驚いた。唇には血の気がない。栗色の髪はつんつん突き立っている。まるでパンク・ロッカーみたい。それとも吸血鬼に血を吸われた女。鏡の中の姿に残虐に殺された女に近いものを感じとって、激しい疲労感に打ちのめされた。

ベシーは最後まで闘った。彼女は犯人の姿を見、必死で逃げようとした。最後の瞬間には何を感じたかしら。裏切られたと感じるゆとりはあった？　それとも感じたのはただ、肉体的な恐怖だけ？　アドレナリンと男性ホルモン。闘って生き延び、息をしようとする純粋な動物的本能？

幼いころ、レイニーは野生の猫が畑のネズミを襲う場面を見たことがあった。猫はネズミをくわえては、放し、また襲いかかっては、放した。ネズミはキイーッ、キイーッ、キイィーッと悲鳴を上げた。最初は鋭かった声が、ゲームが長引くにつれてしだいに弱まった。やがて、放されてもネズミは仰向けに転がったまま動かなくなった。生きるより死ぬほうがらくになったのだ。それは、自然が食物連鎖の中で弱い生き物に与える慈悲なのかもしれない。

彼女はマンディを思った。断酒会で懸命に闘ったあともアルコールに手を出し、満足なシートベルトもなしでみずからハンドルを握ったマンディ。そして彼女はベシーを思った。孤独な数年間のあと、得体の知れない男を家に招じ入れたベシーの気持ち。

生きるより死ぬほうがらくになる。

レイニーはベッドからはね起きた。最後に残った洗面用品をバッグに放り込んだ。夜の十一時。飛行機の出発まであと七時間。車の運転に二時間。生きることは闘いだわ。そろそろ闘いに戻る時間ね。

ヴァージニア、クインシーの自宅

特別捜査官グレンダ・ロドマンは、コロンの香りがしみ込んだ部屋の隅で、床にうずくまった。外では風が吠えている。雨が激しく窓を叩いている。木々が折り重なって揺れている。嵐はまだ不気味なうなり声を上げていたが、稲妻はしだいに間遠になり始めた。

警報装置が五回鳴り響いた。電気がついては消える。バックアップシステムの接続に不良箇所があるようだ。電気が消えるごとに、警報が鳴り出す。グレンダは警備会社に緊急電話をかけた。特別捜査官モンゴメリーはまだ行方しれずだった。

キッチンで電話のベルが鳴り、留守番電話がそれに応えた。

「死ね、死ね、死ね、殺す、殺す、殺す、殺人、殺人、殺人」と声が言っている。「死ね、死ね、死ね、殺す、殺す、殺す、殺人、殺人、殺人。おい、クインシー、郵便受けを見な。あの子犬の腹わたをえぐり出したのは、あんたのためさ。死ね、死ね、死ね、殺す、殺す、殺す、殺人、殺人、殺人。死ね、死ね、死ね……」

グレンダは両腕で膝を抱いた。床の上で彼女は体を前後にゆすった。電気がふたたび消え、最新型の警報装置がまたしても耳障りな音を立て始めた。

23

ニューヨークシティ、グリニッチヴィレッジ

「催涙ガス」

「はい、催涙ガス」

「武器は？」クインシーが尋ねた。

「グロック四〇」レイニーが答えた。「でも手荷物には出来ないわ。私立探偵は機内に武器を持ち込めないから」

　クインシーはうなずいて娘のほうを振り向いた。彼女はスーツケースを開いて、父親に催涙ガスの缶を手渡した。

「わたしもグロックを持ってる」キンバリーの言葉に、父親はぎょっとした。

「なんだって？」

「武装するなら、ちゃんとしなくちゃ」彼女は真顔で言った。「二二口径で何が出来ると思う？」

クインシーは眉を上げた。彼は自分の拳銃を取り出した。ステンレススチール製スミス＆ウェッソンの一〇ミリ口径。ＦＢＩの標準型。スミス＆ウェッソンには直径〇・四インチの弾丸が弾倉《マガジン》に九個、薬室に一個装填されている。そしてベルトにつけた茶色の革ケースに、予備のマガジンが二つ入っているから、合計三〇発まで撃つことが出来る。量的には十分だろう。

「この部屋にいる人間の中で、機内に銃を持ち込めるのは僕だけだ」彼は言った。「だから移動中は僕がカバーする。催涙ガスも僕が持つ。ほかの武器はスーツケースにしまうんだ、テルマにルイーズ（女二人組のロードムービー「テルマ＆ルイーズ」の主人公）。だが、ポートランドに着きしだい、武器は手放さないでもらいたい」

「ポートランドに着いたら、すぐにルーク・ヘイズに会いに行かないと」レイニーが言った。「ボディガードのアルバイトをしてくれそうな保安官補がいないかどうか、聞いてみるわ。そのほうが安心でしょ」

その言葉にキンバリーはパッと顔を輝かせたが、クインシーは首を横に振った。「目立ちすぎる。それにボディガードは役に立たないと思うよ。やつは遠距離からは狙わない。相手を狙撃したり、走行中の車から撃ったりするタイプじゃないんだ。彼は念入りに計画を練り、接近して個人的に手を下す。表玄関から入ってこられるようなホシには、ボディガードを雇っても効果がない」

「アンドリューズ先生は、相手はわたしの知っている人間じゃないかと言ってたわ」キンバリーが静かに言った。「その男……というかホシは、犠牲者がほしがっているものを見抜いて行動する。マンディは昔から自分の世話を焼いてくれる人をほしがった。ママはマンディをほしがった。わたしは……バッジを着けた人を頭から信じてしまうところがある」

クインシーは娘のシャツを畳んでいたが、その手を止め、ブルーと白の縞模様のシャツを靄《もや》のかかったような目で見下ろした。

「キンバリー……」

「ちがう、パパのせいじゃないわ。パパのせいじゃない」

クインシーはゆっくりうなずいたが、彼がその言葉を信じていないことは、レイニーにもキンバリーにもわかった。彼はシャツをダッフルバッグに詰め終えた。真夜中の一時少しすぎ。三人ともこの二日間ほとんど寝ていなかった。睡眠不足で朦朧とした頭を働かせるために、ひたすら手を動かしているような感じだった。

「つぎは？」クインシーが聞いた。

「洗面用品」キンバリーが声を上げてバスルームに行った。すぐにカチャカチャと薬品棚を探りながら、防水バッグに品物を放り込む音が聞こえてきた。

「私立探偵に会ったのかい？」開け放ったバスルームのドアから目を離さずに、クインシーが声をひそめてレイニーに尋ねた。

「ええ、収穫なしよ。あなたのほうは？」

「捜査局はまだメモのことには気づいていない。犯罪現場が大規模だから、技術者がすべて調べ終えるには数日かかるだろう。運がよければ、メモの分析は最後になる」

「なぜあれがあなたの筆跡なの？　あなたは書いていないのに！」

「わからない。だが、たしかに僕の筆跡だ。文字の続けぐあい、傾きぐあい、iの上の点……やつはたしかに練習している」

「偽物だと証明する方法は？　ためらった跡とか、そういうものは出ない？」

「やつの実力しだい、そして筆跡鑑定者の実力しだいだね。正直に言って、偽造は完全じゃないだろう。だとしても、あまり僕の助けにはなりそうもない。ホシの望みは、最初の報告であの筆跡が僕のものと推定されることだけなんだ。捜査局は追跡調査をおこなうだろうが、同時に僕は逮捕され、武器を取り上げられ、疑われる。このホシは頭がいいだけじゃなく、効率がいい。たとえへまをやっても、仕事はちゃんとすませられるように考えている。ねじくれた言い方だが、感服するよ」

キンバリーが部屋に戻ってきた。彼女はビニールの袋をスーツケースに投げ入れた。「つぎは何？」

もう詰めるべきものは残っていなかった。三人はバッグ類のジッパーを閉め、ドアの脇に積み上げた。三時間後に、三人はレイニーの運転でJFK空港に向かい、レンタカーを返し、六時発の飛行機に乗ることになる。外ではまだ嵐が続いていた。クインシーは時折気がかりな様子で窓に目をやった。暴風雨や稲妻を心配しているわけではなかった。出発便に遅れが出ることが、猛烈に心配だったのだ。

三人は小さなキッチンテーブルを囲んだ。三人ともすでにカフェインの取りすぎで神経が高ぶっていたが、キンバリーは新しくコーヒーをいれ直した。ルームメイトのボビーは出かけていた。クインシーも、アパートにいないほうが安全だろうと彼に勧めたのだ。自分のアパートで何か音がするたびにびくっとさせられるのと、ガールフレンドの家で際限なくセックスをするのと、どちらがいいか秤《はかり》にかけたすえ、ボビーはガールフレンドのもとで泊まるほうを選んだ。ボビーは頭がいい。

レイニーはまたコーヒーをすすり、湯気の立つマグカップを両手で握りしめた。濡れたままの服が肌を刺すようで、何をしても体は温まらなかった。

「アンドリューズ博士はほかに何か言ってた？」しばらくして彼女はキンバリーに尋ねた。

キンバリーは肩をすくめた。この子はほんとによく頑張ってるわ。レイニーは思った。顔色は青いし怯えているけれど、頭はしっかりしている。わたしたち三人とも乗るかそるかの瀬戸際。でも、いまは死ぬことより生きることを考えたほうがいい。だから先に進まなくちゃ。

「先生は……そうね、話しておいたほうがいいわね」キンバリーは唐突に言った。父親に一瞬視線を走らせてから、コーヒーマグをじっと見つめた。「わたし……二、三カ月前から不安発作みたいなものに襲われるようになったの。誰かに見られている気がして、鳥肌が立ち、息が苦しくなり、首筋の毛が逆立つのよ」

クインシーは手にしたマグを、古びたテーブルに叩きつけるように下ろした。熱いコーヒーがマグの縁から飛び散った。「なぜ黙ってたんだ」

「あのころは、ストレスのせいだと思って。マンディのことがあったし、授業が忙しかったし、研修の仕事もあったし……でも、それはどうでもいいの。この話でだいじなのは、それがまったくの妄想でもないらしいってこと。たぶんストレスのせいじゃなくて──」

「実際におまえを見てるやつがいた」クインシーがきっぱり言った。「何者かが娘にストーカー行為をしていた。それなのに、おまえは父親に何も言わなかった！」

「わたし、催涙ガスを持ってたわ！　まわりの人たちに注意してたし、じっと目を見るようにしてた。パパはわたしのそばにいられないし、いつも守ってくれるわけじゃない──」

「馬鹿な！　それが僕の仕事じゃないか。何年も訓練を積んできたというのに、自分の家族も守れないでどうする」

「どんな父親だって、家族を守れないわ。子供たちはみんなおとなになる。そして自分で身を守るのよ」

「僕はプロだ──」

「パパは人間よ。ほかのお父さんたちと同じように」

「話してくれるべきだった──」

「わたしも人間なの。ほかの娘たちと同じように」

「ちくしょう、もううんざりだ！」クインシーは怒鳴った。

「あ、そう、わたしもよ！」娘がわめき返した。「だから、このクソ野郎をつかまえましょ。そしたらわたしも大学に戻ってちゃんと資格を取ることができるわ。そして捜査官になって自分の家族を無視してやるの。これで立派に輪がつながるわ！」

クインシーは唇を固く結んだ。口を開いては閉じ、開いては閉じた。やがてコーヒーマグを手に取ると、雨の打ちつける窓を見据えた。

「ねえ」レイニーが口を開いた。「いまの親子の場面、感動的だったわ」


「ちょっと言っておきたいことがある」三十分後。クインシーが話し始めた。時刻は二時を回っていた。暗黙の了解で、三人のうち誰ひとり寝ようとする者はいなかった。クインシーの一〇ミリ口径はすぐ手に取れるよう、キッチンテーブルに置いてあった。ブラインドはすべて下ろし、その隙間から自分たちの影が外にもれないように、天井の明かりも薄暗くしてあった。嵐はまだ荒れ狂っている。テレビの天気予報は、朝方には暴風雨がおさまると告げていた。だがいまのところ、誰もそれを信じる気になれなかった。

「何かわかったの？」レイニーが尋ねた。キンバリーはもう父親と目を合わせなかった。三人とも少し休んだほうがよさそうね。レイニーは思った。

「今回の事件を担当している捜査官のひとり、アルバート・モンゴメリーは僕に恨みを持っている。彼はサンチェス事件を担当したが、へまをやった。そして捜査局は彼を僕と交代させた」

「サンチェス事件て？」キンバリーが尋ねた。

「十五年前、カリフォルニアで起きた事件だ。サンチェスが従兄弟と組んで若い売春婦を殺害した。全部で八人。なかには……しばらくもてあそばれた女もいた」

「ああ」キンバリーが言った。「あのカセットテープ」

「おまえは、あれを聞いたのか？」

キンバリーは肩をすくめた。「マンディが聞いたの。彼女はパパの仕事に興味津々だったから。パパがいなくなると……」

「まったく、なんてことを――」

「つまり」いまや調停役を務めるレイニーが割って入った。「モンゴメリーが事件を担当している。でも、あなたの味方ではないってわけね」

クインシーは彼女のほうに向き直った。目は燃えるようで、顔はやつれていた。「モンゴメリーは、サンチェス事件での僕の成功が、自分の失敗をよけいみじめなものにしたと考えている。フィラデルフィア警察から〝証拠品〟の報告が上がってきたとき、彼の応援は期待出来ない。逆に、彼は真っ先にリンチの音頭を取るんじゃないかと思う」

「もうあまり時間がない」キンバリーがつぶやいた。

「そう」クインシーは無表情に言った。「僕は三日後と踏んでいる。研究所から最初の報告が入り、エヴェレットが僕に電話をしてくるだろう。そういうわけだ」

「じゃ」レイニーがきびきびと言った。「それは忘れないようにしましょう。わたしのほうも今日少し進展があったわ。マンディが通ってた断酒会の会長、ウィリアム・ゼーンに会ったの。彼の話では、マンディには会で親しくなった相手がいた。でも、その男の特徴はわたしの予想とまったくちがってたわ——身長一七五センチ、禿げていて肥満体、野暮ったいスーツ」

「ママの隣に住んでる人が見たという男は、背が高くて、身なりがよくてハンサムだったんでしょ？」キンバリーが口をはさんだ。

「そのとおり。でも、あいだに二十カ月へだたりがあるわ。つまり、そのあいだにすっかり外見を変えるのも可能だってこと」

「テッド・バンディは外見を変えるのがうまかった」クインシーがうなずきながら言った。「体重を二〇キロ以上増やしたり減らしたりして、顔や背丈の印象まで変えた——太った人は実際より背が低く見られがちだからね。ジム・ベケットの例もある。彼は容貌を別人のように変えて、一年以上も犠牲者をつけ狙い、警察の目をくらました。体や頬に詰物をするなどして、体型や顔かたちを変えたんだ」

「そんなわけで、まず言えるのは、この男が変装の達人かもしれないってこと」レイニーが言った。「第二に、彼はねばり強い。二十カ月もあいだを置いている……急いだり闇雲に行動したりはしない」

「かなり前から計画を練っていた」クインシーも同意した。

「ポートランドに着いたら、二人を偽名でホテルにチェックインさせるわ。そしたら作戦開始。アミティ巡査はマンディの事故について再調査をしてる。私立探偵フィル・ドビアーズは、メアリー・オールセンを尾行していて、もうじき何か報告をくれるはずよ。モンゴメリーは信用出来なくても、エヴェレットはあなたの味方のようだし、ロドマン特別捜査官は仕事を心得てる。彼女はきっと内側から点と点を結ぶ力になってくれるわ」

「わたしたちはじっと座って待つ」キンバリーがつぶやいた。「彼がつぎにどこを攻撃してくるか考える」

「いまや分があるのはわたしたちのほうよ」レイニーがはね返した。「マンディのときは彼に分があった。最初の犠牲者だったからよ。彼はベシーのときも分があった。まだわたしたちには何もわかっていなかったから。でも、いまはわかってる。そしていまから」彼女は腕時計を眺めた。「ちょうど三時間後に、わたしたちはストライクゾーンを抜け出る。ついにこちらが先手を打てるのよ」

　キンバリーとクインシーは固い表情でうなずいた。レイニーはふたたび自分の手帳をのぞき込んだ。「それからもうひとり、調べなくちゃいけない人物がいるの。断酒会の会長の話では、会でのマンディの指導員は彼女の雇い主だった。ラリー・タンツ。彼女とメアリーが働いていたレストランのオーナーよ。タンツについては何もわからないけど、メアリーの不可解な言動と、タンツがメアリーとマンディの両方を知っていた事実を考えると……」

「当たってみる価値がある」クインシーがかわりに言った。

「調査を依頼したわ、新しい友だちのフィル・ドビアーズに」彼女はまじめな顔でつけ加えた。「彼はサワーマッシュ入りのコーヒーを飲むの。それに比べれば、わたしのクリームと砂糖入りのコーヒーのほうが、まだほめられるでしょ」

クインシーとキンバリーは揃ってあきれ顔をした。その表情はまさしく父娘そのものだった。ふうん。

レイニーは手帳のページをぱらぱらめくった。「最後に、これまでにホシが使った偽名が二つわかったの。フィラデルフィアではトリスタン・シャンドリングの名前を使った——あなたの過去の事件に関連する名前のデータベースで、何か手がかりになるものはないか調べてね、クインシー。それから、二十カ月前にヴァージニアでは、ベン・ジッカという名前を使って断酒会でマンディに近づいてるわ」

「なんだって?」クインシーの声がとがった。

「ベン・ジッカよ」レイニーが言った。「名前は、ベン・ジッ——」

「やめてくれ!　ちくしょう!　だめだ、だめだ、だめだ!」

クインシーは椅子から飛び上がった。コードレス電話をわし摑みにすると、一瞬ためらったのち、すぐにまた関節が白くなるほど固く握りしめた。顔は別人のようだった。何かよくないことがあったのね。レイニーにはそれが何か見当もつかなかった。キンバリーはと見ると、顔色が骨のように真っ白だった。

「お祖父ちゃん」キンバリーがささやくように言った。

「ああ、なんてこと」レイニーは目を閉じた。それまで誰もクインシーの父親のことは考えていなかった。アルツハイマー病を患《わずら》って養老施設にいる老人。「ああ、なんてこと……」

「シェイディ・エイカーズ養老院だ」クインシーが電話口で怒鳴った。「つないでくれ！」そしてしばらくののち。「エイブラハム・クインシーをお願いします。いないって、どういう意味です？　もちろんいるはずです。完全介護が必要なんですから。息子が連れていった？　息子のピアース・クインシーが、昨日の昼すぎに？　もちろん身分証を提示したんでしょう？　運転免許証をね。息子のピアース・クインシーが……」

　クインシーの顔は恐ろしいほど無表情だった。レイニーは動けなかった。そばに行って、彼に触れるのよ。けれど、わたしには出来ない。そしてキンバリーにも出来ないわ。わたしたちが目の前にしているのは、すさまじい苦しみに苛《さいな》まれる男。しかもその苦しみはまだ始まったばかり。

　彼は電話を切った。電話を耳から離し、プラスティックの受話器をいとおしむかのように、首筋に押し当てた。

「ベン・ジッカは父の親友だった」クインシーがつぶやいた。「幼なじみで、戦争にも一緒に行った。いつも話をきかされていた……」

　キンバリーもレイニーも黙っていた。

「父は年寄りだ」クインシーの声はかすれていた。「七十五歳で、トイレの使い方も忘れているんだ。病気で、何にでもすぐ怯える。鏡に映る自分の姿もわからないし、息子も見分けられない。ピアース・クインシーという名前すら覚えていない」

キンバリーもレイニーも何も言えなかった。

「これまでずっと働きづめだった。農場を作り、息子を育て、生活が苦しいのに大学にまで行かせた。感謝の言葉も要求しなかった。すべきだと思うことをするだけだった。七十五歳。敬われながら死んでいい歳なのに」

「クインシー……」

「自分に息子がいることも忘れてるんだ！　そんな人間をどうして殺したりできる？　僕の存在も忘れているというのに。畜生、畜生、畜生、ちくしょう！」

彼は受話器を床に叩きつけた。受話器はこなごなになったが、それでもおさまらなかった。椅子をつかんでストーブに投げつけた。コーヒーポットを流しに叩きつけ、唸り声とともにテーブルをひっくり返した。

「パパ……」

「僕はここから動けない。父は生きてるかもしれない。放ってはおけない。息子がいることも忘れてるのに。痛めつけられて殺されるんだ。ああ、怪物がベシーに何をしたか見ただろ。父はただの病気の年寄りで、息子がいることも忘れてる。なんてことだ、レイニー、父は息子がいることも忘れてるんだ……」

「ポートランドに行くのよ」

「だめだ！」

「あなたはポートランドに行くのよ、クインシー。ここにいてはだめ。それこそこの変態野郎の思うつぼよ」

「父は――」

「クインシー、お父さまは亡くなったの。お気の毒だけど、亡くなったのよ。あなたにも、わかっているでしょう。お気の毒だけど……」

クインシーはがっくりと膝を折り、ガラスのかけらと折れた木片、受話器のプラスティックの破片が散らばる床に沈み込んだ。下から見上げる彼の顔には、レイニーが二度と見たくない表情が浮かんでいた。

「父は」彼がかすれ声で言った。「父は……」

「パパ、わたし、こわい。お願い、パパ。わたしにはパパが必要なの」

クインシーは娘を振り返った。テーブルの前のキンバリーは、泣き出しそうだった。一瞬がすぎた。クインシーは娘を振り返った。レイニーには彼が何を考えているかわからなかった。娘の顔に走馬灯のように過去を見たのかしら。それとも怯えて動揺している娘の姿に、これから先起こりえることを見てとったのかしら。

クインシーは両腕を広げた。キンバリーがその腕の中に飛び込んだ。

「大丈夫だよ、キンバリー」クインシーがつぶやいた。「約束する。もう心配ない」

彼は目を閉じた。レイニーにはそれがなぜだかわかった。彼は自分がついた嘘を二人に見破られたくなかったのだ。

24

ニューヨーク、JFK国際空港

金曜の朝。東部時間の五時三十五分。三人はオレゴン州ポートランド行きの早朝便に乗り込んだ。チケットは前日に現金で買ってあった。身分証明書を見せて搭乗券を受け取り、クインシーはFBIの身分証にものを言わせて、カウンターの女性に三人とも偽名にして、搭乗者名簿に本名が残らないようにしてくれと頼んだ。係員はFBIの隠密作戦と思い込み、力を貸すのが内心嬉しそうだった。三人の顔はやつれて青白く、疲労のあまり足がふらついていた。

嵐はようやくおさまったが、空はまだ暗く、滑走路は雨で滑りやすくなっていた。黄色いウィンドブレーカーを着た地上整備員が走り回って機体に荷物を積み込んでいる。機内からレイニーはその様子を眺めた。男たちは口々に何か叫んでいるが、言葉は聞こえない。

　キンバリーは窓側の席で、腰を下ろすと同時に隔壁に頭をもたせかけて眠り始めた。レイニーは真ん中の席。眠るタイミングを逸し、いまでは目が冴えて、自分のまわりの世界を痛いほど意識する。クインシーは彼女の右側にいる。表情は仮面のように動かない。レイニーは一度彼の手に触れたが、彼はすっと手を引っ込めた。彼女は二度と触れようとしなかった。

「母が死んだとき、僕は父を憎んだ」彼が言った。

「死因は何だったの？」

「心臓発作。まだ三十四歳だった。誰も予想していなかった」

「じゃあ、お父さまのせいじゃないでしょ？」

「僕は子供だった。父は何でも出来る人だったから、悪いこともすべて父の責任だと思った。僕はなぜ母は死んだのかと何度も父に尋ねた。父の答えはいつも同じだった。『それが母さんのめぐりあわせだったから』」

「運命ってわけね」レイニーが言った。

「そう、めぐりあわせ。それが最高の答えだったとわかるまでに、何年もかかった。世の中には理不尽なことも起きる。だけど幼い子供に宿命《カルマ》など理解出来ない。神の叡智《えいち》、運命の非情さと言われてもわからない。なぜ母さんは死んだの？　それがめぐりあわせだったから。父は父なりの言葉で、僕にだいじなことを教えたんだ」

　レイニーは何も言わなかった。

「マンディは死ぬはずじゃなかった」クインシーは言った。「ベシーは死ぬはずじゃなかった。僕の父も死ぬはずじゃなかった。これは運命じゃない。ひとりの男のせいだ」

「わたしたち、やつを探しだすわ、クインシー」

「僕はやつを殺してやる、レイニー。僕は心理学者として四年間人を癒す訓練を受けた。だけど、心は痛まない。僕はやつを探し出して殺す。それはなんのためだ？」

レイニーは口ごもった。「復讐」絞り出すように言った。

彼はうなずいた。飛行機のエンジンがようやく回り始め、離陸の準備が整った。クインシーは言った。「それが僕の支えになる」

第二段階

25

オレゴン、ベイカーズヴィル

保安官ルーク・ヘイズはマーサのレストランの外でパトカーにもたれ、真昼の陽射しに照らされて一見眠たげだった。身長一七四センチ、頭髪はかなり後退し、体格はフェザー級という彼は、ひと目で悪者を震え上がらせるタイプではない。だが、それも問題はなかった。彼はなみの猛者《もさ》より腕っぷしが強かった。そして人の三倍は走るのが早かった。噂はすぐに広まった。あの禿げ頭を知ってるか？　あいつには近づくな、痛い目に遇うぞ。酒場でもめるだけでも具合が悪いのに、体重はこっちの半分、髪の毛は十分の一ってやつに人前で投げ飛ばされるのは、なんともみっともないからな。

ルークの何よりの強みはその目だった。射るような明るいブルーの瞳は、怒れる主婦の一団の攻撃を鎮め、ライフルをもてあそぶ酔っぱらいをたじろがせ、泣きわめく子供を黙らせた。犯罪者の中には彼に催眠術を使われたと文句を言う者もいた。ルークは自分にそんな力があるとは思っていなかった。彼はたんに自然な落ちつきをそなえた、気持ちにむらのない男だった。そんな彼を好きになる女は、意外に多かった。

いま、彼の目は白熱の太陽の下で閉じられていて、見ることは出来ない。顔は涼しい風を探すかのように少しばかり傾けられている。だが、今日は海からの風がそよとも吹かない。よどんでいる。彼はフーッとため息をついた。

彼は首を垂れて、目を開けた。目の前にレイニーが立っていた。

「ベイカーズヴィルは相変わらず忙しそうね」彼女がそっけなく言った。

「六時になりゃ、喧嘩が始まるさ。暑さがこのまま続いたら、喧嘩は二件かな」

「保安官なんかやめて、クーラーの販売員になったほうがよくない？」

「悪くない考えだね。まず自分用にひとつ買いたいもんだ。やあ、レイニー。久し振りだねえ」

ルークは手を差し出した。彼女はその手を優しく握り、すぐには放さなかった。彼はレイニーが疲れているのを見て取った。頬がこけているのは、無理をしている証拠だ。レイニーは美人だ。いつもはっとさせられる。高い頬骨、豊かな唇、柔らかなグレイの瞳。でもいまは戦士のように体に肉がついていない。そして長い栗色の髪は短く切られて、とげとげした都会風になった。ベイカーズヴィルの男の半分は、あの長くて艶やかな髪を夢に見たものだったのに。手で触れたい、枕に流れ落ちる様子を見たいと。もちろん叶《かな》わぬ夢だが。オレゴンの灰色の冬に見る夢としては、素敵だった。

「保安官の制服が似合うわね」レイニーが言った。

ルークは胸をそらした。「女はいちころさ」

彼女は笑った。「素敵なプロテスタントのご婦人方が、あなたの前に娘たちを整列させるってわけ？」

「ヒーローになるのもらくじゃないけど、誰かがやらなくちゃ」

「ああ、ここが懐かしいわ」

「うん、レイニー。俺たちもあんたがいないと淋しいよ」

二人はマーサの店に入った。カール・ミッツが現れるまで、あと一時間ある。二人はごく自然に昔なじみの席に滑り込み、遅い昼食兼早い夕食を注文した。

「チャッキーはどうしてる？」レイニーは金曜の特別メニュー――グレービーソースをたっぷりかけたチキンのフライド・ステーキに、ガーリックをきかせたマッシュポテト――を頼んだ。ウェストが三センチ増えなかったら、お金を返してもらえるという保証つき。

「チャッキーはおとなになった」ルークが言った。「最近は自信もついてきた。それにこのひと月は、チャッキーが当番のとき赤信号を無視するって間違いを犯しただけで、哀れな市民がしょっぴかれることもなかった」

「納税者いじめをやめたの？　それはたしかに進歩だわ。で、ほかの人たちは？」

「一周忌ってのはつらい」ルークが穏やかに言った。「妄想に憑かれた人間はまだ大勢いる。

なかには悪い血が騒ぐやつも。言いたかないが、たぶんシェップとサンディーは引っ越して正解だった。ここにいたら、おさまりがつかなかったろう」

「悲しい話ね」

「それが人間の性《さが》ってもんさ、レイニー。いつも何かを信じたがると同時に、何かを非難したがるんだ」

「それでも――」

「俺たちは大丈夫だ、レイニー。それも田舎町のいいところさ――変化はあっても中身は変わらない。で、そっちはどうなんだい？」

彼の予想どおり、レイニーはすぐには答えなかった。彼女は自分のことは言いたがらない。レイニーとルークとシェップ、保安官事務所の三人だけで世の中に立ち向かっていたときでさえそうだった。だが、ルークはそんなレイニーが好きだった。彼女はふさぎ込むこともある。猛烈に激しい気性もそなえている。だが仕事は確実にやりとおす。仕事場に現れ、はっきりものを言う。事態が悪化したときは、そんな彼女の存在を頼もしく思ったものだった。

狭量《きょうりょう》な町議会がレイニーの辞職を求めたとき、ルークは悲しかった――いや、腹が立った。彼女の抵抗を期待したが、あっさり辞めてしまったときは、ベイカーズヴィルの大方の人びとと同じく、彼は驚き、傷つきもした。

「クインシーが面倒なことになって」彼女はだしぬけに言った。

「だいたい察しがついてた」

「それが……深刻なのよ、ルーク。とても深刻なの」

「事故が、じつは事故じゃなかったのかい？」

彼女はうなずいた。「アマンダはクインシーをはめようとしている何者かに殺された。でも、それで終わりじゃなかった。男はアマンダの死を利用してクインシーの元妻を標的にした。彼女に接近し、誘惑し、惨殺した。ルーク、まさに残虐な殺し方をしたの。それから二十四時間も経たないうちに、今度はクインシーの父親を誘拐した」

ルークは眉を上げた。「FBIが乗り出すだろう」と、まじめな顔で言った。彼はクインシーが好きだった。好感がもてた――少なくともFBIの捜査官としては。

「もちろん、FBIは乗り出した。そしていつクインシーが逮捕されてもおかしくない状況よ」

「なんだって？」

「彼が元妻を殺害したかのように細工されていたの。わかる？」

「FBI捜査官を敵に回すとは、ただ者じゃないな」ルークは眉をしかめた。「彼はどうしてる？」

「知らないわ」

ルークはますます眉をしかめた。「あんたは誰よりよく知ってるはずだと思ったがな。それとも何かあったのか？」

「いい加減にして、ルーク。あの人の家族が鹿みたいに獲物にされてるのよ。アガサ・クリスティの『そして誰もいなくなった』の世界だわ。そんなとき彼をソファに座らせて『ねえ、クインシー、いまどんな気持ち？』なんて、聞けるわけないでしょ」

「チャンスじゃないか」

「いったい、何を考えてるの？」彼女の声がとがった。顔に血がのぼった。それは危険信号だったが、彼は気分がよくなった。レイニーの頬には赤みがさしたほうがいい。以前に彼女がいらついたときよく折っていた2Bの鉛筆を、箱ごと持ってきてやりたくなった。

「俺はただ——」彼がなだめるように言った。

「あなたの言ったことは、よく聞こえたわ。こんな話、するんじゃなかった」

「あんたが話さなくても、いずれ俺が聞き出したさ」彼はひるまなかった。「それが友だちってもんだ」

「そう言えば、ヴァージニアの巡査にわたしが捜査官に熱を上げてるって喋ってくれて、ありがとう」

「捜査官に熱を上げてるのか？」

「ルーク・ヘイズ——」

彼はにやっと笑い、彼の愉快げな様子がレイニーの癇癪《かんしゃく》を吹き飛ばした。だがルークは急に真顔になり、前より優しく言った。「いいかい、あんたとクインシーは相性がぴったりだ。こいつはまじめな話だ、レイニー。あんなにいい相手は一生かかってもほかに探せないぜ。

俺にはわかる」

「げへ、ごほ」レイニーはわざとらしく咳払いをした。彼女は顔をしかめたが、ルークは誤魔化されなかった。彼はレイニーの大きなグレイの瞳に何かを感じとった。感謝かもしれない。安堵かもしれない。誰かが、自分とクインシーはうまくいくと考えてくれている。誰かが、この田舎のクズ娘を捜査官にふさわしいと思ってくれている。

あんたはこの町にはもったいない。ルークは言ってやりたかった。あんたは金曜の夜にフットボール場をパトロールするだけで終わるには、頭がよすぎる。くそっ、俺はあんたを誇りに思ってるんだ。だが、彼はそれを口にはしなかった。彼女が戸惑うのがわかっていたから。

ウェイトレスがコークを二つ運んできた。ルークはにっこりして自分のぶんを受け取った。レイニーは自分のグラスをテーブルに置き、両手にはさんでぼんやりなで回した。

「そう……狂ってるわ」彼女はつぶやいた。「たしかに誰かがいるの、ルーク。そいつの名前はわからない。はっきりした特徴もわからない。クインシーとの結びつきすらもわからない。わかってるのは、切れ者だってことだけ。隙がないわ。そして少なくとも十二歩はわたしたちより先に行ってる」

「攻撃計画は？」ルークが静かに尋ねた。

「攻撃とまではいかないわ。退却計画よ。わたしたち、クインシーにひとりだけ残された娘のキンバリーと、ここに逃げてきたの。二人の東部での周辺は男に知られすぎているから」

「人手が入り用かい？」

レイニーは首を振った。そして短い栗色の髪を手でかきあげた。「説明しにくいけど。この男には……独特のやり方があるの。彼はとっさに襲って逃げるタイプじゃない。この男にとってだいじなのは殺しじゃなくて、ゲーム。まだゲームは終わってない。きっとここにも追ってくるわ。でも、突然襲いかかったりはしないはずよ。いつかどこかで彼はわたしたちの誰かひとりに近づき、こちらからドアを開けるようにしむける」

「カール・ミッツか」ルークが口をはさんだ。

「正直な話、タイミングが怪しいわ」

「要点はわかった」ルークはため息をつき、両方の手のひらをテーブルにつけた。「どう話せばいいかわからないが、レイニー、ミッツが電話をしてきたのは四日前だ。ポートランドのエイヴリー＆アボット法律事務所に問い合わせたが、たしかにミッツはスタッフのひとりだそうだ。それにオレゴン州の弁護士協会にも登録されている。俺もタイミングの点は気に入らないが、いまのところ……」

「ミッツに不審なところはない」

「ミッツはほんもののダニ、あー、弁護士のようだ」

「彼の依頼人は？」

ルークは眉をしかめた。「依頼人？」

レイニーはうなずいて身を乗り出した。「この男――ほかにいい名前がないからトリスタン・シャンドリングとしておくけど──彼はクインシーの家族から、ほかの家族についていろいろ聞き出したの。マンディは彼にベシーの話をし、ベシーは彼にキンバリーについて教えた。シャンドリングはゲームを進めると同時に、探りも入れてたのよ。だけど、アマンダもエリザベスもキンバリーも、わたしについては何も知らなかった」

ルークはすぐに話を理解した。「やつがポートランドにクインシーの友だちがいるのを知ったとすれば──」

「突飛な推理でもないわ。この男はクインシーの生活をすべて把握しているようだし、おまけにクインシーの身元も盗みだした。名前と社会保障番号さえ手に入れれば、電話局で通話記録が調べられる」

「シャンドリングはあんたに関する情報を手に入れたがった」

「でも自分では来られなかった」レイニーは自分の推理を口に出した。「フィラデルフィアでベシーとつきあうのに忙しかったから」

「そこで人を雇った」

「それも履歴のたしかな人物を。相手に疑われて身元を調べられたときのために」

ルークは深々とうなずいた。「あんたの言うとおり、そいつは切れ者で隙がない。で、どう片をつける？」

「基本に忠実なほうがいいと思う。わたしはこの後ろのボックスシートにいるわ。ミッツが入ってきたとき気づかれないように、新聞で顔を隠してる。あなたは彼に挨拶して気持ちをなごませ、協力するようなふりをしてちょうだい」

「いい警官か」ルークがむすっと言った。

「そのとおり。わたしはここで会話を聞いているわ。あなたは愛想よく応対する。そしてミッツが『依頼人に関する情報はお教え出来ません』とか何とか逃げを打ったら、わたしが飛びかかって彼を八つ裂きにする」

「悪い警官だね」

「そう」彼女はにやっと笑った。

ルークは首を振った。「レイニー」彼は言った。「ほんと、あんたが戻ってくると楽しいよ」


五時きっかりに、カール・ミッツがマーサの店のドアを開けて入ってきた。チェックのウエスタンシャツと泥まみれのジーンズばかりという群れの中で、褐色の麻のスーツに馬鹿でかい茶色のブリーフケース、といういでたちはいかにも目立った。彼はすぐにルークを見分け――たぶん保安官バッジのせいだろう――、真っ直ぐボックスシートにやってきた。

レイニーは新聞を広げ、体を低くして赤いビニールシートに背中をあずけた。新聞で十分顔は隠れたが、それでもいささか弱気になった。不安があったわけではない。ミッツの第一印象は、眼鏡の趣味が悪い太った会計士といったところだった。ぼさぼさの髪、ださいスーツ、情けないほど白い体。何の法律が専門にせよ、刑法じゃないのはたしかね。この人の言葉をまともに聞く裁判官はどこにもいないはず。おそらく税金か会社の決済関係。長々とした決算表が必要になる仕事ね。

ルークは相手の手を握った。

あらまあ。レイニーは思った。ミッツは痛そうに顔をしかめた。

ミッツは腰を下ろし、ブリーフケースを脇に置いた。ストーカーが最高の人材を送り込んだみたい……それでボックスシートの半分が埋まったが、彼は鞄を放す気はないようだった。

「会って下さって、ありがとうございます」彼は早口でルークに言った。

「なあに、どうってことないさあね」ルークはいつもより二オクターブ声を低め、八拍遅いテンポで言った。「あんた、正直者みたいだから。直接顔を合わせて、握手して、質問にぜーんぶ答えようと、こう思ったのさ」

「ええ、もちろん。直接会って話すのが一番です。ただ、お邪魔ではないかと――」

「あんたも小さな町がどんなものか、知ってるだろうが。時間はたあっぷりあるから、知らない人に会うのはいつだって大歓迎さ」

レイニーはくるっと目を回した。アンディ・グリフィス（テレビ「メイベリー110番」の田舎の保安官役で人気を集めたコメディアン）ばりの演技は少しばかり鼻につくけど、ミッツは前より肩の力が抜けたみたい。シートに背中をもたせかけたわ。

「いたって簡単な話です」ミッツは元気よく言った。「以前この町に住んでいた人について、ごくありきたりの身元調査をしてまして。ロレイン・コナーです。ここの保安官事務所に勤務してたとか」

「そうだね。たしかそうだったよ」

「ここに住んでました？」

「そうだね。たしかそうだったよ」

「どのくらい長く？」

「そうさね……長いあいだだなあ。何年も。そう、たしかに何年も」

「うーん、そうですか。で、彼女の母親はモリー・コナー？」

「そのとおり。たしかそうだったと思うよ」

「ロレインの年齢をご存じですか？」

「いいや、知らないな。女性に歳を尋ねるほど馬鹿じゃないからね」

「でも、記録は残ってるでしょ。履歴書とか」

「たぶんね。でも、前の保安官シェップ・オグレディーと一緒に辞めたからなあ。彼に聞かないとわからない。彼はもうここにはいない、もちろんね。いまはほかの町で暮らしてるのさ」

「シェップ・オグレディーですね」ミッツはメモをとった。

ルークは言った。「いったい何のために調べてるんだね？　保安官事務所を辞めた人間について尋ね回る弁護士さんには、あんまり会ったことがないもんでね」

「ごくありきたりの身元調査です」

「彼女、就職でもするんかい？」

「うー……ちがいます」

「クレジットカードの申請手続？」

「私は弁護士ですよ、保安官。クレジットカードの申請とは関係ありません」

「あ、これは失礼。じゃ、なんの関係？」

「それは口外出来ません。しかるべきときが来たら、コナーさんにお話しします」

「なるほど。決まりを曲げてまで話してくれとは言わないが。なあ、ひとつ聞きたいんだが、あんたの専門は？」

だが、ミッツも馬鹿ではなかった。「それもまた、しかるべきときに、彼女に教えます。で、ロレイン・コナーは保安官事務所に何年間勤務してたんです？」

「数年だ」ルークは応じた。

「たしか昨年辞めたんでしたね？」

「そのとおり」

「原因はスキャンダルか何か？　十五年前の事件に関連したことで？」

ルークは肩をすくめた。「コナー保安官補は堂々と辞職したんだ、ミッツさん。俺たちゃみんな、心から彼女を誇りに思ってる」

「それを聞いて安心しました」ミッツは勢い込んだ。「私が町にいるあいだにほかの人たちに同じ質問をしても、もちろんかまわないでしょうね？」

「どうぞご勝手に」ルークは鷹揚に言った。

「わかりました。で、彼女のほかの家族については？」

「家族がどうしたんだ？」

「ほかに家族がいるんですか？」ミッツは驚いたようだった。不意をつかれて、初めてルークはたじろいだ。

「俺の知ってる範囲じゃ、いない」ルークはだらけた口調をやめて、早口に言った。「あんたが最初に質問したんじゃないか」

「じゃあ、別れた夫や、義理の兄弟姉妹や子供はいないんですね？」

「俺の知ってる範囲じゃいない。なぜそんなことを聞くんだ？」

「手続き上必要なんです」ミッツはそっけなく言った。そしてまたメモをとり始めたが、ルークがその手を押さえた。アンディ・グリフィスの物真似は終わっていた。ルークの表情は険しく、声は厳しかった。

「ふつうの身元調査にしちゃ、ずいぶん立ち入った質問が多いじゃないか。それにレイニーはもうここに住んでなくても、俺のいい友だちなんだ。もう一度だけ聞くが、いったい何のために調べてるんだ？」

「私ももう一度だけ言います」ミッツの顔はこわばっていた。「口外は出来ません」

レイニーは潮時だと判断した。会話は行き詰まっているし、いい警官がミッツをどやしつけそうな気配で、このままでは収拾がつかなくなる。彼女はボックスシートをぐるりと回り、弁護士ににっこり微笑みかけた。「こんちは、ミッツ」彼女は言った。「驚いた?」そして彼女はシートに腰を滑らせ、巧みにミッツを自分とルークではさみ込んだ。

「これは……いったい何なんです?」ミッツは口ごもった。額に汗がにじみ出した。きっとこの三十秒間で、褐色の麻のスーツに汗がしみ込んだわね。レイニーはさらにすり寄って、片手で彼のご立派な革のブリーフケースをいとおしげになでた。

「わたしをずいぶん熱心にお探しのようだったわね、ミッツさん」彼女は言った。

「ええ、まあ。留守電に何度か伝言を残しました。なんでまた……いつこの町に戻ったんです?」

「気になる?」

「ええ、まあ。でも、でも、これも悪くありませんね!」弁護士は顔を輝かせた。「つまり、前もって電話を下されば、資料をぜんぶ揃えて、もっときちんと準備出来たんですけど。でも、あなたはいま目の前にいるわけだし、私はあなたと話がしたかったんです」

「わたしの過去についてね」レイニーは見透かしたように言った。

「ああ、正直なところ、私たちはあなたの過去を詳しく知っています。あの〝事件〟についても。ご安心ください。彼はどうとも思っていません。まったく気にしていないのです」

「なんですって?」今度はレイニーが面食らう番だった。彼女はちらっとルークを見た。彼はわずかに首を振り、やはり戸惑っていた。くそ。

「あの人とはもう話したんでしょう?」ミッツの声は明るかった。「あなたのヴァージニアの番号を教えておいたんです。電話すると言ってました。何と言っても、彼が直接あなたに話すのが一番ですからね」

何度も切れた電話。二日間にわたって何度も切れた電話。あれはミッツだと思っていた。そう思うのが当然でしょ？　あなたとわたしの追いかけっこだったんだから。

「話すって、何を？」とっさにそう尋ねていた。

「土地から生じた財産のことです、コナーさん。遺産です。私はその件で雇われてます。遺産相続について、私が彼の代理人をしてるんです」

「彼って誰のこと？」

「こおれはぁぁぁ、なあぁぁぁんと」ミッツははっと口をつぐみ、眼鏡の奥で目をしばたたいた。「あの人はあなたに電話しなかったんですか？　かけると言っていたのに。かけなかったのか。これはしたり。遺産相続。きわめて極秘の問題です。依頼人は非常に慎重でして」

「ミッツさん、いますぐ説明しないなら、その教養あふれる体の骨を一本一本ばらばらにするわよ」

ミッツは首をすくめ、また目をしばたたいた。そして小さな声で言った。「私の依頼人はロナルド・ドーソン。ロナルドは――たぶん――あなたの父親です。そしてコナーさん、彼にとって現在あなたが唯一の遺産相続人なんです」

26

オレゴン、ポートランド

「あなたのお父さんが見つかったの？」

「まさか、ってとこよ」

「あんまり嬉しそうじゃないのね」

「嬉しい？　これが嬉しいと思える？」四時間後。レイニーはポートランドの街中にあるホテルのデラックスなスイートルームの真ん中で、馬鹿じゃないのと言いたげにキンバリー・クインシーにくるりと向き直った。彼女はこの町まで車で二時間の距離を一時間半で飛ばしてきた。セミトレーラーを二台立ち往生させ、十台あまりの乗用車を追い越し、パトカーに危うく追突しかけた。州の警官がルークの友だちだったおかげで、なんとかスピード違反のチケットは切られずにすんだ。そのあとは深呼吸して気持ちを整えるべきだったが、レイニーはそうしなかった。

そしていま彼女は、クインシー父娘がラリーおよびバーバラ・ジョーンズの名で泊まっている部屋の中を行ったり来たりしていた。クインシーは寝室で猛烈に不足していた睡眠をむさぼっている。レイニーが憤然と部屋に飛び込んだとき、キンバリーは花の金曜日のテレビ番組をぼんやり眺めていた。意欲満々の心理学の学生は、レイニーの機嫌の悪さにたじろぐどころか、気分転換が出来たのを喜んだ。レイニーはモルモットの気持ちがわかる気がした。キンバリーがもう一度あのじっと探るような眼差しを向けたら、きっとわたしは赤いボタンを押して、ごほうびにクソでももらうんだわ。そしたらわたしはそのクソをキンバリーのブロンドの頭に投げつけてやる。

レイニーは片手を上げ、「ひとつ目」とまくしたて始めた。「父親なる人物について考えてみるわね。ロナルド・ドーソン、通称ロニー。彼は凶悪犯よ。というか、有罪判決を受けた凶悪犯。この男は加重殺人罪でこの三十年間刑務所に拘禁され、去年ようやく仮釈放になった。六十八歳になり、老齢だからもう社会の脅威にはならないと判断されたためよ。でも、三十代のころには、格闘中に狩猟ナイフで二人の男性の腹をえぐった。あ、待って、失礼。弁護士のカール・ミッツの話では、情状酌量の余地があった。ロニーおじさんは飲んだくれていて、犯行当時は自分が何をしているかわからなかった。さぁすがぁ、パパ！」

「でも、彼は弁護士を雇ってあなたを見つけようとしたんでしょ」キンバリーがなだめるように言った。

レイニーは彼女に向かって顔をしかめ、「ふたつ目」とまた早口で続けた。「ロニーは自分の遺産の相続人を探してるらしいけど、その財産を所有するために彼が何をしたわけでもない。彼の父親がビーヴァートンに百エーカーの土地を持ってたの。ロニーは農場を手伝わなかった。彼は酒を飲んで、人を刺して、監獄に入った。彼の父親が農場で働き、農場を作り上げた。そして九〇年代初めに不動産ブームでビーヴァートンの土地が値上がりしたとき、一千万ドルで不動産屋に農場を売り払った。えらいのはドーソンのお祖父ちゃん。ロニーはただのクズ」

キンバリーは優しく微笑んだ。「よく言うでしょ、人は家族を選べないって」

「クソ食らえ、トリスタン・シャンドリング」レイニーは真顔で言った。「女をたらし込んでるがいいわ。わたしがあんたを殺してやる」

「ねえ、レイニー。素敵な話じゃない。あなたのお母さまは亡くなった。あなたには叔母さんも叔父さんも兄弟も姉妹もいない。でも、考えてみて。パパは生きてるかもしれないのよ！　あなたに会いたがっている、ほんもののパパが！」

「彼がわたしの父親だって証拠は何もないわ」レイニーはぴしゃりと言った。「彼は三十三年前にわたしの母親と寝た。でも、そんな男はほかに大勢いたの」

「血液検査を受けるんでしょ？」

「わからない」

「レイニー……」

「わからないったら！」レイニーは両手を振り上げた。「あなたは真実が知りたい？　わたしは嫌よ。まっぴらごめんだわ」

「彼が犯罪者だから？」

「もちろん彼は犯罪者よ。わたしの母親がつきあう相手は、天体物理学者なんかじゃなかった。自分の男親が監獄にいたって聞いても、驚かないわ。仮釈放になったほうが、驚きだわね」

キンバリーは眉をしかめた。「その……お金のことが気に入らないの？　一千万ドルの相続人になったことが？　それはわかるわ。大変だものね」

「キンバリー、ちょっと考えてみて。親のない子供はどうすると思う？　いなくなった親を夢に見るわよね。そして物語を作りあげる。『ママとパパはほんとは東欧の王様と王妃様なの。共産党の人たちから逃げるために身を隠してるのよ。平和になったらわたしのところに戻ってくるわ』とか、『僕の父さんはノーベル賞を受けた科学者だけど、世界が平和になれる新発見をして、それを邪魔する悪い政府の役人に殺されたんだ』とか。子供はおとぎ話とか現実を美化した話を作りあげる。いなくなった父親を凶悪犯だとか、飲んだくれのクズで自分の責任を認めたがらない人間だとか言う子はいない。父親はかならずハンサムで颯爽《さっそう》としてて、それに……そう、お金持ちと決まってるわ」

キンバリーはしばらく考え、やがて理解した。「あなたは、すべてでっちあげだと考えているのね。事実にしては話が出来すぎてると」

レイニーはようやく動き回るのをやめ、キンバリーをひたと見つめて、そっけなく言った。「トリスタン・シャンドリングのやりそうなことよ。彼は犠牲者にとっての理想の存在はどんな人物かつきとめる。そして自分がその人物になる。わたしには十五年間、家族がいなかったのよ、キンバリー。あなたの言うとおり、叔母さんも叔父さんも、兄弟も姉妹もいない。その淋しさは、ほかの人にはわからないわ」

「レイニー、でも策略だと決まったわけじゃないでしょ」

「タイミングを考えてみてよ」

「時期が重なったのが気に入らなくても、事実かもしれないじゃない」

「歩き方や喋り方が間抜けだったとしても、トリスタン・シャンドリングじゃないっていう保証はないのよ」レイニーはソファにどすんと腰を落とし、クッションをこぶしで殴った——猛烈な勢いで。

「あなた、怯えてるのね」キンバリーが優しく言った。

「心理分析なんかしないで」

「してないわ。でも……あなたは怯えてる」

「彼はきっと警察関係者と通じてる」レイニーはつぶやいた。「あるいは私立探偵と。彼のやり方はわかってたけど、こんな手を使われるとは思ってなかった。ほんと、彼は優秀だわ。こうやっていま、わたしの半分は警戒している。だまされちゃだめ、あなたはもっと頭がいいはずよってね。でも、もう半分は……くそっ、わたしのもう半分は、すでに父の日のカードのことを考えてるのよ」

　キンバリーはレイニーの脇に腰かけた。長いブロンドの髪は後ろで束ねてゴムバンドで結んである。彼女は飛行機の長旅のあいだ眠ったので、前より顔色がいい。休息をとって、落ちついた。事態が悪化するにつれ、レイニーにはキンバリーがたくましくなるように思えた。若いけれど、挑戦に立ち向かう気力がある。未熟だけれど、たしかに意志の力が強いわ。

「考えてみましょうよ」キンバリーが言った。「つぎの段取りは？」

「血液検査。ミッツが研究所の名前を置いていったわ。そこでわたしは血液を採取され、型どおりの検査でDNAがロナルド・ドーソンと一致したと言われるってわけ」

「道理にかなってるじゃないの」

　レイニーは苦笑いを浮かべた。「DNA鑑定にどれくらい時間がかかるか知ってる？　最低四週間。数カ月かかることもある。この話がすべて計略だとしたら、鑑定が終わるまでに、何もかも片がついてるはずよ」

「こっちが先に調べをつけることだって出来るわ」キンバリーがきっぱり言った。「ドーソンの父親がビーヴァートンの農場を売ったと言ったわね。不動産の売買には公式の記録が残る。それにロナルド・ドーソンの逮捕歴も調べられるじゃない」

「一歩出遅れたわね。ドーソンの前科については、ルークがすでに記録を手に入れて、調査ずみよ。いま彼は不動産売買のほうをあたってるわ」

「やったじゃない！」キンバリーは手を叩いた。いかにも楽しそうだった。レイニーは首を振った。こんなにわくわく出来るキンバリーがうらやましい。レイニーの内心は麻痺していた。嫌悪感を振り払えなかった。それとも、思っていた以上に自分がもろい存在だとわかって茫然としただけだろうか。そして自分のことはわかっていたつもりだったのに、何かそれまでにない柔らかなものが体の中に芽生え始めるのを感じた。それは麻痺ではなく、希望だった。

三十二歳。この十五年のあいだ、感謝祭もクリスマスも復活祭も、何の計画もなくすぎた。祭日はいつも当直を引き受けた――ほかにすることがなかったから。一日の終わりにはいつも、連れ立って帰る家族を眺めた。舅《しゅうと》や姑《しゅうとめ》の悪口を言い、親戚を家に呼ぶのは厄介だと文句を言い、父の日の趣味の悪いプレゼントについて冗談を言いあう人たち。家族という形態が、まるで会員制クラブのように思えることもあった。ほかの人たちは会員になれる。でも自分は永久に部外者で、お情けで客として呼ばれることもあるけれど、けっして正会員にはなれない。

クインシーが起きてくれればいいのに。彼と……話がしたい。彼の肩にもたれて、心配ないと言ってくれる彼の声が聞きたい。信じるべきだと、彼は言った。本当に、それほど簡単ならいいのに。

「八カ月前――」レイニーがキンバリーに小さな声で言った。「ある男がベイカーズヴィルのあちこちに電話して、わたしの母親の行方を尋ね回ったの。数カ月たってからルークが教えてくれたわ。でも男の名前は言わなかった。重要じゃないと思ってね。それがロナルド・ドーソンだった。ルークの手帳にその名前が残ってたのよ。ロニーが最初に電話をかけた二、三週間後に、地方検事補がわたしにたいする起訴を取り下げた。そのときわたしはクインシーが裏から手を回したんだと思った。ほんとの話、わたしはクインシーに猛烈に腹を立てたわ。でも、今日の午後ミッツに会ったあと検事補に電話をして、クインシーとは一度も話してないことがわかった。起訴を取り下げたのは、検事本人の判断だったそうよ。検事はいま再選を控えているわ。そして検事補の話では、最近選挙資金として結構な額の寄付があったそうよ。出資者は地元市民――つまりロナルド・ドーソン」

「ほらね、レイニー。時期が重なったのは偶然なんかじゃないわ。ロナルド・ドーソンは一年近く前からあなたを探していた。その証拠が現実にあるじゃないの」

「トリスタン・シャンドリングは、少なくとも二十カ月前から計画を進めてたのよ。まだ疑いは消せないわ」

「でも、そのころ彼はマンディに手を出していた。そしてそのあとはわたしの母に。同時に大陸の両側にはいられないわ」

「方法はもちろんあるわよ。電話やインターネットやケーブルで魔法が使える。それに飛行機ならたったの八時間。日帰りで西海岸まで。楽しくはないけど可能だわ」

「あなたを狙うなら、もっと安上がりで簡単な方法があるはずよ」キンバリーが反論した。

「検事を買収したり、犯罪事件をこねくり回したりしないでも」

「安上がりで簡単なことは、いまシャンドリングの眼中にないと思うわ。彼は戦闘態勢に入ってる。何だってしかねない」

キンバリーは眉をしかめた。「あなたは、この男が父親だと思いたいの、思いたくないの？」

「わからない。ほんとに……わからないわ」

キンバリーはしばらく黙り込んだあと、言った。「レイニー、あなたがそんな悲観的な人だとは思わなかった」

「あら、あなたをもう一度大学に戻さないといけないかしら」

「そうよ！　あなたは素晴らしいことを目の前にしても、いい面を考えて喜ぶより、悪い面を考えて警戒するんだわ。わかった……」キンバリーは目をしばたたいた。「あなたとパパとの関係も、きっと」

「だめ。いまはその話はしないで。頼むから、しないでほしいわ」

言っても無駄だった。「わたし、二人の関係の中で、頑固なのはパパのほうだと思ってた」

キンバリーはきっぱり言った。「つまり、パパは自分の父親とは距離を置いてたし、子供たちには気持ちを抑え、わたしの母には近づきすぎるのを恐れていた。でも、今回はパパじゃない。あなたのほうでしょ。自分たちの関係を信じようとしないのは、あなたなんだわ」

「なぜみんな信じるだの信じないだのって、ディズニー映画みたいな話ばっかりするのかしら。キンバリー、わたしの母親は娘を殴るのが趣味みたいな人だったのよ。父親はただの精子提供者で、町の売春婦とひと晩寝ただけの行きずりの男。十七年後に、母親のそのときの遊び相手が、彼女じゃ物足りなくなってわたしを狙い始めた。わたしが人を信じようとしないですって？　ええ、そうよ。わたしは人を信じるのが苦手なの。母親はうす汚い性悪の飲んだくれだった。それでもわたしは母親を愛してた。これはディズニー映画なんかじゃない。屈折した世界よ」

「パパは酒飲みじゃないわ」

「それも時間の問題よ」レイニーは皮肉っぽく言った。「彼は三日前までは汚い言葉を吐かなかったし、復讐なんか考えなかった。でも、いまじゃどっちもうまくなったわ」

「パパはあなたを絶対に傷つけたりしない」キンバリーの顔は真剣だった。

レイニーはうめいた。「神よ、心理学専攻生からわたしを救いたまえ。あのねえ、キンバリー……あなたのお父さんがいい人だってことは、わかってる。彼がほかの人とちがうこともわかってる。でも、わかっていても、出来ないことってあるのよ。うまく言えないけど。つまり、頭で何かを理解することは出来る。クインシーはほかの人とちがう、彼はいい人だ、わたしを傷つけないと自分に言い聞かせることは出来る。でも考え方を変えること、心から本気で……信じること、心の底から安心することは出来ないの」

「わたしも母親は死んだと理屈の上では自分に言い聞かせられるけど」キンバリーはだしぬけに言った。「感情的にはまだ信じられない」

レイニーはゆっくりうなずいた。彼女の声がやわらいだ。「ええ、それと似ているわ」

「あれはママのせいじゃない、マンディのせいじゃない、パパのせいじゃないとわかっていても、三人にたいして猛烈に腹が立つの」キンバリーが言った。「みんなわたしを見捨てた。わたしは強い子だから我慢できると思われてるけど、わたしはこれに耐えられるほど強くなんかなりたくない。だからみんなに腹が立つのよ」

「わたしは同じ夢を繰り返し見るの」レイニーが言った。「週に二、三回。赤ちゃん象が砂漠を走っている夢よ。母象は死んで、その子はひとりきりで必死に水を探している。べつの象の群れが現れるんだけど、群れは赤ちゃん象を助けるかわりに、地面に叩きつける。自分たちの生存が脅かされるからよ。でも、子象は立ち上がる。生きるために懸命に頑張ってよろよろ群れの後をついていく。そしてようやく水場が見つかり、わたしはほっとする。夢の中でわたしは、ちびちゃんもこれで大丈夫と考える。この子の必死の努力が報われた、めでたしめでたしになるわと。そこへジャッカルが現れてちび象を引き裂いてしまう。目が覚めても、頭の中で赤ちゃん象の悲鳴がまだ聞こえている。この夢をなぜ繰り返し見るのか、わからないけど」

「去年、本で読んだわ」キンバリーが言った。「子供がある時期になぜ同じ話を何度も繰り返し聞きたがるのか。学者の説によると、物語の中に子供が現実に体験しているのと同じ問題やテーマがあるからだというの。問題が解決すると、もうその話を聞く必要はなくなる。でも、それまでは毎晩毎晩、子供は同じ話を聞きたがるんですって」

「わたしは、四歳ってわけ？」

「あなたは、夢の中に自分と同じものを見ている。たぶん赤ちゃん象ね」

「赤ちゃん象は死ぬのよ」

「でも、生きるために闘った」

「誰も助ける者はいなかった。ちび象は必死で群れに入りたがった。でもひとりで頑張るほうがよかったかもしれない」

「ちび象は本能に従ったのよ。何かの一部になることは、あらゆる生き物の本能だわ。進化論的に言えば、わたしたちはひとりでいるより仲間と一緒のほうが強い」

「でも、わたしの場合はちがう。わたしの物語では、象の仲間に入りたいという欲望がちび象を殺した」

「いいえ、レイニー。群れに入りたいという欲望が、赤ちゃん象を生かしたのよ。彼が砂漠を走ったのは何のため？　倒されるたびに起き上がったのは、何のため？　彼はただ生きるために闘ったわけじゃない。彼は群れの動物よ。彼は象の仲間に入るために闘った。闘い続ければ仲間に入れるという希望が、彼を立ち上がらせた。いつか日照りが終われば、きっと受け入れてもらえる。あるいは根性を示せば、認めてもらえる。どちらにしても、群れの仲間になれる。あなたも同じよ、レイニー。あなたの母親はあなたを打った。だけどあなたはいつかきっといい日がくると信じ続けた。そうじゃなければ、いまごろはアルコール依存症になってたわ。自殺してたかもしれない。でもそうはならなかった。それはなぜ？」

「わたしは頑固なの」レイニーは口の中でつぶやいた。「しかも馬鹿者だわ」

キンバリーは微笑んだ。「だけど、あなたなりに希望ももってる。あなたは自分のその部分とうまく折り合えないだけ。わかるわ。わたしもトリスタン・シャンドリングを殺したいと思ってるけど、そういう自分とまだうまく折り合えてない。でも、あと二、三日で気持ちの整理がつくと思う」

「キンバリー」レイニーが優しく言った。「忠告しとくわ――そこまで行ってはだめ。トリスタン・シャンドリングはクソ野郎よ。彼に踊らされたら、二度と自分を取り戻せないわ。彼に自分の人生を操られるのよ。あなたは自分が望んだような警察官や捜査官にはなれない。あなたは彼に作られた人間になってしまう」

「あなたにそれがわかるの？」

「ええ。わたしは人殺しなのよ、キンバリー。ロニー・ドーソンのおかげで、法の下では自由で潔白の身になったけれど、何年も前にわたしは人を殺した。わたしは殺人者なの。それ以外の自分は考えられない。そう、最悪よ。でもね、人がひとり死んだのよ。それはやっぱりひどいことだわ」

「わたしには……わからない」

レイニーは肩をすくめた。「人生は重いわ。自分の首に石を巻きつける前に、よく考えることね」

「でも、やつは追いかけてくる」キンバリーはなおも言いつのった。「シャンドリングは自分かわたしたちのどちらかが死ぬまで、つけ狙うのをやめないわ。サメが近づいているのよ、レイニー。わたしたちにいま必要なのは、もっと大型の船だわ」

三十分後。キンバリーは長いブロンドの髪に埋もれるようにしてソファで眠り込んだ。陽射しは力を弱め、ホテルの部屋の白い壁は灰色の影に覆われた。外の空気は重たく息苦しそうだが、部屋の中はひんやりしている。レイニーはしばらく窓枠にもたれて、六階からぼんやりと景色を眺めた。三人とも時差ぼけだった。キンバリーは夜の眠気に襲われたのだろう。クインシーがいるベッドルームからは何の物音も聞こえてこない。

部屋は静まり返っていた。レイニーはこのとき初めて、静けさを好ましいと同時にたまらなく嫌なものに感じた。

父親はいるのかもしれない。けれど姿は想像出来ない。あるとき母親のモリーから、おまえの父親は十人以上の男のひとりだろうけど、もうぜんぶ名前も忘れてしまったと、みごとな無頓着さで言われたことがある。男はふらっと来ては行っちまうからね。そうモリーは言った。何かを期待するなんて、無駄なことだよ。

三十二年経ったいまも、レイニーの心の中の父親像は完璧に空白だ。目の色も、髪形も、その他の特徴も何ひとつない。雑誌のイラストのような、黒いシルエットで真ん中に白いクエスチョンマークのついた謎の人物。俺がおまえに命をやった。俺が誰だかわかるか？

だめ、わたしにはわからない。

父親はいるのかもしれない。あるいはすべて嘘で、いるのはトリスタン・シャンドリングだけかもしれない。だいじなのは信じること。けれど、生き延びるためには疑ってかかるほうがいい。

レイニーは窓から離れた。部屋を横切ってベッドルームのドアを開けた。ブラインドが降ろされている。ベッドルームは闇に包まれ、淡い陽光がかすかに明るい筋を作りだしている。クインシーはベッドの真ん中で体を伸ばして、左腕を花柄のベッドカバーの上に投げ出し、右腕で頭を抱えるようにしていた。靴をぬぎ、ネクタイをはずしている。銃とショルダー型ホルスターは、すぐ手が届くようナイトテーブルに置いてある。そのほかは何もかも着たままだった。

レイニーは部屋に入ると後ろ手でドアを閉めた。そして服を着たままベッドに這いあがった。クインシーは動かなかった。

ボタンをはずした白いワイシャツの襟元から、彼の黒い胸毛の先が見えた。以前レイニーはそこに指を這わせたことがあった。手のひらを彼の胸に当てて心臓の力強い鼓動を感じたことがあった。

「クインシー」彼を驚かせて銃で撃たれたりしないように、彼女はささやいた。「わたしよ」

彼は眠りながら深いため息をつき、右に寝返りを打って彼女に背中を向けた。

レイニーは彼のかたわらに座り、石鹸に似たほのかなコロンの香りをかいだ。一年経つのにコロンの名前はわからない。なぜ彼に聞かなかったのかしら。あのころは、家に帰ってもまだこの香りが鼻孔をくすぐった。クインシーの匂いに包まれて床につき、猫のように布団の中でまるくなったっけ。そして翌朝ひとりで目を覚まし、香りが消えたのに気づくと、いつも刺すような淋しさを感じたものだった。

彼女は手を伸ばしてクインシーの肩にそっと触れた。コットンのシャツが柔らかい。彼の腕が温かい。彼は避けようとしなかった。

レイニーは彼の脇に横になった。彼女は待った。恐れ。不安。黄色い花が咲く野原。さらさら流れる小川。心の中に用意してある避難場所。彼女は自分の脇腹に伝わるクインシーの体温を意識した。そして彼とすごした最後の夜に感じたことを思い出した。欲望。ほんものの欲望に素直に従うこと。あのときは自分にそんなことが出来るとは思えなかった。

パパはあなたを絶対に傷つけたりしない。キンバリーはそう言った。わたしにもそれはわかっている。とてもよくわかっている。わたしにわかっていないのは、自分自身のことかもしれない。

人はわたしを傷つける。わたしを殴り、それ以上にひどいこともする——先に死んで、わたしをひとり残し、何の希望も持たせない。そして人はわたしを攻撃する。体にも心にも深手を負わせる。そしてこちらは反撃する。相手を殺すことまである。それがまた体にも心にも深い傷を残す。

そしてわたしは自分を罰するようになる。母親が死に、誰かが悪者にならないといけないから。来る日も来る日も自分を罰しているうちに、かたくなな生き方を身につける。ほかにどう生きればいいかわからないから。

けれど、自分を変えることは出来るかもしれない。アルコールと縁を切る。相手かまわず寝るのをやめる。自分を大切にし、自分を尊重することさえ出来るかもしれない。でもやがて自分を信じなくてはいけない時期がくる。わたしにはまだそれがうまく出来ない。まず敵意を抱き、身構えるほうがいいといつも考えていた。自分の素顔を隠しても、非難されることはないから。真実は裏に潜ませる、それがわたしのやり方。

砂漠での死。生きるために闘い、群れに入ろうと必死に努力する。それでもまだどう生きればいいかわからない。

彼女は寝返りを打った。頬をクインシーの背中のくぼみに押しつけた。その位置からも彼の心臓の鼓動が聞こえた。ゆっくりと規則正しく打つ、強い音。彼女は彼の引き締まった腰に腕を回した。彼は眠りながら何かつぶやいた。そして腕を伸ばして彼女の手をつかんだ。彼女は不安が襲うのを待ち構えた。黄色い花が咲く野原と、さらさら流れる小川を思い浮かべた。だが、何も襲ってこない。

彼女は彼のコロンの香りを吸い込んだ。彼の手のぬくもりを感じた。こうして愛撫し合うのって、いい気持ち。彼女は思った。

レイニーは目を閉じた。そしてクインシーの体を抱き、ようやく眠りに落ちた。

27

ヴァージニア、クインシーの自宅

「いったいどこに行ってたの？」

土曜の朝の六時半すぎ。クインシーの家のロビーで、グレンダ・ロドマンはやっと戻ってきた特別捜査官アルバート・モンゴメリーをかすんだ目で見つめた。彼の姿を見るのは四十八時間ぶりだ。グレンダのグレイのスーツは、クインシーの仕事用の椅子で途切れ途切れに眠ったおかげで、情けないほどしわだらけだった。彼女の顔は墓から出てきた死人のようだった。この数日間脅迫電話につぐ脅迫電話を聞き続けてきた影響が、体じゅうからにじみ出ていた。

贈り物も届けられ始めた。昨日の朝は、クインシーの郵便受けに腹を裂かれた子犬が入っていた。昨日の昼すぎには、四匹のガラガラ蛇が外の玄関先に放された。二匹はクインシーの敷地内にもぐり込み、ほかの二匹は近所の庭に侵入して飼い猫と二歳の男の子の注意を引いた。さいわい母親が子供を急いで抱きかかえ、動物管理センターに電話をしたので、誰にも怪我はなかった。昨日の晩グレンダは、留守番電話でかん高いはしゃいだ声を聞いた。声の主はクインシーに、ガラガラ蛇があんたを始末したら、俺が出かけていってあんたの皮を剝ぎ、ベルトにしてやるぜと言っていた。

眠ってもいい夢は見られなかった。

グレンダは、どこかでシャワーを浴び、着替えをしてきたらしいモンゴメリーをにらみつけた。彼女の怒りは夫に裏切られた妻のものとそっくりだった。

「フィラデルフィアに行ってたのさ、もちろん」モンゴメリーは彼女に向かって顔をしかめた。彼は入ってくると後ろ足でドアを閉め、しみのついたコートを脱いだ。

「あなたの任務はクインシーの家を見張ることよ」

「ああ。だけどそれは、彼の元のかみさんがシシカバブにされる前の話だ。しけた地元警察の連中にあんな犯罪現場が処理しきれると思うかい？　ったく、俺がじきじきに教えてやらなきゃ、やつらガラスの破片の分析の仕方も知らなかったんだぜ。窓が外側から割られたと思ってたんだ。間抜けだよ」

「捜査官、あなたの任務は――」

「ふん、任務なんかクソ食らえだ。現場はもうここじゃない、ロドマン。フィラデルフィアなんだよ。事態をつきとめたいなら、あっちに集中しなきゃだめなんだ」

「ここでも、いろいろと起こっているのよ！」

「何が？　山ほどの嫌がらせ電話か？　ペットの死骸か？　おっしゃるとおり、この三日間で、ずいぶん収穫があったものな」モンゴメリーは疑わしげな顔で彼女を見た。グレンダは気まずそうに体を動かした。

ここでは大した動きはない。哀れなベシーはフィラデルフィアで襲われ、惨殺された。昨日はエヴェレットから、ロードアイランドの施設にいたクインシーの年老いた父親が誘拐されたと連絡があった。ただちに三人の捜査官がエイブラハム・クインシーの捜索に乗り出した。だが、ピアースの元妻の身に何が起こったかを見たあとでは、誰も希望は持てなかった。

そう、たしかに事態は進展している。けれど、ここには何ひとつ進展はない。私はじっと座って、おぞましい脅迫電話を聞いているだけ。そしてグレンダは、自分の神経がじりじりと少しずつすり切れていくのを感じていた。それでもこれは彼女の仕事だった。彼女は自分の使命を信じていた。そしてモンゴメリーが自分にひとことも相談せずに行動し、エリザベス・クインシーの家に行っていたにもかかわらず、ここでの出来事を自分と同じほどよく知っていることが気になった。

「どこから情報がもれているのか調べるのは重要よ」彼女は言った。「それに本人から電話がかかるかもしれない。その可能性はぬぐい去れないわ」

「どの本人だい？　クインシーの言う謎のストーカーかい？　おいおい、彼のおとぎ話をまだ信じてるなんて、言わないでもらいたいね」

「どういう意味？」

「いいか、特別に教えてやろう。この四十八時間フィラデルフィアにいた捜査官として、正直に言う。あれは押し込みじゃない。知らない者同士の犯行じゃない。何もかも作りものだったのさ、ブロードウェイの芝居みたいにね。ここから入ったと言わんばかりのバスルームの窓。あれは内側から割ったあと、事実を偽るためにガラスの破片を移動させたんだ。それから最新型の防犯システム——あれは正しい暗証番号で解除されていた。時刻は午後十時少しすぎ。エリザベス・クインシーが、クインシーと似た特徴を持つ男と一緒に家に入るのを見たという隣人の証言と一致する。犯罪現場を見ても——犯行が短時間に残虐におこなわれ、レイプも拷問もなかったことがわかる。死体に取らせたポーズ、死後に体を切断した行為、いずれも演出だ。すべて性的サディストの仕業と見せかけるためにやったのさ」

「あなたは、クインシーがやったと考えてるのね」

「クインシーがやったと、わかってるのさ。俺には捜査局で出世出来る見込みはない。だから俺は羽振りのいいゴールデン・ボーイを公平な目で見られる。だけどこの話はあんたには困りものだろう。つまり、切れ者中の切れ者がしょっぴかれるんだからな——」

「いい加減にしなさい」グレンダは、彼から離れてキッチンへ行った。だが、モンゴメリーはその後を追った。

「あんたが俺を嫌いなのはわかってる」彼は執拗《しつよう》だった。「俺は服装がだらしないし、駆け引きやごますりもうまくない。俺はでぶの、冴えない落ちこぼれだ。だけど俺は阿呆ってわけでもない」

「たしかに、態度や服装だけで能力は判断出来ないわ――判断の決め手は、サンチェス事件でのあなたの行動よ」

「ああ」モンゴメリーは口をつぐみ、自分を抑えるように両手を握り合わせた。「その話が出るのは、時間の問題だと思ってたよ」

グレンダは自分が優位に立てたので、少し気が晴れた。ソサエティヒルの犯罪現場に問題があるのはわかっていた。クインシーもすでに、自分が第一容疑者になりそうだとほのめかした。それでも自分自身が抱いていた疑問を、モンゴメリーの口から聞くのは嫌だった。彼女はひるむかわりに攻撃に出た。

「あなたはサンチェス事件でへまをやった――」

「見誤ったんだ」

「それを救ったのはクインシーよ」

「彼が無能なプロファイラーだとは言ってない」

「やめてよ、あなたが彼を恨《うら》んでることは誰だって知ってるわ。担当をはずされるだけでも嫌なのに、べつの捜査官がやって来て立派に片をつけ、手柄をすべてさらわれたんですものね。あなたは夜中に繰り返しそのことを思い出してるはずよ、アルバート。あの事件を頭の中で細かくほじくり返しては、クインシーへの憎しみを燃やしてるんだわ」彼女は厳しい表情でモンゴメリーをにらみつけた。彼は目を伏せた。

「あなた、今回は進んで志願したわよね」グレンダは攻撃の手をゆるめなかった。「クインシーの将来を打ち砕くにはもってこいのチャンスだからでしょ?」

「ちがう」

「そうに決まってる!」

「ちがうんだ! ちくしょう!」モンゴメリーは顔を紅潮させた。罠にはまり、追い詰められた表情で重い体を左右にゆすり、やがてどこにも逃げ場はないと観念して動きを止めた。

「本当のことを知りたいか?」吐き出すように言った。「よし、言ってやる。あんたもほかの連中も信じないだろうが、俺がこのクソ事件を引き受けたのは、クインシーの野郎を助けるためだ。考えたんだよ。ヒーローになりたきゃ、ヒーローを救えばいいってね。こいつは効き目がある」

「どういうこと?」

「カードにでも書いて送らなきゃわかんないか? 俺はクインシーを助けようと考えた。そうだよ。それで自分の将来が開けると思ったのさ。人助けは俺の趣味じゃない。だけど俺は間抜けでもない。俺の将来はトイレの中だ。でもいいことをすりゃ、下水に流されずにすむかもしれない。俺は五十二だ、グレンダ。別れたかみさんは俺を憎んでるし、子供たちも同じだ。貯金は九百ドル。捜査官をくびになったら、いったいどうなる?」

グレンダは顔をしかめ、反論しようとしたが言葉が出なかった。どう考えればいいのか、わからなくなった。モンゴメリーは好きになれない。だらしない恰好を見るとむかむかする。無断でいなくなったことも許せない。けれど、彼の話にはうなずけるところもある。FBIという愛国的な世界では、同僚を救うことほど高く買われるものはない。彼がクインシーのストーカーをつきとめたら、モンゴメリーの将来に二度目のチャンスが訪れる。おそらく、唯一のチャンスが。

「でもいままでは、クインシーが別れた奥さんを殺したと考えている」彼女が言った。

「ああ、そのとおりだ」

「犯罪現場が工作されていたから？」

モンゴメリーは肩をすくめた。「理由は沢山ある。正直言って、この電話の話も気に入らない。誰かをつけ狙って自宅の電話番号を手に入れたら、いたずら電話で遊んだりしないで、まっすぐ相手のところに行って殺さないか？　俺たちは、ホシはクインシーの仕事と関係のある人物だと考えている。異常者が候補にあがっている。でもな、捜査官を襲おうってときに、捜査官を殺すって電話をかけてくる異常者が、どこにいる？」

「それはもう話し合ったじゃないの。これは策略よ。チャンスも動機もある容疑者を何百人も作りあげて、ほんとのホシの姿を見えにくくさせているのよ」

「だけど、同時に狙った相手にも気づかれてしまう」モンゴメリーが反論した。「大きなマイナスじゃないか。いまの時代には、誰でもオンラインで簡単に証拠の消し方を教えてもらえるんだぜ。襲ってからどうやってひと晩で自分の痕跡を消すか」

「ホシは単純な殺しは望まなかったのかも。動機が復讐だとすれば、まずクインシーを苦しめたかったんじゃないかしら」

「そうかもしれない。あるいは俺たちが、複雑に考えすぎてるのかもしれない。あのなあ、俺みたいな立場にいると、もうひとつ可能性が見えてくる。ぜんぶクインシーのでっちあげっていう筋書きだ。刑務所のニュースレターに自分で広告を出す。そしてエヴェレットのところに行き、『大変だ、空が落ちてくる!』って叫ぶ。エヴェレットが規約どおり捜査チームを招集するのを知ってのうえだ。これでクインシーには、フィラデルフィア市警に誰かが彼をつけ狙っていたと証言出来る連邦捜査官が、四人出来たわけだ。その謎の男がおそらく元妻を殺害し、彼の年取った父親を誘拐したんだろうってね。だけど、彼は本当に誰かにつけ狙われていたのか? それともすべて元妻を殺すための、隠蔽《いんぺい》工作だったのか?」

「気はたしかなの、アルバート? ピアースがたんに妻への犯罪を隠蔽するために、捜査局をあざむき、自分の父親を傷つけるわけがないじゃない」

「クインシーが父親を傷つけたかどうかは、わからないだろ」

「エイブラハム・クインシーは、アルツハイマー病で寝たきりだったのよ。それが昨日の午後、養老施設から姿を消した。楽観は出来ないわ」

「クインシーのパパは、身分証明書を携帯したピアース・クインシーに連れ出されている」

「運転免許証は誰だって偽造出来るわ」

「そうだな。そして誰だってほんものを使える。グレンダ、死体は見つかってないんだ。いまのとこわかってるのは、エイブラハムが息子の招きで素敵な高級リゾートに連れて行かれたってことだけさ。警察がクインシーの謎のストーカー話を真《ま》に受けたら、エイブラハムはたちまち戻ってくるだろうよ。魔法のように悪漢の手を逃れてな。あるいはクインシーが匿名で通報し、捜査官が彼の父親を救出するって寸法かもしれない。どちらにしても、怪我や違反はなし。クインシーの話はいつだってよく出来てる」

「かんぐりすぎよ！」グレンダは抵抗した。「ほかに三つ理由があるわ。ひとつ。あなたがピアースにフィラデルフィアで会ったとき、彼の服装にしみがなかった」

「短時間で殺したんだ。それに警察が排水管から血液を採取した。殺人者は現場で血を洗い落としたんだ」

「ふたつ。動機がないわ。クインシーが離婚したのは何年も前よ。時間をかけて複雑な計画を練り、きわめて残虐な殺人がおこなわれたのは、なぜ？　結婚はすでに過去のことなのに」

「そのあたりはわからない」モンゴメリーはうなずいた。「でも、そんなに前の話とも言えない。彼女が生命保険の支払いをまだ彼に押しつけてるとか。娘が死んだのは、彼女のせいだと考えたとか。時間をくれたら、考えてみるよ」

「あら、そう」グレンダは勝ち誇ったように言った。「みっつ。娘の死因——クインシーは事故ではなかったという証拠をつかんだわ。娘は殺されたのよ。おそらくストーカーの最初の犠牲者ね」

「なんだって？」モンゴメリーは不意をつかれた。「娘は自動車事故で死んだと思ってたが。酔っぱらい運転で。酒気帯び運転がどうして殺人に変わったんだ？」

「何者かが運転者のシートベルトに細工をして、使えないようにしていたの。それに誰かが助手席に乗っていた証拠もあがったわ。ヴァージニア州警察が現在調査中よ」

「シートベルトに細工をしたのは娘自身かもしれない。自殺だったのかも」

「だったらなぜ、シートベルトに細工なんかするの？」グレンダがそっけなく聞いた。「使わなければいいだけの話じゃない」

「ああ」モンゴメリーは言葉につまった。体を左右にゆすり、渋い顔をした。「そうだな」しばらくして言った。「考えてみるよ」

「これは込み入った事件だわ」グレンダが声をやわらげた。「捜査官の家族三人が死んだり行方不明になったりしたのよ。クインシーについても誰についても、結論を急ぐべきじゃないわ」

「エヴェレットもそう言ってた」

「このことをもうエヴェレットに話したの？」グレンダの声がとがった。

「ああ、昨日の晩彼に電話をした。クインシーがほんとに殺人犯なら、捜査局にとっちゃいささか恥さらしだからな」

「なぜそんなことを。最低ね！」

「俺はエヴェレットに話しちゃいけないのか。ったく、あんたよっぽど俺が嫌いなんだな」

モンゴメリーは冷蔵庫のほうに歩き始めた。

グレンダはキッチンの真ん中で立ったまま、下ろした両手にこぶしを固く握った。心臓の鼓動が速くなった。かつてないほど怒りを感じた。抑えきれないほどの怒りだった。でも……でも、エヴェレットはもうクインシーに電話をしているかもしれない。捜査官主監には選択の余地はない。彼はクインシーを呼び戻す。そして何者かが本当に彼をつけ狙っているとすると……

あなたって、最低だわ、モンゴメリー。なぜ待てなかったの？　せめてあと半日、あと一日、様子を見てもよかったのに。馬鹿なクソ男。

電話が鳴った。留守番電話がカチッと作動し始めた。グレンダは片手を上げてゆっくりと念入りにこめかみをこすり始めた。それでも頭痛はおさまらない。彼女にはもう何も信じられなかった。モンゴメリーの話は面白いわ。もしクインシーが殺人犯だとすると、彼を逮捕するのは私の役目になる。

でももし、彼がやってないとすると。彼の話が本当だとすると……

それこそ、ホシの思うつぼだわ。三人の腕きき捜査官が殺人者の笛に踊らされたことになる。そして、エヴェレットに戻れと命令されたら、クインシーはどうするかしら。捜査局のドアをくぐると同時に、彼は身分証と銃を取り上げられる。そうしたら残った娘を助けることはむずかしくなる。でも、べつの道を選んだとしたら？　キンバリーを守るために無法者になる？　それはうまくいかないわ。とくに自局の職員を逮捕するような不面目な事態になると、捜査局は容赦なくどこまでも追いかける。

二通りの筋書きは、どちらも明るいとは言えなかった。まったく、と彼女は思った。クインシーは捜査局が相手にした中で最高に頭のいい犯罪者か、それともほんとに運の悪い人間か、ふたつにひとつね。

書斎のファックス機のベルが鳴った。一瞬後、かすかなヒューンという音とともに、機械が作動し始めた。モンゴメリーをキッチンに残して、グレンダはメッセージを取りに行った。

最初の報告は、「ナショナル・プリズン・プロジェクト・ニュースレター」に掲載された広告のハードコピーは、電信で送られたものであるという内容だった。四ページにわたる報告を、グレンダは送られてきたそばから読んだ。

分析の結果タイプされたコピーから六つの指紋が検出されたが、すべて「ナショナル・プリズン・プロジェクト・ニュースレター」のスタッフの指紋と一致した。血清分析の結果、髪の毛や繊維は付着しておらず、塵の粉末のみが検出されたが、これもまた同ニュースレターのスタッフものと判明した。さらに加えて、DNA検査によっても、使用された紙や封筒からいかなるサンプルも検出出来なかった。

それにくらべて文書検査課はいくらか検査の甲斐があったようだ。三ページにわたる結果報告には、「該当なし」「該当なし」「確認出来ず」の味けなさはなかった。文字のインクは、高速プリンターでごく普通に使われている標準型の黒のレーザープリント・カートリッジだった。使われた可能性のあるプリンターの数は数百万台にのぼる。でもあきらめてはいけない。原稿の書体や罫線でも追跡が出来る。ホシが使っていたのはパワー・ポイント。魔術のような威力を持つコンピュータ文書作成ソフト。

グレンダはため息をついた。手書きしかなかった時代には、犯罪調査もはるかにらくだった。コンピュータの書体を分析して何がわかるだろう。タイプされた身代金の要求に、ためらいの跡や傾いたTの文字は見つからない。連続殺人犯までマイクロソフトを使う時代に、いったいどうすれば可能性の範囲を狭められるのかしら。

最後のページに、ようやく光明が見つかった。使用された紙は特殊なものだった。安手の白い紙ではなく、透かしの入った手漉《てす》きのクリーム色の高級紙。文書検査課の報告によると、英国から取り寄せたもので、オールドボンド・ストリートの小さな店でのみ扱われているという。毎年およそ二千組が世界各地で売られている。小売価格は二十五枚一組でおよそ百ドル。

グレンダは報告書を下に置いた。要約するとホシはコンピュータの使い手で、パワー・ポイントの知識があり、高価な便箋の趣味がある。いったいどんな人間が、刑務所のニュースレターの広告原稿に百ドルの紙を使ったりするのだろう。便箋はドライフラワーで飾られたきれいな箱に入れられ、絹のリボンで結わえてあるにちがいない。おそらく贈り物。妻から夫へ、あるいは会社の上司から同僚へ、あるいは娘から父親へ。

グレンダはクインシーのデスクを眺めた。洗練された美しいデスクに最新型のファックス機、革張りの高級な椅子。すべてが完璧にマッチしている。二人がまだ夫婦だったころ、育ちのいい妻が仕事中毒の夫のために選んだもの……

グレンダは一番上の引出しに手をかけ、勢いよく開けた。ボールペン、鉛筆、ルイ・ヴィトンの小切手ホルダー。その下の引出しを開け、そのまた下の引出しも開けた。そして一番下の引出し。あまり手紙を書かない男の、便箋が入った箱が三つ。どれもほとんど手がつけられていない。

ドライフラワーと絹のリボンの予想ははずれた。便箋は美しい白檀《びゃくだん》の箱に入れられ、革紐でくくってあった。英国から輸入されたイタリアのゼペット製の便箋。美しい紙は十九枚に減っていた。

「ああ、クインシー」グレンダは箱を手にしてため息をついた。「ああ、クインシー、なんであなたが」

28

オレゴン、ポートランド

レイニーが目を覚ましたとき、クインシーはいなくなっていた。彼女はベッド脇の赤いランプのついた目覚まし時計に目をやった。朝の七時。東部時間の十時。クインシーもキンバリーも、何時間も前に起きたにちがいない。レイニーは髪をかきあげ、棚の上の鏡をのぞき込んでぎょっとした。まるで感電でもしたような顔つき。口の中は履き古しの靴下のような感じ。

ああ、また美しい一日の始まり。

彼女はベッドから滑り降り、となりのバスルームに行った。歯を磨き、シャワーを浴びると少しすっきりした。三日前からのジーンズと白いTシャツを着け、嫌そうに鼻にしわを寄せた。そして胸を張って寝室を出た。

リビングの半分を占めるキチネットで、クインシーは娘と一緒に茶色のまるいテーブルの前に座っていた。クインシーはノートパソコンにかがみ込み、キンバリーがその肩にもたれて画面をのぞいている。二人ともスターバックスのコーヒーを手にし、二人とも話に夢中になっている。もうひとつ置いてあるコーヒーは、きっとわたしのね。レイニーはカップをひょいと持ち上げ、二人のめまぐるしい会話に追いつこうと耳を傾けた。

二人はデータベースで作業しているようだ。キンバリーはミゲル・サンチェスをもっと探ったほうがいいと提案し、クインシーは探っても無駄だと言った——この男はサンクエンティンの刑務所にいる。大したことは出来まい。じゃ、家族はどうかしら、キンバリーが言う。家族だって？　クインシーが反論する。サンチェスの家族で残っているのは、酸素吸入が欠かせない七十歳の母親だけだ。異常犯罪者の候補にはなれそうもない。

「当たり」レイニーがつぶやいた。

二人はようやく口を閉じた。クインシーがパソコンから顔を上げた。彼の顔に何かの表情がよぎったが、レイニーには読み取れなかった。彼は穏やかに言った。「おはよう、レイニー。袋の中にクロワッサンがあるよ」

彼女は首を振った。「ずいぶん前から起きてたの？」

「二、三時間前だ」クインシーは目を合わせようとしなかった。そのほうがよかった。レイニーも視線を合わせられない。彼は目が覚めたとき、横にわたしが寝てるので驚いたかしら。喜んだ？　それとも、ただのなりゆきだと思った？——キンバリーにソファを先にとられたからだと？　レイニーは手にしたカップのスターバックスのロゴを、しげしげと眺めた。

「何をしているの？」彼女が尋ねた。

「データベースを調べてるんだ」

キンバリーもうなずいた。「サンチェス事件を調べ直す必要があると思ったの。ミゲルはパパに直接電話をかけてきたし、いとこのリッチー・ミロスに口を割らせたことではずいぶん恨んでいるようだし。それに、モンゴメリーのこともあるわ——アルバート・モンゴメリーもこの事件を担当して、パパに恨みをもっているのよ」

「僕が直接サンチェスの電話をとったのは、偶然だった」クインシーは言った。「僕が直接電話を聞く可能性のあった囚人はほかに四十七人いる。そして〝モンゴメリーの要素〟は興味深いが、偶然で陰謀は成立しない。肝心なのは、ミゲルが現実にいまカリフォルニアの監獄にいることだ。彼にチャンスはない。それに正直な話、彼がそれほど頭がいいとは思えない」

「いとこのほうはどう？」レイニーが口をはさんだ。

「リッチーかい？　彼がなぜ？」

レイニーは腰を下ろした。殺人マニアの話題なら、安心してクインシーと目を合わせられる。「こう考えたらどうかしら。リッチーとミゲルが手を組んでいたというあなたの意見で、警察はリッチーに注目した。そして警察がリッチーに注目したために、ミゲルがリッチーを殺すはめになった。だから《エルゴ》、リッチーが死んだのはあなたのせいだと考える人がいてもおかしくない」

「すなわち《エルゴ》、僕がリッチーを殺した」クインシーがつぶやいた。「悪くない」

「リッチーに家族はいるの？」キンバリーが聞いた。

「さあね。事件ファイルを見ないと」

キンバリーはクインシーの足元の箱をがさごそかき回した。二人はこの作業をすでに何度も繰り返してきたらしく、キンバリーは四秒きっかりで薄茶色のファイルを引っ張りだした。「ミロス、リッチー。家系にどんな変人が揃ってるかというと……」彼女はファイルを開いて三枚ページ目をめくり、履歴に目を走らせた。「まず、母親がいるわ――五十九歳、主婦。父親――六十三歳、元用務員、現在は身体障害者。慢性関節リウマチと書かれてるわ。彼は除外してもよさそうね」

「兄弟は？」クインシーが尋ねた。

「弟が二人に妹が一人。ホセは三十五歳で前科あり。家宅侵入罪。だけど現在は自由の身よ。検討の余地ありね。ミッキーことミッチェル・ミロスは三十三歳。あら、前科なしだわ。オースティンのテキサス大学を卒業して現在はエンジニア。家族の中からひとりはまともな人間が出たってわけね。そしてローザ・ミロス。末っ子で二十八歳。彼女については何も書かれてない。なぜかしら」

「男優位の世界だからよ」レイニーが口を出した。「連邦捜査局は昔から女を評価してないの」

「その点についてはあえて何も言わないよ」クインシーは口の中でつぶやいた。「この部屋では男は僕ひとりだし、銃の数でも分が悪いからね。で、とくに理由はないんだが、ミッキーについてもう少し教えてくれ」

キンバリーはもう一度報告書をのぞき込んだ。「ミッキーにかんしてはほかに何も書かれてないわ。前科がないとわかると、捜査官は興味をなくすみたいね」

「そうだな」クインシーは眉をしかめ、じっと考え込んだ。そして目を上げてレイニーを見た。彼女は彼の喉ぼとけを眺めた。濃紺のポロシャツがよく似合う。彼はもっとスーツ以外のものを着るべきだわ。柔らかいコットンの生地が、胸の上でゆったりしたひだを作り、引き締まった体の線を強調し、射るような深い瞳の色を際立たせている。

彼は今朝なぜわたしを起こさなかったのかしら。一瞬だけでも頬をなでて、何か……言ってくれてもよかったのに。

レイニーはようやく彼が自分を見ているのに気づいた。頬がさっと赤くなった。慌てて目をそらし、まるで自分らしくないと思った。

「レイニー？」彼が優しく問いかけた。

「うーん、末の弟ね。ええ、もっと考えてもよさそうね」

キンバリーはけげんな顔をした。「なぜミッキーなの？　年齢だって合ってないわ。ホシはもっと年配のはずでしょ」

「年齢はごまかせる」クインシーはまだレイニーを見つめながら言った。「それに、人は相手の歳を見誤りやすい。Tシャツにジーンズ姿の男を見ると、二十代そこそこだと思い込む。同じ男がダークスーツを着ていれば、三十代前半だと思う。目撃者の証言が容疑者の重要な決め手になることは間違いないが、人の目をごまかすのは簡単だ。そのやり方を覚えた者にとってはとくにね」

「でも、ミッキーはエンジニアよ」キンバリーは食い下がった。「教養があるし、前科もないし」

「そのとおり」レイニーが口をはさんだ。「わたしたちが追ってるホシは、粗野じゃないわ。緻密《ちみつ》な計画を立てることが出来、人をあざむく才能があり、美しい若い女性——あなたのお姉さん——も、洗練された年配の女性——あなたのお母さん——も、口説き落とせる自信があった。おそらく彼は教養があり、如才《じょさい》がなく、問題解決の能力にたけた人間よ」

「そして彼には金がある」クインシーが補足した。「大詰めを迎えたいま、ホシはたぶん追い込みにかかりきっているだろう。仕事をせずに蓄《たくわ》えを食いつぶしているはずだ。移動が必要だから出費もかさむ。そのうえレイニー、君との新たな展開もある。君がカール・ミッツと会ったことはキンバリーから聞いた。君が疑っているとおり、君の〝父親〟がトリスタン・シャンドリングだとすると、ホシは地方検事を買収し、計画のために弁護士を雇い、どちらにもかなりな出費が必要だ。

ミッキーのような三十三歳のエンジニアに、そんな大金があるだろうか。ふつうは考えられない。だが、いまのようにソフトウェアやドット・コムで億万長者が生まれている時代には、何が起こっても不思議はない。ミッキーは若くして大金持ちになることも可能だ」

キンバリーはゆっくりうなずいた。「考えもしなかったわ。わかった、じゃ、ミロスの末息子の身元を完全に洗い出しましょう。資産状態も含めてね。これでひとり」彼女はファイルの箱を見やってため息をついた。「あと五十人分あるわ」

「お言葉だけど」レイニーが言った。「こうやってデータベースを調べても、無駄だと思うわ」クインシーはたちまち眉をしかめた。そしてキンバリーと一緒に彼女を見つめた。レイニーは肩をすくめた。「考えてみてよ、クインシー。この男の名前が、この箱の中やデータベースやFBIのファイルのどこかに見つかる可能性は？　あるかもしれない。でも、それがわたしたちの役に立つ？　答えはノー。理由は？　彼も自分の名前がそこにあるのを知っているからよ」

彼女は身を乗り出して、熱っぽく話し始めた。「ホシの弱点は？　消去法だわ。これは知らない者同士の事件ではなく、個人的な事件よ。だから時間をかけて資料を探れば、いつかつきとめられることは彼にもわかってる。じゃあ彼の作戦は？　最初は隠れること。彼はまず、家族と一番接触の少ないマンディを選んだ。彼は変装し、偽名を使い、事故に見せかけて自分の犯行を隠した。最初は、それが有効だった。でも、自分の行動をいつまでも隠し通せないのはわかっていた。ベシーを殺害した時点で、あなたが点と点を結び始めるだろうと考えた。あなたから追われ始める。彼はそれも見越していた。マンディの事故から十五カ月後に、彼は新たな行動を開始した。戦略その一。陽動作戦。彼はあなたの住所と電話番号をアメリカ全土の異常者にばらまいた。戦略その二。惑乱作戦。彼はあなたの身元を盗みだし、あなたの外見を装い、証拠を操作して捜査官たちが自分ではなくあなたを疑うようにしむけた。最後の戦略。スピード」

「いまではすべてが同時進行している」クインシーが言った。

「水曜日、ママが殺された」キンバリーがかすれた声で言った。「木曜日、お祖父ちゃんが誘拐された。金曜日、わたしたちは揃って逃げ出し、レイニーが弁護士から父親の話を聞かされた。男はわたしたちに考える時間を与えまいとしている。じっくり考えたり分析したりさせまいとしている。それをされたら立場が悪くなるのがわかってるからよ」

レイニーはクインシーを見つめた。「この男……彼はブラックホールよ、クインシー。何者なのか、なぜ、いつ、どうやってなのか、何もわからない。彼は情報をひとつも与えない。あなたをみくびるという間違いも犯さない。それはなぜ？」

「僕が確実に彼を知っているから」

彼女はにっこりした。「そして彼は確実にあなたを知っている。あなたの得意なのは情報、パズル、ゲーム。それがあなたの世界だわ。だから第一段階では、彼は出来るだけ長いあいだ自分の行動を隠した。そして第二段階ではあなたをたえず動き回らせている——考えるひまを与えないように。あなたが彼の出方に合わせているあいだは、あなたは一歩先に出られない。彼が挑発しているのは、あなたの力を封じ込めるためよ。その悪循環を断ち切らないとだめだわ、クインシー。先手を打つ作戦、つまり積極攻勢を考えなくちゃ。ポートランドに引っ込んでデータベースをいじくってる暇はないわ。彼はここを見つけ出す——おそらくあなたが考えているより、ずっと早く」

クインシーは黙り込んだ。そしてゆっくり顔を上げて彼女と目を合わせた。「君の父親が見つかったというカール・ミッツの話をどう思う？」

「わたしには判断出来ない」

「時期が重なったといっても、かならずしも……」

「それはわかってる！」レイニーは深く息を吸い込んで、フーッと吐き出した。「わたしはただ……用心が必要だと思ってるだけ。ミッツに怪しいところはなさそうだわ。ロナルド・ドーソンの経歴にも納得出来る部分はありそう。彼がわたしの出生後長いあいだ刑務所ですごしたのは事実だし、彼の父親を大金持ちにした不動産取引の公式報告も手に入ると思う。でも……相手が一番望んでいる人物になりすますのが、トリスタン・シャンドリングの手口よ。そしてたしかに、わたしはロナルド・ドーソンに興味をもっている。ロナルド・ドーソンに会いたくてたまらない。正直に言って、そのことがわたしには死ぬほど怖いの」

「ミッツが君とドーソンを直接会わせると言ったら？」

「絶対に嫌よ」彼女は激しく首を横に振った。

クインシーの目に強い光が戻った。それは徐々に高まる欲望を表わす目ではなく、何もかも見通すプロの目だった。「積極攻勢」彼はつぶやいた。

レイニーは目を閉じた。彼の考えは読めた。それは彼女を傷つけ、息を詰まらせた。だが、このときもまた事実は変えられなかった。彼は正しい。「わかったわよ！　ドーソンに会うわ。このもろくて傷つきやすい心を犠牲にしてね。わたしが何もしなかったなんて、言わせないわ」

「でも、会ったりしちゃだめよ」キンバリーが口走った。「もし彼がホシだったら、襲われるわ。誘拐されるか、悪くすると……」

「あなたのお父さまは、わたしをロニーと二人だけで会わせたりはしないと思うわ」レイニーはそっけなく言った。「わたしを人身御供《ひとみごくう》にする気はないはずよ」

「僕はけっして――」

「何も言わないで、クインシー、お願いだから。相手の先を越す必要があると言ったのは、わたしよ。ドーソンがお目当てのストーカーだとしたら、逆ねじを食わせてやろうじゃないの。ミッツに連絡して昼食会を設定してもらうわ。ルークと少年合唱隊を後ろに控えさせてね。わたしはロニーをつついて、父親だと主張する根拠をいろいろ聞き出してみる。少なくとも、わたしたちのファイルにもうひとり人物像をつけ加えられるわ。トリスタン・シャンドリング、百の顔を持つ男」

「彼が何か手出しをしたら？」キンバリーは不安げだった。

「手は出さないわ」レイニーが言った。

「なぜそう言い切れるの？」

「それが彼のやり方だからよ」レイニーの表情は乾いていた。「ロナルド・ドーソンがトリスタン・シャンドリングだとしたら、彼は強面《こわもて》で登場したりしない。ええ、もちろん。その正反対よ。彼はわたしの真向かいに座って、これまでどれほど娘に会いたいと思っていたか話すと思うわ。一千万ドルを相続したらどんなことが出来るか、夢のような話でわたしをうっとりさせる。これまで生きてきた中で、一番嬉しかったのがおまえを見つけたことだと言う」声がかすれたが、すぐに落ちつきをとり戻した。「そしてわたしは彼のひと言ひと言を疑う。この男は長いあいだ行方知れずだった理想の父親なのかしら、それともわたしを殺したがっている人間かしらと考え込む。まあ、ざっとそんなところね」

「レイニー――」

「わたし、やるわ、クインシー」

「気が変わった。君にはそんなことをしてほしくない。僕が間違っていた」

「いいえ、あなたは正しいのよ」彼女は嚙みついた。「いまになって、わたしに遠慮なんかしないで」

彼は黙り込んだ。レイニーも同じだった。彼は彼女から目をそらさなかった。長い沈黙が続いた。

「ひどい話だわ」キンバリーがようやく言った。

クインシーはレイニーから視線を離さずにうなずいた。「ああ、ひどい話だ」

「つまり、わたしたちはこの男が何者かさえわからない。それなのに、パパがそいつにされたことと言ったら。ママを奪われ、マンディも奪われ、いまはまたレイニーとわたしのことを心配させられている」

「僕は自分の愛する者たちのことは、いつだって心配してきた」

「でも、今回は特別よ。これはどんどん追い迫ってくる、ぞっとするような恐怖だわ」

「僕はいつも心配ばかりしてる」クインシーが静かに言った。「そういう性分なんだ。何が起こるか予測し、真夜中にそれについて考える」

「わたしたち、きっと大丈夫よ」キンバリーがきっぱり言った。「状況はわかっているし、情報は力だわ！　きっと、大丈夫」

「ミッキー・ミロスについては、もっと探りを入れよう」クインシーの声は穏やかだった。

「僕はあと五人から十人、リストから拾いだす。そしてエヴェレットに電話して新しい動きがないか聞いてみよう。もしかして父が……」声が沈んだ。だがすぐにしっかりした口調を取り戻した。「それからロナルド・ドーソンのほうにかかろう。なんとかして彼の素性をつきとめるんだ」

「最後の切り札があるわ」レイニーが口を開いた。「ヴァージニアのフィル・ドビアーズ。彼はまだメアリー・オールセンの尾行を続けてる。考えてみて。彼女は孤独よ。彼女は親友を裏切った。自信がない人で、そもそもこの騒ぎに巻き込まれるはずの人間じゃなかった。おそらくもう男と連絡をとっているわ。そして一日すぎるごとに、彼とじかに会いたい気持ちがつのっている。となると……」

「写真がほしいね」間髪をいれずにクインシーが言った。「ドビアーズに撮れるかぎりの質のいい写真が。そろそろ明確な人相をつかみたいからね」

「でも、男はいろいろに顔を変えてるわ」キンバリーが口をはさんだ。「いまわかってる二人の特徴は一致していない。三人目がわかっても、役に立つかしら」

「顔を変えるのがうまいように見えるだけよ。しろうとの証言に頼っているから」レイニーが言った。「人は相手の目の色、髪形、髭、服装などに惑わされる――どれも簡単に変えられる要素だわ。注目すべきは、基本的な顔だち。目と目のあいだの間隔とか、耳のついている位置とか、顎の線とか。こういう特徴は変えられない。独自のものだわ。写真が手に入れば、法医学の専門家に頼んで特徴を分析してもらい、待ちに待った具体的な手がかりが得られるというわけ」

「ドビアーズに連絡は？」クインシーが尋ねた。

「いますぐするわ」レイニーが約束した。彼女はふっと笑った。「それからミッツに電話して、パパとのランチを設定してもらう。行動を開始しなくちゃ――セニョール・異常者の最後の攻撃から四十時間。もう時間はあまりないと思うわ」

29

ヴァージニア、オールセンの館

ウォークインクローゼットの隅にまるくなって、メアリー・オールセンは耳にコードレス電話を押し当てていた。黒い髪はもつれ、顔には流れ落ちたマスカラが筋をつけている。左肩には新しい打ち身の跡がある。透けたブルー・シルクのガウンの下にはもっと沢山、跡が残っている。その原因は話したくない。今朝夫は緊急手術に失敗して病院から帰宅した。その十分後、彼はジャガーのコンバーティブルで矢のように私道を抜けて出ていった。そして彼女は電話を握った。

「電話しちゃいけないのはわかってるの」彼女は早口に言った。「でも、もう我慢出来ない。どんなにひどいことされてるか、あなたにはわからないでしょ。会いたいわ。お願い、ねえ、お願い……」

「シーッ、ふかーく息を吸ってごらん。気分がよくなるよ」

「そんなのじゃだめ。だめなの！」声がかん高くなり、彼女はわっと泣き出した。あばら骨が痛かった。太ももの内側の傷がうずいた。あんなに穏やかに見える男が、こんなにひどく殴るなんて、誰に想像出来たかしら。「わたし、淋しい」彼女はすすり泣いた。「何週間も毎日痛めつけられて、しかもあなたに会えないなんて。こんな暮らし、もう続けられない！」

「わかってるよ、ベイビー。つらいのはわかってる」苦しそうに取り乱した彼女に引きかえ、彼の声は静かで、穏やかで、優しかった。彼女は傷ついた思いと張り詰めた感情を言葉にして吐き出し、マスカラで汚れた頬に電話を押しつけた。

メアリーは前から彼の声が好きだった。マンディは彼の目が素敵だと言っていた。見つめられると逆らえなくなる力があると。けれどメアリーは、あまり彼に会うことが出来ない。だから惹かれるのはいつも彼の声だった。何百マイルも離れているのに、わたしの苦しみがまるで見えているみたい。夫が眠り込んだ真夜中に、電話線を隔ててささやきかけられると力が湧いてくる。それでもわずか数時間後には夫が目を覚まし、またいつもと同じことが繰り返される。

「わたしの喋ること、すること、着る物、すべて夫が決めるの」彼女はかすれた声で訴えた。「こんなふうになるなんて、思わなかった。彼はなぜわたしと結婚したのかしら。こんなにわたしを憎んでいるのに」

「君は美しい人だもの、メアリー。男はつい疑ってしまうのさ」

「でもわたし、彼に疑われるようなことは何もしてない！」彼女は叫んだ。「つまり……これまではってことだけど。ほんと、わたし努力したのよ！　あなたに会いたい。あなたが必要なの。何でもするわ……あなたの手を握って、あなたの笑顔が見られるなら。ねえ、もう一度わたしをきれいだって思わせて」

「僕だってそうしたい」彼はなだめるように言った。「ほんとだ」

「なぜだめなの？　コナーって女がここに来てから三日経つわ。きっともう大丈夫よ。どこでもあなたの好きな場所で会える。言われたとおり用心するから。お願い、きっと大丈夫だから」

「いや、そんなに大丈夫じゃない。知ってるかい？　君は見張られてる」

「えっ？」彼女は心底驚いて、絶句した。

「二日前に君にメモを渡そうと思ったんだ」彼が言った。「でもそのとき茂みの中にシルバーの小型のハッチバックが見えた。君の家に人が出入りする様子がはっきり見える場所にね。僕はその車を何時間も見張ったけど、まったく動く気配がなかった。残念だけど、ベイビー、旦那が君に尾行をつけてるんだと思うよ」

「信じられない！　なんて嫉妬深い嫌なやつなの。とがめられるようなことはしてないのに……つまり、これまではってことだけど。ああ、最低な男！　わたしたち、どうすればいいの？」

「どうすればいいかって？　一緒のところを一枚でも写真に撮られたら……どんなことにな

るか、想像したくないだろ。こんなにひどい目に遇わされてきたんだからね」

「彼を喜ばせるような真似は、絶対しない！」メアリーは言い放った。「あいつと別れるときは、これまでのつぐないにたっぷり支払ってもらうわ。今日、いまこの瞬間にでも縁を切りたい。そうよ……きっぱり別れてやる！」

「結婚期間が短いと、資産の半分を受け取れる可能性は低くなる」彼は優しく言った。

彼女はまた泣き始めた。「どうすればいいの？　あなたに会いたい。頭がおかしくなりそう！」

彼はすぐには答えなかった。たぶん何も言えなかったのだろう。認めたくなかったが、彼女にもそれはわかっていた。わたしは結婚した女だ。そしてたしかに夫の金はほしい。ああ神さま、肩が痛い。あばら骨も痛い。ベッドから起き上がれそうもない朝もある。夫は彼女を殴れば殴るほど、怒りが増すようだった。わたしを殴る自分に腹が立つから？　それともわたしがやめてと叫ばないから？

なぜこんなことになってしまったの？　わからない、わからない、わからない……

「ちょっと考えがあるんだけど」愛人が言った。

「ええ、何でも言ってちょうだい」

「今日の午後、チョコレートの箱がそっちに届く。ゴディバだと思うけど。まあ、ブランドはどうでもいい。聞いてる？」

「ええ」彼女の声がかすれた。

「その箱を持って外へ出て、シルバーの車が停まっているところまで行く。黒人の男が運転席にいるはずだ」

「なんですって！」

「そいつは君を傷つけたりしないよ、ベイビー。私立探偵だ。君の旦那が金に糸目をつけずに雇った腕ききにちがいない。君は窓を叩いて、愛想よくにっこり笑う。そして何をしてるのと尋ねるんだ。やつは不意をつかれ、見つかったと知ってまごつくだろう。君はさらに愛想よく振る舞い、家の中に誘い込んで話がしたいと言う。そして凶悪な夫について思いきりぶちまける。話の途中でチョコレートを勧める。彼が断ったら、君が自分でひとつとり、彼の目の前で食べる。そしてもう一度勧める。彼には確実に二、三個食べてもらう。それでおしまい」

「毒が入っているの？」彼女は尋ねた。背筋にぞくっと寒気がした。

「僕が君に毒入りチョコレートを食べさせると思う？　君が旦那にされたことを考えてごらん」

「ごめんなさい、わたしはただ――」

「チョコレートには薬物が入ってるんだ。チョコレート味の下剤。それだけさ。溶かして注射器で注入してある。一個ならほとんど影響は出ない。だけど二、三個だと、私立探偵さんに君を見張るよりもっと差し迫った用事が出来るはずだ。彼が急用を足す場所を探しに車で出ていったら、君は家を抜け出せる」

「あなたに会いに！」

「僕も君に会いたかったよ」

彼の声は素敵だった。「君は誰ともくらべられないほど美しい。黒いレースのときは、とくに」

「ガーターを着けるわ」彼女は声をはずませた。

「完璧。僕は何も着ないでいよう」

「ああ、待ちきれない！」

「じゃ、あとでチョコレートをひと箱。僕はいつも君のそばにいるよ」

メアリーはその朝初めて笑顔を浮かべたが、自分のいまの姿に気づいてためらった。「わたし、ちょっと……腫れが」小さな声で言った。

彼はたちまち理解した。「だったら会ったとき、僕が痛いところにぜんぶキスしてあげる」

彼女はまた泣き出した。今回は静かに、心から。彼はわたしの気持ちをほぐしてくれる。いつもそうだった。初めて胸に青黒いあざが出来たとき、彼女は階段から落ちたと説明した。けれど彼は見抜いた。そして背を向けることも、彼女を嫌な目で見ることもなく、優しく両腕で抱きしめた。

「かわいそうに」そのとき彼は言った。「君みたいに素敵な人が、こんなことをされるなんて」

その晩彼女は何時間も泣いた。そのあいだじゅう彼は彼女を抱いて髪をなで続けた。メアリーは彼ほど優しく触れてくれる相手に、それまで出会ったことはなかった。彼ほど自分を特別だと思わせてくれる人は、それまでひとりもいなかった。

ほんの一瞬、彼女はアマンダを思った。わたしを一度も傷つけなかったアマンダ。アマンダは親友だった。アマンダは自分の新しいボーイフレンドを、彼女にぜひ紹介したいと言った……

でも、あなたはお酒をやめられなかったわ、マンディ。あなたは世界で一番完璧な人を手に入れたのに、それでもお酒に手を出した。あれは起こるべくして起こったこと。それに、あなたにはいつも大勢男がいた。でもわたしには……彼が必要だったの。

彼女は電話を見つめた。いまやツーツーという音しか聞こえない電話は、マスカラと涙で汚れていた。チョコレートがひと箱。そうしたら彼にまた会える。チョコレートがひと箱。早く届くといいのに。

30

ポートランド、パール区

朝の十一時少しすぎ。クインシーはレイニーと一緒に彼女のロフトまで行った。彼女は癖でつい明かりをつけたが、壁面の窓から燦々《さんさん》と射し込む太陽の光で部屋は明るかった。長く留守にしていた家に特有の、かび臭さが鼻をついた。クインシーにも覚えのある匂い——自宅に戻るといつもこの匂いが彼を迎えた。

「いくつか用事をすませないと」レイニーが神経を高ぶらせた様子で言った。彼はうなずいて居間に入り、彼女はそわそわとあたりを動き回った。今朝の彼女はずっとそんなふうだった。めったに彼と目を合わせようとせず、彼が近寄るとさっと飛びのく。優しく穏やかかと思うと、つぎの瞬間には激しい感情をむきだしにする。彼にはその理由がわかるような気がした。だが、ここ二、三日彼の勘は鈍っている。

朝三人で話し合ったあと、レイニーはすぐにカール・ミッツの携帯に伝言を残した。クインシーの携帯電話の番号を残すと、彼が彼女と一緒にいることがわかってしまうし、ホテルの部屋の電話番号を残すと、自分たちの居場所がわかってしまう。そこでレイニーはミッツがすでに知っている、パール区のロフトの番号を残した。キンバリーはホテルに残り、レイニーの私立探偵の免許証番号を使っていくつか司法機関のデータベースにアクセスし、身元調査を進めることにした。クインシーとレイニーは彼女のロフトでミッツからの連絡を待つ。手分けして仕事をするほうが合理的だ。ほかに理由があったとしても、誰も口に出そうとはしなかった。

クインシーはソファのまわりを歩き回り、日だまりで足を止めた。顔に陽の光や熱を浴びるのは気持ちがよかった。目を閉じて、凝った筋肉がほぐれていく感覚を味わった。深く息を吸い込み、これもまた一瞬のことだと自分に言い聞かせた。この数日間は、繰り返し痛いほどそう感じる。

彼は父親の件でエヴェレットに電話をかけた。手がかりはまだ何もない。それが何を意味するか、クインシーは誰よりもよくわかっていた。エイブラハムが見つからないまま一時間がすぎるごとに、彼に生きて会える可能性は減ってゆく。消毒液の匂いのするベッドですやすや眠っていたエイブラハムが、つぎの瞬間には姿を消した。連れ出したのは息子と名乗る人物だが、エイブラハムにはそれがほんものか偽物かもわからない。職員は、クインシーの父親が小型の赤いスポーツカーで連れ去られたと証言している。おそらくホシがベシーとのドライブで使ったと同じアウディTTだろう。

その後車の行方はつかめていない。エイブラハムの行方もわからない。胸の中でしこっていく痛みを和らげるようなことはひとつも起こらない。父親が誘拐されたのは、ある意味ではアマンダとエリザベスが殺害された以上に痛ましい最悪の出来事だった。アマンダとエリザベスは自立したおとなだったが、父は完全に無力で弱い存在だ。かつてはたったひとりで息子を育て上げた誇り高い男が、いまや人手を借りなければ生きていけない。父の安全をもっと気づかうべきだった。

その思いがクインシーを奇妙な世界へと連れて行った。どん底に落ちると同時に、激しい怒りにかられる世界。すべての感情が失われると同時に、命を感じたいと必死でもがく世界。敗北。決意。信じがたいほどの怒り。耐えがたい悲しみ。道理を求める理性的な分析。道理など存在しないとわかっている自分。

なぜ父はいなくなったのか。それはこの世に存在したからだ。距離を置いても守ることにはならない。どんなに距離を置いても痛みは消えない。

クインシーにふとある記憶が甦った。何年も忘れていた記憶。幼いキンバリーが二回目のバレエのレッスンから帰って、家族のいる居間に入ってきたときのこと。彼女は両足を踏ん張り、両手を腰に当てて、大きな声で言ったのだ。「くそバレエ！」

そのときベシーははっと息を呑み、マンディは恐れ入った表情を浮かべ、クインシー自身は必死で笑いをこらえた。くそバレエ。なんという気迫。なんという自信。なんという大胆さ。彼は心から誇らしかった。

この話を父にしたことはあったろうか。エイブラハムはきっと気に入っただろう。何も言わなかったろうが、笑ったにちがいない。そしてやはり誇りに思ったはずだ。世代から世代へ受け継がれるものがある。禁欲的なヤンキーの農夫から抑制のきいた連邦捜査官へ、そしてバレエを習う気など毛頭ない意欲満々の犯罪学者へ。

距離を置いても守ることにはならない。彼は父親を失った。だが、確実には言えないが、たぶん、キンバリーは取り戻せるかもしれない。

「服を着替えるわ」レイニーがウォークインクローゼットから声をかけた。「電話が鳴ったら、わたしが出る」

「僕はここにいないはずだからね」クインシーが言った。

「キンバリーにも何か着るものを持っていったほうがいいかしら」

彼はふっと笑った。「それは僕より君のほうがよくわかるだろう」

「そんなことないわ。あなたは専門馬鹿じゃないもの」

「相手が君だから、お世辞と受け取っておこう」

レイニーがクローゼットから出てきた。家に帰れて嬉しい様子が、それまでとちがう弾んだ足取りや生き生きした動作に感じとれた。Tシャツをブルーのボタンダウンのシャツに着替えていた。キッチンに向かう彼女を目で追いながら、クインシーは着古した柔らかなコットンが際立たせている、彼女の腰の線を意識した。

美しい、と彼は思った。そして改めて驚いた。たんにきれいとか魅力的とかセクシーというだけではない。彼女は美しい。ジーンズにコットンシャツの彼女は美しい。フィラデルフィアの犯罪現場で、ただ彼から必要とされているというだけで、二人の殺人課刑事を出し抜いた彼女も。自分より地位の高い苦手な相手にもかかわらず、ＦＢＩ捜査官たちに対抗しようとする彼女も。彼の人生が崩壊寸前で、背を向けたほうがはるかに利口というときに、そばにいてくれる彼女も。

彼女は以前、自分には人との関係を築くことや人を信頼することが出来ないと言った。だが、彼にとって彼女ほど誠実で信頼出来る人間はいなかった。

「レイニー」彼は静かに言った。「今朝は僕がわるかった」

その言葉に彼女ははっとし、キッチンとベッドルームのあいだをまたぎながら体をこわばらせた。「何の話？」彼女が言った。

「僕は最高にいい夢を見ていた。何カ月ぶりかで見たいい夢だった。僕と君が一緒に海辺にいた。白い砂浜に寝ころがり、僕は君の髪をいじっていた。二人とも何も言わなかった。ただ……しあわせだった」

「それが夢ってものだわ」

「そして目が覚めたら、本当に君がそばにいた」

「わたし、いびきをかいてた？」

「かいてなかったよ」

「フーッ」彼女は大袈裟に額の汗を拭《ぬぐ》うような動作をした。「いびきの音があんまりすごかったので、逃げ出したのかと思ったわ」

「君は僕の肩に頭をのせてた」彼はそっと言った。「腕を僕の腰に回して。そして脚を……僕の脚にからめて」

「眠ってると冷えるのよ」

「あれは……誰かが僕にしてくれた最高に優しいことだった」

「クソ食らえだわ、クインシー」彼はぎょっとして目をしばたたいた。レイニーは彼に忍び寄った。頬を紅潮させ、何かを刺すように指を突き出していた。彼の言葉のどこかが彼女の気にさわったようだ。逃げろ。彼はとっさに思った。どこへ？　この部屋には仕切りがない。

「わたしは優しくない！」彼女は吐き出すように言った。「わかった？　わ、わたしは、絶対に優しくない」

彼はレイニーの指先を警戒するように眺めた。「わかったよ」

「わたしがあなたのベッドにもぐり込んだのは、優しくするためじゃない。となりでまるくなったのは、あなたに優しくしてもらうためじゃない。わたしは眠っているあいだに優しくなるわけじゃない。わかった？」

「僕は何も――」

「だめよ、隠さないで。わたしはあなたに手を伸ばした。わたしは自分のために思い切って前に出た。でもあなたは今朝逃げ出しただけじゃなく、いまもまたずるく逃げようとしてる。わたしが愛情からしたことを同情にすりかえて」

「そいつで僕を突き刺すつもりかい？」

「そいつって、何のこと？」

「指だよ！」

「クインシー！」彼女は叫び声をあげ、両手を振り回した。「お利口面はやめて。あなたって、わたしと同じようなことをしてる！　やめて！」

クインシーは黙り込んだ。彼女も口を閉ざした。「今朝、僕は動揺してたのかもしれない」

「その調子」

「もう勘弁してくれよ」

「だめ、出来ないわ。続けて」

「たぶん」彼は穏やかに言った。「これまでの習慣が抜けないんだ。目が覚めて、君がいるのを見て、嬉しかった。でも……レイニー、いまは誰かを愛するにはいい時期じゃない。僕が愛する人はみんな長生きが出来ない」

「クインシー、詫びを言うボーイフレンドと分析ばかりするセラピスト。あなたは、どっちなの？」

彼は目をしばたたいた。「まったく、君は一枚上手だね」

「さあ早く。ミッツから電話がかかってきたら、ぐずぐず出来ないのよ。さっさと謝ったらどう？」

「わるかった」彼は素直に言った。

彼女は指をくねらせた。「何が……？」

「こそ泥みたいにベッドを抜け出したこと。君をまず起こさなかったこと。何ごともなかったような顔をしたこと。僕と夜をともにすることは、君にとって大きな一歩だったのに。君の気持ちの前進を感謝すべきだった――」

「いいわ」彼女は片手を上げた。「その辺でやめて。あなたの独演会が始まっちゃうから」

「レイニー、目が覚めたとき君がとなりにいるのは、好きだよ」

レイニーはようやく両手を下ろし、彼を横目でちらっと見た。「わたし……わたしも、好きだわ」

「僕は、いびきをかいてなかった？」彼は自分を抑えきれず、一歩前に出た。彼女は後ろに下がらなかった。

「かいてなかったわ」彼女が言った。

「寝返りを打ったり、布団を引っ張ったりして、君が眠れなかったなんてことは？」彼はさらに近づいた。レイニーは体を引かなかった。

「ほんと言うと、あなた抱き心地がよかったわ。FBIにしてはね」

クインシーは彼女から数センチしか離れていなかった。神経の末端が燃えるようだった。彼女の石鹸の匂い、シャンプーのリンゴのような香りがほのかに伝わってきた。彼女の顔のすべての陰影が見えた。まっすぐにこちらを見ている瞳、固く結ばれた唇、闘いに備えるかのように上げられた顎。いまはそのときではない。彼は自分に言い聞かせた。カール・ミッツからいつ何時《なんどき》電話がかかるかもしれない。それですべて終わりになる。

彼は彼女に触れたくてたまらず、指先が熱くなった。彼女は彼に挑戦をしかけ、彼を駆り立てた。それ以上に……彼女は彼に夢を見させた。白く熱い砂浜の夢を。人間を隅々まで分析し、自分自身の人間性はどこかに置き忘れ、長いあいだ脱《ぬ》け殻《がら》のようだった彼に。

「君を傷つけたくない」彼はささやいた。

「悪いことはどうしても起こるわ。クインシー。わたしの尊敬する人が、以前そう教えてくれたの。わたしたちは世の中の悪をすべて食い止めることは出来ない。だからせいぜいいいことを楽しまなくちゃ」

「もし君を失ったら……」

「それでもあなたは生き続ける」彼女は無表情に言った。「わたしも同じよ。わたしたちは実際的な人間だわ、クインシー。それにわたしたちはタフよ。きっと今回も乗り越えられる。もうお喋りはやめて。考えごとも、分析もおしまい。わたしにキスして」

彼はキスをした。

最初の口づけは軽かった。威勢のいい言葉を吐きながらも、彼女がびくついているのが彼にはわかっていた。レイニーの背中のくぼみに手を回すと、彼女の背筋が緊張しているのが感じとれた。顔をのけぞらせ唇を差し出しながらも、彼女はわずかにためらっていた。彼の激しさを期待しながらも、攻撃にたいして身構えていた。だが、彼は自己犠牲や禁欲的な苦行を望んではなかった。クインシーは彼女の過去を理解していた。レイニーにとってセックスは、苦痛であり罰だった。そのほうが彼女にとって受け入れやすいとしても、彼は急ぎたくなかった。

彼は彼女の唇の端にそっと唇を寄せた。左手で彼女の髪を軽くなでた。彼女の目は固く閉じられていた。彼は親指の腹で彼女の絹のような睫毛を愛撫した。

「くすぐったい」彼女が小さな声で言った。

彼は微笑んだ。「目を開けて、レイニー。僕を見て。僕を信じて。僕は君を傷つけたりしない」

彼女は目を開けた。深いグレイの瞳は大きくて澄んでいた。こんな瞳の持主はほかにいない。煙るような真夜中の空の色。彼は彼女の目をのぞき込んだまま、身をかがめて彼女の左の頰骨にキスをした。

「君の顔の輪郭が大好きだって、もう話したかな」彼はささやいた。「この頑固そうな顎、そしてこのくっきりした頰骨……」

「わたしってピカソの絵みたいね」

「レイニー、君は誰よりも美しい人だ」彼の唇が彼女の口元まで下りた。このとき彼女ははっきりとあえぎ声をあげた。背中が抵抗をやめた。両手が彼の首に回された。腰が彼の体に重ねられた。

彼女の唇は豊かだった。彼は初めて会ったときからそれに気づいた。そして骨格の目立つ顔と、いかにも誘惑的な唇というちぐはぐな取り合わせに魅了された。男はこんな唇に憧れるものだ。男はこんな唇に金を出し、詩を捧げ、魂を売り払う。自分のセクシーな魅力に気づかずに三十二年間生きてきたとは、もったいない。彼女はいまそれを自分にゆだねようとしている。彼にはそれがまぶしかった。

レイニーはせわしなく動いた。彼女の腰を抱くクインシーの手に、彼女の体がわずかに旋回する感触が伝わった。彼はその合図を受け取って頭を低くし、唇で彼女の顎の線をなぞり、長いやわらかな喉を下った。彼女の呼吸がせわしくなった。彼の舌の先に、彼女の震えるような脈拍が伝わった。

「何か話して」彼はささやいて、彼女の柔らかなシャツの襟元に顔を埋め、肌の匂いを吸い込んだ。

「話……なんか、出来ない」

「過去を思い出したりしてほしくないんだ、レイニー。この瞬間を僕と分け合ってほしい」

彼は彼女の左手をとり、その手のひらをどきどき脈打っている自分の胸の上に置いた。

「何でも好きなことを話して。君が話し、僕が触れる」彼の唇が彼女の喉に戻った。

「うーん、小さいころ」――彼女の声はかすれていた――「わたしは……なりたかったの……体操選手に。オリンピックの体操選手。あっ、うーん」

「体操選手の体つきをしてる」クインシーは彼女の脇にそって手を滑らせ、引き締まった体の感触を楽しんだ。彼と同じように彼女はランナーだった。ふと彼の心に白いコットンのシーツの上で二人の裸の長い脚がからまるイメージが浮かび、危うく自分を抑えた。深く息を吸い込んだ。急いではいけない。

「練習はしたの？」彼はささやくように尋ね、指で彼女のシャツの第一ボタンをまさぐり、そっとはずした。

「練習？」

「体操の」

「うぅーん……」

彼は彼女の喉元に唇を当てた。

「しなかった……」

「競技を見物した？」彼の唇が彼女の喉をなぞると同時に、脚は彼女の脚のあいだに分け入って彼女の体重を支え、彼女をあえがせた。

「テレビで……オリンピックを……」

「オリンピックは最高だね」彼は言った。そして彼女のシャツの最後のボタンをはずした。前がはだけ、ひんやりした空気に肌をさらして彼女はぶるっと震えたが、逆らわなかった。

「僕はナディア・コマネチが好きだった」彼はさりげなく言い、両手を彼女のシャツの内側に滑り込ませた。彼女の肌は温かくなめらかで、腹の部分には無駄な肉がなく、腰は引き締まっていた。彼は彼女の両脇をなで、彼女はもぞもぞと動き回った。

「誰が好きって？」彼女がぼうっとつぶやいた。

「体操選手」

「ああ……そうなの。うぅーん」

彼は彼女のシャツを剝ぎとらなかった。かわりに彼女の唇にまたキスをした。彼女は唇を開けて彼を迎え入れ、積極的になり始めた。彼は彼女の顎にそって唇を這わせ、彼女の耳元に鼻をこすりつけた。彼女は顔を起こし、彼を唇へと誘い、彼の脚に押しつけた腰を動かした。彼女の舌がようやくためらいがちに彼の舌にからんだ。

彼の両手が彼女の背中をまさぐった。そして彼女の飾り気のない白いブラの留め金を探りあてた。彼はそれをはずし、胸の前でブラが下がった。

「片手ではずすのかと思ったわ」レイニーが彼の口元でささやいた。

「練習不足でね。つぎのときは、技を披露するよ」

「クインシー」彼女が小声で言った。「たぶん……ベッドに行ったほうがよくない？」

彼は即座に反応した。彼女を両腕で抱き上げると、クイーンサイズのベッドに向かった。最後の瞬間に彼女の靴につまずいた。二人は脚をもつれさせて倒れたが、なんとか羽毛布団のかかったベッドに着地した。布団がふわっと浮き上がり、枕がへこんだ。レイニーは息を切らせて笑った。そしてクインシーはふと気づくと、なかばむきだしの彼女の胸に顔を埋めていた。彼は片方ずつ乳房に接吻《くちづけ》した。乳首に唇を這わせた。彼女は彼を押し返そうともせず、両手で引き寄せた。

「体操」彼女がささやいた。「いましていること。体操。床体操、平行棒。クインシー……」

彼女のため息が彼をさらに燃え上がらせた。素肌と素肌を合わせ、たがいにうめき声を上げたい。急がずに、ゆっくり。いまシャツを脱がなかったら、死んだほうがましだ。

彼はシャツを脱いだ。彼女のシャツと垂れ下がったブラを剝ぎとった。仰向けの彼の上に彼女が体を合わせ、青白い乳房が彼の浅黒い胸に押しつけられた。

「もうオリンピックのことはおしまい」彼女がささやいた。

「え？」彼がかすれた声を出した。

「そうよ」彼女は彼の左肩に傷痕を見つけ、そこにキスをした。彼の腕についた小さな跡にも。そして鎖骨の上の傷痕にも。「これは誰がつけたの？」

「ジム・ベケット」

「あなたが彼を殺したの？」

「殺したのは彼の元妻だ」

「その人、好きだわ」彼女は体を下にずらし、彼の胸と腹に小さなキスを浴びせた。彼ははっと息を吞み込んだ。彼女の髪が体をくすぐった。その感触は心地よかった。ああ、死にそうだ。

「クインシー」彼女がまじめな顔で言った。「わたし、母親みたいになりたくないの」

「君はお母さんとはちがう」

「毎晩、毎晩。男から男へ」

「あとまでとっておいて」

彼女は彼の唇に指を当て、「その先は言わないで」とささやいた。

「レイニー」

「よかった」

「明日の晩べつの男がいたら、そいつを殺してやる」

レイニーはジーンズを脱ぎ捨て、彼が腰をひねってズボンを脱ぐのを手伝った。そして仰向けになった彼女に、彼が覆いかぶさった。彼女は脚を開いた。彼女の腰が上がった。彼は彼女の顔から目をそらさなかった。壊れやすい期待と固い決意に満ちた顔。

「レイニー」彼がささやいた。「人生を楽しむのは、悪いことじゃない」

「やり方がわからないの」

「僕もだ。一緒に見つけよう」

レイニーの脚が彼の脚にからんだ。彼は歯を食いしばり、ゆっくり彼女の中に入った。優しくしたつもりだったが、彼女はたちまち体をこわばらせた。彼女の顔に痙攣《けいれん》が走った。彼は動きを止めた。ひたすら彼女に喜びを味わわせたかった。彼女が喜びを感じるように、それだけを願った。深く息を吸い込んだ。急いではいけない。そして一瞬後、彼女の表情が変わった。彼女の体から緊張が抜け、ぴくりと反応した。彼女の顔が驚きに輝いた。彼女は彼の下で体を動かした。何度も、何度も。

「力を抜いて……」

「お願い……いまよ。お願い！」

彼は首を下げ、彼女の上にかがみ込んだ。彼女の両手が彼の体を求めていた。もう自分を抑えたりはしない。もう何も考えない。レイニーの叫び声。レイニーの体。レイニーの信じきった目。

彼女は声をあげた。彼女は驚き、陶酔を味わった。クインシーは彼女の顔に浮かぶ表情に一瞬視線を走らせた。そしてたまらなくなり、彼女のあとから底知れぬ暗い深淵へと飛び込んだ。

そのあと、レイニーのほうが先に眠り込んだ。クインシーも仮眠をとろうとしたが、目が冴えて眠れなかった。白い羽毛の上掛けが、そばに丸まっている。窓格子の向こうから太陽の光が射し込んでいる。レイニーは仰向けになった彼の肩に頭をのせ、彼の腰に腕を回している。ときおり彼はむきだしになった彼女の肩を指でなぞり、彼女が体をすり寄せてくる感触を楽しんだ。

クインシーは彼女の寝顔に見入った。青ざめた顔のまわりに、マホガニー色の髪がもつれている。長い睫毛が頬の上に黒いしみのような影を作っている。わずかに開いたシェルピンクの唇から、小さなため息のような音がもれている。半分おとなで半分子供。どちらも彼のものだ。

彼はもう一度彼女の腕に指を走らせた。彼女は眠りながら何かつぶやいた。

「僕は君を傷つけたりはしないよ、レイニー」クインシーはそっと言った。そしてもうじき鳴り出すにちがいない電話に目をやった。狩りへ、異常者の殺人ゲームへ戻らねばならない。

クインシーは娘を思った。若く誇り高い娘。いまごろはホテルの部屋で真剣に調べものをしているだろう。彼はレイニーを思った。彼女の顎の線。ドアを開けて入ってくるだけで、部屋が明るくなるようなレイニー。彼は自分自身のことを思った。年かさで、知恵者で、自分の犯したミスから学ぼうとしている男。

彼は心を決めた。失ったものを嘆くのはやめよう。自分に残されたもののために闘おう。

31

ヴァージニア、オールセンの館

チョコレートは午後三時少しすぎに届いた。宅配便の茶色い制服姿の、ハシバミ色の素敵な目をした男が、土曜特別配達と記された包みを弾むような足取りで運んできた。メアリーはサインをしてチョコレートを受け取り、男にウィンクをし、彼が赤くなったのを見ていっそう気分をよくした。そっけない配達用の箱を部屋に運ぶと、もどかしげに包みを開いた。金色のパッキングペーパーの海のあいだから、小さな暗緑色の箱が出てきた。ゴディバではなかった。見慣れないブランドのものだった。

箱を開けると、たちまちチョコレートとアーモンドのほろ苦い香りが鼻をついた。三つずつ四列に並んだ十二個のトリュフ。どれもココアの粉がまぶされ、砂糖をからめたナッツでトッピングがしてある。きれいな箱、きれいなチョコレート。でも、私立探偵が甘いものなんて食べるかしら。

メアリーは箱の蓋を閉め、鏡で自分の姿を点検した。目の下の隈には分厚くファンデーションを塗った。腕のあざはピンクのシルク・カーディガンで隠した。ホットカーラーで、髪は見ちがえるようになった。元気そうに見えた。というより、それ以上だった。彼女はきれいに見えた。消化薬ペプトビスモルそっくりなピンク色に包まれた、完璧な医師の妻。

「これなら大丈夫」彼女は鏡の中の自分に言った。そしてチョコレートの箱を手に取ると、戸口に向かった。

恋人の言葉どおり、シルバーのハッチバックが私道を下りたところに停まっているのが見えた。身なりのいい黒人が運転席に座っている。道路マップを眺めているようだ。だが、メアリーと目が合った瞬間、彼は慌てて左右に視線を走らせた。彼女は足早に運転者側の窓に近づいて、コンコンと叩いた。

「やあ、ダーリン」彼は窓ガラスを下げて、即座に言った。「あんたみたいな人が通りかからないかと思ってたところなんだ。道に迷っちゃってね。往生してたんだ」彼はしわになった地図をひらひらさせ、困ったような苦笑いを浮かべた。だが、彼が運転席の下にある何かを左足で必死に奥へ蹴飛ばしているのを、彼女は見逃さなかった。きっと尾行用のカメラだわ。

「あなたが私立探偵だってことは、わかってるの」彼女は言った。

「いや、ほんとなんだ、裏道に迷い込んだら、急にまわりがどこも同じように見え出してね

――」

「二日も続けて同じ道を眺めてたら、そうなるわよね。ちょっといいかしら？」

彼女は助手席を指さした。彼はまごついた。「ダーリン、I－95号線に出る近道を教えてくれると助かるんだけど……」

「いいわよ、地図を見ながら教えてあげるわ」彼女は車の前をぐるりと回り、彼にそれ以上何も言わせず車に乗り込んだ。

車の中はむっとするほど空気がこもっていた。布張りのシートに座るとドレスが肌にへばりついて気持ちが悪かった。ダッシュボードは熱くなっていた。これなら、アイスティーかレモネードでも持ってくるべきだった。こんな暑い盛りに、誰がチョコレートなど食べたがるかしら。経験しないとわからないものね。でも仕方がない。彼女は思い切って緑色の箱を差し出した。

「おやつをいかが？」彼女は言った。「ちょっと持ってきてみたの」

「でも――」

「わたし、馬鹿じゃないの。見損なわないで。ただのチョコレートよ」

「チョコレート？」探偵の声が思わず弾んだ。もう一度彼女に警戒の目を走らせたあと、箱を受け取った。だが、箱を開けたとたん、チョコレートとアーモンドの匂いが狭い空間に充満した。この暑さの中では、甘すぎ、強すぎる匂い。彼はすぐに箱を閉じた。メアリーでさえ、ほっと救われた気分がした。

「ありがとう」彼は丁重に言った。「じつを言うと、俺は甘いものに目がないんだ。でも、いまはやめておくよ。昼に食べすぎたものでね」彼は緑色の箱をダッシュボードにのせた。二人とも箱をじっと見つめた。

「わたしはメアリー・オールセン」しばらくして彼女が手を差し出しながら言った。「もうとっくにご存じでしょうけど」

男は考えあぐねている様子だった。「俺はフィル・ドビアーズ」

「夫に頼まれたのね」

「ダーリン、ただ道に迷っただけだ」彼はフーッとため息をついた。

「夫はわたしを嫌っているの」メアリーが話し始めた。「初めて会ったとき、わたしはしがないウェイトレスだった。彼に会ったときは、それはもう有頂天だったわ。彼は世界的に有名な神経外科医ですもの。人の命を救い、子供たちを助け——立派な仕事だわ」

フィル・ドビアーズは情けない顔でうなずいた。

「結婚を申し込まれたときは」彼女が続けた。「自分が世界一運のいい女に思えたわ。そのときは、彼が何を望んでいるかわからなかった。彼がわたしの服装も話し方も振る舞い方も気に入ってないとは、知らなかったの。たぶんわたしが世間知らずだったのね、ドビアーズさん。彼が結婚を申し込んだのは、わたしを愛しているからだと思ったのよ」

「頭が混乱してきた」ドビアーズが言った。その言葉は本音のようだった。

「夫はわたしが浮気をしてると思ってるんでしょ?」メアリーが尋ねた。彼女はドビアーズに向き直り、彼の目を見据えた。「夫はわたしが彼に隠れてほかの男とつきあってると思ってる。なぜなの？　自分がいつもわたしをひとりきりにするから？　わたしを家族や友人たちから遠ざけたから？　わたしには仕事がないのよ。生きがいも、趣味も何もない。ご大層な医者の夫の帰りを待って、誰もいないご大層な家でふらふらする以外、何もすることがないの。彼はそういうことをぜんぶあなたに話した？」

メアリーはピンク色のシルク・カーディガンを肩からはずした。ドビアーズの目がたちまち青黒いあざに釘付けになった。彼は唇を固く結び、歯を食いしばった。彼女にたいする同情心が湧いたようだった。二人で手を組めるかもしれない。夫ではなく、彼女のほうが勝てるかもしれない。だが、ドビアーズは何も言わなかった。沈黙が長引き、耐えがたいほどになった。メアリーは目をそらせ、不意に自分が裸になったような、みじめな気分に襲われた。彼女はカーディガンをかきあげ、首のところでボタンを留めた。

「わたし、いま……ここでチョコレートを食べようかしら」彼女は小さな声で言った。

ドビアーズは彼女に箱を渡した。メアリーは彼のほうを見ようともせずに箱を受け取った。そのとき、彼女は手応えを感じた。

「あなたも、ぜひどうぞ」彼女は早口に言った。「わたしばかり食べるのは申し訳ないわ」彼女はチョコレートをひとつ彼に渡し、自分でもひとつ取って、箱をダッシュボードに戻した。彼はもう断れなかった。南部人は好意を無に出来ない。彼女はチョコレートをつまみ上げた。彼も同じようにするしかなかった。「乾杯」彼女は言った。そしてチョコレートを口に放り込んだ。一瞬後、フィル・ドビアーズもしぶしぶそれに従った。

メアリーは下剤めいた化学物質の味を覚悟していたが、そんな味はまったくしなかった。チョコレートはおいしかった――出来立てでやわらかく、舌の上で溶けた。何かのリキュールで香りづけがしてあり、ビターチョコレートとアーモンドが溶け合っている。悪くないわ。彼女はチョコレートを飲み下し、元気が出たような気がした。

ドビアーズも食べ終えたが、なぜか眉をしかめた。「これはどこで作られたもの？」

「おいしいでしょ？　もうひとつ、いかが？」

「すごく……きつい」

彼女は明るくうなずいて、もう一度箱に手を伸ばしたが、舌にわずかなしびれを感じた。動悸がいつもの三倍も速くなり、頬が燃えるようだった。不意に車が気持ちわるいほど回り始め、体を支えるためにダッシュボードにしがみついた。

となりでは、フィル・ドビアーズが息をあえがせていた。彼の毛穴から見る間に汗が吹き出した。黒い瞳が大きくなり、飛び出しそうに見えた。

「おい、いったい中に何が入ってたんだ？」

メアリーは答えようとしたが、喉が焼けるようだった。そして顔に水滴が飛ぶのを感じた。たいへん、口から泡が出てる。なぜ？　どうして？　ああ、目が回る。だめだわ、だめだわ。

「熱い」彼女がかすれ声で言った。「熱い……」

彼女はドアの把手をまさぐった。ドアがぱっと開いた。目の前に彼が立っていた。

だめ、彼女は叫ぼうとしたが言葉にならず、口から出てくるのは泡ばかりだった。彼女はあっちへ行ってと彼に手で合図しようとした。ここにいちゃだめ。探偵に見られてしまうわ。もうチョコレートは食べさせたの。あと一時間したら、一緒にいられるわ。あなたはわたしの傷痕にぜんぶキスしてくれる。もう一度きれいだって思わせてくれる。お願い……

だが、恋人は動こうとしなかった。彼は奇妙な目つきで彼女を見ていた。他人でも見るように。彼女を抱いたことも、甘い慰めの言葉をささやいたこともないかのように。唇に冷たい微笑みを浮かべて。ふさふさした黒い髪は、どこへ行ってしまったの？

彼女はもう一度喋ろうとした。息が出来なかった。「助けて」声をふりしぼった。「助けて」彼に向かって手を伸ばした。

恋人は顔をそらせた。ゆっくり彼の視線をたどると、車の中のフィル・ドビアーズが見えた。ハンドルにもたれかかって、息をあえがせている。ドビアーズは恐怖にかられた目で男を見つめながら、右手でシートの下をまさぐっていた。

「ア――」私立探偵がつぶやいた。「間抜けだった……アーモンド……俺は……」

彼の手が見えた。腕が痙攣している。そしてあれは……銃だわ。彼は銃を握っている。

だめ。メアリーは恋人に向かって叫ぼうとしたが、叫べなかった。走って、逃げて、ここから逃げて。声が出てこなかった。喉が焼ける、焼ける、焼ける。車が回る、回る、回る。こんなに苦しいことは初めて。助けて、助けて。

彼女は両手で腹を抱くようにした。ごめんなさい、ごめんなさい、ごめんなさい。

フィル・ドビアーズは震える腕を上げた。彼の指が安全装置をまさぐった。だが、だめだった。だめだった。腕が下に落ちた……

メアリーはドビアーズを見つめ、回転し、渦を巻き、燃えるような車の中で、二人の視線がしっかりと合った。おかしなことに、彼はまるで自分が悪いことでもしたように、すまなそうな顔をした。そして彼の喉から、うがいのときのような音がもれた。彼は白目をむき、ハンドルにがくりと倒れ込んだ。銃が床に転げ落ち、彼の口から白い泡が流れ出した。

メアリーは銃を見つめた。銃を……そして……

車……回っている。熱い。息が出来ない。動悸が速すぎる。彼女の両手が腹を押さえた。アーモンド、アーモンド、アーモンドって何のこと？　熱い。お化粧がはげ落ちる。わたしを見ないで。見ないで……体がシートに沈み込んだ。

彼女は目を上げて恋人の顔を見た。妙に髪が薄くなっている彼を、突っ立ったまま助けようとしてくれない彼を、じっと見つめた。

「じきに終わるさ」彼は腕時計に目をやった。「あと六十秒くらいかな。正直な話、おまえがこんなに長くもつとは驚きだね。でもまあ、人によって反応が少しずつちがうから」

アーモンド、アーモンド、アーモンド……

「そうだ、電話で言わなかったっけ？　下剤についちゃ、気が変わってね。チョコレートには、下剤じゃなくて青酸を一五〇ミリグラムずつ注入しといたよ。匂いが少々きついけど、あっという間にすむからね」

彼女の唇が動いた。彼は聞き取るために身をかがめた。「お祈りかい？　お祈りだって？　メアリー・マーガレット・オールセンが？　笑わせるんじゃない。おまえは親友を裏切ったんだろ。神さまはおまえになんか用はないってさ」

彼は背筋を伸ばした。背後から照りつける太陽の光線が、彼をまばゆい男から、さらにまばゆい復讐の天使に変えた。

あなたを愛してたのよ。肺が凍りついていく。そして心臓も。わかってたはずなのに。まともな男が、わたしを好きになってくれるはずはないって。

最後に残った思い。体が痙攣し始め、肺が空気を求めて必死で闘っている最後の瞬間に、たったひとつ残った思い。

「あなたの」彼女がささやいた。「あ、あなたの」

彼は眉をひそめた。そして彼女の両手が痙攣しながら腹を押さえているのに気づき、愕然として目を見開いた。「まさか！　だめだ、だめだ、だめだ……」

「あなたの」メアリー・オールセンは最後にもう一度つぶやいた。そしてがっくりと首を折った。

男は前に飛び出し、彼女を車から引きずり降ろした。熱いアスファルトの上で、彼女の両肩をつかんでゆさぶり、彼女の顔を平手で叩いた。「目を開けろ！　ちくしょう、目を開けるんだ！　こんなこと、しないでくれ！」

　メアリーの両腕がだらりと下がった。脈はなく、心臓も動きを止めていた。青酸による死は悲惨だが、彼の約束どおり、あっという間だった。男は彼女のわずかにふくらんだ腹を見つめた。その午後久し振りに再会したときに、彼女は彼に教えるつもりだったにちがいない。彼女はきっと彼を真剣な顔で見つめ、おどおどしながら、励ましの言葉を必死で待ったにちがいない。そして彼はきっと……

　これほど長い歳月のあとで。何年も孤独に、何十年もひとりの家族もなくすごしてきたあとで。

「ちくしょう」彼はつぶやいた。そしてしわがれ声で叫んだ。「ピアース・クインシー、クソ野郎！　俺になんてことをさせたんだ！　仕返ししてやる！　仕返しを……すぐに、すぐに、すぐに、すぐに！」

32

オレゴン、ポートランド

キンバリーは、ミゲル・サンチェスのファイルを二時間のあいだに四回読み直した。無造作にポニーテールにまとめたブロンドの髪が、ほつれては目にかぶさってくる。そのたびに彼女はうるさそうに左手で髪をかきあげた。いまはホテルの部屋を独占出来るのだから、シャワーを浴びて着替えるべきだったが、ファイルを読むのに夢中だった。ここに何かあるはず。パパは自分がサンチェスと直接電話で話したのはまったくの偶然だと言った。特別捜査官アルバート・モンゴメリーが今回の事件を担当したのも、偶然かもしれない。でも、ここには何かある。キンバリーの直感が、ミゲル・サンチェスを調べろと叫び声をあげていた。

部屋の外の廊下から妙な音が聞こえる。キーキーときしみながら回る車がゆっくり廊下を渡ってくる音。たぶん、錆びついた金属製のカート。キンバリーは眉をしかめたが、ファイルを読み続けた。

サンクエンティン刑務所の死刑囚として、サンチェスは一・八×三メートル四方の独房にいる。つまり、釈放されたあと自分の代わりに仕事を引き受けてくれるルームメイトはいない。けれど、死刑囚の中には一日四時間、運動場で六十人の房仲間とすごせる者もいる。重量挙げや輪投げのほか、何をしているかは神のみぞ知るだ。

キンバリーはサンチェスのファイルを念入りに調べた。サンクエンティンの看守の話では、囚人はA級とB級の二つのタイプに分類できる。A級は刑務所暮らしに順応する囚人だ。彼らは規則を守り、看守ともめることもなく、〝更生〟に成功していると考えられる。こうした囚人には優等生仲間と一緒に毎日運動場に出る特権が認められる。

かたやB級の囚人は、雛《ひな》の小屋に入り込んだ雌鳥《めんどり》のように振る舞う。彼らは看守を脅し、房仲間を脅し、実際に暴力をふるって相手を傷つけることもある。こうした囚人は貴重な時間の多くを小部屋――職員は隔離房と呼び、囚人たちは穴と呼んでいる――ですごす。ミゲル・サンチェスは穴の常連だった。ファイルによると、彼は最初はB級の囚人だったが、一九九七年にはおとなしくなって六カ月のあいだA級に昇格し、その後ふたたびB級に戻った。言い換えると、と言っても、ミゲルはサンクエンティンで友だちを作るチャンスはそれほどなかったにちがいない。リッチー・ミロスはサンチェスが隔離房にいたあいだに殺されている。つまり、いかに厳重に閉じ込めても、サンチェスの力は奪えないということ。

あの耳障りな音が彼女の神経をさかなでした。ルームサービス係はカートに油をさすべきだわ。何かが……くそっ。
収穫としては、この死刑が決まった連続殺人犯について、新聞記事が沢山見つかったこと。異常者が誰かと組む例は数が少ないため、サンチェスを絶好のモルモットがわりに、犯罪学者はこの有名な二人組について数々の分析を発表した。学者たちの面接は退屈な毎日を送るサンチェスに、結構な気晴らしを与えたにちがいない。そして研究を助けるという口実のもとで、殺しの快感を甦らせ、悦に入りもしただろう。

記事によれば、過去に何件かあった男女二人組の性的サディストの場合は、女のほうが完全に従属的で、パートナーというより被害者に近い。異常者はたいてい独りを好み、人間関係を築きにくく、人との接触をほとんど必要としない。ミゲルとリッチーの場合、自分の行為を誰かに見せたいというミゲルの欲求と、言われるがままに何でも喜んで手を貸すリッチーの盲従とが、二人の関係を成り立たせた。しかもリッチーは、従兄弟を心底恐れていた。おそらくミゲルはそれに満足し、リッチーは便利という以上に仕事の快感を増す要素になっていたのだろう。

リッチーの存在に、ミゲルの中に潜むホモセクシュアル性を指摘する犯罪学者もいた。その学者がミゲルに再度面接をおこなったとき、ミゲルは面接室で手枷足枷《てかせあしかせ》をはずされたとたん、テーブルの向こうから学者に跳びかかり、素手でその首を締めようとした。潜在的ホモセクシュアルのレッテルを貼られたのが、ミゲルには大いに気にさわったようだ。

確実に言えることがひとつある。ミゲル・サンチェスは凶悪な男だ。キンバリーはオンラインで彼の写真を見つけた。チャールズ・マンソンくらいにしか好かれそうもない、黒いぼさぼさの髪。額の下にぐっと引っ込んだ目、いかつい頬骨。刺青の穴だらけの肩。ある記事によると、監獄の中でも彼は針とボールペンを使って体に刺青を入れ続けたという。俺は犠牲者たちの歩く記念碑だと、豪語しているらしい。キンバリーは彼の写真を三回眺め、片方の肩に彫られた文字にふと目を止めた。そしてぞくっと寒気に襲われた。

アマンダ。

彼はアマンダという名前を体に彫りつけている。キンバリーは必死で動悸を抑えた。ミゲル・サンチェスが手にかけたアマンダを、彼女は知っていた。ずっと以前に、マンディとテープを聴いたことがある。でも、その名の持主はもうひとりいる。それは冷酷な異常者と、急速に崩壊していくキンバリーの家族とを結びつける名前でもあった。

キーキーとカートのきしむ音が近くなった。くそ、集中出来ないわ。

キンバリーは椅子から立ち上がり、ドアに向かって顔をしかめた。音はそのすぐ向こうまで来ていた。まったく迷惑ね。こっちは仕事をしてるのに。真剣に集中していると、以前の自分に戻った気がした。有能で強くて、冷静沈着な自分に。

考えてみると、不思議だ。マンディの死は彼女から拠り所を奪い、怒りと悲しみと恐怖の入り混じる複雑な感情で満たした。そして皮肉なことに、母親の死は彼女にもう一度拠り所を与え、こうしたすべての感情に目的を与えた。クズ野郎を絶対に見つけ出してやる。レイニーにどう言われようとかまわない。やつを殺してやるわ。正直な話、そいつがミゲル・サンチェスみたいな男だったら、殺しても悔やんだりせずにすみそう。

進化論。適者生存。かかってくる気なら、覚悟したほうがいいわ。わたしは十二のときからこの日のために訓練を積んできたのよ、ろくでなし。そう簡単に負けるもんですか。

ドアをノックする音がした。そこから一メートルしか離れていないキチネットにいたキンバリーは、凍りついた。自信はもろくも崩れ去った。顔から血の気が引き、心臓の鼓動は一分間に一五〇回の速さで打ち始め、毛穴から汗がどっと吹き出した。

「ルームサービスです」外でかん高い男の声がした。

ルームサービス。よく小説に出てくる手だわ。キンバリーはベッドルームに駆け込んだ。バッグに手を突っ込んでグロックを取り出し、リビングに駆け戻ると、安手の木のドアに向かってセミオートマチックを構えた。

「部屋を間違えてるわ」彼女は叫んだ。「とっとと行っちまいなさい！」

何の返事もなかった。キンバリーの両手は震えすぎて、銃の狙いがつけられない。水曜日、ママ。木曜日、お祖父ちゃん。金曜日、みんなで逃げ出す。そして土曜日の今日は？わたしじゃない！　そう簡単に負けるもんですか！

「でもー、この部屋からのご注文ですけどー――」

「とっとと、行っちまいなさいよ！」

「はいはい、わかりましたよ。行きますけど、えーと、ご注文のシャンパンとイチゴは、下の階で食べられますから。チッ」

またキーキーきしる音が聞こえた。そして一瞬後、同じかん高い声がぼやいた。「満月かなんかのせいで、頭がおかしくなったってわけ？　ったくもう」

キンバリーはゆっくり銃を下ろした。体はまだがたがた震えていた。汗でTシャツが肌にはりついている。動悸はマラソンでもしたあとのように激しかった。

彼女は深く息を吸って吐き出した。もう一度、そしてまたもう一度。

まだ落ちつかない気分のまま、四つん這いになってドアの下の隙間から外をのぞいた。ドアの向こうに足の影は見えなかった。キンバリーは絨毯にすとんと腰を落としてあぐらをかき、グロックを膝にのせた。

「うん、そう」彼女は誰もいない部屋の中で、沈んだ声でつぶやいた。「わたしは大丈夫」

「ねえ、胸がむかつく甘ったるい呼び方はだめよ。夜のメロドラマに出てくるような台詞もごめんだわ。それに、カードに印刷されてるような言葉も、わたし向きじゃない。わたしはカードが似合うような女じゃないの。だけど、念のために言っておくと、花はいいなって思うこともあるわ。ピンクのバラとか。シャンパン色のとか。そうね、好きかもしれない。もちろん、チョコレートとか特別配達のお菓子って手もあるわよね。チョコレートは合格だけど、ハート型の箱に入ってるのはだめ。赤いビロードのたぐいもわたし向きじゃない。わかる？」

レイニーはふかふかの羽毛布団にくるまり、クインシーのわきで手足を伸ばしていた。二人はまだ服を着ようとしていなかった。時間は昼の十二時を少し回ったところで、太陽は中天に高く、電話はいつ鳴ってもおかしくない。あいにくだわ。

彼女は彼の肩に頭をのせ、人指し指で彼の胸にいたずら書きをした。彼女は渦を巻く絹のような彼の胸毛の手ざわりが好きだった。コロンと体臭が混じり合う彼の匂いが好きだった。彼の体つきも、広々とした平原のような分厚くてなだらかな胸も好きだった。あと少ししたらまたオリンピック選手の話が出来そう。

「青信号は花と四角い箱のチョコレート」クインシーがまじめくさって復唱した。「赤信号は胸がむかつく甘ったるい呼び方」彼の手が彼女の髪をなでた。彼のほうも急いで起き上がる気はなさそうだった。彼は首を下げて彼女を眺めた。「参考までに聞いとくけど、例えばどんなのが胸がむかつく甘ったるい呼び方？　僕は自分がかわいいとか、かっこいいとか言われたら、死んだほうがましだけど」

「スイートハート、カップケーキ、シュガーパイ、ハニーバンチ」レイニーが矢継ぎ早に言った。「スイーティーパイ、キューティーパイ……誰かからこういう呼び方をされると、お返しにインシュリンをどばっと注入するか……頭を殴りつけたくなるわ」

「糖分に関係する愛称はすべてご法度《はっと》なわけだ」

「わたしの場合はね。あなたがスイートチークス（かわいいほっぺちゃん）なんて呼ばないでくれれば、わたしもあなたのことをスタッドマフィン（色男）なんて呼ばない」

「どうかな」クインシーがさらっと言った。「僕はスタッドマフィンでもかまわないけど

「……」

レイニーは彼の胸を叩いた。彼は死んだふりをした。彼女が彼の上にかがみ込み、キスで息を吹き返させようとしたとき、電話が鳴った。彼女は不満げに唸った。

「カール・ミッツだ」クインシーがつぶやいた。

「体操！」彼女は抵抗した。

「残念だけど、おあずけだね」

「ぶちこわしだわ」レイニーはナイトテーブルのコードレス電話に手を伸ばし、「もしもし」と不機嫌な声で出た。

「ロレイン・コナー。あんたの声が聞けるとは嬉しいね」

レイニーは眉をしかめた。聞き覚えのない声。一度も聞いたことのない声。「あなた、誰？」

「知ってるはずだ。ピアースを出してくれ」

レイニーは問いかけるようにクインシーを見た。彼と話したがっているということは、相手はカール・ミッツでも、長いあいだ消息不明だった彼女の父親でもない。でも、クインシーをピアースと呼ぶ者はめったにいない。とすると……

くそ。彼女は上掛けをはね飛ばして、がばっと身を起こした。心臓の鼓動が猛烈に速くドクドクと鳴り始めた。相手が誰かわかった。「いったいどこでこの番号を手に入れたの？」

「電話帳さ、もちろん。ピアースにかわってくれよ」

「クソ食らえだわ。思いどおりにはさせないわよ」

「なんとまあ子供っぽいこった。ピアースにかわれ」

「ちょっと、わたしの番号にかけてきたんだから、わたしと話しなさいよ。言いたいことがあるなら、いますぐ話したほうがいいわね。さもないと電話を切るわよ」最後のほうは声がかん高くなった。クインシーは彼女の手から電話をもぎとった。レイニーは逆らうことも出来たが、彼の鋼鉄のような視線に気圧《けお》された。

彼は電話を耳にあてた。「もしもし」落ちついた声で言った。「君は誰だ」

「ピアース・クインシーさ、もちろん。俺の運転免許証を見せようか？それとも、手書き文字の見本がいいか？」

「妄想障害、誇大癖の傾向あり」クインシーが言った。

男は笑った。「ピアース・クインシーって、そんな偉物《えらぶつ》なのかい。あんたの娘は死んだ、かみさんも死んだ、しかもおやじさんは行方不明。あんたにそれほど力があるとは、俺にゃ思えないけどな」

「私に妻はいない」クインシーは言った。

「失礼、元かみさんだったな」男はわざとらしく言い直した。「死んだあとまで格下げするとは、冷たいねえ」

「何の用だ」クインシーは電話を持ち替えて反対側の耳に移した。そしてレイニーの目を見つめ、指をくるくる回した。彼女は即座にうなずいて裸のままベッドを抜け出し、テープレコーダーを取りにいった。

「俺の用件は〝もの〟じゃない、ピアース、〝人間〟だ。すべて時期を見計らってな。あんた、おやじさんと話したいか？」

「父がすでに死んだことは、おたがいにわかってる」

「あんたにゃ、わかってない。罪の意識を感じずにすむから、おやじは死んだと思いたいんだろうが。おやじさんは母親がわりもして、あんたを男手ひとつで育てあげたんだってな。それなのに、ずいぶんあっさり見切りをつけるもんだ。『おやじが老人ホームからずらかったって？　そりゃよかった、さっさと身を隠そう！』ってわけか。もっとましな人間かと思ってたよ」

「どうかな」

レイニーがテープレコーダーを用意した。彼女がスイッチをいじくるあいだにクインシーは電話を近づけて録音しやすいようにし、テープが回り始めた。

「おやじさんは生きてる」男が言った。「連邦の手先には見つからない場所に隠れて、あれこれ愚痴は多いが、ぴんぴんしてるよ」

クインシーは返事をしなかった。

「交換ってのはどうだい。あんたの娘とあんたのおやじを交換するんだ。娘のほうが年は若いが、いまじゃおやじのほうが子供だ」

クインシーは黙っていた。

「それとも、かわいいロレインを連れてくるかい？　恋人とおやじを交換する。彼女はたしかにいいケツしてるからな。だけどあんたが女と長続きしないってことは、俺たちおたがいに知ってるだろ、ピアース？　かみさんが俺に嘆いてたぜ。あんたの娘もだ」

「テキサスの天気はどうだ？」クインシーが尋ねた。

レイニーはけげんな顔で彼を見つめた。そして思い当たった。ミッキー・ミロスはテキサスに住んでいる。クインシーはかまをかけたのだ。

「テキサス？　見当ちがいだね」

「どの見当なら合ってるんだ？　私から将来を台無しにされ、人生を目茶苦茶にされた男か？　面白いね。君の人生にそれほど影響を与えたっていうのに、私のほうは君をまったく憶えていない。おそらく簡単に片づいた事件なんだろう。これまで間抜けの犯罪者には山ほど出会ったからね」クインシーの声は明るく、挑発的だった。

かたや男の声はしだいに怒気をおび始めた。「俺を甘く見るんじゃない、ピアース。あんたを殺したがってる人間は大勢いるんだ。俺はそいつらのために役立ってるのさ。悔しがられるかもしれないが」

クインシーはあくびをするふりをした。「退屈な話だね」

「俺があんたの娘に手を出したら、退屈だなんて言えるのか？　娘のシャツを剝ぎとって固いおっぱいをまさぐっても、退屈か？　あんたが思ってる以上に俺は近くにいるんだぞ」

「おまえは私の娘に手を出せない」

「ご立派なパパが、娘を守ってやるってわけか?」

「その必要はない。二メートル以内に近づいたら、あの子はその金玉を蹴り上げておまえの喉に突っ込むだろうからな」

男は笑い声をたてた。「面白い」彼は言った。「ベシーもマンディもそれはやらなかった」

このとき初めて、電話を握るクインシーの手に力が入った。

「ピアース」男が言った。「幕間《まくあい》は終わりだ。おやじを探しに戻る気がないなら、俺はべつの誰かを見つくろって殺す。ヴァージニア行きの便はあと一時間で出る」

「その手には乗らない」

「じゃ、俺はじっくり時間をかけて、猛烈に痛めつけながら彼女を殺す」

「おまえは娘に手を出せない――」

「俺がこらしめてやるのは、キンバリーじゃない。空港に行きな、主任特別捜査官クインシー――あんたにゃもう、そんなに友だちが残ってない。あ、そうだ、ミズ・コナーに伝えてくれ。今度私立探偵を雇うときは、チョコレート好きじゃない人間を選んだほうがいいって」

電話が切れた。クインシーはレイニーをじっと見つめた。彼の表情には激しい怒りが宿っていた。それは以前に一度、彼女がヘンリー・ホーキンズに殺されかかった夜に見たと同じ表情だった。

「やつは君を狙っている」彼は言った。

彼女は首を振った。「ううん、わたしじゃない。あいつの言葉を思い出してみて、クインシー。彼はあなたを家に戻したがっている。彼は確実にドビアーズに接近したようだわ。ということは、東海岸。あいつはまだヴァージニア近辺にいるのよ」

「じゃあ、誰を……」

二人は同時にはっと気づいた。「グレンダ！」クインシーが叫んだ。

「あと一時間あるわ」

クインシーは電話をつかむと、狂ったようにダイアルし始めた。

33

ヴァージニア、クインシーの自宅

「その家から出るんだ」

「ピアース。そんなことは――」

「グレンダ、聞いてくれ。ホシがたったいま電話してきた。やつは私を東海岸に戻したがってる。私を強引に引き戻すために、誰かを殺す気だ。標的は君なんだ。ほぼ確実にそう言える。お願いだからその家から出てくれ」

グレンダは電話を強く握りしめた。クインシーの書斎でただひとり、彼女は有罪の匂いのする便箋の箱をじっと見つめていた――中の一枚はすでに犯罪研究所の文書課に送付ずみだった。そして彼女は……この厄介な事件を引き受けたのを後悔した。

「あなたとは話をしないほうがいいと思う」彼女は静かに言った。

「モンゴメリーはそこにいるのか」

「よけいなお世話よ」

「ひとりなんだな？　ちくしょう、なんでああいう人間が捜査官になれたんだ。グレンダ、ホシは私の住所を知ってる。捜査局の規約も心得てるから、誰かが私の住居に詰めていることとも知ってるんだ。それに、やつは私の家の間取りも、柵を乗り越えて庭に入るにはどうすれば一番いいかも、確実にわかってる……やつをあなどっちゃいけない」

「例によってまた幻のストーカー話ね」彼女が言った。

　クインシーは口をつぐんだ。よかった。彼女は思った。驚くがいいわ。私はこの家で三日、憎悪だけを聞き続けてきた。そして何もかも恐ろしくねじ曲がったゲームじゃないかと、疑うようになった。ピアース、あなたはハンターなの？　それとも獲物なの？　私にはもうわからない。そして疲れた！

「どうしたんだ、グレンダ」クインシーが尋ねた。彼の声には用心深さと疑いが感じ取れた。彼女は得意な気分になった。

「完全犯罪なんてものはあり得ないのよ、クインシー。あなたはそれを誰よりよく知ってるはずだわ。隅々まで緻密に考えたつもりでも、かならず一か所や二か所はぼろが出る」

「フィラデルフィア警察から報告が届いたんだろ？　そして現場で見つかったメモの筆跡が私のものと一致したんだな」

「なんですって？」

彼はまた黙り込んだ。電話線を通じて彼の動揺が伝わってくるようだった。だがグレンダの動悸の激しさは、その比ではなかった。それまでは彼女の中にクインシーの無罪を信じる気持ちがわずかに残っていた。けれどいまとなっては……あのメモ、エリザベス・クインシーのえぐられた腹部に押し込まれていた、あの血まみれのメモ。彼が書いたなんて。ピアース・クインシー、捜査官仲間の、切れ者中の切れ者が。ああ、神さま……

「あなたは怪物だわ」彼女の声はかすれていた。「モンゴメリーの言うとおり。あなたは怪物だわ！」

「グレンダ――」

彼女は携帯電話をパチンと閉じた。電話が床に落ちても拾おうともせず、とぐろを巻いた蛇でも見るような目つきで眺めた。腕の根元から先まで鳥肌が立った。何日も眠れない夜をすごしてきたいま、すべてが崩れ去っていく。寒気がし、恐ろしかった。あの人を信じていたのに。ああ神さま、私はもう二度と潔白の身に戻れない気がする。

床の上の携帯電話が鳴り始めた。

グレンダは電話に出ようとしなかった。彼の思いどおりにはならないわ。メロディ音が十秒続き、留守電に切り替わって音がやんだ。ほっとしかけたとき、また電話が鳴り始めた。繰り返し何度も、何度も。

くそっ！　彼女は電話をつかみ取った。

「あなたを信じられない！」彼女は叫んだ。「あなたは嘘をついてる。私は銃を持ってるのよ、クインシー。だから離れてるほうが身のためね」

「私はいまオレゴンだ。君に手出しは出来ないよ」彼は言った。

「そんなこと、知るもんですか！」

「聞いてくれ。もうあまり時間がない、グレンダ。私はあのメモを書いてない。疑われても仕方ないが、書いたのは私じゃないんだ」

「もちろん、あなただわ。自分でそう言ったじゃないの」

「自分の筆跡は十分わかってるさ！　私はね、あの部屋に鑑識がメモを持ってきたとき、すぐに気づいたんだ。だけど私は書いてない、グレンダ。この男は私の書いたもののコピーを手に入れて癖を調べあげ、筆跡をそっくり真似たんだ。具体的な方法はわからない。だが、書いたのはやつで、私じゃない」

「何を言うの、クインシー。『筆跡は自分のものだが、書いたのは自分じゃない』だなんて。見え透いてるわ。嘘をつくのまで下手になったのね」

「グレンダ、なんで私が自分で書いたものを使ったりするんだ？　私はプロだ。筆跡鑑定の方法について授業も受けた。その私がなぜそんな馬鹿なことをする？」

「それは、あなたが馬鹿じゃないからよ。傲慢だからよ。しかも証拠は筆跡以外にもあるわ。私たちはニュースレターに載った広告のオリジナルをつきとめたの。あなたの便箋が使われていた」

「一番下の引出しに」彼はつぶやいた。「そうだ、何年も前から……」そして言った。「ちくしょう、だとすると、やつはたしかに私の家に入ったんだ。グレンダ、頼むから外に出てくれ」

「あなたの命令は聞かない」彼女はヒステリックに声を高めた。そしてわれ知らずカーテンのないむきだしの窓へと、視線をさまよわせた。急に自分が金魚鉢の中にいる頼りないひとりぼっちの女に思えた。クインシーがすでにそこまで来ているとしたら。あるいは幻のストーカーか、ガラガラ蛇がいるとしたら。どうしよう。疲れた。とても疲れたわ。モンゴメリーはどこに行ったの？　グレンダは自分を見失っていた。

「考えてみてくれ、グレンダ」クインシーはねばった。「君は頭のいい、優秀な捜査官だ。私も同じだ。その私がなんで、こんな手の込んだストーカー話をでっちあげたうえ、ニュースレターの広告に自分の便箋を使ったりするんだ？　フィラデルフィアであんな残酷な殺人を工作したうえ、自分の筆跡を残したりするんだ？　なぜ私がこれらの犯罪を犯す必要がある？　私に何の益がある？」

「力を見せつけるため。世間をあっと言わせるため。あるいは、仕事のしすぎでついにあなたの頭がおかしくなったのかもしれない」

「私は何年も現場から遠ざかっている」

「それが不満だったのかも」

「それで自分の家族を殺害するのかい？　十五分でいい、グレンダ。頼むからそこを出てくれ。お願いだ、その家から離れてくれ」

「出来ないわ」彼女の声がかすれた。

「なぜ？」

「たぶん……誰かがすでに外にいるような気がするの」

「ああ、グレンダ……」クインシーがはっと息を呑む音が聞こえた。彼は電話の向こうで誰かと小声で話していた。グレンダの耳にははっきりと女の声が聞こえた。ロレイン・コナー。

二人は一緒だったのね。

そこで初めてグレンダは眉をひそめた。あの二人が一緒に行動している。その理由は？

彼の家族を殺害するため？　同僚の捜査官を脅すため？　それはちょっと考えられない。

それに、そもそも誰が広告原稿を高価な便箋で送ったりするかしら。犯罪に詳しい挑発好きの馬鹿者？

電話を握ったまま、グレンダは書斎から出て、家の入口付近がよく見えてしかも窓の少ないキッチンへ移動した。彼女はショルダー型ホルスターの留め金をはずした。そして足首に手をやって、予備の武器があることをたしかめた。クインシーが電話口に戻った。

「大丈夫だ、グレンダ」彼は自信ありげに言った。「きっと君にもわかると思う。まず、テープを聞いてもらいたい。ポートランドのレイニーのロフトで、彼女が私のわきにいて二十分前に録音したばかりのものだ。声の主はホシだ、グレンダ。まだ私が信じられないなら、自分の耳でやつの話を聞いてみるといい」

電話の向こうでカチッと音がした。それに続いて聞き取りにくいテープの声がグレンダの耳に飛び込んできた。会話の長さは三分ほどだった。途中で男は『じゃ、俺はじっくり時間をかけて、猛烈に痛めつけながら彼女を殺す』と言った。それを聞けばもう十分だった。クインシーの言うとおりだわ。クインシーを有罪とする証拠は揃いすぎているけれど、立派な連邦捜査官がなぜ突然家族を惨殺し始めたのか、その動機はいまだにはっきりしない。

つまりは、ストーカーが現実に存在するということ。捜査官の若い娘を平然と殺した男。捜査官の元妻を残虐に殺した男。そしておまけに、捜査官のアルツハイマー病を患う父親を誘拐し、おそらく殺害したと思われる男。ああ、神さま……

「わかったわ」彼女は静かに言った。「で、どうすればいい？」

「車は表に停めてある？」

「私道じゃなくて、外の通りに」

「距離は？」

「歩いて三、四分ね」

「いいかい、グレンダ。演習のつもりでやるんだ。スミス&ウェッソンを握って安全装置をはずし、全力疾走する。そうすればうまくいく」

「だめ」

「グレンダ――」

「姿がまる見えになるもの、クインシー。彼はどこからでも狙える。近所の庭の茂みの後ろからでも、木の上からでも。あなたの家の敷地には何も遮蔽物《しゃへいぶつ》がない。私はドアから一歩出たとたんに、彼に見られてしまう。だめ、中にいるほうが安全だわ」

「グレンダ、やつはその家を把握してるんだ。中にいたら逃げられない。外に出れば助かる可能性がある」

「外だと彼から一方的に狙い撃ちされる。でも、中にいれば少なくとも男の姿は見える。それにあなたの家の防犯システムは変えてあるわ。いまでは入るのに指紋と暗証番号が必要だから、彼もきっと立ち往生するはず。たまには私の意見も聞いてよ」彼女はキッチンの窓から目を離さなかった。一〇ミリ口径を取り出し、安全装置に手をかけた。両手はじっとりと汗ばんでいる。彼女は拳銃をまさぐった。

「やつはきっと防犯システムについても計算している。これまでいつも、やつはすべて計算ずみだった」

グレンダはようやく拳銃をしっかり握りしめた。懸命に深呼吸をして気持ちを鎮めようとした。「やつの手口を思い出してみて」彼女はクインシーに早口で言った。「ホシは人をだます才能を武器にしている。でも、コンピュータはだませないわ。弱みにつけこまれることもないし、切断した指だって受けつけないのよ」

「応援を頼んだほうがいい」クインシーは食い下がった。

「わかった」

「到着までどのくらいかかる?」

「五分から十分。それ以上はかからないわ」

「やつのほうが先に現れたら……その威力を忘れちゃいけない。やつに口をきかせるな。撃つほうが先、質問はそのあとだ。約束してくれ、グレンダ」

グレンダは電話に向かってうなずき、捜査官を招集するために無線に手を伸ばした。そのスイッチを入れようとしたとき、クインシーの家の電話が鳴り始めた。またファンのお呼びね。こんなときに、お優しいことだわ。だが、電話は留守電に切り替わり、声の主は知らない相手ではなかった。アルバート・モンゴメリー。声が別人のようだった。

「どうなってんだ、グレンダ」彼はわめいていた。「クソ電話をとれよ。あんたの携帯に何度もかけてたんだ……俺が間違ってた。幽霊ストーカーじゃない。やつはいるんだ、ここに、ここに、ここに。しかもなあ、やつはナイフを持ってる！」

グレンダの耳のどこかでクインシーが叫んでいた。彼女はもう何も聞こうとしなかった。自分の携帯電話を大理石のカウンターに落とした。右手を伸ばし、クインシーの白いコードレス電話をつかんだ。そして……

とたんに猛烈な痛みに襲われた。手に焼きごてを当てられたような、燃えるような激しい痛み。彼女は悲鳴を上げた。コードレス電話を床に落とした。つぎの瞬間、誰かが防犯システムを解除するビービーという音が聞こえた。続いてカチリという音とともに入口のドアがぱっと開いた。

グレンダは手の届くところにある一〇ミリ口径に目をやった。そして自分の右手を眺めた。何かの酸で焼かれた手にはみるみる水ぶくれが出来、指は動かない。

「ごめんなさい、クインシー」彼女はつぶやいた。

そのとき、特別捜査官アルバート・モンゴメリーが片方の手に自分の携帯電話を、もう片方の手に一〇ミリ口径を握ってキッチンに入ってくるのが見えた。

「驚いたろ、ベイビー！　俺なんだよ！」

クインシーの耳に最後に飛び込んできたのは、銃声だった。そのあとは必死で叫ぶ自分の声しか聞こえなかった。「グレンダ、グレンダ！　何か言ってくれ、何か言ってくれ！」

クインシーはがっくり首を垂れ、ぜいぜいと息をあえがせた。切れた電話が指のあいだからすべり落ち、レイニーのベッドに沈んだ。落ちつかなければ。彼は思った。こういうときこそ……。レイニーは彼の背中に腕を回した。何も言わなかったが、その頬は涙で濡れていた。

「エヴェレットに連絡しよう」彼はつぶやいた。「捜査官を現場に送り込んでもらって、たぶん……」

レイニーは黙っていた。クインシーと同様に、彼女にもグレンダがまだ生きているとはあまり考えられなかった。

クインシーが深く息を吸い込み、電話に手を伸ばしたとき、その電話が鳴り始めた。彼はゆっくり電話をとった。相手は誰か想像はついた。あざけるような男の声がすでに聞こえるような気がした。

「特別捜査官モンゴメリーを撃ちました」前置きなしにグレンダ・ロドマンが言った。

「グレンダ？　ああ、よかった！」

「彼が……電話に細工をしたの。この前ここにいたときだと思うわ。私に傷を負わせて動きを封じようとしたわけ。頭が悪いわ。私の履歴書をもっと注意深く読むべきだったわね。私の父は警官なのよ——銃は両方の手で撃てるようになるべしっていうのが、父の信念だった。どっちの手が利かなくなっても、平気なように」

「大丈夫かい？」

「アルバートの射撃の腕前も、ほかの能力と同程度ね」彼女はそっけなく言った。「右手は至急に手当てが必要だけど。それ以外は、異常ないわ」

「で、特別捜査官モンゴメリーは？」

「殺すつもりで狙ったの」

「グレンダ——」

「でも、彼の膝頭と右手を撃つだけにしておいたわ。あなたが答えを引き出したいでしょうから。クインシー、彼はあなたにしか話さないと言ってるわ。出来るだけ早くこっちに戻ってきてね。私の気が変わってまた撃ったりしないうちに」

「グレンダ」もう一度彼は何か言いかけた。

「いいのよ」彼女は言った。そして電話を切った。

34

オレゴン、ポートランド

ホテルに戻ると、クインシーは持ってきた服を旅行用のバッグに次々に放り込んだ。レイニーはリビングルームで、ヴァージニア州警察のヴィンス・アミティ巡査と電話で話している。かたやキンバリーは、ドアのところでクインシーを眺めていた。まるでお仕置を待つ子供ように肩をすぼめている。彼とレイニーがいないあいだに、キンバリーはルームサービスとひと悶着《もんちゃく》起こした。働きすぎのベルボーイが部屋の番号を間違えて、べつの客の誕生日プレゼントを、キンバリーの部屋に運んでしまったらしい。ベルボーイは気前のいいチップを期待していた。だが、彼がチップの代わりに受け取ったのは女の金切り声だった。その女は――さいわい彼には見えなかったが――実弾入りのセミオートマチックを振り回していた。

ホテル側は、クインシーが戻るなり彼に事情を説明した。彼はその話をキンバリーに伝えた。キンバリーはなんとか笑い飛ばそうと笑顔を作ったが、彼女がその出来事にまだ怯えているのがクインシーには見て取れた。そしてグレンダが襲われた話は、さらに彼女の神経をすり減らした。

「それで、ロドマン特別捜査官は何ともなかったの？」キンバリーが三度目にまた尋ねた。声は二日前と同じように不安げにとがっている。十分前にクインシーが言った言葉も、効き目がなかったようだ。

「ロドマン特別捜査官はとても優秀な女性なんだ」ソックスを一足ずつ結び合わせながら、クインシーが言った。「まじめに訓練を受けたから、いざというときにその効果が出る。堂々と立ち向かっただけじゃなく、二発で鮮やかにモンゴメリーをやっつけた」

「射撃の名手なのね」

「何度かメダルをとってるはずだ」

「わたしも射撃はうまいのよ」キンバリーが言った。「週に三回練習所に通ってるの」

クインシーは顔を上げて娘と目を合わせ、きっぱり言った。「おまえは大丈夫だ、キンバリー。レイニーが一緒だし、おまえには能力がある。心配ない」

キンバリーは床に目を落とした。下唇を噛んでいる。自分の言葉が彼女の心に届いたのかどうか、クインシーにはわからなかった。

「ロドマン特別捜査官の手はどんなぐあい？」彼女が聞いた。

「わからない。モンゴメリーの自白によると、電話にスプレーでテフロンを吹きつけてプラスティックを保護したうえで、腐食性の強いフッカ水素酸を塗りつけたそうだ。酸はグレンダの手の湿りけに反応して、彼女の指と手のひらの一部を焼いた。回復にそう長くはかからないだろう」

「右手でしょ。これからずっと使えなくなったり、跡が残ったりするかもしれない」

「望めるかぎりの最高の治療が施されるはずだ。きっと全快するよ」

「でも、わからないじゃない――」

「キンバリー!」彼はたしなめるように言った。「アルバートはグレンダを殺そうとした。わかってるだろう。彼女にもそれはわかっていた。それでも彼女は自分の恐怖や痛みを抑えて、相手に傷を負わせた。これは勝利なんだ。これはつらい任務と訓練から生まれた成果なんだ。この勝利を無視しちゃいけない。そんなふうにうろたえちゃだめだ」

「行ってほしくないの」彼女が小さな声で言った。

クインシーは目を閉じた。苛立ちは枯れ果てていた。感じるのはひたすら疲れだけだった。「わかってる」彼は優しく言った。

「ただちょっと……たしかにアルバートは拘留されたわ。そしてたしかに彼はグレンダを襲った。でもまだ何かが気になるの……何かべつのことが起こってる。アルバートがパパの言うような人だとしたら、彼がママに近づけたのは理解出来ないわ。それに、知力の点でも納得がいかない。アルバートがそれほど頭がいいなら、そもそも捜査局で問題を起こしたりしなかったでしょう。そう思わない?」

「彼はマンディが断酒会で知り合った男の特徴に一致する」クインシーは言ったが、説得力がないことは、自分でもわかっていた。

キンバリーもそう感じたようだ。彼女はクインシーをみじめな顔で見つめた。彼女は明らかにもっと何かをほしがっていた。こんなときどうすればいいか、わかればいいのだが。どうすれば娘を安心させ、自信と強さを持たせられるのだろう。ふと、別れた妻がいてくれたらと心から思った。こういうときベシーはいつも自分よりずっと上手だった。彼は心理学博士の資格を持っていた。けれど、ベシーは母親だった。

「愛してるよ、キンバリー」彼は言った。

「パパ――」

「行きたいわけじゃないんだ。行きたがっているように見えるかもしれない。おたがいに僕の義務感を欲望と誤解しているのかもしれない。でもこれは義務だ。モンゴメリーはお祖父ちゃんについて情報を持ってる。そして彼は僕にしかその情報を教えないと言っている。もう四十八時間近く経つんだ、キンバリー。お祖父ちゃんをすぐにでも見つけないと……」彼の声が途切れた。娘は犯罪学の授業を受けている。エイブラハムが生きて見つかる可能性が一時間ごとに減っていることは、彼女にもわかっているはずだ。ホシはエイブラハムを安全な場所に隠したと言った。だがクインシーは、その後新しい情報を手に入れた。グレンダとの電話を切ったあと、エヴェレットに電話をかけたのだ。赤いアウディTTのコンバーティブルが、その朝四時にヴァージニア州で発見されていた。車は十五カ月前マンディが電柱に衝突したとまったく同じ場所に、放置されていた。鑑識がその助手席に尿の跡を見つけた。おそらくエイブラハムのものだろう。応援隊が呼ばれ、現在周辺の森を捜索している。犬も使われている——死体捜査犬だ。

「モンゴメリーがすべてを計画した可能性は高い」クインシーは自信ありげな声を作って言った。「彼はサンチェス事件のことで僕を恨み、復讐を企てた。だとしたら、もうこれで終わりだ、キンバリー。おまえは安心出来る。何も心配はない」

「じゃあ、なぜわたしたちを一緒に連れて行ってくれないの?」彼女は言い返した。

「それはまだ百パーセントの確信がもてないからだ。完全な確信もなしに、娘を危険にさらすわけにはいかない！　すべてがわかるまで、おまえはここにいたほうが安全だ」

「でも、パパはどうなるの?　どこかの男に何もかも知られてる東海岸へ戻るわけでしょ」

「僕は訓練を積んでるからね」

「マ、マ、ママはいなくなった！」キンバリーが叫んだ。「マ、マ、マンディもい、い、いなくなった！　お、お、お祖父ちゃんもいなくなった！　今度はパパも行っちゃう、そして、そして、そして、そして……」

クインシーはようやく合点がいった。娘はわが身を案じているわけではなかった。彼女はこの私のために怯えていたのだ。彼女はすでに家族の大部分を失い、いままた愛する父親が自分の目の前でドアから出ていこうとしている。そうだったのか。ごく基本的なことについて、私はときどき何と愚かになるのだろう。

クインシーはベッドをぐるりと回ってキンバリーのそばに行き、彼女を抱きしめた。頑固で自立心旺盛な娘も、このときばかりは抵抗しなかった。「絶対に自分の身は守る」彼はキンバリーの頭の上でささやいた。「約束するよ」

「そんな約束は出来っこない」

「僕はクアンティコの切れ者中の切れ者だ。約束出来る」

「パパ――」

「いいかい、キンバリー」彼は後ろに引いて彼女の目をのぞき込み、自分の真剣な顔を見せた。「僕は優秀な捜査官だ。まじめに訓練を受けた。僕は敵を甘く見たりしない。これはゲームだ。ただし生きるか死ぬかのゲームだ。僕はそれをけっして忘れない。それを決して忘れないからこそ、たいていの捜査官よりいい結果が出せるんだ」

キンバリーのブルーの瞳はまだうるんでいた。いまにも泣き出しそうだったが、鼻をすって涙をこらえた。「絶対に気をゆるめない？」彼女が念を押した。「そのアルバートとかいう男の言葉に、絶対にだまされない？」

「自分の身を守り通して、娘のところに戻ってくるよ。だからおまえは自分とレイニーの安全に十分気をつけて、僕を待っていておくれ」

「レイニーと、おたがいに守り合うわ」

「キンバリー、ありがとう」

ドアのところで、レイニーが咳払いをした。クインシーは顔を上げ、彼女の表情を見るなり悪い知らせだとわかった。彼は深々と息を吸い込んだ。そしてゆっくり、名残惜しそうに娘の体を離した。

「ヴァージニアから最新情報が入ったの」振り向いたクインシーとキンバリーに、レイニーが言った。

クインシーはうなずいた。「それで？」

「フィル・ドビアーズとメアリー・オールセンが死んだわ。警察が一時間前に二人の死体を発見したの。メアリーの家のすぐ下の道に停まっていた車の中で。車はフィルの名前で登録されていた。正確には検死官の報告がないと言えないけど、警察は死因は毒物によるものと見ているわ。遺体の口のまわりに泡が残っていて、強いアーモンドの匂いがしたらしい……」

「青酸か」クインシーが言った。

彼女は暗い表情でうなずいた。「車の中にチョコレートの箱が見つかったの。二個なくっていた。残りからも同じ強烈なアーモンドの匂いがした。執事の話では、メアリーは包みが配達されたあと、すぐに家を出たそうよ。執事はロビーで配送用の空き箱を見つけたけれど、送り主の住所はなかったとか」

「つまり、誰かがメアリーに毒入りチョコレートの箱を送り、彼女がそれをドビアーズのところに持っていったわけね。でも、なぜ彼女自身も食べたのかしら。辻褄《つじつま》が合わないじゃない」キンバリーは困惑の表情を浮かべた。

「例えばの話」クインシーがゆっくりと言った。「ドビアーズがメアリーを見張っているのに、モンゴメリーが気づいたとする。メアリーはおそらくアマンダを通じてモンゴメリーと知り合ったんだろう。つまり、モンゴメリーには厄介な存在が二人いたことになる。彼を犯罪と結びつける手がかりになる共犯者と、共犯者を見張る私立探偵だ。彼には時間がないが、何とかしなくてはいけない」

「そこでチョコレートに毒を盛った」レイニーがつぶやいた。「それをメアリーに送り、何か話をでっちあげて、彼女がドビアーズと分け合って食べるように仕向けた。じつに頭がいいわ。手間ひまかけずに、二人の人間を同時に始末出来る。クインシー、あなたの言うとおり。こいつは効率魔だわ」

「宅配便殺人てわけね」キンバリーが肩を落として言った。

レイニーは彼女をキッとにらんだ。「ちょっと、キンバリー、モンゴメリーがそれほど頭がいいなら、なぜFBIに捕まったの？　やつは優秀かもしれないけど、闘いに勝ったのはわたしたちのほうよ」

「フィル・ドビアーズにそう言えば？」

レイニーは唇を固く結んだ。くるっときびすを返すと、リビングに戻っていった。一瞬後、クインシーの耳に木を折る音が聞こえた。どうやら彼のコンピュータ・ケースから、2Bの鉛筆の束を見つけ出したらしい。これからは、メモをとるときはボールペンを使うしかないようだ。

「いけないことを言っちゃったわ」キンバリーがつぶやいた。

「そうだね」

「ごめんなさい――」

「僕にあやまっても仕方がない」彼の声は厳しかった。キンバリーはたちまちしょげ返った。クインシーはため息を押し殺した。キンバリーがこれほど感じやすいとは思っていなかった。だが考えてみれば、彼女が死の恐怖を間近に体験するのは、これが初めてなのだ。

「キンバリー」クインシーは口調をやわらげた。「レイニーはフィル・ドビアーズを雇った。彼に直接会って、だいじな仕事を頼んだ。つまり彼女は彼を信頼し、彼が好きだった。でもいまは泣いたりしない。まだすべて片づいたわけじゃないから、そんな贅沢は出来ないんだ。だからといって、彼女を冷たいと思っちゃいけない。それに、自分が不安だからといって、彼女に八つ当たりするものじゃない」

「ごめんなさい。わたしはただ……自分にもう自信が持てないの！」キンバリーの声が高くなり、いまや不安がありありと表に出ていた。彼女はクインシーのそばから離れると、こらえきれないように両腕をさすり、首を振った。「わたしは緊張して、感情的になってる。あるときは自分は強くて落ちついてると思う。この試練に立ち向かえる、この男を捕まえられるって気がする。でもつぎの瞬間にはがたがた震えて、ルームサービスに銃を向けたり、聞こえてくる音をぜんぶ悪いほうに考えてしまう。こんな不安定な状態は耐えられないわ。自分を疑うのもいや、つぎに何が起こるか心配するのもいや。わたしはこんなに意気地なしじゃなく、強いはずなのに！」

「また不安発作かい?」とっさにクインシーが尋ねた。「誰かに見られている感じがするのか?」

彼女ははっと口ごもった。「ううん……」とゆっくり言った。「そう言えば、ここに来てからあのヒリヒリする気配は感じなくなったわ」

「よかった」クインシーはほっと息をついた。「おまえは強い子だ、キンバリー」声は穏やかだった。「とてもよく頑張ってるよ」

「パパも意気地がなくなることある?」彼女は聞いた。「不安に襲われたり、影に怯えたり、ルームサービスのウェイターに発砲しかけたりする?」

「いや、でも僕はこの手の仕事を十五年以上やってきたからね」

「恐いと思ったりしない?」

「何を?」

「こんなに沢山の死を目の前にしても平気でいられることを」

彼は身をかがめてキンバリーの頬にキスをした。「うん、キンバリー。ときどき死ぬほど恐ろしくなるよ」彼はダッフルバッグに戻った。「荷作りを手伝ってくれないかな。切り抜けるには前に進み続けるしかない。だから、前進しよう。まずは一歩、そしてまたつぎに一歩」

キンバリーはうなずいて両腕をほどいた。深呼吸をして、彼のシャツを拾い上げた。覚悟を決めたようなその顔を見ると、またクインシーの胸が痛んだ。彼は自分の表情を読み取られないように、視線を落とした。

彼は娘に嘘をついていた。彼もアルバート・モンゴメリーがこの念入りな計画を考え出したとは、思っていなかった。東部に戻るのが安全だとも思っていなかった。自分がまたしても操られているのは目に見えていたが、ほかにどうすべきかわからなかった。わかるのもつらいが、わからないのもつらい。十五年の経験をもつ切れ者中の切れ者が、玩具のヴァイオリンのようにもてあそばれている。

べつの方法もあるはずだ。そう、いつだってべつの方法はある……

「ミロスについては、これといった情報は何も引き出せなかったわ」キンバリーが言った。彼は預金もあんまりないようだし。検索すると、たいていミゲル・サンチェスに行き当たるの。テッド・バンディも顔負けなほど研究対象になってるわ」

「ミゲルと相棒との関係は異例だからね」クインシーが言った。

「いまじゃもう、そうは言えないかも」キンバリーがつぶやいた。

彼はその意味を取りちがえたふりはしなかった。バッグは一杯になった。彼はジッパーを閉め、すがるような娘の目をようやく正面から見つめた。

「ひとつ頼みたいことがあるんだ」彼はさりげなく言った。「おまえは記憶力がいいから。子供のころ知ってた人たちのリストを作ってくれないか。自分の友だちとか、家族の友だちとか。ママと僕がまだ一緒に暮らしてたころ、わが家とつきあいのあった人たちのリストだ」

キンバリーは彼を見上げた。彼の顔は真剣だった。彼女は黙ってうなずいた。

「キンバリー」彼はそっと呼びかけた。「くそバレエ」

彼女の目はまだ沈んでいたが、ようやく、ゆっくりと微笑んだ。


その数分後、空港行きのタクシーをつかまえるために、レイニーとクインシーはエレベーターでロビーまで降りた。少しのあいだ二人きりになりたいだろうからと、気をきかせたらしく、キンバリーは部屋に残った。クインシーはレイニーに何か大切なことを言いたいと思ったが、せいぜい胸がむかつく甘ったるい呼び名はやめる、ということくらいしか思いつかなかった。


ロビーでレイニーは腕時計に目をやった。「二時間かかったわ」彼女が言った。「一時間じゃなく」

「でもとにかく僕は家に向かうわけだ」

「幕間は終わりね」

「レイニー――」

「キンバリーを危ない目には遇わせないわ」彼女はさえぎるように言った。「約束する」

彼はうなずいた。レイニーもモンゴメリーの単独犯行だと思っていないことが、彼にはわかった。


何か言うんだ。何かするんだ。過去の失敗から学べ。だが、クインシーは情けなくつぶやくだけだった。「気をつけて」

「ライオンの巣穴に飛び込むのは、わたしじゃないわ」レイニーは通りに入ってきたタクシーのほうに、ぐいと首を傾けた。クインシーが手を振ってタクシーを停めた。彼がためらっている間に運転手が車から降りて荷物を中に運んだ。

「電話するよ」彼が言った。

「かけるならここじゃなく、わたしのロフトにして。用心のために」

「わかった」運転手が後部座席のドアを開け、急《せ》かせるようにクインシーを見やった。だがクインシーはまだレイニーを見つめていた。何を言うべきかいまはもうわかっていたが、言葉に出せなかった。それを言えば、この瞬間があまりに最後めいてしまう。それを言えば、自分の恐怖心があらわになりすぎる。

レイニーにはわかったようだった。彼女は身を乗り出すと、彼の反応も待たず唇に素早く強いキスをした。

「じゃ、クインシー、またね」彼女はホテルの中に戻っていった。一瞬後、クインシーは車に乗り込んだ。

「空港まで」彼は運転手に言った。

後部座席でひとりになったとき……「レイニー」彼はささやいた。「僕も愛してるよ」

午後三時。レイニーの自宅の留守番電話にようやくカール・ミッツからの伝言が入った。

彼女はそれをホテルの部屋の転送電話で聞いた。キンバリーはキチネットのテーブルの前に座って、クインシーのノートパソコンの上にかがみ込み、顔をしかめてミゲル・サンチェスにかんする報告書をもう一度読み直していた。リビングのソファを占領したレイニーは、クインシーが出かけたあと自分が自分でなくなった気がしていた。

ミッツは、いましがた自分の携帯で彼女からの伝言を聞いたところだと留守電に録音していた。あと二、三時間は事務所にいるので、返事をくれるならそのあいだにと。レイニーは電話を切り、キンバリーにちらっと視線を投げた。

「ロナルド・ドーソンとの話し合いを、明日にするってのはどうかしら」レイニーが穏やかに尋ねた。

キンバリーはコンピュータから顔を上げた。「特別捜査官アルバート・モンゴメリーはクズだと思うわ」彼女が言った。

「わたしもよ」

「ママに近づくことなんか、どう考えたって出来なかったと思う。つまり、彼がインディアンだとしたら、絶対に首長にはなれないってこと」

「異議なし」

「それで……もしロナルド・ドーソンがほんとにボスだとしたら、ここに呼ぶほうがいいわ。そしたら彼はヴァージニアにはいられないもの」

「わたしもまったく同じことを考えてたの」

「昼食会を準備するの」キンバリーがきっぱり言った。「そしてあなたの保安官の友だちを呼んで、拳銃も用意しとくってわけ」

レイニーはにやっと笑った。「さすが」彼女は言った。「気に入ったわ」

午後三時三十分。レイニーはカール・ミッツに連絡した。三時四十分。クインシーはポートランドの国際空港に着いた。三時四十五分。保安官ルーク・ヘイズは電話を受けた。十五分ほど話して電話を切り、助手のカニンガムに仕事をまかせると言い置いて車に乗った。

完璧ではないにしても、計画がまとまった。

35

ヴァージニア

「必要なことはここに書いてあるわ、クインシー」グレンダはマニラ紙のファイルを開け、ボールペンを耳のうしろにはさみ、奥行き二・五メートルの狭い会議室の中を歩き始めた。彼はせわしなく動き回る彼女を黙って眺めた。日曜の午後の、三時近く。モンゴメリーの襲撃からほぼ二十四時間経ったが、彼らはまだ不満屋の捜査官に面会出来ていなかった。まず最初モンゴメリーは緊急手当てが必要だと言い張った。彼の膝頭と右手の状態を考えれば、ごり押しは出来なかった。緊急治療室行きのつぎは、脚の形成手術だった。それが終わると、医師たちは麻酔から醒めるまで時間がかかると言った。麻酔が切れたところで、モンゴメリーは大量のモルヒネを要求した。痛みがひどいから、という理由だった。彼は薬を、介護人を、安静を要求した。

医薬品の作用が働いているあいだは、彼を正式に尋問出来ないことは誰もがわかっていた。無理に尋問しても、審理にあたる主任裁判官は彼の供述を法的に認めないだろう。アルバート・モンゴメリーにも、ある面での才能はあったようだ。彼は白《しら》をきって時間を稼ぐことが出来た。一時間経過するごとに、二人の苛立ちはつのった。何か途方もないことが起きようとしている。二人はそう感じていた。

「いじくるのはやめて」グレンダが言った。

彼は自分が無意識に上着の一番上のボタンをいじり回していたのに気づき、はっと手を下ろした。今朝彼は上から下まで服を着替えて現れた。いつもなら仕立てのいいスーツを着ると気分がすっきりし、自信も湧いた。だが、今日はだめだった。時間が経つにつれて、ネクタイにじわじわ首を締められていく気がした。

レイニーはどうしているだろう。気軽に電話がかけられるといいのだが。

グレンダはマニラ紙のファイルに目を移した。右手にはがっちり包帯が巻かれている。前の晩、彼女は重度三の火傷の治療を受けたあと、解放された。まだ指は動かせない。そして医師からは、酸による重度の火傷は慢性の神経障害を引き起こす可能性があると言われた。いずれわかることだが、いまの段階ではその話はしたくない。

「アルバートがあなたと関わったのは、十五年前のサンチェス事件が最初ね」彼女はきびびと言った。「記録によると、彼は以前の仕事ですでにかんばしくない評価を受けていた。でも、サンチェスの人物像を見誤ったことが、捜査官としての彼の将来を決定的に閉ざした。彼は地元警察に逆らってサンチェスの単独犯行と決めつけた。そしてあなたが捜査に加わって、複数の人間による犯行と判断し事件を解決したとき、彼は完全に信頼を失った。アルバートの妻はその三週間後に、二人の子供を連れて出ていった。離婚後は週末に子供たちに会いに行っても嫌がられることが多い」

「彼は条件に合ってる」彼の声はしゃがれていた。

「状況が、条件に合っているのよ」グレンダが言った。「それで、人物のほうはどうなのか。アルバートのファイルによると、彼のＩＱは一三〇でかなり高いわ。問題は実際の行動にあるようね。最近じゃ何と呼ばれてるんだったかしら。なぜ知能の低い人が事業で成功し、天才が自分のソックスを探すことも出来ないのかってことだけど」

「ＥＱ――つまり心の知能指数だ」まだ声がかすれている。

「心の知能指数ねえ」グレンダはくるっと目を回した。「それよ。アルバートにはそれが欠落しているの。四つの事件にかんする評価によると、彼は集中力、注意力、基本的な協調性に欠けている。捜査局で二十年間仕事をしたあいだに、六回始末書を書かされているわ。どの場合も、彼は自分に能力がないわけではない、上司の誰々が自分に悪意を持っているだけだと弁解してるけど」

「アルバート・モンゴメリー。政府予算削減のための歩く広告塔か」

グレンダはようやく笑顔を見せた。「そのステッカーが出来たら、彼の車のバンパーに貼りつけてやるわ」そしてまじめな表情に戻った。「アルバートを完全に見くびる前に」彼女は言った。「もうひとつ頭に入れておくべき要素があるの。アルバートは切れ者じゃないかもしれないけど、自由に使える時間はたっぷりあったってこと。エリザベスの死亡推定時刻は水曜日の夜十時三十分。その時間には、アルバートにアリバイはなし。それに彼は木曜と金曜はフィラデルフィアで地元警察の刑事を手伝っていたと主張しているけれど、事実じゃない。刑事たちに当たってみたけど、彼に会ったのは金曜の朝だけだそうよ。それをのぞいて、水曜の午後から土曜の朝まで彼の所在は空白になっているわ。つまり、彼はヴァージニアのメアリー・オールセンを訪ねることも、ロードアイランドの養老施設に行くことも、西海岸に飛んでポートランドで人に会うことも可能だった。私たちにはわからないだけで……」

「航空券とかホテルの宿泊者名簿とか、旅をした証拠になるものは？」

「彼のクレジットカードを調べたけど――手がかりなし。近くの空港にも当たったけど、手がかりなし。もちろん、ここから車で三時間の範囲内に空港は五、六カ所あるわ。どこからでも飛べるし、現金で支払い、偽名を使うことだって出来る」グレンダはふっと笑った。

「便利な東海岸へようこそ」

「それに、集中力を欠いた人間でも、七十二時間近くあれば相当な悪事が働ける」彼は顔をしかめたが、すぐに冷静さを取り戻し、張りのある声で言った。「資金面ではどうなんだ？」

「アルバートの現在の銀行預金高は、なんと九百ドル。全国を股にかけられる時間はあっても、費用はいったいどうやって捻出したのかしら。でも、もし彼が現金で旅行していたとすれば、第二の人物がお金の詰まった鞄で彼を助けた可能性があるわね。第二の人物の口座が見つからないかぎり、わからないけれど」

「頭はいいけど怠け者。金はなくても、復讐に燃える成人向け指定の異常者が金を出してくれる。結構だね」

「少なくとも」グレンダが言った。「アルバートがあなたを被疑者に仕立てる工作に関与したことは確実よ。彼は金曜の夜、エヴェレットに電話をしてあなたが元妻を殺害したことは間違いないと言ったの。そして土曜の朝私と顔を合わせたときも、まず最初にフィラデルフィアの犯罪現場はうさん臭いという話をした」

「井戸に毒を放り込んだわけだ」

「彼はとても話がうまいわ」グレンダの声は落ちついていた。「エヴェレットはあなたを呼び戻そうと本気で考えた。実行に移さなかったのは、ひとえにアルバートが信頼出来なかったからよ。でも、それもすでに問題にならないところまできていた。アルバートの話を聞いて私もあなたを疑い始めた。それが彼の狙いだったの。私はあなたのデスクに便箋を見つけ、一枚抜いて研究所に送った……もうじき結果報告が届くはずよ。ニュースレターの広告原稿にあなたの便箋が使われていたことを確認する報告がね。その報告が届いたら、エヴェレットはあなたに自首を勧めるしかないでしょう。それに、アルバートに話を吹き込まれ、エヴェそのあとで便箋を見つけた私はあなたを真剣に疑ったから、第二幕のお膳立てがすっかり整っていたわけ」

「君が死体で見つかるという筋書きだ」

「あなたの家で、あなたには通れる最新の防犯システムに守られて。しかもごていねいに、アルバートが発射した二発の銃弾の薬莢《やっきょう》には、あなたの指紋がついていた。おそらく彼はあの家に出入りするあいだに、あなたの指紋のついた弾丸を持ち出したのね」

「何だって？」彼はあまりのショックに、一瞬われを忘れて叫んだ。「クソ野郎！」

グレンダは眉をしかめ、「そんな言葉を使うもんじゃないわ」とたしなめるように言った。

「申し訳ない」彼はすぐに詫びた。

「いじり回すのはやめて」

彼はまたボタンに夢中になっていた。慌てて手を放し、部屋にある細長い鏡に映る自分の姿にふと目を止めて、よけい気が滅入った。緊張して不安げなその姿は、とても冷徹無比の有能な連邦捜査官には見えなかった。モンゴメリーに面会出来ると連絡が入ったときは、百パーセント落ちついて冷静になる必要がある。あんたは俺たちをいたぶった、モンゴメリー。今度はこっちがあんたをいたぶる番だ。

彼は落ちついて冷静には見えなかった。睡眠不足で、深刻に思い悩む人間に見えた。人生で初めて自分の力不足を感じる人間に見えた。

アルバート・モンゴメリーなど、とるに足りない。彼はしっかり自分に言い聞かせた。本ボシですらない。ただの使い走りだ。

「彼は話したくてうずうずしてるわ」彼の心を読んだようにグレンダが静かに言った。「忘れないで。アルバートは自分があなたより頭がいいことを証明したくてたまらないのよ。それを疑うような態度を取りさえすれば、彼は自分の力を誇示しようとしてボロを出す。あなたは彼を憎み、テーブル越しに身を乗り出して彼を殺したくなるでしょう。でも、クインシー、今回の尋問は強引にやりすぎてはだめ」

彼はうなずき、もう一度腕時計に目をやった。午後三時三十二分。グレンダが襲われてから二十四時間半……。どんな人間でも十分大陸を横断出来る時間。レイニーと話が出来たら、と彼はまた思った。ちくしょう、ボタンから手を放せ！

ドアが開いた。若い捜査官が顔をのぞかせた。「モンゴメリー特別捜査官をこれから取調べ室に連行します」彼は言った。

グレンダがうなずいた。捜査官はドアを閉めた。

彼は深く息を吸い込んだ。そして肩を怒らせ、上着をなでつけた。「さてと」自分の姿を気にして彼は尋ねた。「見た感じはどうだい？」

オレゴン、ポートランド

西部時間の午後十二時十八分。レイニーとキンバリーは小さなソファに隣り合わせで腰かけていた。この位置からだと、右手にとなりのベッドルームが見え、左手にキチネット部分の向こうにある入口のドアが見える。二人は何もせず、何も喋らなかった。ただひたすら電話を見つめていた。

「なぜ彼は電話をかけてこないの？」キンバリーが聞いた。

「きっと何も話すことがないからよ」

「何かあってもよさそうなころなのに！」

レイニーは入口のドアに目を走らせた。「そうよね」彼女はつぶやいた。「そうよね」

ヴァージニア

薄暗い取調べ室に座った特別捜査官アルバート・モンゴメリーは、撃たれたにしてはしごく元気そうだった。いつものしわだらけのスーツの代わりに、空色の手術着を着ている。ぼさぼさの髪はくしけずられ、顔はさっぱりと洗われ、いつもより顔色もよかった。包帯でぐるぐる巻きにされた右手をテーブルの上にのせ、膝頭にギプスをはめた左足を、椅子の上に放り出している。ひとことで言えば、彼はくつろいで気分が良さそうだった。

最初の三十秒ほどのあいだ、二人はじっとにらみ合い、どちらも相手より先にまばたきをしたがらなかった。

「あんた、ゴミみたいな顔してるぜ」モンゴメリーが口を開いた。

「ありがとう、ひと晩かかって仕上げたんだ」彼はテーブルに近寄ったが、座ろうとはしなかった。その位置だと、彼のほうがアルバート・モンゴメリーを見下ろすことが出来る。腕組みをして、相手を地上最低の生きもののように眺めることが出来る。アルバートはにやっとしただけだった。彼も尋問の仕方を授業で習っていたから、要点はわかっていた。

「喋り方もクソみたいだな」モンゴメリーは言った。「飛行機ん中で風邪でも引いたのか、クインシー。飛行機ってやつは、翼のついた細菌培養器みたいなもんだからな。それに、あんたにゃバイ菌をうつされる時間もたっぷりあっただろう。東海岸から西海岸、それからまた東海岸。なあクインシー、人形みたいに踊らされてる気分はどうだい？」

彼はこぶしを固め、思わず挑発にのりかけたが、グレンダの言葉を思い出した。アルバートを殺すことは許されない。この男の供述に頼らねばならない部分が、まだ多すぎる。

彼は椅子を引いて腰を下ろした。「君が私を呼んだんだろ。お望みどおりに来てやった。さあ、喋ってくれ」

「フーッ、相変わらず傲慢だね、クインシー。フィラデルフィアの刑事があんたをしょっぴいても、そんなに傲慢でいられるかね。あそこの刑務所がどんなふうだか、もう調べたかい？　今後のために見学にでも行ったらどうだ」

「私はフィラデルフィア警察については、心配してないんだ」

アルバートは彼をにらみつけた。彼はにらみ返した。アルバートのほうが先に沈黙を破った。「クソ野郎」

「やつの名前は、アルバート？」

アルバートはすぐには答えなかった。彼は壁の時計に目を走らせた。「なんのことだか、わかんないね」

「君がひとりでやったのか？」

「もちろんさ。俺があんたを憎み足りてないとでも思ったのか？　あんたは俺の経歴を踏みにじった。あんたは俺から家族を奪い、俺の人生をぶち壊した。でもな、最後に笑うのはどっちだと思う？　あんたの美人の娘はどうなった、クインシー？　あんたの子供たちの母親はどうなった？　年取ってあんたに頼りきりだった、あんたの父親はどこにいった？　あんたが何を言おうとかまわないが、フィラデルフィアから報告が入ったら、あんたのだいじな経歴はどうなる？　昇りつめるほど、落ちたときは大変だ」

「君がやったんじゃない」

「アホか」

「君にそんな知能はない」

アルバートの顔が紅潮した。「あんた、そんなに自分で頭がいいと思ってるなら、クインシー、考えてみろよ。復讐だ。十五年ものあいだ、ひたすら復讐を願ってきたんだ。あんたが俺にしたと同じように、あんたの失脚を仕組むことも出来たが、それは危険が多すぎる。あんたが扱う事件にもぐり込んであんたを後ろから撃つことも出来たが、それじゃ面白くない。それである晩、俺は思いついたんだ――」

「彼が、だろ」

「俺がだ。直接本人に手を下す必要がどこにある？　あんたの一番の得意は仕事だ。仕事はうまく出来る。だけどあんたは、何もかもうまくやれるわけじゃない。そうとも、あんたも完璧じゃないんだ。夫役、父親役、息子役となると、あんたはからきしだめだ。そうひらめいたとき、これであんたは俺のものだと思ったね」

「君は断酒会でマンディに近づいた」

「俺は早速あんたの父親と元妻と娘たちを調べた。マンディがはずれ者だってことは、すぐにわかったさ。ったく、あんた、あの子にずいぶんひどいことをしたらしいな。彼女ときたら酒は飲むは乱交はするは。いかれたポンコツ娘の標本みたいだった。あんた、何の専門で博士号を取ったんだっけ？」

　彼は唇を固く結んだ。モンゴメリーはにやっと笑い、自分が優位に立ったのに気をよくして、グレンダの言ったとおり、ひどく饒舌《じょうぜつ》になった。

「そう、俺はマンディに近づいた。あんたのおやじの古い友人の息子、ベン・ジッカ・ジュニアを装ってね。それが断酒会のいいところさ。仲間意識が強くて、赤の他人同士でもすぐに仲良くなれる。三回出ただけで、あの子をものに出来た」

「君がマンディをやつに紹介したのか」

「俺が彼女をものにしたんだよ」

「マンディには見る目があった。君はあの子の手も握れなかっただろうよ」

気に障ったらしく、アルバートは眉をしかめた。だが、不満屋の捜査官はすぐに失地回復に取りかかった。「あんたの娘はじつにつきあいがいいな、クインシー。ランチからディナーへ、そして朝食へ。家族についてすっかり聞き出すには、時間がかからなかったよ。あんたにかんする細かな情報も沢山仕入れた。あんたの習慣、あんたの家の防犯システム、長女に宛てたあんたのおセンチな手紙。連絡がほしい、いい関係を築こうって手紙さ」

「私の手書き文字の見本だな」彼が口をはさんだ。「ホシがそれを真似て、フィラデルフィアで使うメモを用意出来るように。そして同じく、便箋も盗み出した」

アルバートはにやっとしただけだった。彼はまた壁の時計をちらっと見上げた。

「俺がマンディのところにいた晩、あんたから電話がかかったことがあった」アルバートが言った。「まったく、あきれるほどご大層な会話を聞かされたよ。ほんとに、クインシー、あんたって自分の娘のことを何もわかっちゃいないな。反省したほうがいい」

「やつはマンディから情報を引き出した」彼は穏やかに言った。「そして彼女を殺害した」

「俺が計画したんだ。彼女に酒を飲ませたあと運転させた。いささか危ない橋ではあったけどね。すぐに死なない可能性も、意識を回復する可能性もあった。だけど結局のところ、そんなことはどうでもよかったんだ。彼女はへべれけに酔っぱらってたし、何が起こったかひとつも憶えちゃいない。それに俺たちは病院でのちょっとした手違いくらい、いつだって細工出来たさ」

「俺たち？」

「俺だ」アルバートは慌てて言い直した。「俺ならちょっとした手違いだって細工出来た。彼女を殺すのは小手調べだったんだ、クインシー。あんたにわかるかどうか。クアンティコの切れ者中の切れ者のお手並みはどの程度のものか。だけどな、例によってあんたは、家族のこととなると勘の働きが完全にゼロだった。なんと、あんたは娘の病床につき添いもしなかった。ちょいとのぞきに来て、生命維持装置のプラグをはずすことしかしなかった。あんたは、娘の殺害に手を貸したんだ、クインシー。俺は気にしてないが、あんたはそれをどう思ってる？」

彼はその言葉を無視した。「君はベシーに近づくために娘を利用した」

「そうとも。マンディは俺たちに……俺に！　母親のことについて何もかも話した。好きなレストラン、好きな音楽、好きな食べ物。そのあとは、いたって簡単だったね。俺には色気があるし」

「ベシーは色気は嫌いだった。やつは臓器移植を受けた人間として彼女に接近したんだ。自分の中にマンディの一部があると偽って」

アルバートは目を見開いた。そこまで知られているとは、思っていなかったらしい。時計にさっと視線を走らせた。時間をたしかめると気持ちが落ちつくようだ。彼は深く息を吸い込み、それまでより用心深く相手を見つめた。

「俺はやることは、ちゃんとやるんだ、クインシー」アルバートはうそぶいた。

クインシーは黙って首を振った。「やつはマンディが死ぬまで一年待たねばならなかった。

やつはいらついたんじゃないのか？　計画外のことだったはずだからな」

「忍耐は美徳だよ」アルバートは言った。

「いや、やつは苛立った。やつはゲームを面白くするために、私の注意を引きたがった。そこでメアリー・オールセンを使って、私が事故を疑うように仕向けたんだ」

「俺はあんたを簡単に片づけたくはなかった」アルバートが言った。「十五年かけて計画してきたんだ。ちっとは楽しまないとね」

「メアリー・オールセンは死んだ」

それを聞いてアルバートはショックを受けた。彼はまた目を見開き、今回ははっきりと青ざめた。「あぁー、そうだ」

「どうやって殺したんだ、アルバート？」

「俺……は……」

「銃か？　ナイフか？」

「撃ち殺したのさ！」

「毒殺だ、馬鹿者！」彼は一瞬怒りをたぎらせたが、自分を抑え、厳しい口調で言った。「彼女は優しい贈り物を宅配便で受け取った。恋人からのチョコレートだ。青酸の飾りつきのな。恐ろしい死に方だ」

「馬鹿な女だ」アルバートはつぶやいた。不安がありありと顔に表われ、いらついたように指でテーブルを叩いた。

「やつは君をどうやって殺すと思う？」

「うるさい！」彼は時計に目をやった。

「毒か？　それとももっと直接的な手段か？　君はどじを踏んだ、アルバート。大きなどじをな。しかもグレンダのおかげで、鬼ごっこは出来ない」

「黙れ、黙れ、黙れ！」

「サンチェス事件を忘れたのか？　異常者は相棒と手を組むこともあるが、おたがい同士はけっして同等じゃない。ミゲル・サンチェスは生き延びた。相棒のリッチーは刑務所の床の上で死んだ。ペニスを喉に突っ込まれてな」

アルバートは椅子から飛び上がった。その拍子に傷ついた足をのせていた椅子が傾いて重たいギプスごと足がどすんと床に落ち、彼は悲鳴をあげた。テーブルの端をつかんでなんとか体を支えながら、怒りでどす黒くなった顔で相手をにらみつけた。

「ほざくがいいや！」彼は怒鳴った。「俺はあんたのおやじの居場所を教えるつもりだった。哀れな年寄りに情けをかけてやるつもりだった。だけど、もうだめだ。あんたのおやじは、あのまま死んで腐るんだ。縛られて、腹を空かせて、クソをたれ流して、小便にまみれて。どうだ、気に入ったか、得意づらの高慢野郎！」

「私の父は死んだ」彼は椅子から動かずに静かに言った。だが、確信は持てず、胸の中では動悸が激しくなった。これは大きな賭けだ。生死をかけた賭けだ。もし自分が間違っていたら……とり返しがつかない。神よ、救いたまえ。私にはその力がありません。「父は死んだ」

彼は強い調子で繰り返した。「すでに死体が見つかった」

「嘘だ！」

「死体置場に行って見たいか？」

「浮かぶには何日もかかるはずだ。俺らがあれだけ重しをつけたんだから」アルバートはふと自分の言葉に気づいた。はっと口をつぐんだあと、大声でわめいた。「はめやがったな。ちくしょう、この冷血野郎、自分の父親まで道具にする気か！」

「当然だろ」彼はつぶやいたが、喉に固いものがこみあげた。胸が痛んだ。モンゴメリーは怪物だ。ホシは怪物だ。まったく、何もかも吐き気がする。

「おしまいだ、アルバート」彼の声はしゃがれていた。「おまえはいまや、どじそのものだ。すべて話すか、やつに殺られるか、二つにひとつだ」

「まだわかるもんか！」

「メアリー・オールセンにそう言うんだな」

「ちくしょう、すべて俺がやったんだ」

「じゃあ、証明してみろ！　私らが知らないことを、何か喋ってみろ。私を驚かせてみろ！」

アルバートは凍りついた。そして突然にやっと笑い、椅子に座り直した。もう一度壁の時計に目をやったが、今回はそれを隠そうともしなかった。

「なあ、クインシー」彼は言った。「面白いことを教えてやろう。第一の標的はマンディじやなかったのさ。マンディは家族を裏切らなかった。だが、キンバリーは裏切った」

「なに？」

「おい、時計を見ろよ。午後の四時十四分。娘がいるホテルの部屋に電話したらどうだい、クインシー。受話器をとって、キンバリーを叱ってやりな。エヴェレットが俺に教えてくれた部屋にいるはずだ。あ、待ってくれ、申し訳ない。あんた、もう娘とは話せないだろうな。四時十四分。時間切れだ、捜査官。あんたの娘は死んでるよ」

36

オレゴン、ポートランド

コーヒーテーブルの上の電話がようやく鳴ったとき、レイニーはあやうく飛び上がりそうになった。

「くそ」彼女は言って、キンバリーにちらっと視線を走らせた。

「くそ」キンバリーも言った。午後の一時。待ちあぐねた電話だったが、いざとなると二人とも体をこわばらせた。二度目のベルが鳴る前に、レイニーが受話器をつかんだ。

「もしもし」

「レイニーかい? ルークだ。気になることがあってね」

「気になることって?」とっさにそう言ったあと、彼女は目を見開き、キンバリーに向かって激しく手を振った。キンバリーは合図を読み取り、グロックのほうに走った。

「午後の会合は、見合わせたほうがいいんじゃないかと思うんだ、レイニー」声は言った。

「危険が多すぎる。事前に会って相談しないか？」

「まったく、真似がうまいわね」レイニーはつぶやいた。「わたしが間抜けだったら……」

「何だって？」声はなれなれしく、相変わらずルーク・ヘイズそっくりで、疑いながらもつい心のどこかで彼だと思いたくなった。でもちがう。これはみごとな物真似の才能と、きわめて残酷なユーモアのセンスを持ち合わせた人間だ。

「ここの番号がどうしてわかったの？」彼女は尋ねた。

「ホテルに聞いたのさ」

「わたしたちがどこに泊まってるか、あなたには教えてないわ、ルーク」

「教えてくれたじゃないか。一緒にミッツと会ったとき」

「いいえ、教えなかった。そしてルークなら、わたしに居場所を尋ねたりしない。残念でした、変態おじさん。もう一度試してみる？」

とたんに声はがらりと変わった――ルーク・ヘイズそのものの声から、昨日の電話でレイニーに聞き覚えのある、流れるようになめらかな声へと。「なんと、レイニー、あんたは自分の友だちも信用しないのか。ベシーにも驚かされたけどな。彼女は俺の身元調査を頼んだんだぜ。クインシーのまわりの女たちが揃いも揃って疑り深いのは、なんでだろうねえ」

「彼が常識ってものをだいじにしてるからよ。いまどこにいるの？」

「おいおいレイニー」声はたしなめるように言った。「こんなに頑張ってるのに、俺から楽しみを奪うつもりかい？ 俺の仕事は努力賞ものだと思うがな」

「努力賞ものかもしれないけど、グレンダ・ロドマンは生きてるわ。そしてわたしはあなたを片づける」

「グレンダ・ロドマンは生かしておくつもりだった」

「え？ あなたって、いかついグレイのスーツに弱いの？」

男は笑った。「何言ってるんだ、アルバート・モンゴメリーが無能なことは、おたがい、わかってるはずだ。レイニー、あんたは警官だったんだから、同僚の強みと弱みを頭に入れておくのがだいじだってことくらい、知ってるだろ。俺はアルバートにグレンダを襲わせた。やつは警察関係の人間の誰にでも根深い恨みを持ってる。役立たずの警備員をしてる父親の影響だな。ちょっとばかり厳しすぎたんだ、アルバートの父親はな。それで息子は自分がおやじより優秀だってことを死にものぐるいで証明しようとした。そして父親の後を継ごうとすればするほど、やつは自分を憎むようになった。だけど、それもこれもここでは関係ない。アルバートの心はねじくれてる。アルバートは無能だ。そこで、当然ながら、アルバートは失敗する」

「勝てないほうに賭けてたわけ？」レイニーが言った。

「もちろんさ。でも、どっちでもよかった。アルバートが成功すれば、ピアースはグレンダの殺害容疑で告訴され、ヴァージニアに戻らざるをえなくなる。アルバートが失敗しても、ピアースはアルバートを尋問するために、やっぱりヴァージニアに戻らざるをえない。どっちにしても、俺の勝ちだったのさ」

「あなたはクインシーが戻るように仕向けて、彼を殺すつもりだった」

「ちがう。俺はクインシーを遠ざけるように仕向けたんだ。あんたを殺すためにね」

「あら、失礼。でも、ちょっと考えてみたけど、わたし、自分が今日死ぬとは思えないわ」

レイニーはキンバリーにまた合図を送った。キンバリーはうなずくとすぐに窓に向かい、そっとサッシを上げて外の非常階段を調べた。上と下の両方に目を走らせた。誰もいないのを確認すると、打合せどおり窓を開けたままにし、レイニーにうなずいて非常階段は安全だと伝え、ベッドルームに入ってそこの窓から同じように外を確認した。

「地獄は怖いかい、レイニー？」男が尋ねた。レイニーの耳に雑音が聞こえた。男は確実に携帯電話からかけている。とすると、どこにでもいる可能性がある。エレベーターに乗っている。廊下を忍び足で歩いている。わたしに喋らせておけば、注意をそらせられると思っている。でも、それが大間違いだったと、すぐに思い知らせてやるわ。

「地獄は怖くないわ」彼女は答えた。「人生そのものが地獄だと思ってるから」

「この世で痛い目に遇ってるってわけかい？　あんた、たしかに因果とか罰って観念にとり憑かれてるな。あんたがしてきたことを考えれば、最後の審判でどう裁かれるか、あんたが考え込むのも無理はないが」

「それは、あなたのほうでしょ。あなたはクインシーを罰することに人生をかけてきた。そのために、いったい何人殺したの？　だから、当然ながら……」彼女は皮肉っぽく言った。

「あなたは宗教を信じない。だって、あなたは永劫《えいごう》の罰として、地獄に落ちてじりじり焼かれるでしょうからね」

キンバリーはベッドルームから戻ると首を振った。これまでのところ、非常階段には異常なし。キンバリーがドアのほうに向かいかけると、レイニーが慌てて手を振って止めた。鍵穴からのぞいたところを撃たれた人もいると、どこかで読んだことがある。本当にそんなことがあるのかどうか、わからないが、たしかめたくもない。彼女は絨毯を指さした。キンバリーは了解して、ドアの下の隙間から外をのぞいた。人の足らしきものは見えない。

「俺を殺すつもりかい、レイニー？」男が聞いた。

「そのつもりよ」

「つもり、だけじゃだめだ。実際に行動しないとな、レイニー。その場面を思い描き、勝者としての自分を想像するんだ」

「素敵ね、連続殺人犯の妄想パーティー。わたし、いつか声のない人に襲われたいと思ってたの」

キンバリーはレイニーの指示を待っていた。彼女は見るからに神経をとがらせていた。口では勇ましいことを言いながら、レイニーもぴりぴりしていた。男は近くにいる。彼は自分の獲物と親しくなりたがる。彼は殺人を楽しみたがる。

「キンバリーも一緒かい？」男が聞いた。

「どうして？　わたしじゃ満足出来ないの？」レイニーは必死に部屋を見回した。非常階段は異常なし、部屋のドアも異常なし。とすると、ほかにどこから入り込めるかしら。見落としている場所は？　「教えてあげる」彼女は歩き回った。「わたしって、すっごく話し上手なの。面白いし、利口だし、皮肉っぽいし。こういう人、めったにいないわよ」

わかった。彼女とキンバリーは同時に天井を見上げた。なんてこと。天井に錐《きり》のようなものの先端が見える。なんであんなところから？

「逃げて！」レイニーが叫んだ。キンバリーは入口のドアへと走った。そのとたん、男が言った。「ありがとう、レイニー。入らせてもらうよ」

間違いに気づくのが遅すぎた。男が天井に穴を開けていたのであれば、ドリルの音が聞こえたはずだった。あれはもっと以前のものだったにちがいない。そしてドアの下からのぞいても、確実に見えるわけではない。相手はドアの脇に立てばいいのだ。レイニーははっと足を止めた。

だがキンバリーはすでにドアを開けたあとで、男の銃が早くも彼女の胸につきつけられていた。

「カール・ミッツだわ」レイニーが唸った。

キンバリーが震える声で言った。「信じられない――アンドリューズ博士よ」

「銃をこっちに寄越してもらいたいね」アンドリューズはそう言うと、部屋に踏み込み、後ろ足でドアを閉めた。今日は普段着姿だった。褐色のチノパンツに白い襟のシャツ。一見ごく普通の恰好だが、左肩に下げた大きな黒いキャンバス地のバッグと、手にした九ミリ口径のセミオートマチックはちがう。銃身はいまやキンバリーの心臓から一〇センチのところにある。キンバリーは銃から目をそらしている。顔色は真っ白だ。

「銃は渡さない」キンバリーの声はうわずっていた。「警察官は絶対に武器を手放しちゃいけないのよ！」

「銃を渡しなさい、キンバリー」レイニーがきびしく言った。「これは警察学校の卒業試験じゃないのよ。それにあなたは不死身じゃない！」

「二人のうちどっちか一人は生き残れるわ」キンバリーは相変わらずうわずった声で言った。「彼が撃っても、二人同時には殺せない」

「キンバリー――」

「みんなわたしのせいよ。この人を見て。わからないの？　みんなわたしのせい、い、い、いなのよ、よ、よ！」

アンドリューズは笑って、大きなキャンバス地のバッグを肩からはずした。バッグは重たげに床に落ちた。「よく出来た、キンバリー。いつそれに気づくかと思ってたよ。言っただろ？　犯人は君が知ってる相手かもしれないって」

「でも、わたしの不安発作は――」

「私が君をつけたのさ。犯人は身近にいるかもしれないとは打ち明けたが、じつは君の顔見知りだとはわからせたくなかったからね。正直な話、君の姉さんの葬式のあと、私をめったに見かけなくなったと思わなかったのか？　君は自分の体の回復のために、私が休みを取らせたと思っていた。だけど、ほんとは私が君の家族を滅ぼすために、時間を作りたかったのさ。人それぞれに優先すべきものがあるからね」彼はきれいに折り目のついたパンツと白い麻のシャツを指さした。「ところで、私のニュールックをどう思う？　それらしいかつらに、仕立てのいい服、コンタクトレンズ……私はそれほどだめな教授でもなかったろ？　君は私がツイードを着てるほうが安心するみたいだった。だから年々私は野暮くさくなり、君はますます私を信頼するようになった。面白いね、君のママとマンディは、その逆のほうが効果があった。じゃ、銃を捨てて、ゆっくり私のほうに蹴飛ばすんだ」

「あなたを友だちだと思ってた！　恩師と思ってた！　あなたには家族のことをずいぶん話したわ。父親のこと、母親のこと、姉のこと……それが結局……それが結局……」キンバリーの体が震えた。まるで病気にでもかかったような様子だったが、グロックは下ろそうとしなかった。

「キンバリー」レイニーが唸るように言った。彼女の全身から汗が吹き出し、手にした拳銃を手放せないまま、事態がくるくると回り始めて抑えがきかなくなるのを感じた。

　アンドリューズは彼女に目をやった。キンバリーは彼の視線をたどってレイニーのほうを見た。だめ。レイニーは叫ぼうとしたが、遅すぎた。キンバリーの視線がアンドリューズからそれたとたん、彼の左手が彼女の右腕をはっしと叩いた。キンバリーは悲鳴をあげ、しびれた指のあいだから銃が床に滑り落ちた。レイニーは自分の拳銃をぐいと上に向けたが、アンドリューズの銃がすでに彼女の体を狙っていた。

「もっと利口だと思ってたがな」彼は言い、キンバリーの腕をつかんで背中にねじり上げ、彼女を楯《たて》がわりにした。

レイニーはうなずいた。ゆっくりと絨毯に銃を下ろし、黒いキャンバス地のバッグに目を走らせた。なぜこんなに大きなバッグを？　何を持ってきたの？

「その銃をこっちに蹴飛ばせ」

レイニーは言われたとおりグロック四〇を爪先で突いたが、強くは蹴らなかった。重い拳銃は一メートルほど先の、ガラスのコーヒーテーブルの下で止まった。彼女はどうしようもないというふうに肩をすくめて見せ、アンドリューズの出方を待った。彼は顔をしかめたが、キンバリーを押さえるために両手が塞がっていたので、そのまま見すごした。

レイニーは深く息を吸い込んだ。落ちついて、と自分に言い聞かせたが、両手は震え、心臓の鼓動は早鐘のようだった。さっきは電話でかなり時間を稼げた。いままたキンバリーと力を合わせて一、二分でも彼の注意をそらせられたら。窓は開いている。無人の非常階段からならこの部屋にらくに入ってこられる。援軍でも駆けつけてくれたら……

あのバッグには何が？

キンバリーはすすり泣いていた。アンドリューズに押さえられて、肩はすぼまり、背中はまるくなっている。闘う気力は萎《な》えているようだ。

「よし」アンドリューズが言った。「全員気分がよくなったところで、まだ仕事が沢山残ってるんだ、お嬢さんがた。爆弾を組み立て、電話に起爆装置をとりつけるのさ。キンバリー、一時十五分きっかりに君の父親から電話が入る。やつが自分の手で娘と恋人をこなごなにするチャンスを逃がしたくないからな」

ああ、くそっ。あのバッグはそのためだったのね。レイニーは目を閉じた。アンドリューズは手製爆弾の材料を用意してきたんだわ。この部屋を簡単に吹き飛ばしたうえ、ホテルのかなりな部分を破壊し、何も知らないほかの宿泊客を巻き添えにしても、アンドリューズは平気なのね。彼にとっては究極の勝利なんだわ。キンバリーとわたしを拘束する。そして仕掛けた爆弾で、電話が鳴ったとたんにこの部屋が吹き飛ぶ。クインシーは残された唯一の家族を失うだけじゃなく、鑑識からの最初の報告で、自分が引き金を引いたも同然だったことを知る。自分の手で娘とわたしを殺害したのだと思う。ああ、クインシー。ああ、かわいそうな、かわいそうな、クインシー。

レイニーは目を開いた。開いた窓から入ってくる風を顔に感じたが、これ以上待ってはいられないと判断した。アンドリューズにあの爆弾を組み立てさせてはいけない。クインシーへの恨みだけでホテルを大破させるような真似は、どうあってもさせてはいけない。

レイニーはキンバリーを見つめ、なんとか彼女と目を合わせようとした。二人で計画を立てなければ。キンバリーなら教授に話を続けさせられるかもしれない。彼が自分の元弟子とたわいない話をしているあいだに、わたしがグロックに近づく。一メートル。そんなに遠くない。でしょ？

けれどキンバリーは首を垂れたままだった。ほっそりした体は力なく前にかがみ、闘う気力は見えない。何と言っても彼女はまだ若いわ。それにこんな恐ろしい目に遇っているんですもの。

「わたし、父を責めてた」キンバリーは自分にとも、アンドリューズにともなくつぶやいた。「ずっと、父を責めてたわ。でも、家族を裏切ったのは、じつはわたし自身だった」そしてふと何かが頭にひらめいたようだった。彼女はぐいと顔を上げ、不意に目を大きく見開いた。「そうだわ、あのサンチェス事件。何かつながりがあると思って、わたしは何度も何度も調べ直した。もちろん、サンクエンティンで囚人の調査をしたのはアンドリューズ博士だった」彼女は体をねじって何とかアンドリューズの顔を見ようとした。「あなたはサンチェスを知ってた！　つながりがあるのは、あなただった！　わたし、なんて馬鹿だったのかしら。ちくしょう！」

「君は最初にすべき質問をしそこなった」アンドリューズはこともなげに言い、キンバリーの腕をぐいと引いて動きを制した。レイニーはチャンスを見てとった。彼女はじりっと数センチ前に出た。

「これが復讐だとしたら、なぜいまになってなのか」アンドリューズは元弟子に講義を始めた。「ようやく出所した凶悪犯の仕業だと考えることも出来る。だが、君はすでにその可能性を調べ、袋小路に行き当たった。つぎに凶悪犯の家族がやったという考え方も出来る。しかし、なぜいまになってなのかという疑問は残る。興味深いことに、クインシーは最後にいい線をついた。これはＦＢＩの過去の事件とは無関係だと。だが、原因が彼のＦＢＩ以前の時代までさかのぼるとしたら、よけいになぜ、いまになってなのだろう」

「それはあなたが、わたしの存在を知ったから！」キンバリーが吐き出すように言った。

「おまえが俺の膝に飛び込んできたからさ！」アンドリューズは吠えた。「二十年近く前に、あの男は二人の娘を俺から奪い去った。そしておまえが目の前に現れた！　きれいで頭が良くて、父親が望むすべてを実現出来そうな娘だ。なぜあいつはそんなに運がいいんだ。なぜあいつは俺にこそふさわしいすべてを手に入れたんだ。あのお節介なセラピスト野郎！」

彼は不意にレイニーに視線を走らせた。彼女は凍りついた。銃に二歩近づいたところだった。少しは進んだけれど、まだ十分とは言えない。アンドリューズは眉をしかめた。床の拳銃にじりじり近づいているのを、悟られたかしら。彼は彼女をじっとにらみ据えた。

「あなたはクインシーの患者だったのね」レイニーは彼の注意をそらせようと静かに言った。そして彼が見ているあいだは、ぴくりとも動かなかった。

「俺じゃない！」アンドリューズは腹立たしげに言った。「馬鹿な元の女房だ。彼女はやつに助けを求めた。ありとあらゆるごたくを並べて、俺が父親としてふさわしくない、子供たちは俺を怖がっていると訴えた」

「あなた、子供たちを虐待したの？」あなたの番よ、キンバリー。彼女は必死に心の中で呼びかけた。わたしが彼に話を続けさせているあいだに、何かいい方法を考えて。

「してない、してない、してない。自分の娘なんだぞ！　二人を愛してた。最高のものを与えたかった。母親にはあの子たちの可能性が理解出来なかった。彼女はただ甘やかして、遊ばせ放題にして、成長を遅らせた。言っとくがな、遊んでたんじゃろくなものにならないんだ！」

「クインシーは親権裁判であなたに不利な証言をしたのね？」レイニーが追い打ちをかけた。「彼の意見が裁決に影響を与えた」さあ、キンバリー。あの爆弾を組み立てさせてはだめ。ここで何かしなければ。いますぐに。

「あいつは裁判官に、俺は深刻な人格障害だと言った。専門家の意見として、俺は策士で、自己中心的で、他者への思いやりが完全に欠如していると言った。要するに、俺には精神異常の傾向があり、子供を自分の思いを遂げるための道具に使い、子供が自己を主張しようとした場合は、危害をおよぼす可能性があるとぬかしたんだ。その後俺は、二度と子供たちに会えなくなった。それがどんなことか、わかるか？ 人の尊敬を集めてた家庭的な男が、ある日突然拘束命令で行動を差し止められたんだ！ 俺がそんないかれた人間なら、とっくに資格も取りあげられてたはずだ。完全に破滅してただろうよ！」

「その後はおとなしくしてたってわけね」レイニーはそっけなく肩をすくめ、アンドリューズの悪態を長引かせようと頑張った。

「カリフォルニアからニューヨークに引っ越して、いちから出直したが」アンドリューズが続けた。「俺はひとりきりだった。何ひとつ自分のものはなかった。メアリー・オールセンとのあいだに第二のチャンスが持てたかもしれない。彼女は俺の子供を身ごもってた。俺たちはしあわせになれたかもしれない。だがピアースが何もかもぶち壊した。そうとは知らない俺に、彼女を殺させたんだ」アンドリューズの声が変わった。「あの畜生野郎！　俺が望むものを、何もかもあいつが奪った。もうごめんだ！　今度は俺がやつを見下し、俺が支配する番だ。専門家の意見が聞きたいか？　聞かせてやろうじゃないか。爆発物の専門家のな。くそっ、もう時間だ！」彼は不意にキンバリーの右腕をねじあげた。彼女が足で思い切り彼の足の甲を踏みつけようとしたのだ。彼女の足がむなしく床を蹴ったとき、アンドリューズは彼女を突き倒した。彼女は痛そうに顔をしかめ、彼の足元にぐったり沈み込んだ。レイニーも一緒に顔をしかめ、歯がゆそうにグロックを目で追った。テーブルのガラスの下にはっきりと見えているが、まだ遠すぎて手が届かない。

何かしなければ。もう時間がない。考えて、考えて。いま、すぐ……

「よかった！　ルーク！」

レイニーはアンドリューズの背後に目をこらした。死にものぐるいの芝居、愚かな賭けだった。アンドリューズは思わず振り返った。初めて窓からの風を感じ取り、自分が脇からの攻撃に弱いのに気づいた。レイニーは左に跳び、手近で最も効果的な武器をつかんだ。キッチンの金属製の椅子。

「何を……」

「キンバリー、いまよ！」

キンバリーはアンドリューズの無防備な脇腹を肘で突き、もう一度彼の足の甲を強く踏みつけた。バランスを崩したアンドリューズはとっさに彼女から手を放し、銃を構えようとした。レイニーは椅子をアンドリューズの首から肩にかけて振り下ろした。銃も椅子も空中に放り出された。彼は遅まきながら自分が古くさい手口にだまされたのに気づいて、わめき声をあげた。

「この売女！」彼は吠えた。

「キンバリー」レイニーがまた叫んだ。「銃を！」銃を取り戻さないと。いま、すぐに、すぐに。

レイニーのグロックはコーヒーテーブルの下だ。彼女は四つん這いになり、懸命に手探りした。それを見たアンドリューズは、彼女の顎を激しく蹴り上げた。彼女の顎が砕けた。レイニーは仰向けに倒れ、目の中で星が光った。アンドリューズの落とした銃に駆け寄るキンバリーの姿が、ぼんやりと見えた。アンドリューズはそれに気づいた。彼は椅子をつかむと、キンバリーめがけて高々と振りかざした。

椅子がはっしと振り下ろされ、キンバリーの体がぐしゃっと重い音をたてた。レイニーがそれまで聞いたこともない音だった。

アンドリューズは勝ち誇ったようににやっとした。そして椅子を放り投げると、九ミリ口径のほうにしゃがみ込んだ。銃はキンバリーの体からわずか数センチのところに転がっている。あんな近くにあるのに……

最後のチャンス。レイニーは体を横に引きずった。目をそらさずに、そらさずに、そらさずに。グロックは、テーブルの真鍮《しんちゅう》の脚にぶつかっている。頑張るのよ、レイニー。死んだりするもんですか。死んだりするもんですか！　結局、わたしって楽天家なのね。手を伸ば、し、て！

弾が薬室に送り込まれるカチャッという音が聞こえた。死の音。

「バイバイ、レイニー」アンドリューズが言った。

そしてクインシーの声がした。「おい、アンドリューズ。私の娘から汚い手を放せ」

ヴァージニア

アルバート・モンゴメリーは、クインシーが十五分後に薄暗い取調べ室に戻ってきたときはいたって落ちついて冷静だった。東部時間の午後四時三十一分。捜査官はきっと娘の死亡を確認したことだろう。彼が泣くところを見られるかもしれない。楽しみだな。

当の相手が彼の目の前で立ち止まった。

「やあ、アルバート」男はアルバートが聞いたことのない明るい声で言った。「今度はこっちがあんたの知らないことを教えてやる番だ。ひとつ。キンバリーはぴんぴんしてる。ふたつ。俺はピアース・クインシーじゃない」男は白髪まじりのかつらを頭から引きはがした。グレンダとメーキャップ専門のＦＢＩが二時間かけて仕上げたものだ。彼は五センチ上げ底した靴を脱いだ。そして背が高くて肩幅の広いクインシーに合わせてしつらえられた、ネイビーブルーのジャケットも脱いだ。「俺の名前はルーク・ヘイズ」男は穏やかに言った。「レイニーの友だちだ」

ポートランド

アンドリューズは青ざめた。彼はベッドルームのドアにさっと目を走らせ、右手の銃を下に向けたが、左手はまだキンバリーの肩をつかんでいた。「誰が？　どうやって？　あんたはヴァージニアのはずだ！」

クインシーはベッドルームからリビングに足を踏み入れた。一〇ミリ口径を握っていたが、手は下ろしたままだった。視線はアンドリューズから放さなかった。彼はロビーで携帯電話を使って話している男を必死に探し回って十五分無駄にし、やっと自分の間違いに気づいた。男はすでに上にいる。男はすでに娘の部屋にいる。第一案が失敗したら、第二案にはかならず非常階段を使うこと。六階まで、延々と一段ずつ。クインシーは息を切らせ、消耗した。

彼は武器を持って娘の上にかかみ込んでいる男を見つめながら、信じがたいほど冷静だった。時間の進み方が遅くなった。大丈夫だ。ホシがついに顔を見せた。これまでの大勢の殺人者と同様、とくに変わった顔でもない。結局のところ、彼は背の高さも、体重も、年齢も平均的な、普通の男にすぎない。

「おまえはマンディを殺した」クインシーが足を止めずに言った。アンドリューズはまだ銃を構え直していなかった。アンドリューズはこれまで被害者を撃ち殺したことはない。銃がそれほど得意でない可能性もある。クインシーは考えた。相手の不意をついて襲うのと、ほんものの対決とではわけがちがう。

「簡単だったさ」アンドリューズが怒鳴ったが、声は揺れていた。彼の背後で、レイニーがもう一度そろそろと自分の銃に手を伸ばした。クインシーにもガラスのテーブルの下にある銃が見えた。彼はアンドリューズに自分の視線の先を読まれないように、急いで目をそらした。かわりに彼はキンバリーを見つめた。彼女はアンドリューズの足元でうめき声をあげていた。

「おまえはベシーも殺した」クインシーが言った。

「もっと簡単だった」アンドリューズは不意に体を動かし、キンバリーの首に腕を回して自分のほうに引きずり寄せた。キンバリーはぼんやり目を開けた。ぐったりと正体をなくし、父親と目が合ってもただ悲しそうな顔をするだけだった。

「大丈夫だ」クインシーはとっさに声をかけた。彼女に手を差し出したかったが、ぐっとこらえた。キンバリーは強い子だ。きっと頑張り通せる。その強さを信じよう。彼女もいまおそらくこの私の強さを信じてくれている。父さんを信じてくれ。彼は心の中で娘に呼びかけた。父さんはいつだっておまえを愛しているよ。

アンドリューズは残酷ににやりと笑い、キンバリーをぐいと引き寄せた。「立つんだ、眠れる森のお姫さま。パパにさよならする時間だ」

アンドリューズは彼女を抱えながら立ち上がった。クインシーは動かなかった。

クインシーは背後の動きをまた目の隅に感じたが、今度も後ろを見るのはこらえた。アンドリューズをひたと見据え、相手の意識を狭めようとした。アンドリューズとキンバリーとクインシーだけの世界に。アンドリューズだけを見つめていれば、アンドリューズはこちらだけを見つめるはずだ。凶悪な殺戮者と、ひとりの娘と、子供を守ろうとするひとりの父親の世界に。レイニー……あとは、信じて飛びつくだけだ。

「どんな気分だ、クインシー？」アンドリューズはそう尋ねてキンバリーの腕をねじりあげ、自分のほうにさらに引き寄せた。「理由もわからずに、何もかも失うってのは、どんな気分だ！」

「君は人間とは言えない」クインシーは落つき払って言い、わずかに左へ移動してリビングから遠ざかり、アンドリューズの視線を自分に引きつけた。「君は人間の脱け殻だ。ほんものの感情も、絆も、思いやりも持っていない。これまで人間のふりをして暮らしてきただけだ。他人のイメージに自分を合わせてな。自分ではどうすればいいかわからないからだ。君は自分が何者なのかわかっていない。これまでで一番よかったのは、君の娘たちが二度と父親に会わずにすんだことだ」

アンドリューズは拳銃をぐいと持ち上げ、クインシーの頭に狙いをつけた。「クソ野郎」

彼は叫んだ。キンバリーはびくっと体をこわばらせた。「殺してやる！　そのろくでもない頭をぶっ飛ばしてやる！」

「無理だね」クインシーは言った。アンドリューズが激昂するにつれ、クインシーは冷静になった。彼は娘を見つめた。強くいてほしい。ぶじであってほしい。父さんを信じてくれ、信じてくれ、信じてくれ。

「出来るとも！」

「無理だね。私がいなくなったら、君は生きがいを失ってしまう。私が消えたら、君はどうやって生きていくんだ、アンドリューズ？　何をする？　夜中に何の夢を見る？　私を憎めば憎むほど、君には私が必要になる。私がいなくなったら、ゲームは終わりだ」

アンドリューズの顔がどす黒くなった。彼は左右に目を走らせた。彼の中に激しい怒りが渦を巻き、いまにも爆発しそうだった。冷静だった行動が、狂気じみた反応に変わった。クインシーが待っていたのは、それだった。アンドリューズがついに自制心をなくすこと。アンドリューズが自分の中に閉じ込めた怪物を解き放つこと。

アンドリューズの指が引き金にかかった。クインシーはまだキンバリーから目を離さなかった。彼は心の中でどれほど彼女を愛しているか訴え、こんな場面を彼女に見せねばならないのを詫びた。レイニー、キンバリー、レイニー。

目の隅に映った動き……

「キンバリー」クインシーはつぶやいた。「くそバレエ」

その合図で、彼女はアンドリューズの腕にいきなりもたれかかった。アンドリューズはあっと叫び声をあげ、引き金を引いたが、不意をつかれてバランスを崩した。弾はしっくいの壁に当たった。クインシーは左に飛びすさった。反撃のために一〇ミリ口径を構えたが、アンドリューズとキンバリーの体はもつれ合いすぎていた。撃てない。撃てない。

「キンバリー」彼は闇雲に叫んだ。

「パパ！」

「アンドリューズ」レイニーが声をあげた。「こっちを見て」

男ははっと振り向いた。キンバリーが男から体をふりほどいて床に転がると同時に、レイニーがグロックをつかんだ。

「よせ！」アンドリューズが吠えた。彼は彼女に銃を向けた――

クインシーは静かに、冷やかに、男の胸を撃ち抜いた。アンドリューズは床に倒れた。そして二度と動かなかった。

「終わったの？」銃声が尾を引いて消えたとき、キンバリーが尋ねた。床から立ち上がろうとしたが、左腕は体重を支えられなかった。美しい長い髪から血と灰色の液体がしたたっていた。

クインシーは彼女のかたわらに膝をつき、傷ついた娘を抱きしめた。ほっそりした体が震えていた。彼は生まれたての子供でも抱くように、優しくそっと彼女を抱いた。自分にとってかけがえのない娘。彼女を救ったが、傷つけもした。自分たちにその二つのちがいがわかるまでには、あと何年もかかるだろう。出来るのは努力することだけ。距離を置いても守ることにはならない。どんなに距離を置いても、結局は娘の安全を守れない。

クインシーは、アンドリューズの上にかがみ込んでいるレイニーに目をやった。

「死んだわ」レイニーが静かに言った。

キンバリーはクインシーの肩にすがりついた。そして泣き始めた。クインシーは胸に抱いた娘をあやすようにゆすった。血まみれの彼女の髪をなでた。

「終わったよ」彼はキンバリーとレイニーに言った。そして自分にも言い聞かせるように、きっぱりと言った。「ゲームは終わりだ」

ドアを激しく叩く音がした。「ホテルの警備係です」声がわめいた。

そして後片づけが始まった。

エピローグ

ポートランド、パール区

六週間後。レイニー・コナーはダウンタウンのロフトでデスクの上にかがみ込み、収支のご機嫌をうかがっていたが、実際には電話ばかり眺めていた。まったく、ちっとも鳴ってくれやしない。ここ何日も。彼女はうんざりし始めていた。

受話器をとった。「ねえ、何か隠してるんじゃないの、電話君」受話器を置いた。そしてまたクイックン・ファイルに目を凝らした。眺めても少しも気分は晴れなかった。

クインシーは探偵料を支払った。彼女は怒鳴ったりわめいたりして抵抗した。気のすむまで騒ぎたて、双方とも満足したあと、彼女は小切手を受け取った。食べていかねばならなかったし、大陸横断の飛行機代の請求書もアメックスからまわってきていた。コナー探偵事務所は黒字になった。それも七日間だけだった。彼女はまたヴァージニアに飛んだ——ちゃんとした理由がある、と自分に言い聞かせながら。

彼女はまず最初にクインシーと一緒に、アルバート・モンゴメリーの頭の中を調べ終えた。アルバートはようやく、高名なマーカス・アンドリューズ博士が二年半前に自分に接近したことを認めた。アンドリューズはクインシーにたいする復讐を考えていた。妻のエミリーは夫とのあいだで親権を争うつらい裁判で、クインシーに専門家としての証言を依頼した。クインシーの証言が決め手になって、裁判官はアンドリューズに子供たちとの接触を永久に禁じた。当時は重要な裁判だったが、クインシーは何年もそのことを忘れていた。そしてアンドリューズというのはよくある名前なので、キンバリーが自分の尊敬する教授の話をしても、彼はまるで気にかけなかった。

おかしなことだ。ベシーはいつも、彼の捜査局での仕事が家族に危険をもたらすと考えていた。セラピストの仕事をしていても、精神のバランスを失った患者とその悩める妻子が、家族を危険にさらすことがあるとは誰も考えていなかった。

アンドリューズは刑務所での研究調査のあいだに、ミゲル・サンチェスを面接した。殺人の経過と事件を担当した捜査官について詳しく知るにつれ、彼はモンゴメリーの役回りを理解し、ここに自分と同じようにクインシーを憎む人間がいると悟った。アンドリューズはヴァージニアでモンゴメリーに会い、夕食をとりながら自分のもくろみを話し、何杯かビールのジョッキを重ねたあと、モンゴメリーを復讐計画に引き込んだ。

以来モンゴメリーは内部情報の提供者になった。まず彼はアンドリューズに捜査局の仕組みを理解させた。捜査官の身に危険が迫ったときは、どんな対処がなされるか。捜査官の家族が危険にさらされたときは、どうか。捜査局が過去の事件ファイルを調べあげるには、どれくらい時間がかかるか。捜査官に犯罪容疑がかけられたときは、どうなるか。そしてモンゴメリーは、しだいに深みにはまった。アマンダをアンドリューズに紹介し、クインシーの便箋を盗み出し、グレンダを襲った。憎しみが膿《う》みただれ、狂気へと変わったのだ。

九カ月前、モンゴメリーはオレゴンの刑務所のデータバンクを探って、レイニーの父親に恰好の候補者を見つけ出した。そう、ロナルド・ドーソンは実在した。彼はちょうどいい頃合に刑務所に入り、ちょうどいい頃合に仮釈放になっていた。調べによると、彼は身長一五八センチの赤毛の年寄りだった。モリー・コナーの名前を聞いたこともなく、自分の名義で誰かが郡の地方検事に多額の寄付をおこなったと聞いて、ショックを受けたという。

たやすく手に入るものは、失うのも早い。レイニーは三日のあいだ沈み込んだ。そして自分でも驚くほどあっけなく立ち直った。手に入らなかったものは惜しくもならない。それに彼女は夢を失ったわけではなかった。父親はたしかにいる。きっとどこかにいる。いつか会えるかもしれない。

弁護士のカール・ミッツも実在した。優秀な弁護士で、レイニーが昼食を一緒にとった印象では、とても感じのいい男だった。れっきとした肩書の人間がもうひとり必要だというわけで、モンゴメリーがミッツの社会保障番号、生年月日、母親の旧姓を手に入れ、アンドリューズがそのあとを引き継いだ。

レイニーには、エレクトロニクスの時代がそれほどいいとは思えなくなった。先日は自分のクレジットの明細を取り寄せ、間違いがないか憑かれたように調べあげた。

特別捜査官アルバート・モンゴメリーは法廷には立たなかった。明らかにアンドリューズは彼に最後のプレゼントを残したようだ。親切な捜査官がアルバートの自宅から持ってきた彼の血圧用の薬に、青酸が入っていたのだ。クインシーの最後の面接が終わってから間もなく、アルバートはその瓶を開けた。彼も看守も、すぐに強烈なアーモンドの匂いに気づいた。看守が前に飛び出した。アルバートは瓶の中身を半分飲み下した。六十秒後。アルバートはもう自分の将来を心配しなくてもよくなった。

クインシーとキンバリーは、それほど簡単にはいかなかった。キンバリーは試練のあと、腕の骨折と深刻な脳震盪《のうしんとう》で四十八時間病院の手当てを受けた。さいわい若くて強い彼女は、傷の回復も早かった。ただしそれは、肉体的な傷にかぎっての話だ。クインシーは彼女を連れてヴァージニアに戻りたいと考えた。だが彼女はニューヨークに行くと言い張った。彼女はアパートの部屋を、授業を、自分の日常を、自分の人生を取り戻したがった。レイニーとクインシーは最初の週は彼女に毎日電話をかけた。キンバリーはそれがあまりにも嬉しかったらしく、受話器をはずしてしまった。彼女は独立心旺盛な娘だ。レイニーは自分の体験から、彼女が自分なりのペースと自分なりのやり方で道を開きたがっていることを理解した。

アルバートの自殺から二週間後に、フィラデルフィア警察は犯罪研究所から手書き文字の鑑定結果を受け取り、元妻を惨殺した容疑でクインシーを逮捕しようとした。そのためレイニーはどうしてもヴァージニアに飛ばざるをえなかった。彼女は刑事たちを怒鳴り散らし、地方検事にわめきたて、大いに顰蹙《ひんしゅく》を買った。いっぽうグレンダは地方検事を説得して疑わしいメモ書きをFBIの研究所に送らせ、研究所はメモの文字に、多数のためらいの跡をただちに発見した――偽造文書の古典的な特徴である。クインシーはレイニーに来てくれたことを感謝し、グレンダは昇進した。

レイニーはまたポートランドに戻った。彼女には仕事があった。クインシーには事後処理があり、思いやるべき娘がいた。もちろん二人は電話をかけあった。レイニーは、いろいろ大変ねと彼に言った。彼女は同情し、支えになり、無理は言わなかった。彼はわたしのそばいてくれなくても、わたしは彼のそばにいる。それがいい関係というものだわ。ほんものの、大人の、成熟した関係。爆発しそうになったら、誰かを殴るしかないわね。

二週間前。メリーランドの沖に出ていた漁船が、網でエイブラハム・クインシーの遺体を引き上げた。モンゴメリーはすでに、アンドリューズからの命令で、エイブラハムの体に重しをつけ、絶対に発見されないよう深海に沈めたと自白していた。アンドリューズの狙いは、エイブラハムの行方がつかめないままクインシーをいつまでも悩ませることだった。父親はまだ生きているのではないか、息子を待っているのではないかと……。だが、アンドリューズにも運命は操れなかった。たまたまその辺りで漁船が魚を獲《と》っていた。そしてたまたま魚が重しを縛っていたロープを食いちぎった。エイブラハム・クインシーは発見された。

レイニーはキンバリーからその話を聞かされた。キンバリーの声は静かで、急に年取ったようだった。今週の終わりに内輪だけでお祖父ちゃんのお葬式をするの。あなたもこられる？

レイニーはヴァージニア行きの三度目の航空券を買った。そしてクインシーからの電話を待った。ずっとクインシーからの電話を待った。クインシーからの電話を待ち続けた。そしてついに自分から電話をかけた。彼は返事をくれなかった。

それ以上我慢出来なかった。彼女は空港に車を飛ばし、二日後にしか使えないチケットを見せ、家族の緊急事態だからと言って飛行機に乗り込んだ。八時間後。彼女はクインシーの家のドアを叩いた。顔をこわばらせた彼がドアを開け、びっくりしたあと、心から嬉しそうな表情を浮かべた。彼女は彼にベッドまで行く間も与えず、セックスを誘った。わたし、かなり上手になったみたい、セックスが。

そのあと二人はアーリントン墓地へ行き、マンディとベシーの墓の前に腰を下ろした。何も話さなかった。何もしなかった。太陽が低くなり、風が冷たくなるまで、ただ座っていた。車まで歩くあいだ、クインシーは彼女の手を握った。三十二歳になるというのに、レイニーはこれまで誰かと手をつないで歩いたことがなかった。クインシーが彼女のために車のドアを開け、ぐるっと反対側に回るあいだ、彼女は胸に不思議な痛みを覚えた。もう一度彼に触れたかった。彼を自分の中に迎え入れ、脚を彼の脇腹にからませ、きつく抱きしめたかった。

けれど、クインシーの家に戻ったとき、彼女は彼の疲れた体をベッドに寝かせた。そのあと長いあいだ彼の顔のしわを指でなぞった。眠るときも消えないしわ。彼の白髪を、胸の傷痕をなでた。そしてようやく理解した。そのすべてを。その大きさを。なぜ人はおたがいを必要とし、家族を作るのか。なぜ赤ちゃん象が過酷な砂漠の中で、倒れては立ち上がるのか。なぜ人は闘い、笑い、怒り、愛するのか。なぜ人は、最後に足を止めるのか。

それは、傷つくときは、彼と一緒に傷つくほうがいいから。怒るときは、彼と一緒に怒るほうがいいから。そして悲しいときは、彼と一緒に悲しむほうがずっと、ずっといいから。

ああ、飛行機で戻りたくない。馬鹿げてるわ。二人ともおとなで、それぞれの人生があり、仕事がある。電話がないわけじゃない。それなのに、あの飛行機で戻りたくない。

彼女は葬式に列席した。彼女はクインシーの手を握った。すすり泣くキンバリーの肩を優しく叩いた。親族と顔を合わせ、誰とも愛想よく接した。そしてクインシーの家に戻り、初めてのように、そしてこれが最後のように、触れ合った。

月曜の朝、クインシーが彼女を空港まで送った。彼女はまた胸がうずくのを感じた。何か話そうとしても、言葉が出てこなかった。

クインシーが言った。「電話をするよ」彼女はうなずいた。クインシーが言った。「すぐに」彼女はうなずいた。クインシーが言った。「すまない、レイニー」そして彼女はうなずいたが、彼が何を詫びているのかよくわからなかった。

レイニーはポートランドに戻った。五日と六時間三十二分前のことだ。電話は鳴った。けれど受話器を取りあげても、クインシーだったことは一度もなかった。

「もうこれ以上耐えられない」彼女はコンピュータの画面に向かって言った。「まるでわたしらしくないもの。女は男のためにすべてを変えなくちゃいけないの？　以前のわたしは攻撃的で、不安定で、頑固だった。そして彼はわたしをもっとよく知りたいと言った。わたしは前向きなおとなの社会人になろうと一生懸命努力してる。それなのに、彼から音沙汰がないなんて。あの人がいま猛烈なストレスを抱えてるのは事実よ。でも、ものすごく失礼なのも事実じゃない？」

コンピュータは何も答えなかった。彼女は顔をしかめた。「胸のむかつく甘ったるい呼び方を嫌がったせいだと思う？　彼を〝スタッドマフィン〟って呼べばよかったのかしら……」

ブザーが鳴った。彼女はひょいと首を上げ、防犯モニターに目をやった。外の入口の前に男が立っていた。普段着姿だったが、白髪まじりの頭はすぐに見分けられた。

「くそ！」レイニーは叫んだ。「なんでシャワーを浴びる時間も与えてくれないの！」

シャワーなんかどうでもいい。彼女は電子ロックを解除して外のドアを開け、キッチンの流しに走り、急いで水で顔を叩いた。鼻をひくひくさせた。今回は少なくともデオドラントはつけてたわ。洗濯したての白いシャツを頭からかぶったとき、ロフトの戸口のベルが鳴った。最後に髪を手でなでつけ、彼女はドアまで行った。

「やあ、レイニー」彼が言った。

彼女は黙っていた。彼はクインシーなりに元気そうだった。少しばかり緊張し、少しばかりスマートすぎ、少しばかり肩に世の中の重荷を背負いすぎている。けれど今日はスリムなカーキ色のパンツに、ネイビーブルーのオープンカラーのシャツを着ている。スーツ姿以外の彼を見たのは、数週間ぶりだった。

「ハイ」彼女は言った。ドアをもう少し広く開けた。

「入ってもいいかな」

「いいんじゃないかしら」

レイニーは彼を中に入れた。スプスパグは胸にいちもつありげだった。彼は居間まで行くと、せわしなげに歩き回り、彼女は下唇を噛んだ。六日前には、あんなに近く感じられたのに。なぜ急に他人同士みたいになったの？

「電話をするつもりだった」彼が言った。

「う、うーん」

「でも、しなかった。悪かったね」彼は言いよどんだ。「何を話せばいいかわからなくて」

「最初に〝もしもし〟っていうのが、いいみたいよ。そのつぎに〝元気かい〟って言う人もいるわ。〝死ね〟って言うより、効き目があるんじゃないかしら」彼女はにっこりした。

彼はたじろいだ。「いかれてるね」

「その調子」

「君はずいぶんよくわかってくれた」

「あら、お別れにきたの？」

彼はようやく足を止め、本気で驚いた表情をした。「そうは思ってない」

「そうは思ってない？　それ、どういう意味？　別れるつもりかって聞いたのよ。そうじゃないなら、お願いだから、ちがう、とはっきり言ってよ！」

「ちがう、はっきり言って」

「五日と六時間三十七分！」

「なんのことだい？」

「あなたが電話するって約束してからの時間よ。数えてたわけじゃないけど」彼女は両手を突き出した。「ああ嫌だ。電話のそばで待つ女になっちゃった。電話のそばで待つだけのみじめな馬鹿女になんか、絶対なりたくないのに。あなたのせいよ。反省してほしいわね！」

「レイニー、誓って言うけど、君を苦しめるつもりはなかったんだ。先週、君が来てくれたとき、僕は誰にも会いたくないほど落ち込んでいた。僕は……君以外の誰にも会いたくなかった。君を空港に送ったとき、君を行かせたくないということ以外頭になかった。そして僕たちの姿を思い浮かべた——空港を往復して、一緒にいれば高揚し、離れれば沈み込み、カップルになろうとしながら、離ればなれの暮らしを続け……。正直に言うと、自分はこんな愚かなことをするには歳を取りすぎてると思った。僕がしあわせになれる瞬間はあまりに少ない。僕に残されたものはあまりに少ない。なのに、なぜ君を空港まで送ったりするんだ？」

「わたしが航空券を持ってたから？」

クインシーはフーッとため息をついた。レイニーには彼が眉根を寄せるのが見えた。彼は彼女から離れすぎ、二人のあいだにはロフト半分ほどの距離が開いていた。けれど彼女は近づいて距離を埋めようとはしなかった。彼にはまだ言いたいことがありそうだった。それが問題だった。彼は優しいことを言った。もっと何か話があるとすると……

「僕はもうＦＢＩ捜査官じゃない」彼は静かに言った。「二日前に捜査局に辞表を提出した」

「まさか」彼女は体をのけぞらせた。いきなり僕は空を飛べると言われても、これほど驚かなかったろう。

「人生をやり直すことにしたんだ。キンバリーは大学に戻った。大丈夫だと口では言っているが、きっと助けが必要になるだろう。あの子は頑固で僕の差し出す手をはねつけるだろうけど、僕がいつでもそばにいると思えることが、あの子には大切なんだと思う。気持ちのすさむ事件現場に出るのはやめて、これまでのようにすぐ仕事に戻るようなことはやめて、そばにいてやること。たとえばニューヨークに。ニューヨーク大の近くに。あの子の気が向いたとき、夕食や雑談のために立ち寄れるような場所に。ロフトを手に入れて、警察機関のための自営コンサルタントとして開業しようかと考えてるんだ」

「フリーのプロファイラー？」

クインシーは笑顔を見せた。「引退したプロファイラーが、コンサルタントになる例は驚くほど多いんだ。事件の依頼を受け、時間を選んで仕事をする。何よりいいのは、政治的な駆け引きと無縁になることだ。いい具合だと思うよ。もちろん、問題がひとつあるけど」

レイニーは警戒するように彼を見つめた。「降参だわ。問題って何？」

「パートナーがほしいんだ」

「わざわざここまで、グレンダに仕事を頼むことにしたと言いにきたの？」

彼は唖然とした顔をした。「ちがうよ、レイニー。僕がわざわざここまできたのは、君に仕事を頼むためだ。すべての手当てつきでね」

「なんですって？」彼女は喜ぶどころか、猛烈に怒り狂った。「五日と六時間三十七分のあげくに、わたしにそんな話を？　合併話ってわけ？」

彼の表情が曇った。「いや、合併じゃない。事務所を新設するんだ」

レイニーは彼に忍び寄った。目を細め、指を突き出していた。「何ですって、クインシー？」

「君の指先をかわすのは、これで二度目だ」

「大陸をはるばる横断して、わたしの家まで来て、わたしを雇うですって？　わたしがボスを必要としてる女に見える？」

「いや、ボスにはならない」彼は即座に言った。「ちがうとも。僕はそんな馬鹿じゃない。パートナーと言ったんだ。つまり、対等のパートナーだよ」

「仕事の話だったの！　五日と六時間三十七分後に、仕事の話を聞かされるとは思わなかったわ。六週間のあいだに三回わたしが大陸を横断したのは、仕事がほしかったからじゃない。先週あなたとセックスしたのは、仕事がほしかったからじゃない。お願いだから、クインシー――」

「君を愛してる」

「え？」彼女ははっと口ごもった。指先が宙で凍りついた。

「レイニー、君を愛してる。僕が何度そう言ったか、君は知らない。いつも君が眠っているときか、部屋を出たあとだったから。君の気持ちが整っているかどうか、わからなかったから。僕自身の気持ちも整っているかどうか、自信が持てなかったのかもしれない。でも、愛してるよ、レイニー。僕は娘のために東海岸にいないといけないが、君を空港まで送るのはもう嫌だ」

「あら」

「そろそろ〝あら〟よりましなことを言ってくれても、いいんじゃないかな」

「わかったわ」

「不安にさせないでほしい」

「わたし、意地がわるいの。それに五日も待たされたんですもの」

「君が扱う事件は」彼は急いでつけ加えた。「どれもけっして簡単じゃないが、決して退屈じゃない。僕の世界がどんなものかは知ってるだろ。僕は長いことしあわせを待っていたんだ、レイニー。僕はずいぶん間違いを犯した。これからはもっとましな人間になりたい。君と一緒に努力したい」

彼女はため息をついた。胸に固いものがこみあげた。これだったのね。何もかもこのためだったのね。

彼女は体をかがめて両腕を彼の首に巻つけた。「ねえ、クインシー」彼女はつぶやいた。

「わたしも、愛してるわ」

感謝をこめて

ミステリー作家として作品を書きはじめてからこのかた、人から繰り返し同じことを言われるようになった。「こんなに感じのいいあなたが、こんなにおどろおどろしい話を書くなんて」。たしかにそのとおり。私はありきたりで平凡な人生を送る、ありきたりで平凡な人間だ。職歴と言えば、唯一ビジネス・コンサルタントをしたことがあるだけ。その経験を生かし、仕事の合理化に失敗して登場人物が死ぬという物語も書けただろうが、そんな話を喜んでくれる読者はあまりいそうもない。

というわけで、私は物語に複雑な色合いをつけ、登場人物たちに恐ろしい死に方をしてもらうために、つぎの専門家の方々の力をお借りした。その誰もが私の質問に丁寧に正確に答えてくださった。といっても、与えられた情報を私がそのまま正確に使ったわけではない。私は創意の大切さを信じているし、私はねじれくれた心の持主なのだ。人にはそれぞれ才能というものがある。

というわけで、つぎの方々に心からの感謝を捧げる。

グレゴリー・モファット博士／アトランタ・クリスチャン・カレッジ心理学教授。博士は私の数々の質問に快く答え、犯罪者の心理について鋭い示唆を与えてくれた。

フィル・アグリュー／オレゴン州ポートランド、アグリュー&アソシエーツ私立探偵事務所。彼は三時間もたたないうちに、私にいつか探偵になりたいと思わせてくれた。

ゲイリー・ヴェンシル／ペンシルヴェニア、ジョンソン／クリフトン／ラーソン&コーソン法律事務所。彼は自動車事故にみせかけた殺人のシナリオを喜んで作り上げ、シートベルトにどうやって細工出来るか、詳しく教えてくれた。

スタン・ストイコヴィッチ博士／ミルウォーキー、ウィスコンシン大学犯罪学教授。刑務所内の規約とコミユニケーションにかんして教えを受けた。

ロバート・ジョンソン博士／アメリカン大学。犯罪的暴力行為の形態にかんする研究の一部を、快く使用させてくださった。

ラリー・ジャクリモ／特注拳銃製作者。銃の細部と弾道分析技術にかんする彼の協力のおかげで、私は期待以上に悪魔的になれた。彼は優れた情報を提供してくれた。私もときには間違いを犯す。

マーク・ブートン／元FBI射撃指導員。彼は作家でもあり、私のFBI捜査官たちを二十一世紀に送り込む手助けをしてくれた。

シリア・マクドナルド、マーガレット・カーペンティア／優秀な薬剤師で、毒薬使いの名手としても将来有望である。二人とは直接関係ないが、私は今後食料は自分で調達しようと心に決めた。

マーク・スマーズナク／化学エンジニア。私の親友であり、素晴らしい料理人でもある。

ヘザー・シャラー／素晴らしい友人で、ジャズ・ファン。彼女は私にすがって泣ける肩を貸してくれた。

ロブ、ジュリーとママ。パール区を案内してくれ、カフェ・モカをいつも飲ませてくれた。

ケイト・ミシアク／素晴らしい編集者。この本をよりよいものにするために力になってくれた。

ダマリス・ローランドとスティーヴ・アクセルロッド／素晴らしいエージェント。思いどおりの本が書けるようにつねに私を励まし、もっと嬉しいことに、執筆のあいだローンが払えるよう力になってくれた。

そして最後に私の夫アンソニーに感謝する。手製のチョコレート・シャンパン・トリュフと、チョコレート・ムース・ケーキを食べさせてくれた。あなたは作家にやる気を出させるこつを心得ているわ。愛してるわよ。

訳者あとがき

本書（原題 “*The Next Accident*”「第二の事故」）は、『素顔は見せないで』でサスペンスの世界に衝撃的なデビューをはたしたリサ・ガードナーの、『あどけない殺人』に続く日本語版第三作目にあたる。

リサ・ガードナーの作品は、アメリカで出版されるごとにセンセーショナルな反響を呼んでいるが、前二作に引き続きこの『誰も知らない恋人』でも、人間の弱さにつけ込む凶悪な殺人者が登場して、読者をたっぷり怖がらせてくれる。そして期待にたがわず、FBI特別捜査官ピアース・クインシーが渋い魅力を発散する。しかも今回、殺人者のターゲットにされるのは、なんとクインシー自身。というよりも、クインシーの愛する者たちだ。彼は捜査官としては「切れ者中の切れ者」であり、犯罪者のあいだで恐れられる存在だが、仕事にのめり込むあまり家庭では良き夫役、良き父親役ははたせなかった。良き家庭づくりを人生の目標とする妻のベシーはそんな彼との生活に耐えられず、離婚を望んだ。長女のアマンダは淋しさを酒と男たちとの乱脈な関係でまぎらわせていた。そしてあげくに酒気帯び運転で老人と犬をはね、みずからもフロントガラスに頭を強打し、意識が戻らないまま一年以上病院のベッドの上で「生きている」とは言えない状態ですごしたのち、生命維持装置をはずされて若い命を終える。今回の物語は前作のおよそ十カ月後、アマンダの死がはたして本当に事故死だったのかとクインシーが疑問を抱いたところから始まる。

そしてクインシーがその調査を依頼したのは、私立探偵のレイニーことロレイン・コナー。彼女は前作の『あどけない殺人』では、アメリカ西海岸の小さな田舎町ベイカーズヴィルの保安官補として、愛する町の学校で起きた銃撃事件の裏に潜む謎を、クインシーとともに解明した。レイニーには、十八歳のとき学校から帰ったとたんに、散弾銃で頭を吹き飛ばされた母親の遺体を発見した暗い過去がある。そのときのいきさつが彼女のトラウマとなって、アルコール依存症になり、それを克服した名残としてバドライトを注文しても飲まずにそのボトルを握って自分の意志の強さを確認する癖がある。彼女の心の傷はいまもまだ完全には癒えておらず、素直に人を愛することが出来ない。その彼女を深く理解し、その心の傷までも愛そうとするクインシーは、前作では彼女をリードする側だった。だが、今回二人の役柄は逆転している。クインシーは、家庭人として不充分だった自分が、家族を悲劇に追い込んだのではないかと自責の念にかられている。その内心の傷口をえぐるかのように、謎の犯人はクインシーの愛する者たちをつぎつぎに狙う。憔悴したクインシーを、ときに向こう気の強さを発揮して、またときには心に深い傷を負った者だけがもつ優しさで包み込んで立ち直らせていくのが、レイニーだ。この二人の少しばかり屈折した愛情も、読みどころのひとつになっている。切れ者であるがゆえに、クインシーに恨みをもつ者は多い。彼の娘アマンダ、別れた妻のベシーに残虐な死を与え、年老いた父親を誘拐した犯人は誰か。

わずか一週間ほどのあいだの動きを描いた物語は、アメリカ東部と西海岸をダイナミックに往復する。犯人は読者の意表をつくところに潜んでいるが、その犯人像がしだいに浮き彫りにあっていくあたりには、いかにもリサ・ガードナーならではの周到な伏線がきいている。犯人の屈折した心理や、クインシー、レイニー、そしてクインシーの次女キンバリーの複雑な心の動きも、鮮やかに描かれている。素顔を「誰も知らない」犯人の仮面が剝がされるときのスリル、テンポの早い展開、情景描写の巧みさも、やはり著者ならではのものである。そしていつもながら、綿密な取材をもとにディテールがきっちり書き込まれている点も、作品に厚みを与えている。

前作をお読みでない方のために補足しておくと、文中にときどき出てくる「ジム・ベケット」は『素顔を見せないで』の、「ヘンリー・ホーキンズ」は『あどけない殺人』の、いずれも非常に頭の切れる冷酷な殺人犯である。

著者のリサ・ガードナーはペンシルヴェニア大学で国際関係を学び、優秀な成績で卒業。二年間経営コンサルタントとして働いたのち、執筆活動に専念するようになった。二十歳のときアリシア・スコット名義で十三作品を発表したが、その後リサ・ガードナーの名前で本格的なサスペンス小説を書き始め、第一作目の『素顔は見せないで』からいきなりベストセラーチャート入りし、大型新人として注目を集めた。そして現在も続々とベストセラー作品を書き続けており、今後もクインシーとレイニーのコンビの活躍を楽しみに出来そうだ。

二〇〇三年二月

誰も知らない恋人

著者 リサ・ガードナー

訳者 前野律《まえのりつ》

2003年3月20日 初版第1刷発行

発行人 三浦圭一

発行所 株式会社ソニー・マガジンズ
〒102-8679 東京都千代田区五番町5-1
電話03-3234-5811 http://www.villagebooks.jp

印刷所 中央精版印刷株式会社

ブックデザイン 鈴木成一デザイン室

カバー写真 pps通信社,Brendan Beirne/Getty Images

 ISBN4-7897-2004-7 Printed in Japan

ヴィレッジブックスのリサ・ガードナー

ラブ・サスペンス
危険な愛に満ちた傑作!

絶賛発売中

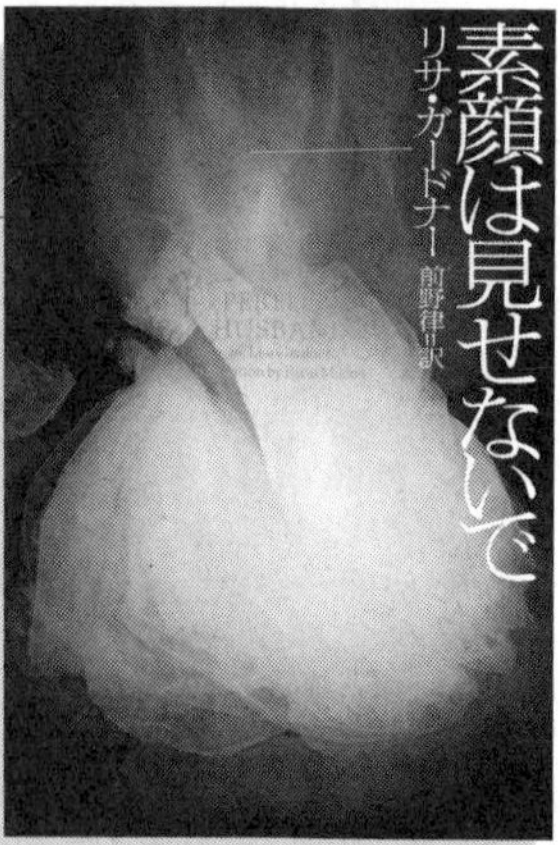

素顔は見せないで

前野 律=訳

定価:本体780円+税 ISBN4-7897-1826-3

完璧な相手と信じていた夫は、連続殺人鬼だった! 若くして結婚したテスが夫の素顔を知ったときから、幸せは悪夢に変わった……。

アイリス・ジョハンセン絶賛のラブ・サスペンス

あどけない殺人

前野 律=訳

定価:本体800円+税 ISBN4-7897-1877-8

のどかな田舎町を突然襲った学校銃撃事件。
女警官レイニーが現行犯で捕らえたのはなんと13歳の少年ダニーだったー。
人の心に巣くう暗闇を暴く、心震わせるサスペンス。